顾盼有相逢

子初酒 著

江苏凤凰文艺出版社
JIANGSU PHOENIX LITERATURE AND ART PUBLISHING, LTD

图书在版编目（CIP）数据

顾盼有相逢 / 子初酒著 . -- 南京 : 江苏凤凰文艺出版社 , 2019.11
ISBN 978-7-5594-4086-0

Ⅰ . ①顾… Ⅱ . ①子… Ⅲ . ①长篇小说 – 中国 – 当代
Ⅳ . ① I247.5

中国版本图书馆 CIP 数据核字 (2019) 第 225612 号

顾盼有相逢

子初酒 著

出 版 人　张在健
责任编辑　刘洲原
特约编辑　层　楼
装帧设计　刘　丹
责任印制　刘　巍
出版发行　江苏凤凰文艺出版社
　　　　　南京市中央路 165 号，邮编：210009
网　　址　http://www.jswenyi.com
印　　刷　合肥华云印务有限责任公司
开　　本　880 毫米 × 1230 毫米 1/32
印　　张　10
字　　数　326 千字
版　　次　2019 年 11 月第 1 版　2019 年 11 月第 1 次印刷
书　　号　ISBN 978-7-5594-4086-0
定　　价　36.80 元

目·录

contents

目·录

contents

第一章

·

兼职代驾

他要是对我有兴趣，就不会抠门到只给我三百块钱！

01

一念天堂，一念地狱。

这句话用来概括薛霁的近况，简直再贴切不过。五个月前，她还是炙手可热的娱乐圈新人演员；五个月后的现在，她却成了众多网友讨伐的“罪人”，人气一落千丈不说，还被公司雪藏。

而这一切的起因，要追溯到那天电视剧的开机晚宴上。

当晚，薛霁作为电视剧的女主角，被经纪人罗欣推着给人敬酒，谁知当敬到她上头的老板赵凯时，气氛突然变得有些不对，赵凯像是被酒浸软了骨头一样，整个人都黏在了她身上，手还贴着她的后腰不断往下摩挲。

薛霁是正经科班出身的演员，大三那年正式接了第一部戏，演的是一个不怎么起眼的小配角。虽然只是个小配角，但架不住她长了一张“祸国殃民”的脸，很快就被人慧眼识珠，被挖去演了一个戏份颇重的女配角。

这个女配的角色让她成功收获不少人气，因而才刚毕业的她就和一家颇大的娱乐公司——KC 娱乐签下合约。

影视这一行，有人好运当头，一蹴而就；有人时运不济，接了几十部戏都还在跑龙套。薛霁接手第四部戏时，便担当了女主角，单就这件事来说，她的运气着实不算差。

大概正因为走得太顺，没经历什么风浪，所以当赵凯的手在她身上摩挲时，行动快过大脑思维的她下意识地做出了本能反应——一把将人推开。

她手中还握着高脚的水晶酒杯，由于动作幅度太大，杯中的酒直接泼在了赵凯身上。

这一连串的动作，颇有几分不畏强权的凛然风骨。

刹那间，赵凯的脸色沉了。

罗欣的脸色也变得不太好看。

而薛霁自己也傻眼了。

赵凯是什么人？公司的两大股东之一，就这么被她泼了一身酒……

薛霁不知道当晚尴尬的局面是怎么收场的，等到第二天她回过神来，面对的就是罗欣堪比锅底的脸色，以及女主角临时换人的噩耗。

俗话说，祸不单行。就在这个时候，有人在网上曝光了一张她与当红男艺人陈元嘉深夜私会的照片。

陈元嘉是薛霁拍的第四部戏里的男主角，原本男女主角之间闹点儿绯闻也实属正常。可偏偏陈元嘉有个公开的女友，叫陶思韵，是圈内正火的新生代女演员，两人一度被誉为“金童玉女”，支持他们在一起的粉丝无数。

就在电视剧开拍前的半个月，陈元嘉和陶思韵突然以性格不合为由宣布分手，这件事闹得沸沸扬扬。

这个风口上，薛霁和陈元嘉“私会”的照片曝光，无疑是往沸水里浇了一瓢油，让薛霁无端背上了破坏他们感情的骂名，也让一众粉丝找到了宣泄怒火的地方。

一石激起千层浪，事态很快发展到了不可收拾的地步，以前那些对薛霁不利的虚假报道全被翻了出来。

甚至还有一篇几千字的长帖，洋洋洒洒地分析了她在大学时候跟陈元嘉的

“前缘往事”，说她当年为了自己的前程，甩了陈元嘉，和某公司高管在一起了，现在见陈元嘉人红，又想求复合。

林林总总，简直罄竹难书。

对此，薛霁完全不想理会，她连前男友都没有，哪来的这么多情史？

网上铺天盖地全是一片骂声，薛霁估摸着再挖下去，可能连她小学三年级跟男生打架且以一敌二的“光荣事迹”都能挖出来。

大概是看她太惨，也有可能是怕被扣上“喜新厌旧”的帽子，陈元嘉终于发声澄清，表明分手的事与她无关。奈何义愤填膺的网友们早已被怒火冲昏了头，压根不相信这条声明。

人一旦倒起霉来，喝口凉水都塞牙。鉴于她刚得罪了赵凯，公司连基本的公关都没给她安排，反而借着这个势头，顺理成章地将她雪藏了。

旦夕之间，薛霁前途尽毁，接的戏、代言、综艺节目……通通被取消。

刚开始，薛霁还没觉得有多严重。她从小运气就不怎么好，抽奖从未中过，无论干什么都颇多坎坷，能当上女主角，已经算是她过往生涯中最走运的一次。

薛霁早已习惯了各种变故，因而心态还算乐观。

然而，在被雪藏了五个月之后，她终于绷不住了。

雪藏意味着没戏拍，没戏拍意味着没钱挣。看了看卡上的积蓄，再想想每个月要交的房租，她深深地觉得自己再这么下去，恐怕要饿死街头了。

深思熟虑半个小时后，薛霁换上自己最不起眼的一套衣服，准备出门。

出门前，她端详着镜子里那张精致明艳的脸，犹豫片刻，戴上了帽子、口罩，还有一副墨镜。

薛霁在路边拦了一辆出租车，司机大叔看见她做贼一样的打扮，频频向她投去奇怪的眼神。

薛霁无视他的目光，全程沉默不语。

出租车最终停在了本市颇负盛名的一家餐饮会所外。会所有一个风雅的名字，叫“春日宴”，消费水平极高，来往的多是富商巨贾和娱乐圈里的人。

华灯璀璨，正是酒色香浓的时候。

进入“春日宴”后，薛霁没有去吃饭的包厢，而是直接去找了营业部的副经理盛妍。盛妍挽起一头秀发，穿一身月白色刺绣旗袍，仪态优雅地在落地窗前的沙发上坐下，随口问：“喝点儿什么？”

薛霁小心翼翼地看了看左右，才将墨镜、口罩摘下来：“来杯白开水。”

盛妍一时语塞。

薛霁：“我现在穷得你难以想象。”

最开始得到自己被雪藏的消息时，她也跑到这里来借酒浇愁过，结果一晚上花掉了将近五万元！事后她简直悔青了肠子。好好的学人家借酒浇愁干什么？洗个澡冷静一下不就好了？

“行了，今天我请你。”盛妍瞥她一眼，脸上写满了嫌弃。

薛霁立马装出一副可怜兮兮的样子，泪眼婆娑地道：“亲爱的美人，你这是准备收养我吗？”

“太贵，养不起。”盛妍微微皱眉，换了一副认真的神情，“说真的，你现在准备怎么办？难不成就这么坐以待毙？你可还有三年多的长约，艺人耗个三四年，再想出头就难了。”

薛霁叹了口气：“我也不知道，这不正找你商量办法吗？”

盛妍想了想，眼底闪过一丝挣扎，说：“不然我去找一下陈元嘉，让他再发一篇公告还你清白。”

薛霁忙道：“不用。”

因为曝光的那张照片，外人都以为她跟陈元嘉有什么爱恨纠葛，其实她只不过是阴差阳错替盛妍顶了包。薛霁跟盛妍认识多年，算得上是无话不谈的好姐妹，而陈元嘉则是盛妍的前男友，所以当得知要和陈元嘉一起拍戏时，薛霁的心情很是复杂。不过出于职业素养，她还是勉为其难地接受了这个事实。谁知陈元嘉不知道哪根筋搭错了，竟然跑过来纠缠不休，询问她盛妍的近况，大有旧情难忘的意思。

那张两人“私会”的照片，就是那时候被人偷拍下的。

“公司雪藏我，归根到底是因为我得罪了赵凯，陈元嘉的事只是个借口。”薛霁说道，“况且，陈元嘉早已经为我澄清过，可惜没人相信。”

“要不然，你去向赵凯服个软、认个错？”盛妍又道。

薛霁沉默不语。要真是认个错就能解决，她也不至于会落到如今的地步。

盛妍看了看她的神情，无奈道：“算了，依你的性子估计也折不了这个骨头，别回头惹出更大的祸。实在不行，我先借你点儿钱周转一下？”

“谢啦。”薛霁勉强笑了笑，“借钱终归不是长久之计，借了总是要还的。”

她顿了一下，忽然问：“你这里缺兼职吗？端茶递水什么的，都可以。”

盛妍难以置信地看着她：“你可是有伟大事业目标的女人，跑到我这儿来当服务员？”

“‘天将降大任于斯人也，必先苦其心志劳其筋骨饿其体肤’，同理，要事业成功，那首先得先坚强地活下去不是？”薛霁正一本正经地胡扯着，有人突然敲了敲门。

“进来。”

“妍姐，那位秦二公子喝醉了，想找代驾。”

“知道了。”盛妍闻言起身。

“春日宴”素来服务周到，所以有配置专门的代驾司机，只不过今天有一个司机请假了，另外的司机也都已经接了其他单子。偏偏这位喝醉的客人身份不低，盛妍只能亲自去处理。

薛霁跟在盛妍身后，突然灵光一闪，问道：“你们这儿的代驾司机一晚上能挣多少钱？”

盛妍狐疑地瞅着她：“你又想打什么主意？”

薛霁立马咧嘴一笑，一脸真诚地看着她：“我开车技术还不错，反正你这儿缺代驾，不如让我试试。”

“不行！”盛妍想都没想就拒绝了，“出了事我可担不起责任。”

“我保证绝不会出事！你就给我一个机会，不然我真的要去沿街乞讨了。”

薛霁又是讨好又是保证，说话间，两人已经到了客人所在的包厢内。

水晶灯洒下柔和的光，身着黑色衬衣的年轻男人坐在明暗交界处。他低着头，以手撑额，半张冷峻的侧脸上透着几分生人勿近的气息。

盛妍突然顿足，将目光转向那男人：“你知不知道他是谁？”

薛霁顺着她的目光看过去，有点儿茫然。

“秦风集团的二公子，秦亦沉。”

秦风集团，本市数一数二的企业，秦家更是人尽皆知的豪门世家。

薛霁闻言，越发激动了：“豪门公子，肯定出手大方！”不由分说便快步上前。

秦亦沉听到动静，以为是服务员找了代驾的人来，半眯着眼起身。因为酒醉的缘故，他有些站立不稳，身子不由得晃了晃。薛霁就在他旁边，下意识地伸手扶住他。

秦亦沉抬眼，对上一双明亮如流光的眸子，深邃的眼底浮起些微的恍惚。

见他看向自己，薛霁急忙露出一个明艳动人的笑，以示友好。

“谢谢。”秦亦沉低低道一句，醉酒后的嗓音添了一丝倦意，似羽毛轻轻掠过心底。

“不客气。”

薛霁转向盛妍，一双漂亮的眸子含水带露，带着乞求的眼神，可怜巴巴地望着她，仿佛下一秒就要当场哭出来。

盛妍看着两人，似乎想到了什么，面上的神情几番变化，最终，她没有再阻止薛霁：“小心点儿，有事随时给我打电话。”

“遵命，谢谢美人老板。”薛霁立马转悲为喜，冲她眨了下眼，乐呵呵地扶着秦亦沉离开。

一出饭店，薛霁就将口罩和帽子重新戴了起来，因为要开车，所以墨镜只能舍弃掉。

直到她坐到驾驶位置上，秦亦沉才反应过来不对劲，问：“代驾在哪儿？”

薛霁：“我就是！”

秦亦沉皱起一双浓眉：“怎么是个女人？”

薛霁立马瞪起眼睛：“女人怎么了？瞧不起女司机吗？”

秦亦沉面无表情地瞅着她。

薛霁被他瞅得有点儿心虚：“你可能对女司机有什么误会。其实我技术很好的，真的。”顿了顿，“不瞒你说，我连挖掘机都开过！”

秦亦沉沉着脸依旧没出声。

薛霁将帽子往下压了压，又故意压低嗓音：“不然你就将我当成一个男人？”

秦亦沉还是没说话。

酒劲上头，秦亦沉靠在椅背上，闭了闭眼，似乎有些支撑不住。就趁这个空当，薛霁飞快地发动车子，驶了出去。

大抵是醉得太狠，秦亦沉最终没再说什么，合上眼沉沉睡去。

夜色迷离，薛霁开着车，穿过五光十色的斑斓灯影，到达秦亦沉所住的别墅外。

一路十分顺利，半点儿磕磕碰碰都没有。

“怎么样，技术不错吧？”薛霁解开安全带，骄傲地回过头向秦亦沉邀功，却发现他早已经睡着了。

车内光线晦暗，薛霁看着秦亦沉安静的睡颜，犹豫了一下，小声唤道：“秦先生。”

过了半晌，秦亦沉才有了些许动静，可是却仍未清醒过来。

薛霁无奈，只得打开车门，伸手去扶他。

秦亦沉稍稍撑起眼皮，看了一眼薛霁，在她的搀扶下迷迷糊糊地下车。

夜阑人静，树木婆娑作响，薛霁刚想松手，秦亦沉就整个倒在了她身上，浓烈的酒气夹杂着陌生的男子气息扑鼻而来。

薛霁踉跄了一下方才站稳，忍不住在心里暗自揣摩：醉成这样，也不知道喝了多少酒。

算了，为了自己的代驾费，还是忍忍。

薛霁将他的胳膊搭在自己的肩膀上，扶着他慢慢往别墅里面走，走到门口，按了按门铃。结果半天没人应，薛霁觉得奇怪：“你家没别人吗？保姆阿姨总该在吧？”

秦亦沉没理她，眯着眼摸出钥匙开了门。

薛霁扶着他进去，屋内十分宽敞，装修是偏清冷的风格，倒是跟男主人的气质如出一辙。薛霁尽责地将人扶进卧室，扔到床上，总算松了口气。

秦亦沉倒在床上，皱了皱眉，像是有些难受，抬手费力地扯着领带。衬衣的领口因他的动作敞开些许，露出部分结实的胸膛，往上是性感的喉结和线条冷硬的下巴。

薛霁站在床边，打量着他，心道：这男人长得倒是不错，面容冷峻，棱角分明，就算扔到娱乐圈里，也是一道出色的风景。

她打量了一会儿，忽然想起来代驾费还没收，于是弯下腰，尝试着唤醒他：“秦先生。”

秦亦沉眉头紧蹙，脸向里头偏了偏，仍旧闭着眼。

薛霁又凑近了些，刚想开口再唤，包里的手机突然响了。她接起电话，那边传来盛妍的声音：“人送到了吗？”

“放心，安全送到。”薛霁瞥了床上的男人一眼，“不过他醉得昏昏沉沉的，怎么都叫不醒，我的代驾费他还没付！”

“这点儿钱，你还怕他赖账不成？你留个联系方式，回头让他还你。你现在人在哪里？”

“还在他家。”

“外面下雨了，你准备怎么回去？”

“下雨了？”薛霁赶忙拉开窗帘，外面果然风雨大作。

她没带伞，这个时间点，叫车估计也不方便。

还没等她说什么，盛妍就道：“我可没工夫去接你，要不你就先在那里待一晚？”

薛霁沉默着没出声。

“我跟你说真的，这大晚上又是风又是雨的，你一个人出门也不安全。”

薛霁：“万一他醒过来；把我当成贼扔出去怎么办？”

盛妍：“你想太多了，秦家二公子还不至于做出这种事。再说他不是醉得昏昏沉沉的吗？还能管得到你？”

薛霁转头看向秦亦沉，男人安静地躺着，没有半分清醒的迹象。

“好了，我这边还有事，先不跟你说了，你自己小心。”

盛妍挂断了电话，薛霁重新拉上窗帘，走到秦亦沉身边。房间里静得仿佛能听见呼吸声，她犹疑了一下，俯身为他扯过被子，给他盖好。

“外面下雨了，借你这里避一避。”

男人闭着眼，毫无反应。

薛霁说完，也不管他听没听见，转身出屋，关上了卧室门。她在客厅坐下，百无聊赖地等着雨停，没一会儿，居然蜷缩在沙发上睡着了。

一夜风雨过去，换成了晴朗的天，日光穿过窗帘缝隙，溜入房间内。

秦亦沉宿醉醒来，从床上起身，径直去了浴室。

水声“哗啦”响起，雾气模糊了挺拔的身影……

没过多久，秦亦沉围着一条浴巾出来，擦了擦头发，打开卧室门往外走去。当视线落在客厅沙发上时，他不禁微微一怔——

沙发一角蜷缩着一个年轻女人，抱着个抱枕睡得正沉。她的打扮十分普通，长袖衫外加牛仔裤，像是还未毕业的大学生，简简单单，但却没能遮掩住她的美貌。清晨柔和的阳光洒在她身上，勾勒出一张精致明艳的脸，肌肤白皙细腻，鼻悬如玉，红唇鲜艳，垂下的睫毛仿佛蝴蝶的触角。

哪里来的女人？秦亦沉微微蹙眉，昨夜的一些画面闪过脑际，模糊不清。

暗夜里，女人的眸子亮晶晶的。

“代驾在哪儿？”

“我就是！”

“怎么是个女人？”

“女人怎么了？瞧不起女司机吗？”

“其实我技术很好的，真的。”

“不瞒你说，我连挖掘机都开过！”

……

秦亦沉正回忆着，薛霁突然醒了，睡眼惺忪地伸直双臂打了个哈欠。她一抬头，看见只围了一条浴巾的秦亦沉，吓了一跳，险些惊叫出声。

什么情况？薛霁没有喝醉酒，自然谈不上记忆断片，所以很快反应过来，自己这是在别人的地盘。

“你醒了？”她小心地问道。

秦亦沉看着她，没说话。薛霁对上他深邃的双眼，又瞥见他光裸的上身，不免生出几分尴尬，她讪讪地解释道：“昨晚我送你回来之后，突然下雨了，我没带伞，所以在你家客厅这里坐了会儿，后来不小心就睡着了。”

听完她的解释，秦亦沉倒是没有表现出多少不悦的情绪，神色依旧冷淡。他就那样沉默地立在不远处，身形颀长，宽肩窄腰，肌肉强健有力，浑身散发着冷冽迫人的气息。

薛霁有些脸热，稍稍别开了目光。

“还有事？”秦亦沉忽然开口，语气淡漠。

薛霁听出来他这是在下逐客令，忙道：“你还没付我钱。”

秦亦沉再次皱眉，似乎误会了什么。

薛霁：“就是昨晚的代驾费用。”

秦亦沉松开眉头，惜字如金地吐出两个字：“多少？”

薛霁想了想，也不知道该开多少，只得说：“我是第一次干这个，你看着给。”

她说完也感觉这话听起来怪怪的。

“稍等。”秦亦沉抛下一句，转身回了卧室。

再出来时，他已经换了一身宽松的日常服，气质也显得温和许多。他拿出一个钱夹子，修长素净的手指慢慢翻动着。

薛霁两眼放光，目光灼灼地盯着他的动作。

一，二，三。

秦亦沉抽出三张一百的纸币，递给薛霁。

薛霁的笑容渐渐凝固。

见她半晌没反应，秦亦沉抬眼，微微蹙眉。薛霁只好僵硬地接过，发挥自己高超的演技，挤出一个感激不尽的笑：“谢谢。”

这一笑明媚粲然，看得秦亦沉晃了下眼。他脑中倏地闪过一个模糊的影像，总觉得眼前的笑脸有些眼熟，好像在哪里见过。

终于成功挣到一笔钱的薛霁怀着复杂的心情出了别墅，没走几步，忽然想起来自己没戴口罩，急忙从包里摸出口罩戴好。幸好秦亦沉没有认出自己，否则就尴尬了。

不过，那样冷漠严肃的男人，想必也不会过多关注娱乐圈的是是非非。

薛霁正暗自庆幸着，突然迎面撞上一个人。他的相貌与秦亦沉有些相似，年龄稍微要大一点儿，眉眼间满是轻浮，还带着睡眠不足的疲态。

薛霁当即便认了出来，是秦家的老大，秦亦沉的大哥，秦亦景。相较于秦亦沉来说，这位秦家大公子就要高调得多。他可是风月场中的老手，薛霁之前拍戏的时候，就曾亲眼见过他去探某个女演员的班。

秦亦景看见薛霁，似乎也十分惊讶，他停下脚步盯着她，眼底浮起一丝疑惑。

薛霁怕他认出自己，不敢与他对视，低下头，飞快地同他擦肩而过。

秦亦景盯着她窈窕的背影看了半天，方才转身往里面走去。

“老二，你昨晚带人回家了？”秦亦景进屋，劈头就问。

秦亦沉刚烧好一壶开水，闻言抬眼，皱了皱眉。

秦亦景挤眉弄眼，揶揄地瞅着他，脸上写满了好奇：“我刚刚可都撞见了。看身材倒是不错，裹得那么严实。”

秦亦沉将开水倒入杯子里，面无表情地道：“是个代驾。”

秦亦景险些喷出一口水："现在的代驾都这么多花样？"说着他意味深长地拍了拍秦亦沉的肩，"老二，想不到你比大哥还会玩！"

秦亦沉瞥他一眼，完全不想再理他。

秦亦景见他这样，越发喋喋不休起来："你说说你这有什么好遮遮掩掩的？大哥还真挺好奇那个女的是谁。"

秦亦沉替他冲了杯咖啡，搁在他面前。

见他自己动手做咖啡，秦亦景左右看了看："秋姨去哪儿了？"

"请假了。"

"请了多久？要不要再给你请个阿姨？"

"不用。"秦亦沉拿出一份文件，在他身边坐下，开始说正事，"新区那个项目，昨晚我跟那边谈过了。"

"这些你看着办就好。"许久，秦亦景起身，还是一副吊儿郎当的样子，"一宿没睡，在你这里补个觉。"

挪开半步，他又回头道："说实在的，刚才那女人到底是谁？你给大哥透个底，大哥也好照应一下。"

秦亦沉淡淡地道："没有的事，你别瞎猜。"

秦亦景将信将疑，也没再问，晃悠着进了卧室。他端起杯子喝水，脑中再次掠过适才那张明媚的笑脸，动作顿了顿："裹得那么严实，老二，不会是哪个女演员吧？"

女演员……秦亦沉目光微动，总算想起在哪里见过那张笑脸了。

去年秋天，他刚回国不久，去一个剧组找秦亦景，恰好碰上剧组在拍一场女配角的戏，而扮演女配角的，似乎就是她。当时剧组内的不少人都围在秦亦景身边套近乎，唯有她还敬业地吊着威亚，红衣飘飘，手握长剑，笑得妩媚张扬，好像完全沉浸在了戏里。

不过才半年多，她怎么就沦落到给人当代驾了？

骨节分明的手指无意识地在腿上敲了敲，秦亦沉的眼神变得幽深起来。

如果是有所图谋，那她刚刚为什么不趁机提条件？

当晚，薛霁再次去了"春日宴"，想要继续自己的代驾事业。

"你知道他才给我多少钱吗？三百块！简直太抠门了！"一见到盛妍，薛霁就忍不住开始抱怨。

盛妍不觉莞尔："三百块虽然不多，但已经挺厚道了，算是正常价位。"

薛霁仍愤愤不平："豪门公子不是应该动辄几百万，充个公交卡都是五位数起吗？三百块……他怎么拿得出手？他不要面子吗？"

盛妍给了她一个宛如看智障的眼神："平时少看些没营养的小说。"

薛霁纠正道："我看的不是小说，是剧本。"

盛妍："那就少接些没营养的剧。"

薛霁苦着脸叹了口气："我现在连没营养的剧都没得接了。"

盛妍见她这样，宽慰道："你也别太着急，慢慢来，总会有办法的。"

"在奇迹出现之前，我还是先想想怎么顽强地活下去。"薛霁颓然道，"盛妍，我跟你说真的，我能不能在你这里当个兼职代驾？我签了合约，不能私下接影视类的工作，就只能做做与之无关的兼职。"

盛妍微微蹙眉："恐怕不行。"

"为什么？"

"太危险了，找代驾的人都是些醉鬼，万一碰上个起了色心的，你怎么办？"

薛霁立马道："没事！我从小立志成为一名打星，所以专门钻研过武术，撂倒一两个醉鬼完全不在话下！"薛霁握住盛妍的纤纤玉手，可怜巴巴地瞅着她，"美人，你怎么能够见死不救？说好的情比金坚、不离不弃呢？"

盛妍丝毫不为所动："你的演技真的退步了。"

"算了，我知道你也难做，我再想想别的办法。"薛霁丧气地垂下头。

看她这个样子，盛妍终究心软，松了口："我试试，尽量帮你安排一下。"

"真没事，你别为难了，我刚刚是跟你开玩笑！"薛霁扯出一个无所谓的笑，"再说代驾也不怎么挣钱，还不如干点儿别的。听说现在大街上卖鸡蛋灌饼的，月收入都在十万元以上，要不我去试试这个？"

盛妍凉凉地瞥她一眼："你会做鸡蛋灌饼吗？"

"不会可以学！"薛霁拿起面前的咖啡，抿了一口，"你要对我有点儿信心。"

盛妍看着她，忽然道："你真的准备放弃拍戏？"

薛霁滞了滞，捧着咖啡垂下眼，半晌，她扯嘴一笑："我也不想的，可是都这样了，总不能一直僵在这里。"

盛妍面上浮现出一丝烦躁的情绪："也不知道你究竟得罪谁了，倒霉成这样。

眼看着就要出头了，却一夜回到解放前。你回头记得去庙里多烧几炷香！”

薛霁立马从善如流地拿出手机，纤细的手指在屏幕上快速滑动着：“我这就去转几条好运微博。”

盛妍沉默了一下，忽然又问：“对了，你昨天在秦亦沉那里待了一晚上，有没有跟他说上什么话？”

薛霁抬眼，神色狐疑：“怎么，想让我找他帮忙？”随即自嘲地笑了笑，“别想了，他要是对我有兴趣，就不会抠门到只给我三百块钱！”

盛妍斜眼觑她：“你倒是当着他的面说他试试。”

薛霁笑：“那他估计连三百块都不想给我了。”

02

薛霁短暂的代驾生涯就这样告一段落。

一周后，就在她犹豫要不要去一家房地产公司兼职售楼中介时，盛妍忽然拨了个电话过来：“你不是想当代驾吗？现在有个单子，你赶紧过来。”

“不用，我已经在找别的兼职，万一连累你被老板……”

“我不管你在干什么，总之给我立刻！马上过来！”

电话倏地被挂断，薛霁看着手机屏幕，一脸的莫名其妙。

虽然一头雾水，薛霁还是马不停蹄地赶到了“春日宴”。

“你不是说不让我当代驾，怎么突然转性了？”薛霁拿起杯子，灌了一大口水。

盛妍道：“别的单子你可以不接，但这个单子你必须接。”

“什么单子这么重要？”

“秦亦沉。”

薛霁一口水险些喷出来：“又是他？”她好笑地看着盛妍，“你不会真想让我找他做什么吧？”

“我看你脑子里装的全是糨糊！”盛妍白她一眼，半点儿开玩笑的意思都没有，“你知不知道，KC 集团的两大股东，一个是赵凯，另一个就是秦家？”

薛霁闻言，终于敛了笑。

她天生性子大大咧咧，待人接物都有些缺心眼，虽然签了公司，却没怎么研究过公司的具体经营情况，只听说公司背后有两大股东。赵凯行事高调，时不时出来晃悠一下，所以她还算熟悉，至于秦家……她压根儿不了解，也没怎么刻意关注过。

盛妍开始向她介绍：“秦家两兄弟，性格截然不同，老大秦亦景是典型的纨绔子弟，秦家的家业险些就败在他手中，幸亏去年秦亦沉从国外赶回，帮他稳住了局面。一句话形容，就是‘哥哥负责花天酒地，弟弟负责挣钱养家’，所以——”盛妍顿了顿，“现在秦家实际当家的，其实是秦亦沉。”

薛霁听懂了她话里的意思，有些迟疑：“可是……就算他有那个权力，也未必肯帮我。”

“无论如何，这是个机会，你不试试怎么知道成不成？难道你真的甘心放弃你的演艺事业？”盛妍语重心长道，“我也不是要你去做什么违背原则的事，要那样的话，你还不如直接去求赵凯。我看这个秦亦沉跟赵凯不同，你就试着跟他套套近乎，交个朋友。路都是自己走出来的，怕什么！”

薛霁看着她，怔忡片刻，忽而笑了：“知道了。”

盛妍板起脸：“听我的话，机灵点儿。”

薛霁顺势抱了抱她，眼角微湿：“谢谢。”

薛霁跟着盛妍到了秦亦沉所在的包厢。

依旧是明暗交错的光影，只不过这一回秦亦沉醉得没有上次厉害，整个人看起来还比较清醒。

目光触及薛霁时，秦亦沉缓缓地勾出一抹玩味的笑：“你们这里没有别的代驾吗？”

盛妍连忙温柔一笑：“抱歉，客人太多，实在忙不过来。”顿了顿，她试探着问：“是不是上回小霁有什么做得不周到的地方？”

秦亦沉看向薛霁，薛霁立马睁大眼，一脸诚挚地回望着他，仿佛下一秒就会冒出一句：“我技术很好，连挖掘机都开过。”

秦亦沉对着那双乌黑漂亮的眸子，缓慢地开口：“没有。”

“那就好，今天秦先生的消费已经全部打了八折。小霁是新人，有什么做得不好的地方，还请秦先生多多海涵。”盛妍微笑着，态度无可挑剔。

秦亦沉意味深长地瞥了两人一眼，没再说什么，迈着两条大长腿往外走。

盛妍向薛霁使了个眼色，薛霁立马跟上，顺道戴上了口罩和帽子。

深色的车子微微泛着光，秦亦沉在车门前停下，转过身，视线落在她纯黑的口罩上："开个车还要戴口罩，莫非见不得人？"

薛霁尴尬地笑笑，信口胡诌道："外面空气不好，怕伤到皮肤。"

秦亦沉目若深潭，似乎洞悉了所有，却并未戳穿。他将钥匙递给她，薛霁十分殷勤地替他打开车门，请他进去。

车子很快发动，薛霁小心翼翼地开着，经过某个十字路口时，遇上了红灯。

薛霁停下车，看了后面一眼，她见秦亦沉微眯着眼，并没有睡着的样子，便尝试着同他搭话："秦先生，看你好像经常在外应酬，有没有考虑过请个专人司机？"

秦亦沉冷淡地抛出两个字："没有。"

薛霁没有气馁："那您觉得我以后专门替您代驾怎么样？"

"不需要。"

"长期合作的话，可以有打折优惠！"

"没兴趣。"

薛霁郁闷不已，简直和他聊不下去。她忍住砸他车的冲动，重新转头看向前面，就在这刹那，前方路口突然急转出一辆车，毫无预兆地撞了过来。

薛霁陡然瞪大眼，脑袋一片空白。

巨响过后，天旋地转，周遭的光影变得模糊起来。

薛霁感觉晕乎乎的，浑身使不上力，脑子里闪过的念头却是——

我的技术这么好，怎么会出车祸？不对，我都没发动车子，是它自己撞上来的。

不知过了多久，她的意识渐渐回笼，周围嘈杂的人声也清晰了些。有人打开车门，小心翼翼地将她抱出去。

"这姑娘没事吧？"

"要不要叫救护车？"

薛霁在热心群众的议论声中慢慢睁开了眼，她抬起头，对上一双深若寒潭的眸子。

秦亦沉抱着她，眉头紧皱，摘下了她的口罩，以免她呼吸不畅。

薛霁靠在他温厚的胸膛上，后知后觉地明白过来，这位可是掌控自己生杀予夺大权的救命稻草，忙关切地问道：“你没事吧？”

秦亦沉瞥她一眼，好似在说：“你还是先关心关心你自己。”

交警很快过来，给薛霁和对方车主做了酒精测试，最后证实是对方车主酒驾。对方车主是个大腹便便的中年男子，被带下车时还摇摇晃晃的，额头上挂了彩，看起来比薛霁伤得要重。

交警们还在进行现场勘查和记录，秦亦沉看向薛霁，忽然问：“要不要先去医院？”

薛霁扶着他的胳膊站稳，笑笑道：“不用，我没什么事，就是有点儿头晕。”

话刚落音，围观的人群中突然响起一个年轻小姑娘的声音：“她是不是那个女演员，叫什么薛霁的。”

“好像是！”旁边很快有人附和，“真人长得还挺漂亮的。”

“听说整过容，而且还到处惹事，不是什么好人。”

“原来是她！这种人被车撞也是活该。”

各种嘲讽和谩骂声顿时铺天盖地涌过来，薛霁面色微变，才受过撞击的脑袋又开始嗡嗡作响，握在秦亦沉胳膊上的手也紧了紧。

对着夜色中一张张陌生的脸，她突然觉得有些惶恐，下意识别过脸，想要将自己的脸藏起来。

秦亦沉感受到胳膊上的力度，垂眼看了看，目中泛起一丝微澜。

薛霁几乎将脸埋在了他的肩窝，这姿势显得有些亲密，他本该推开的，可扫了一眼周围“义愤填膺”的路人们，终究没忍心。

眼看场面越来越混乱，似乎还有娱乐记者闻风赶来，交警们赶忙维持秩序，让他们三人去交警队进行调解。由于酒驾车主受伤不轻，在去交警队之前，薛霁和秦亦沉还是去了一趟最近的医院。

逃离了嘈杂的环境，薛霁总算恢复常态，镇定下来。她松开秦亦沉，低声说了句：“谢谢。”

秦亦沉没有言语，神色淡淡，扶她去做检查。

检查过后，值班医生诊断说：“轻微脑震荡，没什么大碍，注意休息就好。”

幸好还不算太倒霉，薛霁暗自庆幸着，抬头忽然瞥见秦亦沉额角有一块瘀青，不由得道：“你额头撞伤了，要不要也检查一下？”

秦亦沉摸了一下那块瘀青，不甚在意地道：“不用。”

薛霁心道：这人性子还真是冷得可以。

想到盛妍的叮嘱，她不由得悲从中来。

随后，三人去交警队做责任认定，那酒驾车主的家属也赶了过来。大抵是看秦亦沉的那辆车不便宜，再加上他浑身散发着“不好惹”的冷冽气息，对方有点儿战战兢兢，十分自觉地承担下了所有责任，完全不敢吵闹。

事故处理完毕，已经将近午夜十二点。值班的交警是个一脸正气凛然的四十来岁的中年男子，他闻到秦亦沉身上的酒味，忍不住批评道：“一个大男人，喝得烂醉，还要女朋友开车送你。”

薛霁闻言愣了一下，忙解释：“不是……”话到嘴边，又生生咽了下去。难道要跟他说，自己是代驾，没有工作许可证的那种？

那她还是厚颜无耻地保持沉默吧。她心虚地偷瞄了秦亦沉一眼，他眉头深锁，脸色虽然不大好，但也没有出声反驳。

“回去好好照顾你的女朋友，以后可别这样了。”

交警大叔苦口婆心地絮叨着，薛霁生怕再听下去秦亦沉就真要爆发了，急忙扬起一个微笑：“谢谢交警叔叔，我们走吧？”

秦亦沉冷着脸，一声不吭地就往外走。

薛霁像小媳妇一样跟在他身后，看得交警大叔不住摇头。现在的年轻人，就是不知道惜福。

从交警队出来，薛霁心有余悸地左右看了看，见没人围堵，松了口气。

秦亦沉的车暂时不能开了，她有些歉疚地说道：“对不起，我叫辆车送你回去？”

秦亦沉在路边顿足，单手插裤兜，淡淡道：“不必，我已经叫人来接了。”

薛霁动了动唇，还想说什么，手机突然响了，是盛妍拨来的。

“今晚怎么样？有没有什么进展？”

薛霁看了一眼身旁冰雕一样的秦亦沉，压低嗓音小声道：“出了点儿事，总之倒霉到家了，回去再跟你说。”

薛霁刚挂断电话，来接秦亦沉的车也刚好到达，司机恭敬地唤了声：“二公子。”

秦亦沉微微颔首回应，打开车门。

见薛霁在一旁杵着不动，他皱了皱眉：“上车。”

薛霁愣了一下，受宠若惊地道：“我自己打车回去就行，不用麻烦你了。”

代驾闹出车祸，严格来说是她工作失职，哪还有让顾客送她回去的道理？

秦亦沉平静地看着她：“你如果不怕那些记者过来，就在这里继续等着。”

想象了一下那场面，薛霁不禁打了个寒噤，最终还是乖乖上了车，心下暗道：这人虽然看起来冷漠不近人情，但行事还挺有绅士风度的。

“住哪儿？”秦亦沉随后也上了车，问道。

薛霁报出住址，车子很快发动，在夜色中远去。

车内安静了一会儿，薛霁想起先前盛妍对自己的叮嘱，硬着头皮开口：“今晚的事实在很抱歉，不过这次真不是我的技术问题，我当时都把车停下了，是那人自己撞过来的。”

秦亦沉稍稍侧头。薛霁对上他的目光，信誓旦旦地道：“我保证，下次绝不会发生这种情况了！”

她应该不会倒霉到接连发生同样的事！

秦亦沉静静看着她，神情莫测，似乎有些看不懂她。

此时的薛霁脸上带着笑意，眼睛里也泛着点点亮光，与先前面对谩骂和侮辱时惊慌失措地靠在他肩头的模样截然不同，仿佛早已经把那些不愉快抛到了九霄云外。

这种情况下，她不是应该趁机顾影自怜一番，博取他的同情吗？

“你是自己改行了还是被雪藏了？”秦亦沉忽然问。

薛霁的笑容倏地一僵，她的心也慢慢凉下去。

直到这一刻，她才意识到某个被她忽略掉的事实。秦亦沉已经知道了她是谁，也知道了那些关于她的不堪言论。那她接近他的目的，他应该也已经猜到了。

薛霁积极乐观的心态终于有所崩裂，她沉默许久，方才答道：“雪藏。”

她说完这两个字，便彻底沉默了，没再试图同秦亦沉搭话套近乎。

事情到这一步，她如果还觍着脸凑上去，只会显得自己既愚蠢又可笑，根本起不到任何作用。

车内陷入诡异的静默中，气氛变得尴尬起来。

秦亦沉也没再多问，他十指交叉，靠着椅背闭目养神，似乎是在等她开口。

薛霁垂下眼，突然觉得有些难受，好不容易盼到一线生机，转眼之间又灰飞烟灭了。早知道还不如没有希望，这大起大落的，太考验人的心理素质了。

车子停在薛霁居住的小区外，深夜四下里一片安静，薛霁对秦亦沉轻声说："谢谢。"

秦亦沉睁开眼，神情上辨不出他的喜怒。

薛霁转身欲下车，忽然一个冲动，她又回头补充道："那些谣言都不是真的，我从没破坏别人的感情，也根本没有做过任何对不起别人的事情……"

她也不知道自己为什么会对着他解释这些，大概是压抑得太久，下意识地想找个人倾诉。

又或许，只是不想在他面前那么难堪？

她解释完，没有看秦亦沉的反应，匆匆下了车。

秦亦沉突然开口："等等。"

薛霁顿足。秦亦沉也下了车，从钱包里抽出三张一百的钞票，递给她："今晚的代驾费。"

薛霁愣了愣，随即感到有些窘迫，忙不迭道："不……不用了。"她故作轻松地笑笑，"碰上这么倒霉的事，你别太介意就行。"

薛霁说完也不敢看他，转身飞快地离开。直到进了屋，关上房门，她才松了口气。

想起今晚发生的种种，薛霁忍不住捂住了脸。她捂脸纠结了一会儿，冷静下来，终于想起应该给盛妍拨个电话，报备情况。

电话那头，盛妍听完事情的前因后果，沉默了一瞬，说："你真的不是一般的倒霉！"

薛霁很无奈，这能怪她吗？

"总之，秦亦沉这条路已经被我折腾没了，估计他不会再想见到我。"薛霁撑着脑袋，浮夸地长长一叹，"时也！命也！要不我还是去学习一下怎么做鸡蛋灌饼？"

盛妍委实不知道该怎么安慰她了，只得道："算了，你刚遭了车祸，别想太多，先好好休息。"

"好，晚安。"薛霁挂掉电话，觉得头还晕晕的，也懒得多想了，洗漱一番，爬上床倒头就睡。

这天晚上，薛霁做了一个十分诡异的梦。

梦到她穿了一身红色戏服，还拿着一把剑，跑到秦亦沉面前，要求他做她的靠山。秦亦沉不为所动，她就拔剑指着他那张面无表情的脸，恶狠狠地对他说，要么接受她的要求，要么就砍掉他的大腿。

秦亦沉勾起唇，笑得冷漠而讥诮。她受不了这种嘲讽式的侮辱，热血上涌，举着剑冲过去。再后来，她打不过秦亦沉，被他按在地上，毫不留情地揍了个脑袋开花……

梦醒后，薛霁顶着一头乱发，怨念不已：为什么在梦里她都这么凄惨？就不能给个美梦安慰一下她？

这一觉睡到了上午十点多，薛霁下床，拉开窗帘，刺目的阳光立马涌进来。

又是新的一天。

她伸了个懒腰，想起梦里的情形，忽然又觉得荒唐而好笑。

她跟秦亦沉，以后应该不会再有什么交集了。

她的心里浮起一丝淡淡的怅然。

正胡思乱想着，门铃突然响了。薛霁过去开门，她看到来人不由得一愣。竟然是许久没搭理过她的经纪人，罗欣。

“欣姐。”

“你跟秦亦沉是怎么回事？”罗欣劈头就问，表情严肃。

薛霁感到莫名其妙，一脸茫然地看着罗欣。难道她私下里当代驾接近秦亦沉的事，被人发现了？

罗欣进屋，见她好像还不知道发生了什么事，便将手机拨到一个页面，递给她：“你自己看。”

薛霁接过手机，一张照片猝不及防地闯入眼中——

照片的背景有些晦暗，定格的画面是她别过脸靠在秦亦沉的肩头，秦亦沉微微低头看她的一幕。

由于拍摄角度的微妙，再加上夜色灯光的渲染，整个画面看起来显得十分的暧昧。仿佛他们是一对恩爱的情侣，她受了委屈在寻求依靠，而他则是含情脉脉地凝视着她，守护着她。

随便发散一下思维，都能想象出一部完整的言情电视剧的剧情了。

薛霁猛然一惊，慌忙往下翻了翻。

各种博人眼球的话题和图文并茂的长篇文章铺天盖地而来，“薛霁再弃旧爱，夜会神秘富二代”“分析薛霁背后的男人们”之类的标题看得薛霁一阵头疼。

热门微博底下的评论更是精彩纷呈：

“前有元嘉哥哥对她旧情难忘，后有豪门公子为她保驾护航，她真是人生赢家。”

“只有我一个人觉得，这个男人比陈元嘉还要帅吗！”

“我也觉得帅，而且他气质更胜一筹，是我喜欢的类型。”

“为什么这种女人还能有真爱？我对这个世界绝望了。”

“这绝对是炒作！”

……

薛霁拿着手机，有些呆滞，半天都没缓过神。

罗欣看着她，皱眉问：“你跟秦亦沉这事到底是不是真的？”

薛霁只觉得脑袋突突地疼，像是昨晚被撞后留下的后遗症。

“不是。”她揉了揉额角，烦乱不已。

罗欣听到她的回答，有些失望：“那这照片是怎么回事？”

“就是，”薛霁噎了噎，实在不知道该怎么跟她解释，“我不小心出了车祸，他刚好路过，随手帮了个忙。”

罗欣的眉头拧得更紧了，她思索片刻问道：“关于这件事你有什么打算？”

薛霁愣了一下，随后反应过来：欣姐是在问她，要不要借这个热度——或者说是借秦亦沉的名头翻身。

“现在这种情况，不管你跟秦亦沉之间是真是假，只要你一口咬定你们有关系，那就是有关系。”罗欣神情凝重，“趁着这事还有这么多人在关注，我可以帮你安排公关团队澄清你之前的那些丑闻，至于赵总那边，看在秦亦沉的面子上，他也应该不会再为难你。”

“你是说让我拿秦亦沉炒作？”薛霁皱起眉头，“可是这样做，如果惹恼了秦亦沉会不会适得其反？”

“别做得那么明显就行，风险当然会有，但这是你唯一的机会。”罗欣说道，“放心，我会帮你想一个最优方案，尽量将风险降到最低。”

薛霁没出声，似是在犹豫。

“上回那件事之后，我本来真不想再管你的，可看你落到这步田地……”罗欣说着，恨铁不成钢地瞥了她一眼。

经纪人与手下的艺人息息相关，薛霁被雪藏，对她没有任何好处。何况，要捧红一个艺人并不容易，她前期也花了不少心思培养薛霁，哪能不盼着她好?

“小霁，以你的资质，只要好好把握机会，想出头并不难。”

薛霁仍旧沉默不语，罗欣分析的，她并不是不懂，只是这样拿秦亦沉炒作，未免也太无耻了些。

“欣姐，你让我再想想。”好半天，她才开口。

“那你尽快决定，必须在对方采取措施之前，时机一旦错过可就没了。”

罗欣走后，薛霁便坐在房间里发呆，心里头乱糟糟的，脑中闪过昨晚的一些画面:

秦亦沉将她从车里抱出，动作小心翼翼;

她因为路人群众的谩骂而惊慌失措地往他的怀里躲，他明明可以推开，却终究没有;

最后回家的时候，他原本不用管她，却还是坚持送了她一程。

与此同时，秦亦沉的别墅里。

秦亦沉向来不怎么关注娱乐新闻，自然不知道网上的热潮，可负责花天酒地的秦亦景就不同了。

“老二，你跟那薛霁是怎么回事？”秦亦景仿佛发现了新大陆一样惊奇，立马就飞奔了过来找秦亦沉。

在他的提醒下，秦亦沉才开始打开网页浏览，看着那些照片和热门话题，一双浓眉越皱越紧。

“想不到你也有绯闻缠身的一天。”秦亦景有点儿幸灾乐祸的意思，凑到他旁边，恰好看到了人气最高的一张照片，也就是薛霁靠在秦亦沉肩头的那一张，“说起来，这不是上次在你这里过夜的女人吗？”

秦亦沉阴沉着脸，没有说话。

秦亦景瞥见他的脸色，察觉到不对：“怎么，被人算计了？”

秦亦沉沉默着不出声。

秦亦景"啧啧"两声，道："这女人胆子还真不小，敢算计到你头上。"

"她签约了 KC 娱乐？"秦亦沉终于开口。

"好像是。"秦亦景稍稍收敛了开玩笑的心思，答道，"前阵子她被抹黑得挺惨，听说是因为得罪了赵凯。"

秦亦沉不知怎么地，突然想起薛霁昨晚为自己辩解的话，还有她当时微红的眼角。

昨晚他到最后也没等到她开口相求，他还以为她识趣地放弃了，原来是在这里等着他。

"反正都送上门了，要不你干脆收了她，灭一灭那老家伙的气焰？"秦亦景忽然道。他之前差点儿在赵凯手上栽了跟头，还曾经被赵凯当众削过面子，正愁找不到机会报仇。

秦亦沉抬头瞥他一眼，未置可否，眸底幽深莫测。

秦亦景对上这一瞥，心知没戏了，他耸了耸肩："开个玩笑。"

他这个弟弟，简直都快清心寡欲成一个圣人了。

秦亦景比秦亦沉年长五岁，因为是秦父秦母的第一个孩子，所以最开始的时候秦父秦母对他几乎到了溺爱的地步，等到发现他越长越歪，往纨绔子弟的方向一去不复返时，已经太迟，掰不回来了。养废了大儿子，就只能在小儿子的身上补救，为了不让小儿子步大儿子的后尘，秦父秦母大改教育策略，对秦亦沉各方面的要求都十分严苛，有时候甚至让人觉得这个儿子不是亲生的。

于是乎，秦亦沉就被养成了现在这样，从容沉稳、冷静自持。

当然，也不解风情。

外面对他们兄弟俩天差地别的评价，秦亦景自然也清楚，但要说羡慕或者嫉妒他，那倒是不可能的。他曾经亲眼看着这个弟弟在爸妈的严苛要求下过着十年如一日的"悲惨生活"，所以他对他这个弟弟，其实是非常的同情的。

过了一会儿，见秦亦沉仍皱眉不语，秦亦景起身，云淡风轻地道："绯闻而已，算不上什么大事，回头哥来替你处理。"

处理这种事情，他最有经验了。

第二章

铁树开花

我可以给你一个机会，不过你得帮我做件事。

01

薛霁正发着呆，手机突然响了，她看了一眼来电显示，接通了电话。

电话那头传来盛妍的声音，声音里透着一丝焦急："薛霁，今天网上的热门新闻你看到了没？"

薛霁木然地道："看到了。"

"你昨天不是跟我说没戏吗？这又是怎么回事？"

"全是假的。"

"可是那张合照，还有那些分析……"

"网上还说我破坏别人感情，你信吗？"薛霁对着天花板翻了个白眼，"照片是瞎拍的，就是昨晚出车祸那会儿，有人认出了我，害我差点儿被唾沫星子淹死。刚好秦亦沉站在旁边，我见他人高马大的，就往他那边躲了躲，谁知道刚好被人拍下。”

“我还以为你们是真的。”听完解释，盛妍有些失望，“其实，我倒希望这事是真的。”

“你怎么跟我经纪人的反应一模一样？”薛霁有气无力地道，“别做梦了，我估计秦亦沉现在只想掐死我。”

“他会不会报复我，把我彻底封杀？”薛霁突然有点儿后怕。四年的雪藏期虽然很可怕，但彻底封杀更让人绝望！

“应该不至于吧？”被她这么一提醒，盛妍也有点儿不安。

薛霁简直濒临崩溃了：“到底是谁偷拍的照片，我连戏都没得拍了，为什么还要抓着我不放？”

盛妍劝道：“你先别急，还没到最坏的地步。”

薛霁整理完思绪，渐渐冷静了下来，想起一事，说：“对了，刚刚我的经纪人来找我，她说让我干脆借这个机会炒作一下，说不定能翻身。”

“这样会不会太冒险？”盛妍微微蹙眉，“有几分胜算？”

“她说会尽量帮我把风险降到最低。”

“那你怎么想？”

“我不打算这么做。”薛霁顿了顿，抬眼看向窗外，“其实我觉得秦亦沉这个人挺好的，我不该利用他。我想去找他，把事情解释清楚。”

盛妍犹豫了一下，道：“你自己考虑清楚就行。”

由于没有秦亦沉的联系方式，薛霁只能登门拜访。她全副武装，裹得严严实实出了门，为了不被人认出，还特地戴上了一顶非常浮夸的彩虹色假发。

约莫五十分钟后，薛霁成功到达秦亦沉的别墅小区外。跟保安斗智斗勇了半天，她才混入小区内。

看着紧锁的大门，她突然有点儿忐忑：今天是周六，秦亦沉应该在家吧？

薛霁按响门铃，门铃声响了很久，屋内的人才有动静。

秦亦沉从客厅沙发上起身，过去打开门，随即眼皮一跳。

一个打扮得难以描述的“怪人”站在门外：红绿花色的连帽外套，脑袋几乎全缩在了帽子里，露在外面的假发万紫千红，不知道是哪个地摊上淘来的劣质货，还戴着黑色墨镜和粉色口罩，整体搭配起来简直惨不忍睹。

对上秦亦沉古怪的眼神，薛霁反应过来，连忙摘了帽子、假发和口罩。

“是我。”她赔了个笑脸。

秦亦沉的嘴角轻微地抽搐了一下。

“网上的那些照片和传言你应该已经看到了吧？”薛霁感觉自己的声音有点儿虚，“真的很抱歉，我也没想到会出现这种情况。我来这里是想跟你商量一下，怎么澄清这个误会。”

秦亦沉深深地看了她一眼，没说什么，侧身让她进屋。

秦亦景在半个小时之前离开了，因而屋子里安静得很。

两人在客厅的沙发上坐下，相比上一回，薛霁整个人显得局促了许多，一双纤细的长腿并拢斜放着，表情也十分不自在。

秦亦沉坐在她对面，好整以暇地看着她。

“对不起。”薛霁酝酿半天，终于开了口，“我不该居心不良，故意接近你。但是我真的没想到会遇上车祸，更没想到会闹出后面的事。关于网上那些传言我可以发文澄清。不过以我现在这个状况，恐怕也起不了多大作用。”

她看了一眼秦亦沉，小心翼翼地问道：“你这边打算采取什么措施吗？”

秦亦沉没想到她真是来开诚布公的，稍稍有些意外。

他沉默了片刻，缓缓道：“已经让人去处理了。”

“那就好。”薛霁松了口气，以秦家的实力，要解决这件事并不难，“需要我配合做什么吗？我都可以照办。”

秦亦沉再次沉默不语，静静地看着她，像是俯视众生的神祇。

薛霁对上他冷峻的面庞和深邃的眼神，突然有些发怵。

不得不承认，这个男人身上总带着一股迫人的强大气场，尤其是不说话的时候，简直是生人勿近。

她到底是有多想不开，才会跑来招惹他！

一瞬间，薛霁后悔得想哭。可她也只能硬着头皮挤出讨好的笑：“我能冒昧地问一下，你打算怎么处理吗？”

其实，她真正想问的是，他会怎么“处理”她。

凝滞的气氛持续了半晌，秦亦沉终于开口，却是答非所问：“上一回，你原本有机会提条件，为什么最后没说？”

这话问得突然，薛霁有点儿莫名其妙。

秦亦沉：“就是第一回，你在我这里待了一晚上。”

那天晚上，他醉得昏昏沉沉，她只要稍微动点儿心思，哪怕是弄虚作假地拍两张照片，也足以威胁他，达到自己的目的。

薛霁愣了一下，终于反应过来，老实地回答道：“那时候我还没想打你的主意，跟你碰上纯属巧合。”

秦亦沉看着她，似乎有些不相信。

“真的，那天我确实是去找兼职的，刚巧碰上你喝醉，缺个代驾。我脑袋一热就……要不然第二天早上我为什么会找你要代驾费？我当时的目的就只是挣点儿钱，昨天晚上才是有目的地接近你的。”虽然最后啥也没干成，还倒霉地遇上了车祸。

薛霁顿了顿，一脸诚挚地补充：“再说了，我这么正直善良，怎么会乘人之危？”

正直善良？秦亦沉高深莫测地看她一眼，收回了目光，也不知道到底有没有相信她的解释。他没再继续询问什么，也没回答薛霁之前的提问。

两人再次陷入沉默中，气氛也变得尴尬起来。

薛霁看着眼前这个捉摸不透的男人，心知等他开口是不太可能了，她咬了咬牙，索性豁出去道：“我已经真心实意地道过歉，这件事能不能就这么算了？”

秦亦沉重新抬眼看向她，唇边弯出一点弧度：“如果我不想就这么算了，你要怎么办？”

薛霁感觉心底有一万匹马在咆哮，她很想大声说：“照片不是我发的，我也很倒霉，我也不想的。”然而话到嘴边，终究还是咽了下去。

算了，反正情况也不会更糟了。最近发生的倒霉事太多，她都有些麻木了。

人要学会坚强地活下去，她对着秦亦沉挤出一个完美无缺的笑，说：“既然这样，那就不打扰秦先生了，再见。”

她刚从沙发上起身，秦亦沉就叫住了她。

“等等。”秦亦沉站起来，挽了挽衬衣袖口，露出一小截强劲有力的小手臂。

薛霁茫然地看着他，难道他怒气难消，要揍自己一顿？

秦亦沉转身，倒了一杯茶过来，搁在她面前的茶几上：“我可以给你一个机会，不过你得帮我做件事。”

转折来得太快，薛霁一时有些反应不过来。

秦亦沉做了个“请坐”的手势。薛霁将信将疑地坐回去：“什么事？”

秦亦沉：“下周五有一个晚宴，你陪我出席，演场戏。”

薛霁难以置信：“就这么简单？”

秦亦沉抬眼：“KC 娱乐的周年庆，赵凯也在场。”

薛霁微微怔住，这不是让她直接往赵凯脸上呼巴掌吗？

“我只说这一次，要不要这个机会，你自己决定。”秦亦沉微微往后一仰，平静地道。

薛霁几乎立刻就做出了决定：“好。”

就算不呼这一巴掌，赵凯也不会放过她，与其这样还不如死得壮烈一点儿。

听见她的回答，秦亦沉给秦亦景拨了个电话：“网上的那些你稍微压一压就好，不必太过分。还有，别为难薛霁。”

秦亦景一脸的疑惑，这到底是什么情况？

事情突然转变成这样，薛霁也始料未及，好半天心都还悬在半空。

“吃过饭了吗？”秦亦沉挂掉电话，忽然又问。

薛霁愣了一下，摇摇头：“没有。”

整个上午，她被网上那些流言搞得头昏脑涨，连口水都没工夫喝，听他这么一提才觉得自己肚子饿得慌，胃也隐隐作痛。

“走吧。”秦亦沉起身，明显是要同她一起吃饭的意思。

薛霁越发惊讶，想到自己给他添的麻烦，忙推辞道：“不用，我回去自己解决就行。”

秦亦沉微微侧眼，不冷不热地瞥着她。薛霁登时被他看得有些心慌。

“既然要演戏，总得提前熟悉一下角色。”秦亦沉淡淡地道。

原来他是在担心这个，薛霁松了口气，自信满满地笑道：“这你完全不用担心，演戏是我的长项，保证到时候演技过关！”

秦亦沉凉凉地看了她一眼，眼神里透着不相信。

“你这是在质疑我的专业素养！”薛霁瞬间被激怒了，“我可是新生代实力派演员，我的演技观众都有目共睹！”

看着她被激怒的样子，秦亦沉素来清冷无波的眼底浮起一丝笑意，脸上的寒冰似乎也有所消融。

薛霁只觉得受到了非常严重的侮辱，她愤然道："不信我现在就演给你看！"说完，她马上换了表情，上前挽住他的胳膊，笑容甜美，嗓音带着浓浓的撒娇意味，"亲爱的，我们今天去哪儿吃？"

秦亦沉没想到她入戏这么快，猝不及防地被她挽住，愣了愣神。

薛霁亲昵地偎着他，没有半分不自在，仿佛热恋中的少女："外面太阳好晒，我们找个近点儿的地方，好不好？"

片刻的凝滞，秦亦沉总算接受了这个身份设定，低低应了声："好。"

薛霁挽着他走到门口，突然想起自己还没有"武装"，她急忙翻出口罩重新戴上，又拿出那顶色彩斑斓的假发，往头上套。

刚套好，却被秦亦沉抬手摘掉，还出声"提醒"她："外套也脱了。"

薛霁不解地看着他。秦亦沉面无表情地道："我不想让人误会，我的'女友'穿着品位有问题。"

最终，薛霁只能戴着口罩和墨镜，跟着秦亦沉出了门，边往外走还边左顾右盼。秦亦沉见她这副"做贼心虚"的模样，忍不住按了按额角："你现在这是在戏里，还是在戏外？"

薛霁回过神，忙道："不好意思，职业病。"

她看了看秦亦沉，心想他都不介意被人瞧见，自己这么畏首畏尾的干什么？这样想着，她收回了视线，重新挽住秦亦沉的胳膊。

因为之前那辆车还没修好，所以这次秦亦沉换了一辆车。站在光洁得能映出倒影的高级跑车面前，曾经作为代驾的薛霁下意识地走到了驾驶座那一侧，刚想开车门进去，却被秦亦沉拦住。他意味不明地瞥了她一眼："去副驾。"

薛霁小心地看着他，她这是被嫌弃了？

上次的车祸真的只是个意外，跟她的技术完全没关系！

秦亦沉并没有理会她复杂的表情，径直弯腰上车。薛霁只好悻悻地转到副驾驶座那边，上车坐好。

秦亦沉俯身过来替她系安全带，这个动作拉近了两人的距离。

薛霁看着他线条硬朗的下巴，突然心下一痒，动了动手指，想去挠一挠他。手伸到半途，她猛地反应过来自己在做什么，立马又把手缩了回去。

演戏归演戏，不能趁机占人便宜。万一他恼羞成怒，收回先前答应的条件就不妙了。

二十多分钟后，两人到达一家粤菜饭馆内。

环境清雅，人也不算太多。

薛霁翻开菜谱，点了一道白灼虾，体贴地问道：“你想吃什么？”

秦亦沉淡淡地道：“你先点。”

薛霁眨了眨一双含水的眼睛，拖着调子娇柔地道：“你说，我来帮你点。”

秦亦沉无语，静静地看着她。薛霁含情脉脉地回视，仿佛丝毫不觉得违和。

秦亦沉被她磨得没办法，最后还是开口报了菜名。

不一会儿，白灼虾上来了，薛霁看着白瓷盘里排列整齐的虾，忽然起了小心思，故意撒娇道：“亦沉，我想吃虾。”她看了看自己纤细白嫩的双手，恰到好处地蹙眉，“可是我不想弄脏手，你替我剥好不好？”

让你质疑我的演技！乖乖剥虾吧！

秦亦沉一顿，抬眼看着她，眸色沉沉，迟迟没有动作。

薛霁心下暗爽，面上却露出委屈的神情，眨巴着眼睛，仿佛真是一位同男朋友撒娇的小姑娘。

当然，薛霁也没指望秦亦沉真给她剥虾，可样子还是要做足，她不情不愿地拿起筷子，心理其实已经准备要自食其力。

谁知就在这时候，秦亦沉突然动手，当真剥好了一只虾放到她碗中。

薛霁愣住。秦亦沉一言不发，继续认真地替她剥着虾，脸上神情淡淡，也看不出是生气还是高兴。

瞅着碗里越来越多的虾，薛霁莫名有点儿忐忑，不太敢下筷子。

秦亦沉抬眼：“怎么不吃？”

他的语调还算温和平缓，薛霁放下心来，扯扯嘴角，笑着说了声：“谢谢。”

她继续投入到表演中，大抵是气氛过于融洽，她渐渐有些忘我，忽然夹了一只剥好的虾递到秦亦沉的嘴边：“你也吃一个。”

秦亦沉又是一愣。

薛霁浑然不觉有什么不妥，依旧笑得明媚灿烂：“你也吃。”

秦亦沉望着她，眼底闪过一丝微澜，迟疑了一下，终是张开了嘴。

柔和的音乐声缓缓流淌，落地玻璃上映出两人的身影，忽明忽暗，模糊了真假。

吃完饭，秦亦沉将薛霁送回了家。

下车后，薛霁确认道：“下周五见？”

秦亦沉也跟着下车，拿出手机，问她：“你的手机号多少？”

薛霁这才想起来两人还没交换联系方式，忙出声报了一串数字。

秦亦沉记下，拨了过去。

存完号码，薛霁准备进楼，想了想，忽又回过身，在秦亦沉脸颊边做了个亲吻的动作——外人看来是亲吻，实际却并未碰上，只是离得极近。

芬芳的气息凑近又远离。她扬了扬眉，笑靥如花：“怎么样？我的演技还行吗？”

发丝轻柔地掠过他的肌肤，秦亦沉目光微动，在她明媚的脸上停顿了一瞬后，毫不留情地评价说：“矫揉造作，太浮夸了。”

薛霁暗暗咬牙，真的好想打人，怎么办？

回到住处的薛霁回忆起这一天，突然有种不真实感，好像做了一场梦。几个小时之前，她还在因为前途渺茫而烦躁不已，几个小时后，就突然柳暗花明又一村了。

她托腮神游片刻，去卫生间洗了把脸，随后给盛妍打了个电话。

盛妍本来还在为她担心，听完她的话，也有些不敢相信。

“秦亦沉真的答应你了？”

“应该没有开玩笑吧？他还说周五来接我。”

盛妍笑道：“这次可多亏我替你牵线搭桥，回头记得请我吃饭。”

“没问题，倾家荡产都要请！”薛霁一扫心中的郁气，也笑了起来。

她挂了电话，想到即将到来的春天，又傻乐了一会儿，抱着枕头进入梦乡。

网上的热潮来得快去得也快，没几天薛霁再次被人遗忘。而罗欣在她拒绝拿秦亦沉炒作之后，气得不轻，彻底放弃了对她的补救。

薛霁完全没把这些放在心上，每天小日子过得很是惬意。

转眼到了周五，薛霁早早打扮好，在家里等着。

下午五点左右，秦亦沉过来接她。

看到薛霁的时候，秦亦沉的目光顿了顿。

今日的薛霁没有像之前那样故意低调扮丑。她穿着一袭素净的白色礼裙，化了精致的妆容，她的长相本就是偏明艳大气的类型，身材又高挑，这样一打扮，整个人看起来光彩夺目，既清纯又妩媚。

这样的颜值，即便在美人扎堆的娱乐圈，也足够抢眼。

看见秦亦沉身后那辆熟悉的车，薛霁不由得问道：“车修好了？”

秦亦沉收回落在她身上的目光，应了一声，替她打开车门。

大概是从薛霁身上体会到了代驾的不靠谱，这一回，秦亦沉竟然带了个司机过来。

上车后，薛霁立马就入了戏，她抱着秦亦沉的手臂，偎在他肩头问：“我今天漂亮吗？”

作为一个爱岗敬业的好演员，哪怕只有司机一个观众，也必须尽责地把戏演好。

秦亦沉没有看她，不冷不热地回了两个字：“漂亮。”

“那……你觉得我以后会不会成为大家都喜欢的女演员？”

听到这句，秦亦沉终于向她投去了一道目光，然而却并未回答。眼中的神情仿佛在说：谁给你的勇气，这么自恋？

薛霁半天没得到回应，不高兴地撇了撇嘴，忽然攀着他的肩，凑到他的耳边，用只有两人能听见的声音说道：“我感觉你的演技有点儿差。”她顿了顿，“从专业角度来说，你刚刚那叫接不住戏。”

温热的气息在耳畔缠绕着，秦亦沉侧眸，对上一双含笑的眼。

清明透亮，妩媚动人。她微微仰脸看着他，一副有恃无恐的小女儿情态。

他记得，上周六她来找他的时候，似乎还有些惧怕他。这才过了几天，就敢这么肆无忌惮地趴在他身上撒娇胡闹，到底是入戏太深，还是天性使然？

秦亦沉看她片刻，抬手捏了捏她的下巴，低沉的嗓音里隐约透出一丝笑意：“好好坐车。”

微凉的手指触及肌肤，无端带了点儿暧昧。

因为清楚是演戏给人看，薛霁也没觉得这动作有什么不妥，悻悻然松开他，规规矩矩坐好。

前座的司机仿佛完全没听到后座的响动，目不斜视地认真开着车。

车子停在灯火辉煌的豪华酒店前，秦亦沉下车，朝薛霁伸出手。

薛霁弯腰出来，十分自然地挽上秦亦沉的手臂，款款往酒店内走。

四下里人来人往，满堂衣香鬓影。有不少宾客认出了薛霁，纷纷投来讶异的目光。

薛霁假装没看到众人各怀心思的眼神，挺直背陪在秦亦沉身边，笑意浅浅。

两人长相出挑，俊男美女站在一处，俨然是一对璧人。

宾客们虽然对关于薛霁的那些八卦新闻十分感兴趣，但更感兴趣的仍然是秦亦沉。这位秦家二公子素来行事低调，早几年又一直在国外，鲜少露面，如今高调出席 KC 的周年庆，难免叫人有诸多揣测。

KC 算是秦风集团的子公司之一。秦家在 KC 的股份，原本要略压赵凯一头，可秦家对于 KC 一直是半放养的态度，决定权几乎让赵凯一人独揽。秦亦沉的父亲秦宇过世后，赵凯眼见秦家老大不争气，在生意场上栽了跟头，便开始蠢蠢欲动，多番算计，企图趁机独占 KC，甚至想要整垮秦家。

幸而秦亦沉及时从国外赶回，雷厉风行，力挽狂澜，才帮秦亦景勉强稳住了局势。换句话说，秦家现在真正当家的，其实是这位二公子。

他今晚这番架势，莫不是要向赵凯宣战了？

众人很快将注意力转移到秦亦沉身上，陆续过来套近乎。沾了秦亦沉的光，薛霁也咸鱼翻身，得了不少奉承。

“二弟。”秦亦景突然冒出来，拍了一下秦亦沉的肩。他身边还跟着一个年轻姑娘，却并非他去年探过班的那位，似乎是个出道不久的新人演员，眉目淡雅，气质如水。

薛霁忍不住在心里道：果然是负责花天酒地的纨绔子弟，换人的速度都赶得上换衣服了。

秦亦沉转过头，叫了声：“哥。”

秦亦景掠了一眼薛霁，凑到他耳边，揶揄道：“原来你说去接个人，就是去接她！”

薛霁早就见过秦亦景，但却没有多少接触，不算熟稔，因而跟着其他人唤了声：“秦董。”

秦亦景笑道：“这么客气干吗？跟老二一样，叫大哥就行了。”

薛霁疑惑地看向秦亦沉：你没有告诉你大哥，我们是在演戏吗？

正说着，后方突然又一阵骚动，是赵凯过来了。

秦亦沉同秦亦景对视一眼，随后带着薛霁过去。

赵凯油腻的脸上原本挂着笑，当看见秦亦沉和他身边浅笑盈盈的薛霁时，脸色微变。

“赵叔。”秦亦沉彬彬有礼地打着招呼，仿佛当真只是一个谦和的后辈。

赵凯也很快恢复常态，笑道：“亦沉，好些时候没见了。”

“赵叔还是那么年轻。”

“长江后浪推前浪，我哪里比得过你们这些年轻人？”

两人虚情假意地客套着，语带机锋，薛霁则在一旁安静地当着花瓶。

秦亦沉突然转头看向她：“你不是签约在 KC 娱乐，怎么见了老板都不知道打个招呼？”

薛霁很快入戏，挽着他的手臂娇声道：“你和赵总在说话，我哪里敢插嘴？”她顿了一下，看向赵凯，“再说，我之前冒犯过赵总，也不知道赵总还愿不愿意见到我，万一又惹赵总生气就不好了。”

秦亦沉冲她笑了笑，又对赵凯道：“小霁年轻不懂事，有什么得罪的地方，还请赵叔看在我的面子上，多多海涵。”秦亦沉说着，偏头给薛霁使了个眼色，“还不敬赵总一杯。”

薛霁立马心领神会，举起高脚酒杯，微微笑道：“赵总，上回的事情实在抱歉，还请赵总见谅。”

虽是道歉，却不卑不亢，仿佛只是象征性地敷衍一下。

赵凯看着眼前的女人春风得意的模样，觉得自己面上渐渐有些挂不住。这女人真是不识好歹，当众泼他酒也就罢了，竟然转过头又投向了秦亦沉的怀抱，分明是来打他脸的！

宾客们见到此番场面，纷纷按捺不住，露出了瞧热闹看好戏的表情。

实际上，薛霁被雪藏的真正原因在场不少人都心知肚明。赵凯这人一贯好色，经常借着公事占手下艺人的便宜，那样对薛霁，无非是因为她不识趣，扫了他的面子。谁知道这回碰上个硬茬，人家小姑娘“宁死不从”，转头就找了旁的靠山，还堂而皇之地跑过来向他示威。

这不明摆着是说赵凯敌不过秦亦沉吗？

秦亦景在一旁看着，险些笑出声。

薛霁也没等赵凯回应，仰头将酒一饮而尽。干净利落，颇有几分豪气。

赵凯捏着手中酒杯，脸色越发难看了。

“亦沉，我头有点儿晕。”薛霁喝完酒，软绵绵地靠到秦亦沉怀里。

“赵叔，我先带小霁去休息，失陪。”秦亦沉冲脸色尚未平复的赵凯打声招呼，然后揽着薛霁的肩，转身离开。

穿过人群到了较为清静的休息区，秦亦沉扶薛霁坐下，薛霁冲他眨了眨眼，小声道：“怎么样，我刚才表现如何？”

秦亦沉看着她，唇角笑意未减：“你之前不是还很犹豫，甚至不想做这件事吗？可我看你刚才的样子好像乐在其中、大仇得报的样子？”

薛霁心道：不只是高兴，简直是痛快淋漓好吗？

她早就看那个赵凯不顺眼，成天就知道仗着权势占女孩子便宜，要不是身家性命捏在他的手里，她恨不得还要多扇他几巴掌！

当然，这种带有私人情绪的想法是不能让秦亦沉知道的，否则让他误会自己是在借这个机会公报私仇，一怒之下收回答应的条件就不妙了。

“哪里，”薛霁笑笑道，“这纯粹是因为我演技太好，入戏太深。”

秦亦沉似乎看穿她的心思，却并未戳穿，见她双颊晕开一点儿薄红，不由得问：“当真头晕？”

薛霁按了按额角：“戏是假的，可那一杯酒是真的，我先中场休息一下，待会儿再继续。”抬头看了一眼不远处欲过来同他攀话的宾客，“你去忙你的应酬，不用管我。”

秦亦沉没再多言，转身离开。

薛霁放下手，正想找点儿东西缓缓酒意，秦亦沉突然又回来了，手中端了一碟切好的水果：“吃点儿水果缓一缓。”

薛霁有些意外，受宠若惊地伸手接过：“谢谢。”

这男人细心体贴起来，还蛮像那么回事的。

正在这时，秦亦景突然凑过来，冲秦亦沉道：“老二，你今儿这招够狠！”

秦亦景看见薛霁手中的水果盘，露出一个惊讶且玩味的表情，他好奇地问薛霁：“你是怎么拿下我这个清心寡欲的弟弟的？”

薛霁被他问得措手不及，说：“靠脸？”

秦亦景一时语塞。

这女人，有点儿意思。

秦亦景忍不住笑了出来："老二，想不到你是这样肤浅的人。"

秦亦沉没有理会他，转身走到宾客中间。

"弟妹，你很有前途。"秦亦景最后肯定薛霁一句，跟着秦亦沉离开。

薛霁被他那声"弟妹"叫得小心脏颤了一下，待两人走后，低下头开始吃秦亦沉给她的水果。

还挺甜的，她翘了翘唇。

吃完半碟水果，薛霁想去趟洗手间，起身时，不经意间看到了陈元嘉。

薛霁看过去的时候，陈元嘉刚好也将视线投了过来，眼神有些复杂。薛霁假装没看见他，转身往洗手间方向走去。

从洗手间出来，路过某个拐角时，薛霁突然又撞上了陈元嘉。

触霉头的征兆……薛霁毫无感情地礼貌一笑，下意识地想绕开陈元嘉，却被他叫住。

"薛霁。"

陈元嘉欲上前，薛霁顿时如临大敌，夸张地抬手阻止："停住！我们最好保持三米以上的安全距离。"她可不想再跟他扯上什么关系。

陈元嘉被迫停下步子，有些难堪。

他是当红男艺人，坐拥粉丝无数，想必还没被人这样毫不掩饰地嫌弃过。

"上回的事是我连累了你，对不起。"陈元嘉皱眉说，"但是事后我已经发声明澄清过。"

薛霁心下嗤笑：澄清，你那澄清有什么用！

眼见有人过来，薛霁不敢同他多纠缠，转向另一侧，走到外面空荡无人的观景阳台上。谁知陈元嘉也跟了过来。薛霁脑袋突突地疼，估摸着今天不把话彻底说清楚，以后可能还要麻烦不断，一咬牙干脆转身面对他。

"陈元嘉，你到底想干什么？"薛霁不耐烦地问。

陈元嘉默然片刻，迟疑着开口道："我想见一见妍妍。"

阳台上灯光较暗，他的神情透着几分萧索，不同于人前的风光得意。

夜风拂来不知名的花香。

薛霁看着他，突然间忍不住生出些许感慨。

陈元嘉骨架消瘦，面容白皙，是时下很流行也很受女孩子喜欢的男艺人长相。薛霁记得，刚认识他那会儿，他还是个青涩干净的翩翩少年，衣着朴素，远不及现在这般光鲜。现在的他，虽然整体没有太大变化，但总觉得少了点儿什么。

大抵是少年的澄澈质朴。

薛霁认识陈元嘉和盛妍，是在大二上学期。

那时候，她选修了一位老师的舞蹈课。舞蹈练习室的位置比较偏，离宿舍非常远，有一次练习完，在回宿舍的途中，恰逢天气突变，风雨大作，薛霁没有带伞，险些被淋成落汤鸡。

刚好这时候，同样来学舞的盛妍看见了，便好心送了她一程——盛妍并非薛霁同校的校友，她是因为舞蹈老师是她妈妈的一个朋友，所以才会过来这边学习舞蹈。

再后来，陈元嘉来接盛妍，薛霁也顺道认识了他。陈元嘉和盛妍是高中同学，算得上青梅竹马。三人就这样熟稔起来。

盛妍的长相不差，是那种偏温婉淡雅的古典美人，说话做事也温柔大方，跟陈元嘉站在一起，令人十分赏心悦目。

薛霁有一次忍不住开玩笑说："你们两个的颜值，不进军娱乐圈实在太暴殄天物了。"

盛妍当时笑道："娱乐圈有你这位未来的大人物在，哪还有我们的活路？"

然而，谁也没有料到，这个玩笑后来竟然应验了一半。

盛妍和陈元嘉比薛霁要高一届，所以两人大三的时候，薛霁才大二。陈元嘉家境不太好，大三下学期就开始找工作单位实习，但却因为专业冷门而屡屡碰壁。某天，他陪盛妍去找薛霁吃饭散心，恰好碰上一个剧组来薛霁的学校挑选演员。薛霁一时兴起，便推荐他们俩上去试镜，结果陈元嘉居然通过了。

虽然最后分给陈元嘉的，只是一个不起眼的配角，但对于求职不顺的陈元嘉来说，这无疑是个机会。他考虑许久，最终决定接下这个角色，盛妍也表示支持。

就这样，陈元嘉踏入了娱乐圈。娱乐圈鱼龙混杂，陈元嘉既无背景也无人脉，又是非科班出身，刚开始走得并不顺利，甚至可以说是十分艰难。

直到他遇上陶思韵，那时候的陶思韵已经是颇有名气的女演员了，而且后台强大。薛霁不知道陈元嘉究竟是怎么同陶思韵相识相知的，等她发现不对劲时，两人的绯闻已经闹得满天飞。

她怕盛妍难过，起头还安慰盛妍说这只是娱乐圈惯用的炒作手段，劝她放宽心。可纸终究包不住火，没多久陈元嘉和陶思韵的亲密照就被人私下传到了盛妍的手机上。

盛妍看到之后，情绪崩溃，跑去质问陈元嘉。陈元嘉原本还想狡辩，结果看到照片后狡辩不成，开始装可怜哄盛妍，说他是不得已才这样做，让盛妍暂且隐忍，等他出人头地，不必再仰人鼻息时，一定会好好补偿她。

薛霁听见这话，差点儿没冲过去给他两拳！

再后来，盛妍痛苦挣扎许久，终于狠下心同陈元嘉一刀两断，而陈元嘉则在陶思韵的帮助下，很快咸鱼翻身，一路扶摇直上。

曾经美好如童话般的爱情，终究没能敌过现实。

因为这件事，薛霁自责了很长一段时间。毕竟是她把陈元嘉推入这一行，才导致后面他俩感情的变故。好在盛妍并没有迁怒于她，冷静半年之后，总算走出阴霾，重新开始自己的生活。

“你想见她，找我干什么？”薛霁从往事中回神，“我最后再说一次，盛妍见不见你，是她自己的意愿，跟我没多大关系。我又不是天上的王母娘娘，能划下一道天河阻拦你们。”

成天对她纠缠不休，烦都烦透了！

陈元嘉静默了一下，又道：“那你能不能帮我劝劝她，让她愿意见我一面？”

薛霁差点儿没绷住：“开什么玩笑？陈元嘉，你脑子没病吧？”

陈元嘉皱了皱眉，似乎并不觉得这个请求有什么不妥。

薛霁简直不知道他怎么好意思，勉强平复下情绪，说：“首先，我做不出这种推好姐妹再跳火坑的蠢事；其次，我没这么大能耐，能左右别人的意愿。我承认，当初你闹出和陶思韵的那事，我确实没少骂你，也一直劝盛妍和你分手，可最终做出决定的是盛妍。你都那样了她还不分手，难道要留着你过年吗？”

听着薛霁毫不掩饰的嘲讽，陈元嘉的脸色有些难看：“我那时候，也是身不由己……”

薛霁打断他：“身不由己？你分明是贪图名利。”

“你说我贪图名利，不择手段，你现在不也一样，攀上了秦亦沉？”陈元嘉恼羞成怒，反讽道。

薛霁闻言，再次火气飙升：“我跟秦亦沉，至少我和他都是单身，男未婚女未嫁，没伤害到任何人！”

薛霁刚说完，心里突然有点儿忐忑，不知道秦亦沉到底有没有女朋友？转念又想，不过是配合他演场戏，想这么多干什么？

“自己心怀龌龊，抵挡不住诱惑就想拉别人下水，真是好笑。”薛霁嗤笑道，“说起来，陶思韵虽然不是什么好人，但你比她更不是东西！靠着人家功成名就，转过头又把她一脚踢开，还把责任全往她身上推。鸟雀都知道衔环报恩，你除了自私自利、忘恩负义，还知道什么？”

陈元嘉挨了这劈头盖脸的一顿骂，终于哑口无言。

“合着你觉得全天下就你最无辜、最可怜。现在想回头追求真爱，早干什么去了？”薛霁酣畅淋漓地骂完，感觉浑身上下每个毛孔都舒畅许多，“总之，这件事我不会插手，你想见她你自己去。不过我劝你最好想清楚，你如今的身份，去找她只会给她带来不必要的麻烦。她一个女孩子，打拼到现在这个职位实在太不容易，如果你还顾念当初的情分，真心为她好，就别再去打扰她。”

薛霁往酒店里面扫了一眼，觉得已经待了太长时间，不想再多跟他废话，于是道：“话都说清楚了，你以后也不要再来纠缠我。”说完她越过陈元嘉往里走去，迈出两步，又谨慎地补充道，“等我先走，然后你过一会儿再走，省得又惹出什么非议。”

她已经受够那些莫名其妙往她身上泼的脏水了！

从观景阳台上回到室内，薛霁拢了拢头发，一抬眼，冷不防却看见墙边立着一个颀长的身影——正是秦亦沉。

秦亦沉冷冷地看着她，一张脸黑如锅底。

两步的距离，沉闷无声，风雨欲来。

秦亦沉冰冷地瞥她一眼，转身就走。

薛霁从震惊中回过神，忙追上去，结果追得太急，一不小心撞到他身上，险些把脚给崴了。

秦亦沉回身扶住她，皱了皱眉。许是怕让人看见，毁了先前演的那场戏，他一直没放开她，说话声音也刻意压得比较低：“别忘了你今天晚上的身份，我没那个闲工夫替你处理这些乱七八糟的私人关系。”

听他的语气像是动了怒，薛霁急忙道：“你听我解释，事情不是你想的那个样子！”

这话听起来怎么有点儿耳熟?

“我跟陈元嘉真的没什么，他是盛妍的前男友，跟我啥关系都没有，他找我也是因为盛妍！”薛霁极力发挥自己最好的概括能力，飞快地想把将事情三言两语地解释清楚。

秦亦沉望着她，似乎有些不相信。

“不信你去问盛妍！”薛霁说完，顿了顿，又忍不住补充道，“不过最好还是别去问她了，免得勾起她的伤心事。”

秦亦沉的脸色总算有所缓和，但还是不怎么高兴。

薛霁估摸着他是担心刚刚那一幕被有心人看见再闹出什么风波，会牵连到他，忙乖乖认错：“我保证，不会有下次。”

秦亦沉没再追究，往下扫了一眼：“脚还能走吗？”

“能走，没崴到。”

秦亦沉松开她：“走吧。”

薛霁跟着他往前，刚迈出半步，前方突然出现赵凯等人的身影。

几乎是瞬息之间，薛霁就做出反应。她抬手搂住秦亦沉的脖子，微微踮脚，将唇凑到他脸畔，几乎就要贴上。秦亦沉怔了一下，也迅速会意，及时揽住她的腰，带着她侧过身子。

两人所处的地方光线比较晦暗，因而这个姿势在其他人看起来，就像是情侣在暗处相拥亲吻。

赵凯等人看见这一幕，脚步顿了顿，面上皆闪过一丝惊讶。不是说秦亦沉清心寡欲、不近女色吗?

“怎么样？人走了没有？”一直保持一个姿势，薛霁有点儿撑不住，小声问道。

红唇近在咫尺，气息喷洒在他的肌肤上，一片湿热。秦亦沉低眸看着她，晃了下神。

“走了。”他低低应一声，手却未从她腰间放开。

薛霁闻言，松了口气，扭过脸想确认一下情况。谁知刚好秦亦沉也动了动，于是她的唇轻轻擦过他的唇角。

似春风拂过水面，漾开细微涟漪，稍纵即逝。

两人俱是一怔，薛霁率先回过神来，放下勾在秦亦沉颈后的双手。

秦亦沉随后也松开了她。

暧昧悄无声息地蔓延，一时间，两人谁也没有说话，默契地往回大堂的方向走。

这种时候好像说什么都尴尬。走了好一段距离，薛霁平复下心底那点儿悸动，突然想起先前陈元嘉的话，这才小声开口问道："我能问你一个比较私人的问题吗？"

秦亦沉偏头。

"你有没有女朋友？"

秦亦沉眸色微沉，探究地看着她。

薛霁笑道："我没别的意思，就是怕你万一有女朋友，会误会我们。"

半晌，秦亦沉才淡淡地抛出一句："没有。"

薛霁放下心来，没有就好，省得一波未平一波又起。

回到大堂，满眼的觥筹交错，跟着秦亦景来的年轻姑娘正陪在他身边，细心体贴地帮忙应酬着。薛霁见状，不禁有些惭愧，讨好地问秦亦沉："用不用我替你挡酒？"

秦亦沉道："不必，跟着我，别再乱跑就行。"

薛霁乖乖应下，跟着他走入人群中，同一帮认识或不认识的人开始周旋。

虽然秦亦沉没让她挡酒，但因为她今晚的身份，还是不断有人热情地向她敬酒。薛霁怕扫了秦亦沉的面子，几乎来者不拒，硬生生灌下不少酒。

"薛霁。"

薛霁才应对完某位高管，忽然听见身后一声轻唤，嗓音中带了一丝忐忑。她松开秦亦沉的胳膊，闻声回头，看见同样拿着酒杯的许幼清。她穿着一条淡粉色的裙子，有种柔弱纤瘦的感觉。

"幼清。"薛霁打了个招呼，不算热络，也不算疏离。

许幼清是她的同班同学，当初许幼清跟 KC 签约，还是她搭的线。这回薛霁倒霉丢了那部戏之后，许幼清却当上了那部戏的女主角。

许幼清看着薛霁，低声道："对不起。"

薛霁哭笑不得：今天这是吹的什么风，一个个争着跑来和她道歉？

“又不关你的事，你道什么歉？”即便不是她，也会有别人拿走那个角色。

许幼清仍惴惴不安，目光往旁边的秦亦沉身上看了一眼，似乎担心薛霁会借秦亦沉的手报复自己。

“再说了，肥水不流外人田，好歹我们是同班同学，这角色给你总比被别人抢了要好。我说真的，没讽刺你。”为了证明自己的友善，薛霁甚至主动跟她碰了下杯，“祝你新戏大火。”

许幼清露出意外的神色：“谢谢。”

薛霁没再跟她多说，回到秦亦沉身边，冲他笑了笑。

02

夜色渐浓，薛霁不知道自己究竟喝了多少酒，只觉得脑袋越来越晕，眼前的光影都变得恍惚起来。

“薛小姐……”醉眼蒙眬中又有人朝她敬酒。

薛霁机械地举起酒杯，正想灌下，冷不防被人揽住了肩膀。

“这一杯我替她喝了。”秦亦沉的嗓音在头顶响起，低沉悦耳。

他抬起手腕看了看表，对众人说了声抱歉，揽着薛霁往外走。

已经有宾客陆续离开，秦亦景搂着女伴出来，看见秦亦沉怀里醉颜酡红的薛霁，不由得问道：“她怎么醉成这样？”

薛霁站立不稳，整个人几乎都靠在秦亦沉身上。

秦亦沉低头看了看，蹙眉道：“我先送她回去。”

秦亦景笑道：“醉成这样，还送她回去干什么，直接带回你那里不就得了？”

秦亦沉没理他，揽着薛霁走下台阶。

司机开了车在不远处等着，见两人过来，连忙打开车门。

薛霁被塞进车内，像是反应过来什么，懵懵懂懂地问：“这就走了？”

秦亦沉在她旁边坐下，面上也有些醉意，只不过状态比薛霁好点儿。

薛霁软绵绵地偎着他，邀功般问道：“我今天表现得好不好？”

此时的她醉态俨然，说起话来透着些许傻气。秦亦沉瞥她一眼，没回答。

“我为了你，都豁出去喝了那么多酒，你难道还不满意吗？”

秦亦沉觑着她，心想着：合着这女人傻乎乎地任人灌酒，是为了他？

“你不会是反悔，不想答应我的条件了吧？”薛霁说着，立马紧张起来，“做人要言而有信，你不能这样。”

见秦亦沉仍未理她，她脸色都变了，一副要哭的模样：“你骗我……”

秦亦沉被她闹得头疼起来，只得开口道：“没骗你。”

“真的？”

“真的。”

“秦亦沉。”她忽然抬手捧住他的脸，笑了起来，眉眼弯弯。

纤细白嫩的手指贴着他的肌肤，灼热的呼吸喷洒在他的脸上，秦亦沉微微眯眼，等着她接下来的话。

“你真是个好人！”

秦亦沉一时无语。

“大好人！”得到肯定答复的薛霁彻底开心起来，开始趴在秦亦沉身上胡作非为，智商堪比三岁小孩。

她一会儿扯扯他的领带，一会儿又仰起脸看着他，一双眸子潋滟含光。

“我想做一件事……”她缓缓说着，语调神情中带了几分勾人的味道。

秦亦沉无端晃了下神。

“我想……”她突然抬手，轻轻地挠了挠他的下巴。

她想做这件事已经很久了。

指尖轻轻刮过，这一下仿佛挠在心上，秦亦沉眸色陡然一深，猛地捉住她的手，连呼吸也凝重了些。

薛霁浑然不觉有什么不对，还笑出声来：“原来你的脸不是石头雕的，也会怕痒！”

秦亦沉看着眼前笑得肆无忌惮的脸，真想出声呵斥两句，可话到嘴边，又咽了回去。

算了，一个醉得糊里糊涂的女人，跟她较什么真？

他握着她作怪的手，慢慢地放到她那边，又将她柔弱无骨的身子往一旁推了推。

谁知，没过一秒，薛霁又重新黏了上来，口中软软糯糯地唤道：“亦沉。”似乎还沉浸在戏中，没有走出来。

秦亦沉简直拿她没办法，酒劲上涌，他也有些头昏，索性由她去。

薛霁趴在他身前，仰头认真瞅着他的脸，眸子里闪着兴奋和好奇的光，像是在研究什么稀世珍宝。

“你长得这么帅，不如跟我一起去拍戏？”她伸出一根白嫩的手指，在他脸上戳了戳，“我觉得你很适合演……演霸道的总裁先生！”

秦亦沉冷漠地看着她。

“对，就是这样子！”薛霁激动道，“没什么表情，冷冰冰的，就像别人欠了你几百万一样。不对，几百万对你来说太少了，应该是几个亿……”

前座司机终于憋不住，笑出声来。

秦亦沉冷冷抬眼，扫视过去。司机感觉后背一凉，立马专心开车。

“等一下，”薛霁歪着头想了想，“你好像本来就是！”

车子拐弯，她一个不稳，差点儿栽到座位底下，秦亦沉眼疾手快，一把揽住她的腰。纤细的腰肢绵软如水，温热隔着布料传至掌心。

“不过你这个总裁，一点儿也不符合人设。”薛霁撇了撇嘴，十分不满，“那天晚上，我辛辛苦苦开车送你回家，你居然……居然就只给我三百块！”

“抠门！抠死了！”她愤怒地控诉着。

秦亦沉不知怎么，突然觉得有些好笑：“那你想要多少？”

薛霁道：“至少……至少得给两千小费。”

她的身子动来动去，莹白的锁骨映入眼帘，欺霜赛雪。

秦亦沉皱了皱眉，按住她的肩，似乎在压抑着什么。他耐下性子，低声哄她：“你现在先乖乖坐好，我明天就补你小费。”

“不需要了！”薛霁高傲地扬起头，义正词严地拒绝道，“我是个有骨气的人，才不受嗟来之食！”

秦亦沉感到无奈，他为什么要试图跟一个醉鬼聊天？

“你怎么又不说话了？”半晌没得到回应，薛霁奇怪地看向他，“按照你的人设，你接下来的台词应该是，”顿了一下，勾起他的下巴，含含糊糊道，“女人，你成功地引起了我的注意……”

秦亦沉语塞，这说的都是什么乱七八糟的东西？

闹腾半天，薛霁终于没了力气，安分地趴在他身前，开始喃喃自语：“跟你对戏真累，演技太差了，一点儿都不知道配合。”

软玉温香在怀，秦亦沉合上眼，也心累不已。

车子终于到达薛霁的住所楼下，秦亦沉让司机稍候，他半抱着薛霁下车，往楼内走去。

进了电梯，他问薛霁："几楼？"

薛霁迷迷糊糊地伸手，摸索半天，按了个九楼。

电梯门开，两人踉跄着走过楼道，高跟鞋叩地的声音在一片静谧中显得格外清晰。薛霁摸出钥匙打开门，进屋时一个趔趄，往旁边倒去。

秦亦沉伸手去扶她，可他忘了自己也喝了酒，于是只听得一阵咣当乱响，两人险些摔作一团。

最终，秦亦沉靠在玄关处的墙上，勉强搂稳了薛霁。

薛霁看着他，忽然又没心没肺地笑起来："你又演得不对。按照正常的剧本，你现在应该这样。"她拽着他的手，往她肩膀旁边一撑，恰好形成自己被禁锢的姿势。

今夜月圆，霜白的光透过落地窗泻进来，一片清明。

秦亦沉本想收回手，不经意间垂眼，对上咫尺之外水光潋滟的眸子，突然就顿住了。他像是受了蛊惑，顷刻间忘了自己要做什么。

薛霁仰着脸，愣愣看着他，也神思恍惚。

两人的呼吸似乎都乱了，灼热的气息相互交融，难言的暧昧无声地滋生着、弥漫着。

像是月光滴落，惊动心底一池春水。

他的目光往下挪了挪，落在她的唇上。柔软的两瓣，微微张着，妩媚而诱人。

醉意迷了心神，他不受控制地低头，吻了下去。

她没有避开，无意识地抬了抬下巴，睫毛微微颤动，闭上了眼。

芬芳在唇齿间蔓延，只是须臾之间，秦亦沉猛然回神，放开了她。

薛霁睁开眼，看着他，仍在迷糊当中，似乎不明白他为什么会突然停下，一双亮晶晶的眸子湿漉漉的。

"早点儿休息。"秦亦沉头疼地按了按眉心，没敢再多停留，转身离开。

薛霁一直睡到第二天中午才醒，头痛得都快裂开。她从床上坐起，缓和了好一会儿，尝试着回想昨天晚上发生的事情，却发现记忆十分模糊。

闪现的画面断断续续的，破碎不堪。

她跟着秦亦沉回到大堂，不断被劝酒……后来，她毫无疑问地醉了，秦亦沉带她离开宴会，送她回家。然后她黏着秦亦沉，趴在他怀里开始胡搅蛮缠耍酒疯，还戳他的脸说他抠门？

薛霁呆滞地瞪大眼，她的酒品差成这个样子吗？薛霁简直不敢再回想下去，欲哭无泪地颓丧了一会儿，又小声安慰自己："会不会是我在做梦？"

对！说不定是做梦，她之前不是还梦到自己拿剑指着秦亦沉？只有在梦里，她才会那么奇怪。这个想法极大地满足了薛霁自欺欺人的心理，于是她强行给自己洗脑，把脑内浮现出的模糊影像全部归作梦境，不肯再去细想。

戏已经演完，接下来就轮到秦亦沉兑现承诺了。

薛霁随便煮了点儿东西填饱肚子，拿着手机开始等他的消息。

然而，等到下午三点多，秦亦沉也没有主动联系她。

薛霁开始有些着急，难道那些不是做梦？她真的对着他发酒疯，惹恼了他，所以他决定收回先前的承诺？

一想到这个可能，她想死的心都有了。

许久，薛霁终于按捺不住，拨通了秦亦沉的电话。

电话很快接通。

"秦先生。"薛霁忐忑地开口。

电话那头，秦亦沉听着她礼貌而疏离的称呼，忽然想起昨夜她醉酒时唤的那一声"亦沉"。

看来，她的酒已经醒了。他低低应了声："怎么？"

薛霁小心翼翼地道："我想问问你之前答应我的事情还作数吗？"

电话那头一阵沉默，薛霁心里有些发虚。

过了片刻，秦亦沉的声音才传过来："我今天在家。"

薛霁愣了愣，随后反应过来："好，我马上过去。"

她简单收拾了一下，飞快地出了门。

按响门铃，很快有人过来开门。

这一回，开门的是保姆秋姨。秋姨四十来岁模样，面相看起来十分和善。

"薛小姐吗？"秋姨看见门口的薛霁，温和地笑道。

想必是秦亦沉提前给她打过招呼。薛霁点点头，礼貌地笑了笑。

秋姨请她进屋，边领着她往客厅走边暗暗打量着她，眼中的好奇神色怎么也遮掩不住。秋姨是去年秦亦沉回国的时候，被秦亦景请来到这边当保姆的。照顾这位性情冷淡的二公子这么久，这还是第一次见他约一个女孩子在家里见面，而且事先还特地叮嘱一番，足见他的重视。

“薛小姐稍等，二公子在书房。”秋姨请薛霁在客厅坐下，然后转身去了书房。

随后秦亦沉出来了。他穿着一件白色的休闲衬衫，领口敞开，露出一片精瘦的肌骨，衬着他线条硬朗的下颌，添了几分性感。

视线触及他下颌那处时，薛霁脑中倏地闪过一个画面——昨晚在车上她色胆包天，居然抬手挠了挠他的下巴。

薛霁一颤，内心几近崩溃：昨晚她莫不是疯了？

秦亦沉在她对面坐下，神色淡淡，与往常并无不同。

薛霁默默安慰自己“做梦而已”，随即挤出一个完美无缺的笑。

秋姨冲了两杯咖啡，搁在两人面前。

“谢谢。”薛霁微微笑道。

秋姨回她一笑，随后跟秦亦沉打了个招呼，便出门买菜了。

屋子里只剩下他们俩。

秦亦沉抬眼，看向对面规规矩矩坐着的薛霁。纤腰细腿、明眸朱唇，一眼望去，确实是个端庄矜持的美人，如果没有昨夜的本性暴露的话。

秦亦沉将眼前的她同昨夜醉酒后的形象做了个对比，不着痕迹地勾了勾唇：“酒醒了？”

这轻飘飘的一问，在薛霁听来却犹如雷霆重击。那些模糊的画面，比如黏在他怀里胡作非为，胆大包天用手挠他的下巴……都不是做梦，是真的！

刹那间，薛霁有种想扒开地砖、钻到地底把自己给埋了的冲动。

不过，作为一名演技过关的专业演员，她面上仍维持着尴尬而不失礼貌的微笑：“昨晚不小心喝多了，后面发生的事不太记得，如果有什么失礼的地方，还请秦先生见谅。”

“不记得？”秦亦沉似乎想到什么画面，唇角弧度深了深，“我劝你，往后还是少喝酒，尤其在不熟悉的人面前。”否则，哪天被人吃干抹净都不知道。

薛霁抽了抽嘴角，笑得越发心虚：“我平时很少醉酒，昨天那是意外。”

秦亦沉意味深长地觑她一眼，没再继续这个话题，转而问道：“你的条件是什么？”

薛霁立马把早已想好的话说出：“我想请你帮我同 KC 娱乐解约。”

秦亦沉闻言，目光一动，似是有些意外：“就这样？”

薛霁点了点头，不然她还要怎样？

秦亦沉看着她，眼神深邃，仿佛非要从她身上看出点儿什么来似的。

薛霁被他看得有点儿不自在，稍稍避开他的视线，问道：“有什么不妥吗？”

半晌，秦亦沉徐徐道：“我现在给你两个选择：一是继续留在 KC 娱乐，我会让他们给你最好的资源，把你作为重点艺人培养；二是同 KC 娱乐解约。”

薛霁一愣，还有这么好的事？

这场戏演得也太值了吧？她忽然有点儿后悔说他抠门。

薛霁思忖一会儿，最终道：“还是直接解约吧。”

“当真考虑清楚了？”秦亦沉强调说，“我既然答应，就一定会替你办到，你不必有其他顾虑。”

“考虑清楚了。”薛霁没有犹豫，笑了笑，“多谢秦先生的一番好意，只是……我真的不太想待在 KC 娱乐。”

“因为赵凯？”秦亦沉问。

薛霁沉默一下，没有否认：“我已经跟他结怨，即便留下来能得一时的风光，也得时刻防着他私下报复，到时候说不定还会给你添麻烦。与其成天提心吊胆，倒不如干干净净断掉，我又不是没手没脚，离了这里就活不成。大不了从头开始，就当磨炼演技。”

秦亦沉眼底添了一丝兴趣，这女人倒是不傻，没有一叶障目，只看得见眼前风光。

“失去这么一个大红大紫的机会，你就不觉得可惜？”

“人各有志，强求不得。”薛霁抬眼与他对视，目光清澈，“有些原则和底线，我不想退，也不会勉强自己去退。大红大紫固然很好，但如果为了这个强逼自己，弄得往后身心不自由，岂非得不偿失？”

秦亦沉心下轻微一动。

面前的女人跟他以往见过的当真很不一样，聪明、漂亮，始终固守本心，坚持原则，却又并非愚昧不懂变通，甚至还知道想办法讨好奉承他。

知世故而不世故，处困境而不自困。

说实话，刚开始的时候，因为看到网上那些关于她的负面言论，他对她的印象并不是很好，下意识地就将她视作贪慕虚荣、心机深沉的女人，以至于她无论做什么，他总会不由自主地对她带有偏见。

那天晚上她向他解释一切都是谣传的时候，他也没怎么在意，心底里隐约还抱有“她不过是失了赵凯的宠在另寻靠山”的想法。然而之后的接触，却让他彻底改观，相信了她的解释。以她的外貌和性子，倘若真的想讨好赵凯，其实再容易不过，又怎么会落到那样狼狈的地步？

即便是自认为还算冷静自持的他，也不得不承认，昨晚两人独处的最后两分钟，他确确实实被她勾动了心，所以才会有那不受控制的一吻。

想到这里，秦亦沉的目光不由得落在她嫣红的双唇上，顿了顿。

那滋味……似乎还不错。

片刻后，秦亦沉微微翘起唇角：“好，解约的事我会尽量在一个月内帮你处理妥当。”

薛霁闻言，登时欣喜若狂，险些抑制不住从沙发上跳起来。

“多谢秦先生。”薛霁好不容易才克制住激动的情绪，保持形象起身道谢。

“不必客气，公平交易而已。”秦亦沉看着她礼貌疏离的模样，却突然有些怀念昨晚那个本性暴露、肆无忌惮的她。

两人短暂地静默了一会儿。

薛霁打破沉默：“没有其他事的话，那我就不打扰了。”她怕再待下去，会克制不住，扑上去给他一个熊抱。

秦亦沉没说什么，起身送她出门。

出了门薛霁就兴奋起来，迫不及待地给盛妍打了个电话：“美人，搞定了！”

那头，盛妍也松了口气：“搞定就好，恭喜。”

薛霁激动得有些语无伦次：“真没想到他这么容易就答应了，我现在好想给他背一篇《陈情表》！”

电话那头的盛妍抽了抽嘴角：“你高考语文及格了吗？”

“你不要在意这些细节了！总之，我对他的感激之情，犹如滔滔江水绵延不绝……”

屋内，正准备关门的秦亦沉听见这话，忍不住笑了。

薛霁仍在继续："我宣布，从此以后，他就是我最崇拜的男人了！"

盛妍："你最崇拜的不是顾修吗？"

薛霁噎了一下："……这不一样！"

盛妍："你干脆以身相许好了。"

薛霁："那不成，我怎么能用如此恶俗的关系来玷污我的恩人！"

也不知道秦亦沉是用的什么办法，一个月后，薛霁果真收到了 KC 的正式解约合同。

重获自由的当天，她从公司出来，刚好撞上了赵凯。赵凯看见她，脸色不是一般的差，像抹了酱油一样。薛霁生怕再惹到他，非常低调地绕开他走了。

处理完解约事宜，薛霁收拾一番心情，开始找新的工作。

因为网上的争议和前科问题，新工作找得并不顺利。好在薛霁早有心理准备，降低要求，最后终于接到两部戏，一部古装一部现代，都是无关紧要的小配角。

在入剧组开工之前，薛霁想起来解约成功后还没向秦亦沉道谢，便拨了个电话给他。谁知，电话响了两声，就被那边摁断了。

薛霁瞅着手机，微微一愣。随后，她隐约明白了什么，自嘲地笑了笑。

"不必客气，公平交易而已。"

如今交易已经结束，他怕是不愿再跟她扯上什么关系。一个口碑不好的女艺人，只会影响他秦家二公子的名声。

不知怎么，薛霁心里突然空落落的，一阵难受。她抱膝坐在沙发上，怔怔地望着阳台上翠绿的盆栽，因为重获自由而生出的喜悦也淡了许多。

愣怔一会儿，她扯扯嘴角，强迫自己露出一个没心没肺的笑，起身倒了一杯水，打开电视机开始看电视剧。

然而看了半天，脑子里仍乱糟糟的，什么也没看进去。她郁闷地关了电视，从房间里拿出一本书，翻开看起来。

没翻几页，手机突然响了，来电显示：秦亦沉。

薛霁先是一愣，随后有些迟钝地接通电话。

秦风集团总部 30 层楼上，秦亦沉站在落地窗前，看着外面高远的天空，说："抱歉，刚刚在开会，找我有事？"

仿佛有一道亮光在眼前炸开，阴霾瞬间就散去了。

“没什么，”薛霁笑笑道，“就是想跟你说一声，我已经收到解约合同了，非常感谢。”

秦亦沉的回复依旧十分简洁：“好。”

这句话说完，两人便冷场了。谁也没有出声，也没有提出挂电话，双方诡异地沉默着。

于是，薛霁主动开口说了句客套话：“你什么时候方便，我请你吃个饭？”

电话那头，秦亦沉忽然想起前两天秦亦景同他说的一番话。

当时秦亦景就觉得奇怪，怎么自从那天晚宴过后就没再见薛霁出现在他身边，便追问他是不是把人给甩了。

秦亦沉没回答，秦亦景就以为他是在默认，有些惊讶：“这么快就甩了？我觉得她还挺有意思的，长得也不错，怎么不多留人家一阵子？”

“今天不行，明晚如何？”秦亦沉回道。

薛霁原本只是想客套一句，没想到他真会应下。

“我都可以。”不知是不是错觉，薛霁似乎听到那边轻笑了一声。

“那就明天晚上，地点？”

“请你吃饭，自然由你来定。”

秦亦沉想了一下，说：“‘春日宴’吧，我们都熟悉。”

“好。”直到挂断电话，薛霁仍有些反应不过来，脑子晕乎乎的。

他们这算是约好了？

翌日，薛霁提前到了“春日宴”。盛妍看见她，笑道：“怎么，来请我吃饭？”

“还没轮到你，今晚请的秦亦沉。”

盛妍伸出手指，戳了戳她的额头：“重色轻友！”

薛霁耸了耸肩，无所谓地道：“你要不介意的话，可以跟我们一起，正好，我还能省点儿钱。”

“我还是不去破坏你们的二人世界了。”盛妍朝她抛了个暧昧的眼神，“而且我今晚要加班，没空。”

薛霁握住她的手，深情款款地说：“美人，看在我对你情深似海的份儿上，今晚的消费能打个折吗？”

盛妍抽出手，温柔又优雅地一笑：“不能。”

盛妍领着她去了包厢，没一会儿，秦亦沉也到了。

水晶灯投下剔透的流光，他穿着一件裁剪合适的黑色衬衣，下身同色长裤，越发显得身姿修长挺拔，灯影下面容冷峻，一双眸子深若幽潭。

这样的情景，倒有些像两人初遇那晚。

他朝她走来。他磁性的嗓音响起的刹那，薛霁觉得心跳倏地漏了一拍。

“我迟到了吗？”他问。

薛霁抑下心底莫名其妙的悸动，摇了摇头：“没有，是我来早了。”

秦亦沉在她对面坐下，照旧将菜单推到薛霁面前，让她先点菜。

不得不说，这个人虽然看起来冷冰冰的，一副不好相处的样子，但在对待女孩子方面，却始终有礼有节。即便是生气，也始终保持着良好的涵养，不会做出什么过分的举动。

薛霁突然有些庆幸，那天晚上误打误撞遇上的是他，倘若换了别人，恐怕今日又是另一番光景。

“这次的事，真的很感谢你。”薛霁由衷地道。

秦亦沉的唇角浮现一丝笑意：“解约之后，有什么打算？”

“暂时不准备签长约，先自己接点儿戏看看。”薛霁道，“前两天已经谈好两部戏，一部古装，一部现代。”

秦亦沉微微蹙眉：“一口气接两部，吃得消吗？”

薛霁笑笑道：“都是小配角，戏份不重。”

秦亦沉看了她片刻，忽然问：“用不用我帮忙？”

薛霁愣了一下，礼貌地回绝道：“不用，我已经够麻烦你了。”

虽然这位主动伸出的援手非常具有诱惑力，但他主动伸过来，而且还这么突然，总让她觉得哪里不对劲。

以她的倒霉体质，就算天上掉馅饼，也不会砸中她！

秦亦沉执筷的手一顿，说道：“怎么，怕我对你有什么不轨的企图？”

薛霁险些被这直白的一句给呛到，干笑着说：“当然不是，我只是觉得……这件事我自己能解决，没到要别人帮忙的地步。而且我之前走得太顺，导致心态有些浮躁，正好趁这个机会好好磨炼一番。”

秦亦沉没再强求，夹了一片松茸，放入碗中。

薛霁看着眼前低头沉默的男人，心中无端生出几分忐忑，有些摸不透他的心思。

过了一会儿，秦亦沉抬眼，恰好撞上薛霁盯着自己的目光。

四目相对，薛霁急忙垂下了头。

秦亦沉勾了勾唇，别有深意地道：“你好像，很怕我？”

薛霁抬头：“怎么会？”

“那为什么躲躲闪闪，一副有话不敢说的样子？”

薛霁微微一笑，露出谄媚的表情：“您误会了，我这明明是感激加敬仰，生怕一不小心亵渎了您。”

人生在世，学会恰到好处地拍马屁这项技能是多么重要。

秦亦沉轻笑一声，道：“那倒还真没看出来。”

含笑的嗓音穿过耳膜，薛霁突然有种被撩动心弦的错觉，心头没来由地一阵酥麻。她慌乱地看了秦亦沉一眼，又飞快地收回目光，低头吃菜。

最后，两人的这顿饭在一种说不清道不明的气氛中结束。

薛霁翻出钱包准备去结账，秦亦沉忽然征询一句：“要不，还是我来？”

薛霁忙道：“那怎么能行？说好的我请你。”

她虽然穷，但还没穷到这种地步。

结完账，薛霁收好东西，对秦亦沉说：“我想去跟盛妍打声招呼。”

“好。”

薛霁的本意是让秦亦沉先走，谁知秦亦沉却仿佛没听懂她的意思，跟在了她的身后。薛霁想着应该耽误不了多少时间，便也没说什么。

走到盛妍办公室附近时，薛霁突然在光线晦暗的角落里看到一个熟悉的身影，高高瘦瘦，戴着口罩和帽子，神神秘秘的，像是怕被人认出。

他伪装得很严实，但薛霁还是认了出来：“陈元嘉？”

盛妍也在，陈元嘉正拽着她的胳膊，低声说着什么。盛妍似乎有些不耐烦，挣开他，进了旁边的一间屋子，陈元嘉随后也跟了进去。

房门关上，薛霁怒火中烧，下意识地就要冲上前，却被秦亦沉一把拽住。

“你干什么？”

“去把那个喜新厌旧的男人揪出来！”

“别人的感情问题，你最好不要过分插手。”秦亦沉拽着她，冷静地说道，“哪怕是再好的朋友，也不例外。”

薛霁听到这话，清醒了一些，她停下步子，却仍担忧地望着那扇紧闭的门。

秦亦沉瞥她一眼：“你要实在不放心，可以在这里守着。”

薛霁心头的那点儿冲动彻底熄灭，想到那些糟心的前尘往事，她忍不住对秦亦沉说：“你说他怎么好意思来找盛妍？”

秦亦沉虽然不清楚其中内情，但也差不多猜到个大概，闻言道：“他再怎么不是东西，也跟你无关，你这么激动干什么？”

薛霁叹了口气：“其实这件事，跟我还真有关系。”

薛霁将当年盛妍、陈元嘉和陶思韵之间的事大致解释一遍，说：“当初如果不是我介绍他去拍戏，或许他就不会碰上陶思韵，也就不会闹出后面那些事。”

秦亦沉不以为意：“你倒真会给自己揽责任。他自己心志不坚，就算没有陶思韵，早晚也会因为别的原因动摇。”

也许是之前那一场“情侣戏”演得太过投入，薛霁不知不觉就把眼前人当成亲近之人，脱口便问：“你们男人是不是都是这么喜新厌旧、三心二意？”

话刚问出口，薛霁就意识到不对，然而说出去的话犹如泼出去的水，已经收不回来了。

她有些尴尬，不敢去看秦亦沉的反应，心虚地别开了视线，低头时才发现，秦亦沉还拽着自己的胳膊。

骨节分明的手握在她的手腕上方，肌肤相触之处温热蔓延，仿佛有火烧过，薛霁不由得一怔。

秦亦沉顺着她的视线望过去，也察觉到了，慢慢松开手。

一时间，气氛似乎更尴尬了。

薛霁感觉各种不自在，连呼吸都有点儿不畅，遂开口打破沉闷：“那我给盛妍发个消息，确定没什么事的话，我们就先走。”

“好。”

她从包里拿出手机，给盛妍发了消息。

不过片刻，盛妍那边发来肯定的回复，两人才转身离开。

外间夜色绮丽，风中依稀飘散开清浅的花香，薛霁跟在秦亦沉身旁，缓缓往前走着，神思不定。

蓦地，腰间一紧，秦亦沉突然伸臂将她一把揽入了怀中。

前方歪过去一个摇晃的人影，是个喝醉的男人，薛霁险些就和他撞上。

“你这人怎么走路都心不在焉的？”秦亦沉低头，微微蹙眉。

淡淡的男子气息包裹住她，薛霁靠在他的怀中，一瞬间仿佛听见自己和他心口剧烈的跳动声。

风拂过颊边的碎发，却散不去滚烫的温度，她脑子里一片混乱，像是突然失去思考的能力，手指因为紧张而用力拽着他的衬衣。

片刻后，秦亦沉慢慢放开她，她从他怀里退出，面上的灼热久久未消，鼻尖依稀仍有他的气息萦绕。

“谢谢。”她低低说道，抬头与他对视一眼，迅速移开目光。

秦亦沉似乎也察觉到她的异样，眼底隐约闪过一丝笑意，没再开口说什么让她更不自在的话，沉默地继续往前。

接下来，几乎一路无言。

有光照到两人身上，投下静默的长影。

当晚，薛霁毫无意外地失眠了，在床上翻来滚去，直到后半夜才艰难地入睡。

她做了个梦，梦里画面凌乱繁杂，最后比较清晰的印象是周遭光影流转，秦亦沉扣着她的腰，将她禁锢在狭小的空间内，低头吻上她的唇……

天光大晓，薛霁睡醒过来，弯身坐起，烦躁地抓了抓头发。

怎么又梦见秦亦沉？而且还跟他……

她这是入戏太深吗？

整个上午，薛霁都处在焦虑状态中。中午的时候，她给盛妍打了个电话，才知道盛妍今天调休，没去上班。

“你没事吧？”薛霁听她的声音怪怪的，不由担心道。

“没事，就是加班加太多熬不住了，休息两天。”盛妍道，“你准备什么时候请我吃饭？择日不如撞日，要不就今天？”

“行，你想吃什么？”

“去我们以前常去的那家店吃火锅吧。”

薛霁不由笑道：“你这么不照顾自家的生意，就不怕被你老板知道，扣你工资？”

“他又不是我爸，还能管着我吃饭？天天在他那店里待着，就是山珍海味也吃腻了，总得换换口味。”

健身房内。

“老二，你昨晚干什么去了？叫你出来跟孙辰他们聚聚，你也说没空。”

秦亦景从跑步机上下来，擦了擦头上的汗。

秦亦沉继续在跑，汗液顺着脖颈滑落，他语气淡淡：“事先约了人。”

“有新欢了？”秦亦景眉一挑。

秦亦沉没理他。

秦亦景忽然想起什么，说：“我听嬿嬿说，那个薛霁跟她接了同一部戏，不过是个无关紧要的小配角，看样子混得挺惨的。好歹也跟了你一回，怎么你都不帮她一把？”

秦亦沉瞥了他一眼。

秦亦景揣测道：“是不是她哪里惹到你？”

见秦亦沉仍旧不语，秦亦景只当他是默认，便劝道：“女人就爱使点儿小性子，尤其是漂亮的女人，你也别太较真。”

秦亦沉微微勾了勾唇，没有回答他，眼前闪过那女人明艳生动的笑脸和无辜中带点儿谄媚的眼神。

下午六点左右，薛霁和盛妍到了约好的火锅店。盛妍坚持要吃辣，薛霁却表示吃不了，于是两人折中点了个鸳鸯锅。

“你不是天天说要健康饮食吗？突然吃得这么重口味，就不怕上火长痘，毁了你的花容月貌？”薛霁看着盛妍面前红彤彤的油汤，忍不住咋舌。

“偶尔一回有什么要紧的。”盛妍将漏勺放好，说道，“倒是你，平时也没见你吃得多清淡，怎么今天反倒讲究起来？”

薛霁头疼道：“我不行了，最近请完这个请那个，饭局太多，再不悠着点儿，我怕我脆弱的肠胃会受不了。而且我刚接了新戏，还有几天就得进剧组开工，绝对不能在这个时候出什么问题。”

“这么快就重新开工？在哪儿拍？要去外地吗？”

“两部戏，一部现代，一部古装，暂时定的先拍现代，不用去外地，后面那部古装戏，要去 H 城拍。”

盛妍皱了皱眉：“一口气接两部，你这是准备把自己逼成全国劳模吗？”

“要不是时间太紧，我原本还想接三部。”薛霁笑笑，“当个劳模也不错！”

“懒得说你。”盛妍端过旁边的小碟子，开始涮肉。

火锅的热气蒸腾而上，染湿额间细软的碎发，薛霁隔着蒙蒙雾气看向盛妍，想问她关于陈元嘉的事，却又不知道该怎么开口。

没过一会儿，盛妍却突然主动开口：“对了，昨天晚上陈元嘉来找我。”

“我走的时候看见了。”薛霁迟疑着问，“他来找你求复合吗？”

盛妍眼睑低垂，沉默一瞬，扯扯嘴角，说：“复合？他倒是想得美。”

薛霁听她这话，松了口气：“我还以为你又要心软，会原谅他。”

“哪有那么便宜的事？我还没傻到这种地步。”盛妍抬头，笑得云淡风轻，“我已经跟他说清楚，让他以后不要再找你，为了我们两个那点儿陈年破事，连累着你也不安生。”

薛霁道：“我现在担心的是他还会来找你，万一让人偷拍下照片，被曝光到网上，你可就麻烦了。”

“应该不会。”盛妍蹙了蹙眉，“我昨天晚上说了不少狠话，还差点泼了他一脸茶水，他这人自尊心强，应该拉不下脸再来。”

薛霁想象了一下盛妍怒泼茶水的画面，觉得有点儿好笑，随后又忍不住感慨：“你说他也真是的，早知今日，何必当初？”

盛妍没说话，重新低头去吃碗里浸了辣油的肉片，她吃着吃着，忽然落下泪来。

薛霁见状，忙抽了一张纸巾给她：“好好的怎么哭了？为了这种人掉眼泪，不值得。以后咱找个比他好千百倍的！”

盛妍接过纸巾擦着眼泪，想说话却开不了口。

“再不行你就专心发展事业，男人这种生物，没什么好惦记的。”

“你在想什么？我这是辣的，又不是因为他。”盛妍终于缓解一些，哽咽着说道。

薛霁也不知是真是假，只能道：“那你喝点儿水缓缓。”

盛妍擦完脸，拿起旁边的杯子，慢慢喝着水。

薛霁突然道："别提他了，我也有点儿事想跟你说。"

盛妍："什么？"

薛霁犹犹豫豫地问："你觉得……秦亦沉这个人怎么样？"

盛妍狐疑地瞅着她："怎么，动心了？"

本以为薛霁会嘴硬地狡辩一番，谁知她却满脸纠结地承认："好像有点儿。"

盛妍不由得有些意外，放下杯子，收了开玩笑的心思："怎么回事？"

"我已经不止一次做梦会梦到他，而且靠近他的时候，总会不由自主地紧张，"薛霁看了盛妍一眼，"还有，昨天晚上，他抱我的时候……"

"抱你？"盛妍立马抓住重点。

"不是你想的那样。是我差点儿跟一个醉鬼撞上，他才伸手抱的我。当时我明显感觉到自己心跳加速、呼吸困难，脑子里也一片空白。"薛霁仔细回忆着当时的情形，"我以前跟人拍情侣戏的时候，都没有过这种感觉。"

盛妍想了想，问："那你平常有没有很想见他？或者见到他就特别开心？"

"很想见他……倒没这么夸张。"薛霁琢磨道，"不过，见到他还是挺高兴的。"

盛妍听到这里，憋不住乐了："别想了，八九不离十，恭喜你成功坠入爱河。"

她眨眨眼，揶揄一笑："没想到千年铁树也有开花的时候，难得！"

薛霁人长得漂亮，性子也开朗，大学时追她的男生不少。但不知道怎么回事，她好像天生断情绝爱一般，愣是一个都不感兴趣，所以盛妍一直笑她是千年铁树难开花。

"连你也这么想，那看来不是我的错觉。"薛霁有点儿小惆怅，"我居然这么抵挡不住诱惑。"

"男欢女爱，多正常的事，用得着这么苦大仇深吗？"盛妍道，"喜欢就去试试！说句实话，像秦亦沉这样优质的单身男人已经不多了，你要真有心，可得抓紧点儿。"

"你也觉得他不错？"

"从我之前收集到的资料来看，还不错，没什么黑历史，洁身自好，冷静沉稳，不像他哥四处拈花惹草。你不是跟他接触了几次吗？他怎么样你应该比我更清楚才对。"

薛霁回想着两人相处时的情形，不知不觉傻笑起来："其实，我也觉得他挺好的。”

盛妍瞅见她一脸傻乎乎的表情，忍不住在心里笑开了花。

刚刚是谁还在说男人这种生物没什么好惦记的？

“那秦亦沉对你是什么感觉？”盛妍忽然问。

秦亦沉对她？

薛霁脑中浮现出秦亦沉高深莫测的神情，敛了笑，摇摇头：“不知道。”

盛妍微微蹙眉：“如果他对你没这方面的意思，那就难办。”

“但是我觉得，他应该不讨厌我。”薛霁顿了顿，有点儿尴尬地说道，“上回我喝醉了，对他各种动手动脚，事后他也没生气。还有，前天我约他吃饭，他也没拒绝。”

“这么说，倒像是有戏。”盛妍笑道，“那就别犹豫，上吧！”

薛霁：“怎么上？”

盛妍：“你那些言情剧本都白看了？女追男隔层纱！”

薛霁翻了翻脑子里耳熟能详的桥段，说：“他是精英能干的总裁，而我是人气一落千丈的小演员。按照一般剧情的发展规律，我应该表现得十分不甘愿，想方设法引起他的兴趣，然后日久生情……”

“我觉得这个方法非常好。”盛妍微笑着端起杯子，“祝你成功。”

薛霁又突然有些泄气：“我倒是想成功，可也得有机会。解约的事情结束了，该请的饭的也请了，我还能用什么理由去找他？”

盛妍想了想，说：“你不是马上要拍新戏吗？等拍完拿到薪酬，你可以再请他吃顿饭，表示感谢。”

薛霁：“又是这个理由，能不能来点儿新鲜的？我怕他觉得我在打扰他，直接把我给拉黑了。”

“这倒也是，而且等你拍完戏，少说也得两三个月后，到那时候黄花菜都凉了。”盛妍顿了顿，端详着薛霁那张被热气熏得艳如桃李的脸，说：“实在不行，你还是靠脸。能靠脸就别靠才华了，浪费。”

一顿火锅吃完，两人也没商量出什么靠谱的办法，最后离开的时候，盛妍语重心长地提醒薛霁：“打铁要趁热，总之不管你想什么办法，这两个月千万不能跟秦亦沉断了联系，否则只怕他连你长什么样子都不记得了。”

薛霁深以为然，于是当晚回去之后就开始规划自己的“追人大计”。

最先开拍的现代戏取景在本市，她暂时可以不用出远门，还是有时间和机会去找秦亦沉的。

然而事实证明，她高估了自己的运气。

第二天一早，薛霁突然接到通知，现代剧的开机时间推迟，古装剧提前，她必须在两天之内赶去 H 城拍摄。

人算不如天算，薛霁的“追人大计”就这样被无情地扼杀在摇篮里。她甚至没来得及跟秦亦沉说一声，就急匆匆奔往剧组，投入到繁忙的拍摄中。

先拍的这部古装剧投资不大，薛霁在里面饰演一名被反派利用的女杀手。进入剧组之后，薛霁才发现这部剧的女主角竟然是 KC 周年庆晚宴上陪在秦亦景身边的女伴，蒋嫣嫣。

蒋嫣嫣见到她，十分友善地主动过来打招呼：“薛小姐。”

薛霁笑道：“叫我薛霁就可以，没想到这部戏的女主角是你，以后还请多多关照。”

蒋嫣嫣抿嘴一笑：“我不是科班出身，拍戏的经验也少，恐怕还要请你多多关照才是。”

基础比她差，混得却比她好，薛霁感觉心口像是被深深地扎了一刀。不过，这姑娘有种清淡如水的气质，说话也温温软软的，所以这句话由她嘴里说出，倒是听不出任何嘲讽的意思，反而透着诚恳。

“嫣嫣姐！”

正说着，有工作人员催她去化妆，她冲薛霁微微颔首，转身进了化妆间。

薛霁也走到一旁，拿过自己的剧本，认真记起台词来。

第三章

•

假戏真做

晚安，我的女朋友。

01

九月秋凉，夜色凄清。

古意盎然的庭院里，梧桐叶随风翻飞，一个纤细的身影手执短刀，自梧桐树上翩然落下。

不远处，有窈窕多姿的女子提着灯缓缓走过回廊。黑影扬起短刀，朝提灯女子刺去，冷不防脚下没踩稳，往前一扑，摔倒在地。

“咔！”

导演一挥手，有工作人员上前问：“没事吧？”

“没事。”薛霁从地上爬起来，拍了拍身上的落叶和尘土，笑笑道，“继续吧。”

导演也未迟疑，示意众人继续。

薛霁穿着一身刺客服，重新扬起短刀，朝回廊上蒋嬿嬿饰演的女主角刺去。

电光火石间，男主角及时赶到，英雄救美，一剑挡开薛霁刺过来的短刀。刀剑相交，因为角度和力度没掌握好，男主角的剑险些戳到薛霁的发髻上，于是这一场戏又废了。

反复折腾了不知道多少次，一场刺杀女主角的戏终于完成，薛霁“身受重伤”，惨兮兮地趴在角落里，一副要死不活的样子。

工作人员纷纷簇拥到男女主角身边，帮忙整理衣服和妆容。薛霁却无人搭理，索性就多趴了一会儿。

“大家都辛苦了，今天就拍到这里，收工！”

众人欢呼一声，薛霁也松了口气，慢慢爬起来，摸了一手黏腻的“血”。

被众人簇拥着的蒋嫣嫣突然扭过头看向角落里的薛霁，走过来问道：“你还好吗？”

薛霁举着脏兮兮的手，笑道：“还好。”然而迈开腿时，身子踉跄一下，似乎真的摔伤了。

蒋嫣嫣见状道：“还是去休息室看看吧。”

沾蒋嫣嫣的光，薛霁享受了一把主角的待遇，跟着她去了休息室，很快有化妆师过来帮忙卸妆。

脱下戏服一看，膝盖那里果然磕出一块瘀青，其他地方也有些许划痕，不过好在并不严重。现在的薛霁只是个小配角，剧组里的人虽然不至于刻意为难她，但也谈不上能有多照顾，再加上角色戏份大多是武戏，这几天她过得着实有点儿凄惨。

蒋嫣嫣欲言又止半天，才小心翼翼地问：“你跟二公子是不是吵架了？”

薛霁愣了一下，才反应过来这个“二公子”指的是秦亦沉，一时尴尬不已。

她跟秦亦沉之间的协定，外人并不清楚，都以为他们两个真有什么不一般的关系。蒋嫣嫣这么照顾她，估计也是因为这个。

如今她落魄到要来当一个吃力不讨好的小配角，自然也容易让旁人误会，她是因为在秦亦沉那里没讨到好才会落到这个地步。蒋嫣嫣这样问，已经算是很委婉了。

见她不说话，蒋嫣嫣以为戳到她的伤心事，忙道：“我就是随口问问，你别放在心上。”

薛霁笑着摇了摇头：“没关系。”

蒋嬿嬿看她的眼神里添了一丝同情，犹疑一会儿，忽然又道："其实，我进剧组的时候，二公子特意让亦景叮嘱过我，让我平时多照顾你一点儿。"

他这是什么意思？薛霁有点儿不明白。

"依我看，他还是很关心你的，你们要是有什么误会，不妨说清楚。"

薛霁看着蒋嬿嬿一脸真心实意相劝的表情，很想告诉她"我们没有误会，是你误会了"，却怎么也开不了口。

算了，这种事越解释越乱，由他们去好了。

回到酒店，薛霁洗完澡，瘫软在床上，感觉浑身骨头都要散架。她摸过旁边的手机，随意划拉了两下，想起蒋嬿嬿的话，忍不住胡思乱想起来。

秦亦沉真的特地叮嘱蒋嬿嬿照顾她？那是不是表示，他对她也有那方面的意思？

琢磨半晌，薛霁突然又想起一件事，自从进入剧组之后，她好像就再没联系过秦亦沉。

"打铁要趁热，总之不管你想什么办法，这两个月千万不能跟秦亦沉断了联系，否则只怕他连你长什么样子都不记得了。"

盛妍的提醒在耳边回响，她赶忙点开了秦亦沉的聊天框。有点犹豫到底要发什么给他？

蓦地，薛霁灵光一闪！她在手机里扒拉半天，总算扒拉出一张拍戏的合照，里头刚好有她和蒋嬿嬿，是剧里的装扮。

薛霁将照片周围无关紧要的背景裁剪掉，又特意用美颜软件调整一番后，发给了秦亦沉。

蒋嬿嬿是他大哥的女朋友，用这张合照来挑起话头，应该不算太突兀。薛霁捧着手机，开始满怀期待地等着回复。

此时此刻，某高级会所包厢内。

酒液在灯光的映照下泛起光泽，秦亦沉看着面前站着的年轻姑娘，眼底依旧是一如既往地波澜不惊。

以前大家都默认他不近女色，所以和他谈生意的时候，很少会贸然给他做相应的安排。但上回他带薛霁出席晚宴，可以说是破了例，自然也就有人开始打这方面的主意。

面前这姑娘纤腰细腿、眉眼妩媚，长相和气质跟薛霁都属于同一类型，看得出来对方确实花了点儿心思。

见秦亦沉半天没反应，坐在一旁的中年男人使了个眼色，年轻姑娘立马心领神会，在秦亦沉身侧坐下，端过一杯酒，讨好地唤了声："二公子。"

大抵是被秦亦沉的气场所慑，虽然是挨着坐的，她也没敢靠得太近，更没敢有肢体接触。

秦亦沉看见她脸上讨好的笑，脑中不自觉地浮现出薛霁酒醉时偎在自己怀里，仰着脸傻笑的模样。

眼前之人，比起薛霁，到底还是差了些。

想起薛霁，秦亦沉脸上的表情柔和了许多，唇角隐约泛开一点儿笑意，连他自己也未发觉。

旁边的中年男人见状，以为自己这份大礼送得没错，心下顿时松了口气。

谁知，在接下来的时间里，秦亦沉却再未多看身侧的姑娘一眼，也没问她叫什么名字，仿佛把她当成透明人。

不多时，秦亦沉就起身冲中年男人笑了笑，道："刘总，时间不早了，今天就谈到这里，您提的合作事宜，我会再考虑。"

酒店内。

薛霁捧着手机，眼巴巴地盼了许久，也没得到任何回复，不由得有些丧气。

难道他已经睡了？可现在才刚到十点，作为夜生活丰富的都市人，不应该这么早！难道是看到了却故意不回？或者是觉得她很无聊，看完就删了？

薛霁胡思乱想着，越想心情越差。

好烦！她为什么要为了一个男人，大半夜不睡觉在这里瞎折腾？

薛霁跟只熊猫一样在床上翻滚几下，将手机扔到一旁，气呼呼地准备睡觉。

秦亦沉走出会所，随意看了一眼手机，这才瞥见薛霁的消息，不由得一顿。

他点开消息框，薛霁和蒋嫣嫣的合照映入眼帘，照片上的薛霁穿着一身刺客服，笑容明媚，英气勃勃。

秦亦沉微微翘唇，打了一串字回复过去。

薛霁正躺在床上生闷气，突然听到手机震了震。

有消息过来！她一个惊神，忙不迭扑过去，结果手一滑没抓稳，手机"哐当"

一声掉落在地。

薛霁在心底哀号一声，抱着一线希望捡起手机，解锁看了看，还没摔坏。她松了口气，点开消息框，看到秦亦沉的回复。

秦亦沉：“这么晚，还在拍戏？”

薛霁刚要回“已经收工了”，转念一想，又改变主意。

她打字回复道：“是，累得打字都没力气了。”适当地装一下可怜，说不定会让他产生心疼的情绪。

消息才发出去，没过两秒，一个电话就拨了过来。

薛霁接通电话，有点愣怔。

静谧的夜里，秦亦沉低缓的嗓音穿过手机，在耳畔响起：“没力气打字，那就说话吧。”

仿佛有火树银花正在炸响，薛霁的心口一阵乱跳——他这真的不是在撩拨她吗？

半晌无声，秦亦沉问道：“你那边不是在拍戏吗？怎么这么安静？”

薛霁心虚不已，忙踢了一脚旁边的柜子，强行制造出些声响，而后笑道：“刚刚收工，正在回酒店的路上。”

秦亦沉似乎猜到什么，却并未戳穿。

“这么晚了，你也还在外面？”隐约听见电话那头的嘈杂声，薛霁转移话题，问道。

秦亦沉：“和朋友刚吃完饭。”

薛霁平复下自己的心绪，开玩笑说：“是不是又在找代驾？可惜这次我不能为你服务了。”

电话那头，秦亦沉也笑了，眼中映着远处的浮华夜景，熠熠生辉。

“你这部戏要拍多久？”他问。

薛霁道：“戏份不多，应该还有十几天就能杀青。”

司机开车过来，秦亦沉弯腰上车。

他不接话，薛霁一时也不知道该说什么，于是又冷了场。

就在薛霁绞尽脑汁想找个有趣的话题时，秦亦沉突然说：“累的话，早点儿休息。”

薛霁只好应道：“你也是。”顿了顿，又补充了一句，“晚安。”

“晚安。”

挂掉电话，薛霁懊恼不已，这么好的机会，她怎么就没把握住？关键时刻，居然冷场了。

薛霁懊恼一会儿，重新拿起手机，给盛妍发消息。

薛霁：“美人，告诉你一个好消息，刚刚秦亦沉主动给我打电话了。我觉得，我们俩有戏。”

盛妍很快回复：“你确定是他主动？”

薛霁：“我先给他发了条消息，然后他回了我电话，这不就是他主动吗？”

盛妍：“你开心就好。”

薛霁：“话说，我如果跟他在一起，算不算是攀上豪门？万一他家里人拿出一张巨额支票，让我离开他，怎么办？”

盛妍在心里默默翻出一个白眼，又看见薛霁扔出一张捂着胸口不停吐血的动态图片，说她“好痛苦，好纠结……”

盛妍回复道：“八字都还没一撇，能不能先收一收你那白日梦？”

薛霁毫不介意：“我对自己有信心。”

最后，怀着对未来的憧憬，薛霁美滋滋地进入了梦乡。

自那晚以后，薛霁在拍戏之余，隔三岔五便会给秦亦沉发个消息，秦亦沉的回复虽然简短，但却每次必回。两人就这样不过分热络也不过分冷淡地保持着联系。

一眨眼，就到了中秋佳节。

因为赶进度，剧组只放半天假，薛霁来不及回家，索性就留在拍摄地过节。不少游客趁着过节放假过来游玩，薛霁不敢往人多的地方凑，在酒店附近找了个还算空旷的场地散步。

跟爸妈通过电话后，她捏着手机，盯着某个人的联系方式，面露犹豫。好像大多数时间都是她主动联系秦亦沉的，今天是中秋佳节，他会不会也主动问候自己一次？

如果他不主动，是不是就证明他对她没什么多余的意思？

可是……万一他也在等她主动呢？

胡思乱想了一会儿，薛霁划动屏幕，举起手机，对着远处的明月和树影拍起照来。

秦母老家宅院内。

吃完饭，秦母有些严肃地叫住自己的小儿子：“亦沉，你过来，妈有话要问你。”

站在秦亦沉身边的秦亦景用略带同情的眼神看了自家弟弟一眼，回了自己房间。秦亦沉听话地走过去，在秦母斜对面坐下。

“前些日子，我听人说，最近你和一个小演员在一起。”秦母皱起眉头，“听说那演员私人关系还挺混乱，这事是不是真的？”

秦亦沉神色未变，十分平淡地回答道：“没有的事。”也不知是回答秦母的前一个“听说”还是后一个“听说”。

“你哥我是管不了了，你一向懂事，可不能学他，在外面胡来……”

秦母絮絮叨叨半天，秦亦沉也没反驳，只是安静地听着，俨然一副诚心接受教诲的乖儿子模样。

秦母对他的态度十分满意，于是意犹未尽地结束了絮叨：“好了，你先去休息，平时多注意身体，少跟着你哥去那些乌七八糟的地方。”

从房间里出来倒水的秦亦景心里暗道：好像我又被当成反面教材了。

秦亦沉上了二楼，走到阳台上。他拿出手机，祝福节日快乐的消息前赴后继地涌来，内容五花八门，却唯独缺了某个人的。

月亮的清辉无声落下，他看着聊天框，微微低头的姿势，眸底暗影沉沉，辨不出情绪。

扶栏外，桂花浮玉，月满天街。

路灯将独行的身影拉长，薛霁百无聊赖地回到酒店，将自己扔到床上，点开相册开始整理照片。

一条消息突然蹦了出来。

薛霁盯着发消息的人名，恍惚了一瞬，以为是错觉。

“中秋快乐。”

简简单单的四个字，仿佛能看到某人按下这条祝福语时清冷的面容。

薛霁忍不住“扑哧”笑了，眉眼间光彩灼灼。她飞快地打出一串字：“‘但愿人长久，千里共婵娟。’节日快乐。”

紧接着，又发了一张先前拍的照片过去。

过了一会儿，秦亦沉那边就有了回复：“没回家？”

薛霁：“只放了半天假，回不了。”

那头，秦亦沉顶着一张冷峻的脸，颇为认真地思索一番，扒拉开手机自带的表情图，最后挑选出一个“拥抱”的表情，迟疑了一会儿点下发送。

收到这个表情的刹那，薛霁愣了愣，随即握着手机闷笑起来，肩膀一抖一抖的。难以想象，他居然还会发表情。

还挺可爱的。薛霁笑了好半天，才继续回他消息。

月色悠悠，从窗外漏进来。

但愿人长久，千里共婵娟。

在拍的古装戏里，薛霁的戏份大多集中在前期，约莫在剧情发展到一半时，她这个角色就退场了。

十几天后，薛霁演完最后一场“被拷打致死”的戏，终于迎来杀青。

隔壁恰好有个剧组在这时开机，她想着反正接下来的现代戏还要一段时间才会开拍，于是决定去隔壁剧组转转，看能不能顺道再接个小角色。

这一转，还真让她捡了个不太重要的角色出演，总共才三天的戏份。

第三天演完，已经是晚上八点多。

月明星稀，秋风寂寥。

她从剧组出来，慢慢往回酒店的方向走，边走边琢磨着，待会儿要同秦亦沉聊些什么。

走到某处，她无意识地一抬眼，突然发现不远处一个人工建造的池塘边，站着一对情侣。附近没什么灯，但是月光还敞亮些，薛霁借着微弱的光线，认出了面对着自己的男人是秦亦景，他正亲密地搂着蒋嫣嫣，隐约说了两句话，随后便低头同她亲吻起来。

薛霁急忙挪开视线，打算悄无声息地绕开。

谁知，才跨出一步，忽然又瞥见了在两人右后方鬼鬼祟祟的一团黑影，那是个身形高大的男人，手里还拿着一块板砖。

薛霁有些反应不过来，这是拍戏还是真偷袭？如果是拍戏，怎么连一台摄像机都没有？

就在薛霁愣怔间，那人已经猫着腰走到了秦亦景身后，而沉浸于热吻中的两人却丝毫未察觉。眼见那人抡起板砖朝秦亦景狠狠砸下，薛霁终于回过神来，脱口大声提醒道：“小心！”

秦亦景一惊，察觉到身后的动静，猛地回过头，然而已经晚了。板砖迎面砸过来，他下意识地抬臂去挡，胳膊一阵剧痛，也不知有没有受伤。

“亦景！”蒋嫣嫣惊呼一声，霎时脸色惨白，整个人都吓傻了。

“来人！救命！”薛霁边焦急地大声呼喊，边脱下高跟鞋，朝那男人砸过去。

男人手中板砖落地，却仍不甘心，握紧拳头继续朝秦亦景攻击，秦亦景将蒋嫣嫣推至一旁，狼狈地躲避着。

情急之下，薛霁捞起旁边地上的一柄道具剑，赤着脚冲过去。她握着剑，像平常演戏一样，狠狠挥向那男人，然而道具剑实在太弱，一下就断掉了。

那男人遭到攻击后也反应过来，看清偷袭自己的居然是个女人，一时怒不可遏，作势向她这边打来。薛霁瞪大眼，反射性地踹了他一脚，男人闷哼一声，弯下腰，反手一挥，将她推入旁边的池塘里。

这一番动静终于引来剧组的其他人，男人见情况不对，才转身往外逃去。

秦亦景没空追他，看向还在水里扑腾的薛霁，慌忙将外套脱掉，抛给蒋嫣嫣，跳了下去。

所幸是人工布景的池塘，水并不深，薛霁很快就被捞了上来。

现在已经接近十月份，天气微凉，薛霁浑身湿透，忍不住时不时地哆嗦两下。秦亦景取过外套替她裹上，想抱起她，奈何自己伤了一只胳膊，没法用力。

随后，工作人员搀扶起两人，准备将他们送往医院。薛霁却摇了摇头：“我没事，不用……”

话未完，打了个喷嚏。一旁的蒋嫣嫣终于从惶恐中缓过神，见状道：“赶紧先去洗个澡，把湿衣服换了。”

她让自己的经纪人送薛霁回酒店，自己则陪着秦亦景去了医院。

薛霁洗完澡后，蒋嫣嫣的经纪人十分贴心地替她准备了热姜茶，再三确定她不用去医院后，方才离开。

喝下一杯姜茶，薛霁感觉浑身上下热乎许多。为了防止感冒受寒，她乖乖地上床躺下，用被子把自己裹得严严实实。

正准备睡觉，忽然想起来应该通知一下秦亦沉，于是又起身摸出了手机。

她拥着被子，拨通秦亦沉的电话，告诉他秦亦景被人打伤的事情，略去了自己落水的那一段。

秦亦沉听后，皱起眉头："他人怎么样？"

"你别担心，只是胳膊受了点儿伤，已经去医院了，应该没什么大碍。"

"好，我知道了，多谢。"

"不客气。"

"打人的是谁？"秦亦沉顿了一下，又问。

"这我也不清楚，不过人好像已经被抓住了，明天我去帮你问问。"薛霁说完，忍不住又打了个喷嚏。

秦亦沉听她嗓音不对，关切地问了句："感冒了？"

"没。"薛霁揉揉鼻子，将被子往上拉了拉。

"那你早些休息。"秦亦沉急着去问秦亦景的情况，也没跟她多说。

薛霁刚落了一回水，也没什么精神再同他闲聊，挂断电话后，便裹着被子迷迷糊糊睡去。

一夜昏昏沉沉，第二天早上醒来，薛霁还是感冒了。鼻子堵塞，喉咙发痒，头也有些晕。她只好叫人买了感冒药送来，躺在床上休息。

下午的时候，秦亦景和蒋嫣嫣过来探望薛霁。

秦亦景的胳膊没伤到筋骨，只是短期内不能用力，他绑着绷带的样子大大折损了他平日里风流不羁的形象，看起来显得有些滑稽。蒋嫣嫣跟在他身旁，整个人似乎十分忐忑，连话也不敢多说。

"你真的不用去医院挂个水？"秦亦景看着脸色发白的薛霁，问道。

薛霁探了探自己的额头，说："不用，我已经吃过药，而且也没发烧。"

因为还有戏要拍，蒋嫣嫣没待多久就走了，走之前看了秦亦景两眼，欲言又止，眼神里满是不安。秦亦景没注意到她的情绪，在一旁坐下，问薛霁："是你打电话通知的二弟？"

薛霁点了点头。

秦亦景揶揄一笑："我还以为你们已经……你倒是不笨，知道抓住机会。"

薛霁明白他误会了自己，也懒得解释，转而问："那个人抓住了吗？他是什么人？"

"抓住了。"秦亦景一脸晦气地道，"叫张昌，说是嬿嬿以前的同学，暗恋嬿嬿，认为我横刀夺爱，怀恨在心，就假装群众演员混进来趁机报复我。"

居然还有这样的前缘纠葛，难怪蒋嬿嬿刚才那副模样。

秦亦景大抵也是头一回碰上这种事，尴尬而郁闷地摸了摸鼻头，说："就怕那些媒体捅出去，大肆渲染。"

秦亦景、蒋嬿嬿再加上薛霁，这件事无论从哪个角度发散出去，都有一场热闹好戏可看。

"老二已经去处理了，等他忙完，会来接你。"

接我？薛霁一头雾水。

秦亦景想起昨夜她扔高跟鞋以及一脚踹向那男人的霸气范儿，再看她现在这副懵懂模样，忍不住笑了："说起来，昨天晚上，你扔鞋踹人的样子，还真叫人大开眼界。"

薛霁一脸宠辱不惊、看淡风云的表情："没什么，我以前一直想成为一名打星，特地去学过一段时间的武术。"虽然最后只学了点儿皮毛。

秦亦景被她彻底逗乐，笑道："薛霁，你太有意思了，我还真有点儿喜欢你。"

薛霁在心里翻了个白眼，心里暗道：我对你没兴趣。

两人说笑一会儿，秦亦沉果然来了，绷着张脸，神情凝重。

他一进房间，整个屋子的温度都瞬间低了许多，仿佛一个移动的冰柜。

秦亦景起身，用未受伤的那只手拍了下他的肩："那哥就先走了。"转过头，冲薛霁轻佻一笑，"薛大美人，再见。"

"再见。"薛霁微笑着回应一句，转头看向秦亦沉。

将近一个月没见，目光乍一相触，竟然有点儿近乡情怯的慌乱感。

"你落水的事，昨晚怎么不说？"秦亦沉眉头微蹙。

薛霁不在意地笑笑："又不是多严重的事，就懒得说了。"

秦亦沉阴沉着脸上前，伸手去探她的额头。

宽厚的手掌温柔地贴在额头上，薛霁被他这个动作弄得心口一跳，说："没发烧，就是普通的小感冒。"

确认她没有撒谎硬扛之后，秦亦沉收回手，拿起旁边桌子上的感冒药，说："房间我已经帮你退了，剧组那边我也帮你打过招呼，收拾一下，我们一起出去。"

薛霁一脸茫然："去哪儿？"

秦亦沉蹙眉看她："戏都拍完了，你还不打算回家去？"

薛霁有些奇怪，回去就回去，你干吗一副老干部查岗的严肃样子？

薛霁也不知道自己哪根筋搭错了，竟然没有反驳他，十分听话地从床上起身，打开衣柜开始收拾衣物。

因为有内衣之类的私人用品，秦亦沉没再盯着她，主动背过了身。

东西很快收拾完，薛霁看着面前背对自己的高大身影，说："好了。"

秦亦沉转身，接过她手中的行李箱，往外走去。薛霁跟在一旁，突然有种两人已经是老夫老妻的错觉，心下那些弯弯绕绕的小心思忍不住又活跃起来。

大抵是来得匆忙，这回车内没有司机等着，秦亦沉亲自开车。

薛霁在副驾驶座上坐好，由于感冒的缘故，脑子有些混沌，秦亦沉看她一眼，倾身过来替她系安全带。

男人冷峻的侧脸近在咫尺，薄唇微抿，薛霁目不转睛地盯着他，面颊一阵发烫，心跳硬是漏了好几拍。

本是极为暧昧的场景，可惜薛霁忽然喉咙发痒，憋不住咳嗽起来。她尴尬地别过脸，边咳嗽边说："不好意思。"嗓音已然变得沙哑。

秦亦沉取出一方手帕递给她，又拿了一件外套替她披上："不舒服的话，就睡一会儿。"

薛霁身上一暖，弯唇笑了笑，只觉得这些日子的疲累顿时被一扫而光，心中有无限欢喜，几乎要满溢出来。

车外暖阳绵延，风送走金黄的叶，飘向锦绣重叠的远方。

她眯着眼，渐渐地，当真睡了过去。

某个瞬间，秦亦沉不经意偏头，看见身旁的人安静的睡颜，素来清冷的眼底也悄悄添上了一丝柔软温情。

到达薛霁所住的小区外，天已经黑了。秦亦沉将车暂时停在路边，冲刚睡醒的薛霁说了声"在这儿等我"，便匆匆下车，进了不远处的一家粥店。

他打包了一份粥和两样小菜出来，薛霁瞅见，不由得道："谢谢你送我回来。我请你吃个饭？"

秦亦沉将东西放好，重新发动车子，言简意赅地道："今天太晚了，下次吧。"

薛霁怎么也没想到他会这么直接地拒绝自己，霎时如同被冷水迎头浇下，一颗炽烈的心都有些凉了。

之后，秦亦沉送她上楼，两人全程再无任何交流。

进屋开灯，秦亦沉放下行李，把买的粥和小菜搁到旁边的茶几上，说："好好休息，有事打电话给我。"

薛霁憋了一口气，也没挽留他。

秦亦沉似乎根本没有察觉到她的情绪变化，竟然毫不犹豫地走了。

等他一出门，薛霁就绷不住了。

搞什么！下午的时候还对自己嘘寒问暖，一副关怀体贴的模样，一眨眼又变得这么冷淡。男人的心思简直太难猜了！

薛霁生了一会儿闷气，最终还是敌不过腹中饥饿，打开他买的粥和小菜，吃了起来。

接下来的两天，薛霁一个人在家宅着，其间秦亦沉没有发任何消息过来，薛霁有点儿心灰意冷，也没再觍着脸去主动联系他。

第三天，盛妍打电话过来，问她戏拍完没有。

薛霁有气无力地答道："拍完了，正闲在家里。"

"我看网上说，秦亦景在你拍戏的地方被人打了，你当时也在场，还舍身相救。真的假的？你怎么又跟秦亦景扯到一块去了？"

虽然秦亦景那边在极力压制消息，但"秦风集团董事长遭人殴打""某女演员舍身相救"这样的消息还是流传了出去。甚至，还有人对薛霁和秦家两兄弟之间的"爱恨纠葛"进行各种揣测，剧情真可谓精彩纷呈。

"这个纯属巧合。"薛霁将那天晚上发生的事从头到尾跟盛妍解释了一遍。

盛妍听完来龙去脉，扶了扶额说："薛小霁，我觉得，就你这个倒霉体质，以后不管遇上多奇怪的事，我都能接受。"

薛霁："我能怎么办？我也很绝望！"

"你刚刚不是说，这次是秦亦沉送你回来的，你们现在发展到哪一步了？"

薛霁想起来就气闷："别提了！我都不知道他到底是怎么想的，一会儿冷一会儿热。"

“怎么回事？不是说进展顺利吗？”

“本来挺顺利的，但是他送我回来的那天晚上，我说请他吃饭，他一点儿面子都不给就拒绝了！而且这两天，他连一个字都没给我发过，也没打电话关心过一句。好歹我也是因为救他哥才掉水里生病的，慰问一下我不是基本的礼节吗？”

盛妍琢磨道：“或许是真有事在忙？”

“反正我觉得这个人的心思太难猜，我有点儿想放弃了。”

薛霁叹了口气，忽然又捧起自己的脸：“这么美的脸，没道理吸引不了他！”

盛妍回道：“倒追这种事情，有时候也不能太热络，否则男人会不把你当回事。”

“你的意思是，我不要再理他了？”

“也不是，你先等一等，过两天再看看情况。”

凌晨四点多，车子驶入别墅区。

秦亦沉开门进屋，按了按额角，一脸疲倦。他松开领带，进浴室洗了个澡，倒床就睡。

睡了不到三个小时，他被电话吵醒，从床上起来，皱着眉跟电话那头的人聊了二十来分钟。

挂断电话，时间七点五十三分。秦亦沉没有再睡，刷牙洗脸，换上出门的衣服。他在落地镜面前整理好衬衣领子，拿了一件外套，走到客厅，冲秋姨道：“早饭我不吃了。”说完，头也不回地出了门。

早高峰，一路堵堵停停，秦亦沉终于开车到了秦家老宅。

秦父去世之后，秦母就回老家 S 城颐养天年去了，原本的秦家老宅就由秦亦景住着。听见响动，秦亦景顶着一头乱发和一脸颓靡从卧室出来，睡眼惺忪地问：“怎么样了？”

秦亦沉道：“差不多都解决了。”

秦亦景松了口气，捧着受伤的手在沙发上坐下：“我总觉得这事有点儿不对劲，会不会是赵凯那只老狐狸搞的鬼？”

秦亦沉眉头深锁，没有回答。

“哥。”他忽然唤道，神情凝重，“好好查一下你身边的人，别让人算计了。”

秦亦景看着弟弟疲惫不堪的面容，生出些许愧疚，难得正经地应道：“好。”

“还有，今天公司的会议我不过去了，你安排吧。”秦亦沉说完这句，起身就要离开。

秦亦景见状道：“你都多久没睡了，别跑来跑去的，就在这儿歇两天。”

“不了。”秦亦沉看了一眼毫无动静的手机，“有点儿事要办。”

秦亦景感到奇怪：不去公司，他还能有什么事？

秋阳淡淡，一只肥胖的橘猫舔了舔爪子，悠闲地穿过花坛远去。柔和的秋风拂动蓝色的窗帘，视频里传来规律的舞蹈节拍声。

薛霁踮起脚尖，伸直双臂，优雅地转了一个圈，窗外投进的光勾勒出她姣好的身段。她正随节拍专心练着舞，突然听到门铃声。

薛霁关掉视频，过去开门，见到门外的秦亦沉时，她不由得愣了愣。

秦亦沉提着一个果篮，问她：“你的感冒好点儿没？”

薛霁无语，心想：大哥，你难道不觉得，这个果篮换成花会比较浪漫吗？

“已经好了，请进。”薛霁侧过身，让前来“探病”的秦二公子进屋。

客厅的沙发上还随意搭着两件衣服，薛霁眼疾手快，飞快地将衣服扔进卧室，顺道把敞开的卧室门给关了。

她请秦亦沉在客厅坐下，泡了一杯茶，搁在他面前。

秦亦沉抬头道：“谢谢。”

薛霁坐到一旁，对着眼前人，昨夜好不容易平复下的心绪又泛起波澜。

“这两天忙着处理事情，所以一直没时间来向你道谢。”秦亦沉开口，嗓音有点儿沙哑。

看见他脸上掩饰不住的憔悴，薛霁顿时心一软，立刻就相信了他的解释。

网上的那些爆料和流言陆续都消停了，想必就是他忙碌的结果。

这样说来，他没时间理她也实属正常，薛霁心里马上好受一些了，微微笑道：“没什么，我当时也是恰巧路过，顺道帮了一把。”

秦亦沉停顿一下，又皱眉道：“不过，以后遇上这种情况，别再那么冲动，太危险。”

薛霁刚想说什么，搁在旁边的手机突然响了，是剧组制片人打来的。

“不好意思。”薛霁接通电话，起身走到阳台上。

秋日的暖阳轻洒，给她身上镀了一层光。

秦亦沉坐在沙发上，支肘撑额，静静看着她的背影。

角落里的仙人掌开了花，女人纤瘦的身影伴着淡黄色的花，沐浴在阳光下，如同一帧虚幻的画。

秦亦沉看着她模糊的侧颜，视线渐渐变得恍惚……

薛霁接完电话进屋时，秦亦沉已经歪在沙发上睡着了。

他合着眼，面容沉静，鼻梁高挺，薄唇因干燥起了些微的皮，下巴处隐隐可见青色的胡茬，也不知道他多久没休息过了。

薛霁看得微微一怔，忍不住有些心疼。随即，她又清醒过来，暗暗唾弃自己：薛霁，你有点儿出息好不好！忘了昨天才下定的决心吗？

思想斗争了好一会儿，薛霁最终还是转身，从卧室里拿了一床毯子出来，小心翼翼地给他盖上。

算了，做人还是要宽宏大量一点儿。

秦亦沉睡得很沉，完全没有苏醒的迹象。

薛霁在一旁托腮端详着他，脑中闪过两人初遇的那夜，他昏昏沉沉地躺在床上时的情形。她心情忽地好起来，点开手机给盛妍发了条消息："美人，我心软了。"

薛霁欣赏了一会儿秦亦沉的睡颜，看差不多已快到中午，于是打开冰箱，拿出一早买回来的储备的菜，到厨房忙碌起来。

沙发上的身影依旧安静地睡着，呼吸绵长。厨房内，水雾袅袅而上，散开浓郁的汤香。

秦亦沉是在一阵诱人的香味中醒来的，听到厨房的响动，他转过头，随即怔住。

薛霁端着炖好的汤从厨房出来，笑颜如花："你醒了？"

她系着围裙，袖子挽起一截，露出纤细雪白的手腕。头发简单束在脑后，脖颈优雅修长，未施粉黛的一张脸干净明媚，透着人间烟火的气息。

恍惚有温柔的光在眼前晕开，秦亦沉许久都没有回神。

"正好，可以吃饭了。"薛霁将汤搁在餐桌上，转身去端别的菜。

她在厨艺方面的造诣一般，所以只炖了一道莲藕排骨汤，简单炒了两个家常菜。

等她将碗筷摆好，秦亦沉总算从沙发上起来。他个子高，长手长脚地杵在那里，一贯高冷的商界精英形象此刻淡去，难得添了几分懵懂和憨傻。

薛霁突然觉得他有点儿可爱，忍俊不禁道：“洗手间在那边，去洗个脸就过来吃饭吧。”

秦亦沉看她一眼，十分听话地去了洗手间。

“上回说请你吃饭，在家请也算请了。”秦亦沉洗完脸回来，薛霁替他盛了一碗藕汤，搁到他面前，“尝尝我的手艺。”

秦亦沉尝了一口，抬头评价说：“汤不错。”

薛霁在餐桌对面坐下，眉眼弯弯地看着他：“真的？”

她笑得半天真半妩媚，明亮的眸子似落了春光，似乎有意无意撩拨着他。

他的嘴角勾出一点儿笑意：“我如果说是假的，还能吃完这顿饭吗？”

薛霁握着筷子，得意地扬了扬眉：“知道就好，吃我的饭，只能给好评，不能给差评。”

秦亦沉噙笑低头，继续喝汤。

时光变得缓慢而平和，悄无声息地流过。

浮世清欢，藏于方寸之间。

吃完饭，秦亦沉又坐了会儿，方才离开。薛霁送他出屋，等他走远后，关上门开始傻乐。这一顿饭吃完，感觉他们之间的关系似乎向前迈进了一大步。

02

大约休息了一周，薛霁接的现代戏开拍了。

这一回，她演的是一个专门搞破坏的反面女配角，不用吊威亚，也没有什么打打杀杀的戏，还算比较轻松。

这天傍晚，她结束拍摄，从摄影场地出来，忽然看到站在一旁的秦亦沉。

修长的身影融在暮色里，他好整以暇地看着她，似乎已经等了有一会儿了。

薛霁愣了愣：“你怎么来了？”

秦亦沉淡淡地道：“在附近谈点儿事情，顺道过来看看。”

剧组里频频有人投过来好奇的目光，薛霁往后掠了一眼，懒得遮掩，正大光明地跟着秦亦沉往外走。

“你等多久了？”

“没多久。”秦亦沉看了看她，“刚好看到你拍最后一场戏。”

薛霁有点儿发窘，最后一场戏是她所饰演的女配角算计女主角失败，当着男主角的面，被女主角揭穿真相。

怎么早不来晚不来，偏偏撞上这一场戏份？

秦亦沉却没有在意，语气温和地问道：“想吃什么？”

薛霁微微一笑：“都行。”

最后，秦亦沉挑了个临湖的饭庄，环境幽雅。吃过饭，时间还早，两人便在湖边走了走。

天幕上秋月高挂，在粼粼湖水中映照出一轮莹白，潋滟的水光在身上清浅浮动。

薛霁望着半步之外颀长的身影，月光勾勒着他的侧脸，使得原本冷峻的轮廓添了几分温和。她心下一动，忽然轻声道：“今夜月色真美。”

秦亦沉停下步子，侧过头看她。

“这是我在戏里要背的台词，你别误会。” 薛霁一脸无辜，眼底却闪过一丝旁人不易觉察的狡黠笑意。

秦亦沉静静看着她，漆黑的眸子里幽深一片。

薛霁也不管他有没有看穿自己的小心思，继续笑嘻嘻道：“反正现在没事，你介不介意陪我对场戏？”

秦亦沉不着痕迹地勾了勾唇：“什么戏？”

“很简单，就是你演男主角，我演女配角来勾引你。”薛霁道，“你不用说台词。”

秦亦沉唇角噙笑，半晌，吐出一个字：“好。”

“那我开始了？”得到他的允许，薛霁迅速调整好状态，红唇微勾，抬手攀上他的肩头。

她仰着脸，凑到他耳边，轻轻吹了口气：“你知不知道，我喜欢你很久了？”

暧昧的语调，亦真亦假，若即若离地撩拨着。纤白如玉的手指抚过胸口，缓缓往上游移，她偎着他，姿态慵懒，眼波流转。

夜色旖旎，咫尺之距，时间被拖得缓慢，一分一秒都仿佛让人躁动难耐。就在那只手抚至脖颈处时，秦亦沉蓦地扣住她的腰。

薛霁一愣，抬眼对上他的眸，眼眸深处隐约有什么在涌动。

虽然隔着一层布料，腰间的手仍旧烫得惊人。秦亦沉紧紧扣着她，完全没有松开的意思。

薛霁瞪大眼，清醒过来，她慌忙从他怀里挣脱，抬手拢了拢头发，故作镇定地道："你演得不对，不符合男主角的人物设定。这种情况下，你应该表现得无动于衷，完全不受影响，最好是非常嫌弃地推开我。"

秋夜寂静，依稀能听到她慌乱的心跳声。秦亦沉看着她，静默不语，好似并不认为自己演错了。隔了半晌，他才缓缓开口说了一句："抱歉。"

轻描淡写的，分明没多少诚意。

薛霁被他沉沉的目光盯得一阵心慌，再不敢胡乱招惹他，她连忙别开视线，看了看四周，干巴巴地笑道："时间不早了，我们回去吧？"

似乎看出她的紧张，秦亦沉勾了勾唇，没再说什么，抬步往一旁走去。

薛霁安分地跟上。

身后月色轻漾，风吹皱一池秋水。

自秦亦沉来过之后，薛霁明显感觉到，剧组里的人对她的态度殷勤了许多，连一向有些趾高气扬的制片人王濛也开始和善地同她搭话，甚至还主动帮她介绍新戏。

不到半个月，薛霁在这部现代剧里的戏份就结束了。杀青的第二天，王濛约她吃饭，给她介绍一部正在筹备中的新剧，如果顺利谈成，她可以担任剧中的女主角。

薛霁受宠若惊，有些不敢相信，总觉得这峰回路转也来得太快了些。

"不过，在签署合同之前，投资方要求先见一见你本人。"王濛补充道。

这个要求并不过分，薛霁问清楚投资方的大致情况，没多想便同意了。

"今天晚上七点半，你看这个时间如何？"

薛霁微微笑道："我没问题，谢谢王濛姐。"

当天晚上，投资方那边特意派了助理过来接人，说是他们老板明天凌晨的飞机，时间比较紧，只能去下榻的酒店临时会谈。

薛霁觉得有点儿怪怪的，但王濛答应陪她同去，并表示只是见一面，她也不好再说什么。

夜幕初降，助理去停车位将车子倒出，薛霁在路边等候。望着周遭灯火闪烁的街景，不知怎么，她心头突然生出几分不安来。

趁助理开车过来的空档，她避开王濛，犹豫着给秦亦沉拨了个电话。

“你待会儿有空吗？能不能……过来接我一下？”

车子停在身侧，电话那头不见回应，薛霁感觉自己有些唐突，忙补上一句：“没空的话就算了。”

说完，飞快挂断电话，上了车。

夜色渐浓，车子驶入陌生的街区，薛霁望着车外，心中烦乱不已。

怪不得都说谈恋爱会降低智商，她现在这还没谈，脑子就已经仿佛不是自己的。她拿出手机，决定找盛妍唠几句嗑，消磨一下时间，谁知盛妍好像不在线，半天都没搭理她。

就在这时，秦亦沉的消息弹了出来：“地址？”

明明灭灭的灯火不断掠过眼前，薛霁对着手机屏幕，突然笑了。她将地址发送过去，再抬头，眼中似有烟火在盛放。

约莫半个小时后，车子停在约定的酒店外。

刚下车，王濛就接到一个电话，随后她十万火急地对薛霁说：“不好意思小霁，我家里出了点儿事情，得赶过去，你要不自己去谈？”

薛霁面露难色：“可是……”

“实在不好意思，回头我再请你吃饭赔罪。”王濛跟助理打了声招呼，随后便火急火燎地走了，留下薛霁一个人欲言又止。

王濛走后，薛霁站在酒店门口，抬头看着头顶上灯光璀璨的招牌，心里的不安感越发强烈。见她踟蹰不前，助理问道：“薛小姐，怎么了？”

薛霁捏着手机，礼貌地笑道：“能不能跟你们张总商量一下，换个地方谈？”

似乎知道她在想什么，助理解释道：“实在不好意思薛小姐，我们老板明早的飞机，还请您多见谅。”顿了顿，“您放心，只是随便聊聊而已，待会儿我就送您回去。”

或许，是她太敏感了？薛霁自我安慰一番，最终还是跟着助理走了进去。

不多时，助理领着她到了老板所住的房间外，薛霁瞄了一眼房间号，不动声色地发给秦亦沉。

助理刷卡开门，冲薛霁道：“薛小姐，请进。”

房间很大，薛霁从门口往里看，只看见一张豪华的大床，并没有看到任何人影。

薛霁疑惑地看向助理。助理进门，催促道："薛小姐，我们老板已经等了好一会儿了。"

这个时候，薛霁其实已经有些后悔，奈何箭在弦上，不得不发，现在再走太过刻意。万一是她想多了，恐怕不好收场。她抱着一丝侥幸，硬着头皮进了房间。

房门关上，最里侧沙发上坐着的人抬起头来。

光线惨白，在看清那张脸的刹那，薛霁猛然一震，几乎下意识想夺门而逃——是赵凯。

明晃晃的灯光照在这个恶心的男人油腻的脸上，衬得他仿佛修罗一般。

薛霁心下一寒，退后半步，转身就想逃离，却被守在门口的助理堵住。

"你觉得你今天还走得了？"赵凯阴冷的声音在身后响起。

薛霁捏紧手中的包，勉强让自己镇定下来，回过身，冷冷道："赵凯，你别乱来，我随时可以报警告你。"

"告我？"赵凯得意地嗤笑道，"今天是你自愿来的这里，外面的摄像头都录下来了，你拿什么证据告我？别犯傻，走出这扇门，我只要对外说是你主动的，你就算有一百张嘴，也别想解释清楚。"

薛霁懒得同他废话，拿出手机开始按报警号码，赵凯没想到她当真如此不识时务，脸色瞬间铁青。薛霁才按下一个数字，冷不防助理从后面偷袭，一把夺下她的手机，然后关上门在外面守着。

薛霁踉跄一下，退开两步站稳，默默估量着自己徒手打过他们俩的可能性，手心沁出一层冷汗。

"薛霁，识时务者为俊杰，我不想跟女人动手。"赵凯一副高高在上的商人模样，缓缓地道。

薛霁一脸嫌恶地看着他，真想冲上前唾他一脸唾沫。

瞥见她的反应，赵凯皱了皱眉："你还在这里装什么清高？"

薛霁平复下气息，装腔作势地说："你就不怕秦亦沉找你算账？"

赵凯大笑起来："你以为他真会为了你跟我翻脸？他要是真那么看重你，至于让你低声下气去演个小配角？"

薛霁在心里翻了个白眼：那是我乐意！

“我劝你最好想清楚，你今天进了这里，你觉得他还会相信你吗？”赵凯胸有成竹地道。

薛霁抿嘴不语。赵凯以为她被说动，往后仰了仰，面上得意之色更浓：“别再装模作样了，我倒要看看，这一回他的脸面往哪里搁！”

听到这里，薛霁总算明白，赵凯对她穷追不舍，布这一场局，根本就是想用她来羞辱和报复秦亦沉。

此时此刻，薛霁无比庆幸自己事先留了个心眼，让秦亦沉来接她，只是不知道他要多久才能赶过来。

薛霁权衡轻重，决定先拖延一下时间，于是换上了笑脸：“有话好好说，赵总何必大动干戈？”

赵凯冷哼一声，点了一根烟，斜眼觑她：“想通了？”

薛霁赔着笑说：“还请赵总手下留情，放我一条生路。”

赵凯靠着沙发，准备和她谈谈，毕竟她手里搞不好还有秦亦沉藏得紧的商业机密，可以好好利用一番。

门口突然传来一阵熟悉的铃声，薛霁心里一紧，是自己的电话铃声，难道是秦亦沉？

赵凯不悦地瞥向房门口，助理焦急的声音从门外传来：“赵总，秦亦沉打了电话到薛小姐的手机上。”

赵凯猛地看向薛霁，眼神阴冷，薛霁几乎瞬间意识到什么，顾不得再同他虚与委蛇，起身往门口跑去。

赵凯还没碰到过这么不识相的女人，他阴沉着脸摁灭烟头，快步过去抓人。

薛霁手忙脚乱地冲向门口，刚摸到门把手，赵凯就赶到了身后，一把揪住她的头发，用力向后一拽。

“还指望秦亦沉来救你？”

薛霁原以为他再怎么样也不会真动手，却没想到他竟然恶毒到这种地步，一时间忍不住生出几分恐惧来。头皮一阵剧痛，她被拽得往后踉跄好几步，险些撞到墙上。

赵凯发了狠，继续来拽她，薛霁勉强站稳，忍着痛，手肘一个借势将他撞开，又狠狠一脚踩在他脚背上，总算挣脱他的束缚。

赵凯爆了句粗口，神情越发狠戾。

薛霁狼狈地扑到门口，握住门把手，用力一拧，将门打开。

外间的响动传入薛霁耳中，一个高大的身影捏住赵凯助理的手腕，将他甩过一旁，而后转过身来。

房门大开，秦亦沉高大的身影出现在视线中。他面沉如水，眉眼间隐约透着一丝焦急。

“亦沉！”刹那间，薛霁仿佛乍然窥见天光，猛地扑上去抱住他。

感受到他身上温暖的气息，一颗心落定，她差点儿哭出来。

秦亦沉牢牢揽着怀里的人，冷冷抬眼：“赵凯，你这是想去牢里待一待？”

赵凯对上他冷冽的眼神，清醒过来，敛了近乎疯狂的神情，调整一番，恢复成平日衣冠楚楚、精于计算的商人模样：“她可是自愿来找我的，你情我愿的事，何必说得这么严重？”

薛霁听他的语气，就知道他吃准自己没有证据告他，不由气闷至极。

赵凯笑了笑，带着嘲讽：“亦沉，我劝你挑女人还是谨慎一点儿，她今天能为了一个女主角的戏份来找我，明天就能去找别人。到时候闹出什么丑闻，可别怪我这个做长辈的没有提醒你。”

这是赤裸裸的挑拨离间！薛霁下意识地看向秦亦沉。

秦亦沉神色未变，仍紧紧搂着她：“这就不劳赵叔您费心了。”顿了顿，语调一沉，含了几分警告意味，“我也奉劝您一句，生意场上的事，就在生意场上解决，耍这种手段为难一个女人，未免太难看。若有下回，别怪我不留情面！”说完，他揽着薛霁就往外走。

赵凯盯着两人的背影，额角青筋毕露。

走出两步，薛霁忽然道：“等等！”她转向一旁赵凯的助理，伸出手，“我的手机。”

助理的胳膊似乎被拧伤了，他抱着胳膊战战兢兢看了秦亦沉一眼，乖乖将手机递出。

薛霁拿回手机，缩在秦亦沉怀里，同他一起往外走。

一路上，秦亦沉揽着她，始终面寒如冰，没有说一句话，像是积攒了极大的怒气。薛霁也不敢贸然开口，直到上了车，在副驾驶座上坐好，脑子里都还是乱糟糟的。

秦亦沉转动方向盘，车子拐了个弯，驶入车水马龙的道路中。

两侧路灯绵延不绝，夜景繁华靡丽。薛霁怔怔望着前方，不知不觉红了眼，落下泪来。

秦亦沉余光瞥见，皱了皱眉，找了个地方靠边停车。

薛霁沉浸在自己的情绪里，待了片刻才发现他停了车，忙抹了抹眼泪。然而心中的酸涩怎么也抑制不住，才抹完，眼角又一湿。

秦亦沉抽出一张纸巾递给她，也不说话。

玻璃上隐约映出狼狈的人影，薛霁觉得难堪至极，不敢看他，哽咽道："你是不是觉得我很蠢？"不等秦亦沉回答，她自顾自说了下去，"这么容易就被骗过来，明明只是很简单的一个陷阱，我竟然都没看出来。也不对，其实是我自己急功近利、贪慕虚荣，总想着一步登天。"她自嘲地扯了下嘴角，"人家说请我当女主角，我就真相信了，世上哪有这么便宜的事？简直蠢透了！"

她越说越语无伦次，再度落下泪来。

秦亦沉忽然伸手，修长的手指扣着她的下颌，让她转过脸。

薛霁泪眼婆娑地对着他，脸上的妆容已经花了，模样有些楚楚可怜。

秦亦沉微微蹙眉，一点儿一点儿地擦干净她脸上的泪迹，动作细致而温柔。擦完脸，他又替她理了理凌乱的头发，轻声说："胡思乱想什么，不是你的错。"

温柔低沉的嗓音，仿佛暖流淌过心底，薛霁看着眼前的人眉头微蹙的脸，不由得一怔。

暗夜里，花开得悄无声息。

她怔怔看了他一会儿，说："可你先前那副生气的表情，分明是想骂我蠢。"

秦亦沉替她整理完，收回了手，没有否认。

果然他还是觉得她蠢，薛霁懊恼地垂下眼，正沮丧时，耳边又响起一句："知道事先打电话给我，还不算太蠢。"

薛霁抬眼，恰好对上他瞥过来的视线，漆黑的眸底似乎含了一丝笑意。

像夜幕里的星火。

秦亦沉解开安全带，打开车门："下车。"

薛霁懵懵懂懂地跟着下了车，问道："去哪儿？"

秦亦沉："买衣服。"

薛霁一脸疑惑，无缘无故的，怎么突然想起来去买衣服了？

秦亦沉没多解释，迈开腿，朝不远处的商场走去。薛霁虽然一头雾水，但还是跟在他身后。

她原以为他是要给他自己买衣服，谁知他却领着她进了女装店。

笑容甜美的导购小姐热情地迎上来，秦亦沉依旧维持着惯常的冷淡，没怎么搭理导购，直接挑了一套衣服，让她包起来。

在一旁看着他利落刷卡的薛霁目瞪口呆。

随后，秦亦沉又领着薛霁进了另一家内衣店，对着各式各样的女人内衣，他竟然也能维持自己的高冷形象，面不改色。这一回，他倒是没有直接挑，而是扫了一眼薛霁，说："你自己挑吧。"

薛霁终于意识到不对，拽了拽他的衣袖，小声说："你干什么？"

秦亦沉偏头看她，十分淡定且自然地回答："我那里没有女人的衣服。"

好半天，薛霁才消化了他话里的意思，有点儿紧张地说："我……我没说要去你家。"

她让他来接她，是想回她自己住的地方。

秦亦沉道："碰上这种事，你一个人回去还睡得着？"

正说着，导购已微笑着上前来："先生，小姐，欢迎光临。"

秦亦沉没等薛霁反应，径直冲导购道："给她挑一套内衣，再拿一套睡衣。"

"好的。"导购急忙指引薛霁往里走，"小姐，这边请。您看看您喜欢什么样的款式？"

薛霁一时也不知道该怎么拒绝，就这样稀里糊涂地顺从着他的安排。

等到买完衣服从商场出来，被风一吹，薛霁终于清醒了些，突然顿下步子，唤道："秦亦沉。"

秦亦沉闻声回头。薛霁纠结一下，说："我还是自己回去。"

秦亦沉看着她，眸色深深。

薛霁道："反正也没出什么事，我自己可以的。"

"怕我对你做什么？"秦亦沉打断她，直截了当地抛出一句。

薛霁被这一句弄得手足无措，愣愣地看着他。

秦亦沉弯了下唇，意味深长地道："要真想对你做什么，你喝醉的那天晚上就可以。"

薛霁知道他说的是陪他演戏的那天晚上，不由得有些尴尬："我不是这个意思。"

秦亦沉抬起腕表看了看时间，说："今天先去我那里住一晚，过几天另外找套房子，把家搬了。"

薛霁一愣："搬家？"

秦亦沉瞥她一眼，道："赵凯这个人，睚眦必报，手段阴狠。他知道你现在的住处，难保不会对你做出比今晚更不入流的事。为了安全起见，你最好还是换个地方住。"

薛霁听见这话，再联想到先前赵凯的行为，心里一阵发怵。果然宁肯得罪君子，莫得罪小人。倘若是以前，她可能还会觉得秦亦沉是在危言耸听，可经历过刚刚那一场，她不得不承认，秦亦沉的担心并非多余，自己以前实在是太天真。

秦亦沉解释完，继续往停车的地方走，走出两步，发现薛霁还杵在原地，不由皱眉："还不走？"

薛霁回过神，忙跟了上去。

深秋夜寒，风裹挟着萧瑟之意拂过，远处的路灯下，一对年轻情侣正在等车，男生似乎怕女生冷，将女生揽到怀里，摸了摸头。

薛霁心有所动，看向面前拎着购物袋的颀长身影，胸口突然一暖。

她不动声色地追上半步，偷偷瞄他一眼，蓦地想起一句歌词：如果这都不算爱……

她憋不住，笑了。

秦亦沉将买的衣服放好，抬眼，恰好看见她脸上的灿烂："笑什么？"

薛霁摇摇头："没什么。"

秦亦沉看她神情自然，于是掩下内心的疑惑。女人的情绪，总是来得快去得也快。

最终，薛霁还是跟着秦亦沉回了家。

偌大的别墅里空无一人，显得有些冷清，薛霁不由得觉得奇怪："上回不是见你这里有位阿姨？"

秦亦沉道："秋姨晚上住在自己家里，早上过来上班。"

薛霁应了一声，然后换上拖鞋，跟着他往里走。

孤男寡女，又是大晚上，虽然早做好心理准备，但薛霁仍旧有些不自在。

秦亦沉打开一间次卧的门，冲她道：“你今晚睡这间房，浴室就在旁边。”

薛霁点点头。

许是看出了她的不自在，秦亦沉难得开起了玩笑：“又不是第一次在这里过夜，应该已经习惯了吧？”

想起两人初遇那晚，自己在客厅沙发上窝了一宿的事，薛霁也忍不住笑了。

“我回房去洗澡，有事的话，过来叫我。”秦亦沉没同她多待，转身去了主卧。

你洗澡……我叫你……

薛霁脑子里下意识地飘过某些脸红心跳的画面。她定了定神，赶忙把自己脑子里乱七八糟的念头甩出去。

周遭安静下来，她站立片刻，收拾东西，进了浴室。

热气蒸腾，模糊了花洒下的身影，水流从头顶慢慢往下淌……

薛霁掬了一捧水，浇在脸上，总觉得神思恍惚，有种不真实的感觉。

她竟然就这样跟着秦亦沉回家了？

薛霁这个澡洗了很久。等她关掉花洒，擦干身上的水珠，想拿干净衣服换上时，却摸了个空。

她刚刚太紧张，居然忘了拿睡衣进来。

薛霁傻眼了。换下的衣服已经被水打湿，也不能将就用，薛霁愣了半晌，想不到其他办法，只能撑开浴巾裹住自己，出浴室去拿。

她边蹑手蹑脚往外走边在心里碎碎念：希望秦亦沉没有在外面。

走到门口，她停下脚步，小心翼翼地将门打开一线，仔细地观察着情况。

外面静悄悄的，也没有人影晃动，她这才稍稍松了口气，开门出去。

秦亦沉果然不在，薛霁赤着脚走到客厅沙发边，一手捏住胸口处的浴巾边缘，一手去拿睡衣。

就在这时，身后传来响动，她拿着睡衣猛地转身，险些撞入一个怀抱。秦亦沉不知何时出来了，居然就站在她面前，探究地看着她。他穿着宽大的睡袍，领口处隐约露出性感的胸膛。

感觉到他身上散发出的迫人气息，薛霁下意识往后退了退，双手也紧紧护在胸前。

秦亦沉静静地打量着她。此时的薛霁只裹了一条浴巾，浴巾堪堪掩住重要部位，漂亮的双肩和锁骨裸露在外，大抵是刚刚被热气蒸腾过的缘故，肌肤泛着淡淡的嫩粉色。顺着曲线往下，是两条修长白皙的细腿，她的双足因紧张而紧绷着，脚指头微微拱起。

秦亦沉转回视线，最后落在她手指紧按住的地方，眸色骤然一深。

见他一直盯着自己，也不说话，薛霁越发紧张，磕磕巴巴地解释道:“我……我忘了拿衣服，出来拿一下。”

秦亦沉低低应了一声，视线始终落在她身上没有移开半分，仿佛已然忘记，这种情况下应当礼貌地回避才是绅士行为。

薛霁抬眼，恰好与他沉沉的目光对上，心头不由得一颤，脸也有些发烫。空气窒闷得厉害，她不敢再待下去，揪紧手里的布料，越过他，逃一般跑回了浴室。

秦亦沉回过头，看着她跑开的身影，意味不明地弯了下唇。

薛霁跑进浴室，关上门，又不放心地反锁了，才敢解开浴巾换衣服。

换好衣服，她仍旧有些心慌，磨磨蹭蹭地不敢再出去。浴室里有吹风机，她想了想，干脆将头发散下，慢慢吹起头发来。

过了许久，头发也吹干了，实在没理由再继续磨蹭下去，她对着镜子深吸一口气，确定没什么不妥，终于鼓起勇气走了出去。

外面恢复了安静，灯未关，明晃晃地照着，却不见秦亦沉的人影。

薛霁有些疑惑，以为他已经回房睡了，谁知走到客厅里，却发现他坐在沙发上，头往一旁歪着，双眼合起，似乎睡着了。

这情形，跟上次在她那里的时候倒是有些像。薛霁驻足看了片刻，在他旁边坐下，沙发微微一陷，没能惊醒他。

他睡得安稳，薛霁也不好叫他，转过头，看见了自己搁在沙发一角的包。包里的手机闪了闪，薛霁拿出手机一看，是盛妍回了消息过来：“最近特别忙，拒绝闲聊。”

薛霁瞄了一眼身侧的秦亦沉，打出一串字发过去：“我现在在秦亦沉家。”

一长串的省略号立马回复过来，盛妍那边又停顿片刻，才回复她：“真的假的？”

薛霁：“要不要拍张照给你看看？”

盛妍：“你这发展速度也太快了！别过两天又告诉我，你怀孕了！”

薛霁：“美人，我只是过来借宿一晚，我们俩清白得很。”

盛妍不太相信她，继续问道：“到底什么情况，你怎么会跑到他家去过夜？”

薛霁：“这个事情有点儿复杂，我一时半会儿也说不清……总之，不是你想的那样。”

盛妍：“那是哪样？小霁，你跟我说实话，你们俩现在究竟到哪一步了？”

提到这个，薛霁不禁有点儿惆怅：“如果我说，还在暧昧阶段，你信吗？”

盛妍：“那你还跟他回家，你是不是脑子进水了？”

薛霁：“这真的是个意外！回头我再跟你解释。”

盛妍：“你可别被人给骗了。”

薛霁：“放心，我和他连手都没拉过，清白得不能再清白了。”

盛妍：“你居然能忍住？”

薛霁：“你不要老把我想得那么奇怪好不好？我还只是个纯情美少女！”

“好的，美少女。你继续少女，我先去睡。”确认她没事之后，困得直打哈欠的盛妍结束闲聊。

和盛妍聊完，薛霁放下手机，重新看向身旁的人。

秦亦沉仍旧闭着眼，睫毛贴着下眼睑，柔和的灯光落在冷峻的面容上，让他添了几分温和。

薛霁觉得有点儿开心。她撑起身子，细细地打量着他，目光描摹过他英俊的眉、垂下的睫毛、高挺的鼻子……最后停在两瓣薄唇上。

色泽浅淡，未笑时透着淡漠无情。

薛霁凑近一些，突然有种想碰一碰那里的冲动。

她伸出一根手指，指尖在他的双唇上方虚虚地点了一下，又迅速缩回。

还没醒？薛霁歪了歪脑袋，撑着沙发靠背，往他那边凑去。

夜静无声，呼吸交融，阴影游移过面颊，她无法自控般一点儿一点儿低头，眼看就要触及。

秦亦沉忽然睁开眼，眸子深深，黑得发亮，瞳仁中映出近在咫尺的她。

薛霁脑袋一嗡，瞬间血气上涌，脸涨得通红。

偷亲被人发现，没有比这更尴尬的。

以往精湛的演技在此刻发挥不出半分，她呆愣片刻，手忙脚乱地跳下地，紧张地道：“你……你醒了？那我先去睡……”

说完，转身就想逃开。手腕却突然被拽住，强有力的手握着纤细的手腕，像是拽在心上。

薛霁回头，下一刻被扯着跌入了一个温厚的怀抱。

光影转换，秦亦沉将她搂在怀中，不由分说堵上她的唇。

大掌在腰间强势地紧扣着，完全不容她反抗。

唇齿间气息浓烈，仿佛狂风暴雨肆虐。薛霁脑中一片空白，手指紧紧揪着他的睡袍，人如同置身波涛汹涌的海上，起伏不定。

不知过了多久，秦亦沉终于松开她。

薛霁被他亲得晕头转向。她剧烈喘息着，好半天才缓过劲来。

“你……”她想说什么，又说不出。

秦亦沉好整以暇地看着她，唇角微翘，眼底笑意沉沉。

薛霁对上他含笑的眸子，心口一阵狂跳，呼吸又乱了。

秦亦沉低头，手指暧昧地摩挲过她嫣红唇畔：“我什么？”

薛霁勉强定下心神，抬手抵住他，阻止他再凑近，问道：“你到底对我是什么意思？”

灯光下，眼眸潋滟，秦亦沉噙笑不语。

适才一番拉扯，他睡袍的领口已被拽开，露出大片肌肤，薛霁的手恰好就抵在他的胸膛上。

薛霁反应过来，手仿佛被烫了一下，她急忙缩回手，有些紧张地道：“事先声明，我可不是跟你玩玩儿的。”

薛霁说完，直视他深邃的双目，等着他的回答。

秦亦沉仍旧不语，看她片刻，忽地放开她，改为握住她双肩，带着她从沙发上起身。

薛霁没等到答案，心下一阵发凉，正惶然时，低沉的嗓音突然传入耳中：“你之前问我，有没有女朋友，我说没有，但现在……”秦亦沉故意顿了一下，唇边泛开轻浅笑意，“有了。”

薛霁抬眸，微微一怔，心尖突然开出一朵花来。

秦亦沉握着她的肩，将她推至次卧门口，低下头，在她耳畔吻了吻，轻声说：

“晚安，我的女朋友。”

温热的气息浅浅掠过，好似春夜暖风般让人沉醉，薛霁被推进屋，身后的门轻轻合上。

半晌，薛霁仍处在恍惚中，神思一片混沌，仿佛不知今夕何夕，身在何方。

秦亦沉的嗓音不断在耳边回响：“晚安，我的女朋友。”

过了许久，薛霁终于回神，兴奋地扑到柔软的大床上。

他向我表白了！

薛霁在床上激动地翻滚着，一直折腾到后半夜才迷迷糊糊地睡过去。

第四章

美色当前

你要是再这么不知死活，故意招惹我，

我就真让你看看什么叫把持不住。

01

第二天，薛霁很早就醒了。她静眼躺在床上，回想着前一晚的情形，忽然有些怀疑自己是不是在做梦。

她直起身子，看了看四周陌生的衣柜和窗帘，确实是在秦亦沉的别墅里。悬起的心落下来，她起床洗漱完，秦亦沉似乎还在睡，主卧的门紧闭着。

楼下厨房传来动静，薛霁缓缓下了楼。

秋姨端着热牛奶从厨房出来，看见她，脸上闪过一丝惊讶，但很快又恢复如常，堆上和善的笑："薛小姐，早。"

薛霁也微微一笑："早。"

不一会儿，秦亦沉也下来了，穿得十分正式，西装革履，气质冷冽，仿佛昨晚在她耳边温言浅笑的是另一个人。

“早。”薛霁笑着打了声招呼。她有点儿担心，他会不会一觉醒来忘了已经和她确定关系这件事。

“早。”秦亦沉露出一丝笑意，面色温和许多，“我九点要去公司，你今天还去剧组吗？”

薛霁皱了皱眉：“去，我得找王濛问问清楚，昨天晚上赵凯那事跟她有没有关系。”

“王濛是谁？”

“我上部戏的制片人，就是她说要给我介绍新戏，所以我才会去跟那个所谓的投资方见面。”

秋姨将早点准备好，两人在餐桌前坐下。

秦亦沉说：“实在问不出来就算了，别和她正面冲突，这件事她未必知情，说不定也是被算计了。赵凯既然敢这么做，就说明他早已经设好了套，你再怎么追究也于事无补，弄不好还会给他留下把柄。你以后毕竟还要拍戏，犯不着为了一条疯狗毁了前途。”

听到“疯狗”二字，薛霁忍俊不禁。

许是怕她觉得委屈，秦亦沉顿了顿，又补充道：“至于赵凯那边，你也别太着急，我会想办法处理。”

薛霁抬眼，笑盈盈看着他，点头应下。

吃完早饭，秦亦沉先让司机开车把薛霁送到剧组，然后再转道去公司。

下车时，薛霁突然凑到秦亦沉那边，在他脸上亲了一下。轻微的碰触，转瞬即逝，秦亦沉望着她远去的身影，勾唇笑了。

薛霁走出一段距离，又回头看了看，见秦亦沉的车子汇入车流中，方才转身继续往前，眼角眉梢笑意满满。

不过这抹笑意，在看见王濛后淡了淡。王濛似乎并不知晓昨夜发生的事，还十分热情地问她谈得如何。薛霁不想闹得人尽皆知，于是约她去了旁边的一家咖啡店里。

“昨天王姐走得那么着急，是家里出了什么事吗？”薛霁状似不经意地关心道。

王濛一脸头疼的表情：“我爸喝多了，闹出了事情。”

“要紧吗？”

“还好，折腾我一宿，差不多处理好了。”王濛显然不愿意多聊私事，搅了搅杯子里的咖啡，话锋一转，“看你的脸色有点儿差，怎么？昨晚和投资方没谈妥吗？”

薛霁观察着她的神情，感觉不像是装的，尽量语气平和地说道：“我记得之前说的投资方，是游戏公司的张总，可为什么昨晚跟我见面的，却是 KC 娱乐的赵凯？”

王濛闻言一惊，薛霁跟前东家的恩怨她也有所耳闻，自然明白这话意味着什么，忙说：“怎么可能？这我真的不知道，我也是别人给牵的线，对方说看了你之前演的剧，觉得你很有潜力，所以才让我介绍你过去。”

薛霁听着她的解释，没说话。

“那你昨晚没出什么事吧？”王濛开始有点儿担心了。

薛霁淡淡回道：“没有，不过就是谈崩了。”

“那就好，没出事就好。”王濛赔笑道，“我真的是好意，没想过要坑你。”

薛霁想起秦亦沉的叮嘱，自知问不出更多，只好笑了笑：“我知道，我就是随便问问，没有怀疑你的意思。”

闹了这么一出，想要再心无芥蒂地合作，已经不大可能。两人各自心里都明白，尴尬地坐了一会儿，便礼貌而疏离地散了。

从咖啡店出来，薛霁一时无事，漫无目的地随处逛了逛，拿起手机，给秦亦沉发了个消息：“我跟王濛谈完了。”

本以为秦亦沉在工作，不会回复，谁知没过片刻，他就回了电话过来。

“我还有个会，要晚点儿才能回，你自己先回家？”秦亦沉停顿一下，“要不来公司也行。”

薛霁忙道：“我还是回家吧。”

突然跑去他公司，万一让人撞见，估计又是一桩新闻。

秦亦沉也没有勉强：“好，肚子饿的话，让秋姨先给你做饭，不用等我。”

薛霁迟疑道：“我回我自己住的地方，就不去你那里了。”

电话那头一阵沉默。

过了片刻，秦亦沉终于出声：“我忙完过去找你。”

薛霁笑着应道：“好。”

挂断电话，薛霁瞅着手机屏幕，心口泛开一丝浓浓的甜意。

由于前一晚兴奋过头，睡眠严重不足，午饭过后，薛霁便抱着枕头窝在沙发上沉沉睡去。

不知过去多久，迷迷糊糊中，有门铃声响起，她翻了下身，却并未醒过来。随后，搁在案几上的手机也响了，她伸长胳膊，眯着眼摸索半天，终于成功摸起手机放到耳边。

“早……”嗓音软糯沙哑，带着浓浓的困意。

“在睡觉？”

听见秦亦沉的声音，薛霁霎时清醒了一些：“你忙完了？”

“过来开门。”

薛霁猛然反应过来，忙趿拉着拖鞋过去开门。秦亦沉果然在门外站着，刚刚挂断电话。

“你来了！”薛霁冲他欢喜一笑。

秦亦沉进屋，看见她睡眼惺忪的模样，问道：“昨晚没睡好？”

薛霁自然不能承认因为他一句话而兴奋得睡不着觉这种没出息的事，她摇了摇头，否认说：“不是，闲着无聊，睡个美容觉。”她说着，抬起下巴，仰了仰脸，“你看看，我是不是变美了？”

秦亦沉微微勾唇，没回答，搂着她的肩，在沙发上坐下。他忽然低头道：“你收拾一下，暂时搬到我那里住吧。”

薛霁闻言心里一颤，急忙推开他：“我们昨天才确定关系，没必要进展这么快。”

秦亦沉被她推开，索性往后仰了仰，一副从容悠闲的模样：“我的意思是，你一个人住在这里不安全，现在又没找到合适的新房子，不如先去我那里住着，”他觑着她，似笑非笑，“你想到哪儿去了？”

“那也不行，万一你……”薛霁的脸微微发烫，没说下去。

“万一什么？”秦亦沉瞥见她脸上泛开的薄红，又说：“在你眼里，我就这么不值得信任？”

薛霁噎了噎，一时有点儿语塞。

两个人在一起需要相互信任和包容，她和他才刚刚开始恋爱，总不能因为这点儿事就闹得不愉快。可是就这么住到他家里，又感觉太过突兀。

说到底，她其实对这段感情心存忐忑，没表面上那么自信。她甚至不确定，他对她是不是一时兴起，只想跟她玩一玩而已。

大概是看透了她的心思，秦亦沉敛去似笑非笑的神情，忽然唤道："薛霁。"

薛霁一愣，这还是他第一次这样认真地叫她的名字。

秦亦沉伸手抚了抚她的头发，对上她的双眼，缓缓道："你是我的女朋友，所以我会把你放在平等的地位，给你应有的尊重和自由。你不愿意的事，我绝不会勉强，让你搬过去，只是担心你的安全。"

薛霁没想到他会突然说出这么一番话，不由得怔了怔。仔细想想，他俩认识以来，他确实没有干涉过她的任何选择，包括她拒绝他的帮助，执意要去演配角、跑龙套。

心里的那点忐忑不安瞬间消散无踪，薛霁笑了笑："好吧，既然你这么诚心诚意地邀请，那我就勉为其难答应了。不过，"她挑挑眉，抛了个媚眼，"美色当前，你确定……能把持得住？"

秦亦沉捏住她的下巴，凑近道："你要是再这么不知死活，故意招惹我，我就真让你看看什么叫把持不住。"

薛霁推开他的手，躲到一旁，拿起抱枕挡在身前，一脸不可冒犯的凛然模样："我什么时候故意招惹你了？你可不要污蔑好人。"

秦亦沉倾身过去，勾了勾唇："昨天晚上，是谁趁我睡着，想偷亲我？"

薛霁低着头，不敢出声。

"是谁假借对戏的名义，对我动手动脚？"

薛霁恨不得整个人都躲进枕头里。

他故意拖长的语调仿佛羽毛掠过心尖，咫尺处目光沉沉，薛霁撞入他深邃的眸子里，霎时间心如擂鼓手足无措。

她蓦地将抱枕往他怀里一推，红着脸跳下沙发："我去收拾东西！"

秦亦沉也未拦她，顺势靠在沙发上，看着她逃开的样子，脸上的笑意越发灿烂。

薛霁慌乱间回头，看见他含笑望着自己的模样，心头一跳，双颊越发烫了。

过了一会儿，秦亦沉看了看时间，见薛霁还未收拾好，起身道："先收拾一些急用的，其他的等明天找搬家公司过来搬。"

薛霁将一条裙子叠好放入行李箱，随口问："明天你陪我来吗？"

秦亦沉应道："好。"

薛霁抬头一笑，锁好了行李箱，秦亦沉伸手接过，两人一前一地后出了屋。

回到秦亦沉的别墅时，秋姨已经在准备晚饭。薛霁进了昨晚住的次卧，把东西一一放置好，出来时，秦亦沉递给她一串别墅的钥匙。

薛霁接过钥匙，在眼前晃了晃，笑道："突然有种喜提新房的感觉。"

秦亦沉往前半步，将她禁锢在墙边，凑到她耳边，低声说："你这是在暗示我什么？"

薛霁背靠着墙，微微仰脸看着他，无辜地眨了眨眼："什么暗示？我不懂。"

秦亦沉勾起她的下巴，在她唇上亲了亲，随后松开她，往楼下走。

"司机和助理的联系方式回头你也记一下，有急事的话你也可以找他们。"

"好。"薛霁勾着他的手指，跟在他后头，连步子都带着小女儿的情态。

以往如果是在家吃饭，通常只有秦亦沉一个人，未免有些冷清。如今多出一个薛霁，感觉整个屋子都热闹许多，虽然吃饭过程中，两人也没怎么开口说话。

晚饭过后，薛霁拉着秦亦沉到院子里散了会儿步，回来坐在客厅里看电视。秦亦沉按着遥控器，无意中切到了一部两三年前的剧，正是薛霁的处女作。那时的薛霁还在上大学，第一次正式拍戏，演技有些青涩，演的又是一个没什么内涵的疯癫角色，以至于整体看起来比较浮夸。

秦亦沉切到这部剧时，剧中的薛霁正披头散发，抱着一根柱子在哭诉自己对剧中某人的爱慕之情。

薛霁原本悠闲地倚在秦亦沉身上，冷不防看到屏幕上自己如此犯蠢的画面，顿时变了脸色，激动地去抢秦亦沉手中的遥控器："你怎么看这个？换台！不许看！"

秦亦沉也没躲，任由她抢过去，似笑非笑地觑着她："新生代实力派演员？"

薛霁飞快地换了台，怒道："人都是会进步的！你不能只看到我以前的戏。"

看见她嗔怒的样子，秦亦沉不觉莞尔，说："其实还可以。"

薛霁扭过脸，表示不接受他的安慰。

秦亦沉搂了搂她的肩，关掉电视机，笑道："好了，明天要搬家，早点儿去睡。"

两人一同起身，薛霁走到自己的卧室门口时，说了声"晚安"。

秦亦沉在她额角吻了吻："晚安。"

他往自己的卧室走去，薛霁回过头看他，灯光下他的身影颀长，晕开淡淡的光影。

她的心底柔软一片，悠悠开出花来。

第二天一早，薛霁就拖着秦亦沉去处理搬家的事情，一直忙到下午五点多，才彻底搞定。

秦亦沉看了看她搬过来的东西，道："还有什么缺的，跟秋姨说一声，让她去帮你买。"

薛霁点了点头。

奔波一天，两人也没什么精力进行饭后娱乐活动了，吃过饭便在房里窝着。秦亦沉开了电脑，在书房处理一些公事，薛霁也抱着笔记本电脑在一旁搜索最新的影视资讯。

许久，秦亦沉关上电脑，见薛霁皱着眉头，便走过去问道："怎么了？"

"我在看有没有新戏可以接，找了半天也没发现合适的。"

"你上部戏才杀青多久，这么着急干什么？不妨多休息一阵子。"

薛霁抬头看他，脸皱成苦瓜样："不拍戏，就意味着没有钱，没有钱就意味着我要饿死了。"

秦亦沉从身后揽住她的腰："那也不用这么着急。"

薛霁偏过头，不满地看着他："这个时候，你不是应该很霸道地来一句'我养你'吗？"

秦亦沉悠悠地道："那是谁说的，自己是个有骨气的人，不受嗟来之食？"

薛霁下意识反驳："我什么时候说过这种话？"

秦亦沉："上次喝醉的时候。"

薛霁无语。酒后的醉话，怎么能当真？她撇了撇嘴："我觉得你这个总裁像是假的。"

秦亦沉笑了笑，突然拿出一张铮亮的银行卡，递给她。

薛霁险些被那张卡反射出来的光闪瞎了眼，忙道："我说着玩的，我还有存款。"

"先拿着，以防万一。"秦亦沉不容置喙，"里面的钱你想用就用，不想用就放着。"

薛霁看他片刻，终是接了过去。她举着银行卡仰头瞅了瞅，忽又微微一笑，抬手钩住他的脖子：“我突然觉得，和总裁谈恋爱的感觉挺不错的。”

秦亦沉往前凑了凑，目光落在她嫣红如玫瑰的双唇上：“那你是不是应该有所表示？”

薛霁伸出白嫩的手指，缓缓从他喉结处往上爬，随后亲了亲他的下巴：“这样够了吗？”

秦亦沉低眸看她，却不说话。

薛霁只好又在他唇上亲了亲：“这样？”

温软的碰触，稍纵即逝。

下一秒，后脑勺就被人牢牢控住，灼热的气息覆下来，带着一股侵略意味，强势地抵开她的唇舌，攻城略地。

因为动作幅度太大，搁在一旁的笔记本电脑被秦亦沉的膝盖撞了一下，险些落地。薛霁听见响动，急忙去推秦亦沉：“我的电脑！”

好半天，秦亦沉才松开她。

薛霁呼吸急促，一得自由，就转过身去看自己的宝贝电脑，边看边忍不住抱怨：“你怎么每次都像要把我生吞活剥了一样，就不能温柔一点儿吗？”

秦亦沉勾唇：“你不是说，我这个总裁像假的？”

薛霁再次无语。

“我明天有点儿事，可能会晚点儿回来，你在家好好休息，有事打电话给我。”秦亦沉起身，将书桌上的文件收好。

薛霁对他主动汇报行程的行为十分满意，笑着应了声：“知道了。”

第二天，秦亦沉果然一整天都没回来。

薛霁毫无压力地睡到日上三竿。下午，她一个人坐在房间里浏览着各大影视公司的招聘，不知不觉太阳已经西斜。金色的夕阳透过落地窗投进来，薛霁闻到秋姨做的饭菜的香味，拿起手机，刚想问秦亦沉回不回来吃晚饭，突然收到了盛妍的消息。

“小霁，那天晚上没发生什么吧？怎么都不见你吭声？”

薛霁想起搬家的消息还没告诉她，回道：“我搬家了。”

盛妍：“好端端的，怎么突然搬家了？”

薛霁感觉三言两语也解释不清楚，干脆拨了个电话过去："我搬到了秦亦沉这里。"

一阵沉默后，盛妍提出她的疑问："你不是说你们俩连手都没牵过吗？这才三天，你就直接住他家去了？"

薛霁早料到她会是这种反应，不慌不忙道："你想多了，我只是单纯地搬过来暂住一阵子，啥事也没有。"

盛妍忍不住翻个白眼："你当我是三岁小孩？"

"虽然没那么单纯，但也没你想的那么夸张，我搬过来是有正当理由的。"薛霁顿了顿，"你还记得那天晚上我跟你说发生了意外吗？"

"记得。"

"我跟你说，我又碰上赵凯了……"

薛霁将那天被赵凯骗去酒店差点出事的经过跟她说了一遍。盛妍听完，简直不敢相信："他是不是疯了？这种违法犯罪的事，他也敢做？"

"我现在觉得这人什么事都干得出来。"薛霁心有余悸道，"所以我才听秦亦沉的话，暂时搬到他这里。"

"为了安全起见，你确实应该搬家。不过，"盛妍犹豫道，"你也没必要非搬到他那里，毕竟你们之间还没挑明，万一出了什么事，吃亏的可是你。要不然，你先过来跟我住？"

"不用。"薛霁抱着双膝，脸上不由自主地露出笑意，"我忘了告诉你，我和他已经确定恋爱关系了。"

"我听着怎么这么不靠谱？"盛妍蹙眉道，"是你，还是他先开的口？你确定没会错他的意思？"

薛霁："你能不能对我有点儿信心？谁先开口的不重要，但'女朋友'三个字是他亲口说的，我听得很清楚，绝对没有会错意！"

盛妍忍不住笑了："那这么说，我要恭喜你成功脱离单身了？"

薛霁："放心，我最爱的还是你。"

"我可不指望。"盛妍同她说笑两句，又认真说道："小霁，我也不是要在这个时候泼你冷水，只是秦亦沉的身份……说实话，我有点儿担心，你确定他对你是认真的吗？"

"我明白。"薛霁半点儿都未生气，笑笑说："你放心，他对我挺好的。

至少目前为止，我没觉得他是在糊弄我。”

“感情的事，你自己心里有数就行。”盛妍宽了心，转而又揶揄道，“是不是该请我吃饭？”

“放心，少不了你的饭。”

“你们俩一起请，正好让我看看，他到底有多真心。”

“好，等他回来我跟他说。”

刚和盛妍聊完，屋外就传来响动。仿佛心有灵犀，薛霁满怀欣喜地跑出去，果然看见了秦亦沉。

“你回来了？”一双眸子光芒璀璨，眸中映出他的模样。

秦亦沉脱下外套，冲她笑了笑，随后进了洗手间。

等他出来，薛霁抱着他的胳膊，仰脸道：“我刚刚把我们的事告诉了盛妍，盛妍说让你请她吃饭。”

“好。”秦亦沉想也没想便说，“你让她定个时间和地点。”顿了一下，又说，“明天不行，明天带你出门散心。”

薛霁好奇：“去哪儿？”

秦亦沉答道：“明海山庄。”

晚上，薛霁坐在床边看她白天随手记下的几家影视公司的情况，看得眉头紧锁，满脸纠结。

秦亦沉过来瞧见她苦恼的样子，便在她身旁坐下：“还在想接戏的事？”

薛霁顺势便将手中的纸递给他，同他商量起来：“我仔细想了想，觉得我还是得签个影视公司，最起码也要有个经纪人，这样以后才好发展。”

秦亦沉扫了纸上的字迹一眼，问：“真这么喜欢拍戏？”

薛霁道：“不喜欢，当初就不会选这一行。为了这事我还跟我爸吵了好多次，到现在他都想着让我回老家，安安分分地找份稳定的工作。”

秦亦沉看着她，忽然道：“改天我介绍几个导演给你认识？”

询问的语气，似乎担心她会不高兴，薛霁却毫不犹豫地应道：“好！”

秦亦沉失笑：“我还以为，你要跟上回一样拒绝。”

“以前是以前，现在是现在。”薛霁理直气壮地偎着他，“以前你又不是我的什么人，我当然不能随便接受，现在你是我的男朋友，情况就不一样了。”

秦亦沉笑着看她一眼，在她唇边轻轻吻了吻，继续道："至于影视公司和经纪人，回头让我哥帮你看看，他对这些比较熟悉。"

薛霁非常乖顺地点点头："好。"

"别再纠结这些事，早点休息。"秦亦沉叮嘱完，欲起身出屋。

薛霁突然从背后抱住了他："亦沉。"

一声轻唤，响在耳畔，她紧紧贴着他，暖意透过衣衫传到彼此的心底。

秦亦沉偏头："怎么了？"

薛霁抱着他，轻声说："我那时候……是真的很感激你。"

那时她走投无路，如果不是他伸手帮了一把，只怕真的就要落入绝境。虽然他说是公平交易，但她心里其实非常清楚，是自己占了大便宜。

秦亦沉斜眼觑她，暧昧一笑："所以，你现在是准备以身相许？"

薛霁在他脸上亲了一下："以身相许还太早，先给点儿奖励。"

随后飞快地放开他，缩到床的另一边，眨眨眼："我要睡觉了，麻烦关下灯，谢谢。"

秦亦沉无可奈何，只得关上灯，退出了房间。

第二天是周六，薛霁习惯性起得迟了些。等她换完衣服化好妆，已经到了十点多。

她穿着拖鞋从卧室出来，听见楼下有说话声，以为是秦亦沉在催她，急急忙忙地往楼下走，边走边戴耳坠，口中唤道："亦沉。"

随即，她愣住，呆立在楼梯上。

客厅里，除了秦亦沉，还有好几个人，三男一女，其中包括秦亦景。

看见薛霁，他们也都愣了愣。唯有秦亦沉一脸淡定，朝薛霁走来："换好衣服了？"

薛霁反应有点儿迟钝。不是她和秦亦沉约会吗？怎么突然冒出这么多人？

秦亦沉接过她手中剩下的那枚耳坠，十分自然地替她戴好："走吧。"

薛霁终于回过神，尽量显得平静地下楼，冲众人展露一个得体的微笑。

站在秦亦景身边的男人拍了拍秦亦景的肩，难以置信道："我没眼花吧，秦二居然也开始'金屋藏娇'了？"

秦亦景给了他一个少见多怪的眼神，笑着同薛霁打招呼："薛大美人，好久不见。”

薛霁微笑回应：“好久不见。”

秦亦沉向几人介绍：“薛霁，我女朋友。”

薛霁没想到他会这么郑重地介绍，不由得看了他一眼。

秦亦沉转而又向她介绍其他人：“孙辰、沈子旻……”

薛霁微笑着一一点头打招呼。

站在秦亦景身边的男人叫孙辰，是秦家两兄弟的发小，今天要去的明海山庄就是孙辰家的产业；沈子旻则是秦亦沉在国外认识的同学，沈家的产业不在本地，他这回过来是为了办点儿事情，顺道同秦亦沉他们聚一聚。

剩下那个打扮得很俏皮的女孩子叫苏筱宁，是秦亦沉的妈妈那边一个没什么血缘关系的远亲。

自从薛霁出现，苏筱宁的视线就没从她身上离开过，这让看多了狗血剧本的薛霁忍不住开始胡思乱想起来。

这才恋爱几天，难道情敌就要上场了？

“秦二哥，你什么时候交的女朋友，表姨知道吗？”苏筱宁问道。

薛霁心中警铃大作，这竞争真的是要开始了。

秦亦沉没回答她，看向秦亦景，似是在问她怎么会来。

秦亦景无辜地耸了耸肩：“这丫头一个人过来的，妈让我们照顾她几天，原本还说让她住你这里，现在看来……”

“你不是那个跟陈元嘉闹绯闻的女演员吗？”秦亦景的话还没说完，苏筱宁突然又冒出一句。

薛霁瞥她一眼，这姑娘怕是来者不善。

这句话一出，众人都静默了，场面一度十分尴尬。

秦亦沉皱了皱眉，脸色冷得厉害。苏筱宁大概也意识到自己说错了话，赶忙闭上嘴，神情讪讪。

薛霁挽上秦亦沉的胳膊，从容笑着，一句话打破了尴尬：“那些都是网上瞎传的，我跟他半点儿关系都没有。”

这种时候，她越是躲躲闪闪，不肯说清楚，只会越让人多想，也会让秦亦沉面上难堪。

倒不如坦坦荡荡面对，反正她问心无愧。

薛霁解释完，等着苏筱宁的下一波攻势。

谁知，苏筱宁却笑道："我就说，你长得这么漂亮，眼光怎么会那么差，我秦二哥明显比那个陈元嘉帅多了。"

薛霁一脸疑惑。这个发展方向好像有点儿不对，难道是她判断失误?

苏筱宁这一记马屁成功挽回了场面，气氛重新变得轻松起来，秦亦景拍了一下她的后脑勺："行了，你个马屁精。再不走，天都要黑了。"

苏筱宁捂着头，瞪了他一眼，往外走时，又偷偷瞄了瞄秦亦沉和薛霁，似乎对他们俩十分好奇。

薛霁跟着秦亦沉走在后头，上车时，秦亦沉突然皱着眉头同她说了句："以后凡是有陈元嘉参演的戏，不准接。"

薛霁愣了一下，忙表忠心："就算你不说，我以后也会主动避开这人的。"

明海山庄是个休闲娱乐场所，主要提供的是温泉服务。

到了明海山庄以后，薛霁才知道，蒋嫣嫣和孙辰的女朋友也都来了，只不过没去秦亦沉那里，而是直接来的这边。蒋嫣嫣笑着同薛霁打了声招呼，脸色似乎比上回见到时要憔悴一些，也不知道是不是张昌那件事给闹的。

苏筱宁看着面前成双成对的人，郁闷不已："你们都是两个人，就我一个人，无聊死了！"

秦亦景道："早让你不要凑热闹，谁叫你非得跟着来。"

苏筱宁噘着嘴，满脸的不高兴。

秦亦景被她闹得头疼，瞥了一眼旁边唯一没带女伴的沈子旻，说："沈子旻也一个人，要不你跟他一起?"

苏筱宁还没答话，沈子旻就悠悠地笑了："你这妹妹谈对象了没有?出了事我可不负责。"

秦亦景听他这么说，又犹豫起来。倘若是别的活动，把苏筱宁丢给沈子旻暂时照料一下也没什么，可泡温泉这种活动，让小姑娘跟大男人一起，确实有点儿不妥。

正犯难时，苏筱宁眼睛滴溜一转，忽然上前几步，抱住了薛霁的手臂："秦二哥，你把薛霁姐借我一会儿好不好?"

薛霁被她这毫无征兆的自来熟弄得一愣，秦亦沉则冷着脸没表态。

“就一会儿，我保证！”见秦亦沉不松口，苏筱宁转而朝薛霁撒娇，“薛霁姐，我其实看过你演的电视剧，我可喜欢你了！”

薛霁感到有些心累：姑娘，你扯个谎能走点儿心吗？一见面就挑明我的绯闻，明显不是什么粉丝。

“你下部剧什么时候播？能不能给我签个名？”

薛霁看了看秦亦沉，也不知道该拒绝还是该答应，毕竟是他妈妈那边的亲戚，总不好太冷淡。

薛霁还在犹豫，苏筱宁已经直接拽着她往旁边走：“就一会儿，真的。”

薛霁没办法，只能冲秦亦沉笑笑道：“我晚点儿去找你。”

秦亦沉虽然面露不悦，但也没说什么，同单身的沈子旻去了另一边。

温泉池中，热气蒸腾。

薛霁换上泳衣，走到池边，苏筱宁已经下了水。苏筱宁仰头看着她，毫不掩饰地发出惊叹：“薛霁姐，你的身材真好！”

薛霁嘴角一抽：“谢谢，你也不差。”

薛霁踏入水中，看着那张天真烂漫、朝气蓬勃的脸，默默地想：自己刚才到底哪根筋搭错了，居然见面时会把她当成情敌？

“哪里？你看我肚子上都有赘肉。”苏筱宁沮丧地看了一眼自己的小腹，游到薛霁旁边，“你是不是有什么保养的秘诀，也教教我！”

薛霁顺着她的视线看了看，说：“你其实也还好，你可能是最近坐得太多，可以适当运动一下。”

女孩子聊到瘦身变美之类的事，总有聊不完的话题，就这样，两人很快熟稔起来。

聊着聊着，话题不知怎么突然又转到秦亦沉身上。

“小霁姐，问你个问题。”苏筱宁趴在水池边，下巴枕着胳膊，“你跟秦二哥在一起，不会怕他吗？”

薛霁疑惑：“为什么要怕他？”

苏筱宁一脸夸张地道：“你不觉得，秦二哥板着脸不说话的样子很吓人吗？”

脑中闪过秦亦沉面无表情的脸，薛霁险些笑出声。

“我小时候每次见到他，都可怕他了，长大了才稍微好一点儿，不过还是不敢跟他玩闹。”

“那你刚刚还敢拉我走？”

“我这是好奇，想看看能拿下秦二哥的女人，到底是什么样的。”

薛霁不觉莞尔：“其实亦沉他挺好的，虽然看起来不太好相处，但其实很会照顾人。”

苏筱宁立马切换成冷漠脸模式：“我仿佛闻见了爱情的酸臭味。”

“不过，我也觉得，他应该挺喜欢你。”苏筱宁忽然又道，“先前他帮你戴耳环的动作，还有跟你说话的语气，都特别温柔。我还从来没见他对哪个女孩子这样过。”

薛霁听到这里，忍不住弯起唇，胸口蔓延开丝丝甜意。

“你和秦二哥是怎么在一起的？”

薛霁想了想，说：“应该算是我追的他？”

“这你都有勇气下手？”

苏筱宁露出膜拜的眼神，又道：“薛霁姐，我能再问你一个问题吗？”

薛霁：“什么问题？”

“如果我问错了，你千万别生气。”苏筱宁小心翼翼地道，“你跟那个陈元嘉，真的没关系吗？”

“没有，我对他没兴趣。”薛霁毫不犹豫道，“怎么，你是他粉丝？”

“不是，我也不喜欢他这款的。”苏筱宁摆了摆手，随口道，“我最喜欢的演员是顾修。”

薛霁心里一阵兴奋，却只是小声道：“……顾修也是我最喜欢的男演员。”

顾修，演艺圈的传奇人物，包揽国内外各种奖项，以其精湛的演技、英俊的面孔和优雅的气质倾倒了无数男女老少。

“真的吗？”苏筱宁两眼放光。

薛霁道：“我努力奋斗的目标之一，就是有朝一日能跟顾修合作。”

他乡遇故知，苏筱宁差点儿没激动得上前跟她握手：“姐姐，要是哪天你跟顾修合作了，请记得叫我去探班！”

薛霁：“没问题！”

“你最喜欢他演的哪个角色？”

“好几个都挺喜欢的，我上大学的时候还专门研究过关于他的课题。”

两人彻底打开了话匣子。聊到后来，苏筱宁被温泉水泡得有些犯困，趴在旁边的躺椅上睡着了。

薛霁也从池中出来，裹上浴袍，看了眼手机，才发现十几分钟前秦亦沉给她发了条消息："什么时候过来？"

薛霁转头看了看熟睡的苏筱宁，回道："她睡着了，我现在过去。"

回完消息，她裹着浴袍，蹑手蹑脚地往另一处温泉池去。

廊前花木相映成画，景致幽雅，薛霁赤脚踏在木质地板上，悄无声息地往前走着，冷不防看到了水汽氤氲中的身影。

秦亦景和蒋嫣嫣。

两人正搂成一团，难舍难分的样子。

薛霁无语，为什么她每次都能撞上他们俩在亲热？

她愣在原地，一时也忘了要避开。正直愣愣地看着时，手腕突然被人握住，一股力道将她拽了过去。

薛霁撞上一堵温热的胸膛，下意识抬眼，就对上了秦亦沉揶揄的眼神。

"在看什么？"

薛霁一下就红了脸："没什么。"

秦亦沉顺着她刚刚的视线瞥了一眼，薛霁慌忙拽着他往旁边走："真的没什么，我们走吧。"

秦亦沉低笑一声，声音像是从胸腔里发出的。他反拽住她："我的浴池不在那边。"

薛霁顿住，越发尴尬。秦亦沉没再取笑她，牵着她的手，带她往另一边走。

走到汤池边，蒸腾的热气扑面而来，秦亦沉跨入水中，见她站着没有动作，不由得道："怎么不下来？"

适才看到的亲昵画面毫无征兆地涌入脑中，薛霁突然有些紧张起来，她拢了拢身上的浴袍，在一旁坐下，满脸不自在。

"我先前在宁宁那里泡了很久，想坐一会儿。"

秦亦沉看着她，目光沉沉，唇边隐约勾出一丝弧度。

薛霁感觉那目光也是烫的，盯得她一阵发热，她假装不经意地避开，侧过身子坐好，若无其事地道："你先泡，我待会儿再下来。"

秦亦沉不动声色地看了她片刻，也没强求，提醒说："那边有水果和饮料，你饿的话，自己拿了吃。”

许是为了排解心中的紧张，薛霁当真拿了一杯饮料过来，咬着吸管慢慢吮吸着。

红唇鲜艳，格外的赏心悦目。

“宁宁有没有为难你？”秦亦沉忽然问。

薛霁抬眼，笑了笑：“没有，你这个妹妹，挺活泼可爱的。”

秦亦沉眼中添了一丝兴味：“她都跟你聊了些什么，你就觉得她可爱？”

“没什么，就是一些女孩子间的八卦。”薛霁边说，边将一截小腿伸入水中，悠闲地搅弄着。

“你小时候是不是经常吓她，我看她好像很怕你的样子。”

“无缘无故的，我吓她干什么？”

薛霁端详着他那张脸，想起什么，突然乐了：“她还问我，跟你在一起，怕不怕你。”

莹白如玉的小腿拨起层层涟漪，秦亦沉靠到她小腿边，顺着她的话问：“你怎么说？”

薛霁紧张的情绪此时已经平复下来，对他的靠近也没多大反应，反而俯下身，伸手点了点他的鼻子，笑得一脸狡黠：“我说……我可怕了，你老是凶我，还欺负我。”

“欺负你？”秦亦沉不着痕迹地弯了下唇，蓦地伸臂箍住她的腰，差点儿将她带下水池，“你倒是说说，我怎么欺负你了？”

他贴在她颈边，灼热的气息掠过光裸的肌肤，激起一阵战栗。

薛霁被他这么一抱，只觉得整个人都落入强势的桎梏中，立马求饶：“我闹着玩的，你没有欺负我。”

她用力去推他，推了两下没推动，只好使出撒手锏，眨了眨眼，开始扮可怜：“我错了……”

妩媚的眸子里顷刻间沁开点点泪光，一副泫然欲泣、我见犹怜的模样。

她伸出葱白的手指，在他手臂上戳了戳，嗓音娇软：“亦沉。”

秦亦沉笑着睨她片刻，捏了捏她的下巴，终是松开手，放过了她。

薛霁重获自由，忙从旁边端了一碟水果过来，用小叉子叉了一小块，讨好地喂到他嘴边：“来，吃水果。”

秦亦沉靠着池壁，张嘴接受她的殷勤服务。

“好不好吃？”

秦亦沉合上眼，懒懒应了声：“还可以。”

薛霁贴心地将碟子里的几种水果都尝了一遍，最后又叉了一块猕猴桃给他：“这个甜，你尝尝这个。”

秦亦沉由着她喂了两块，便不再吃了，薛霁将碟子放到一边，俯身问：“先生，请问您对我刚才的服务满意吗？”

秦亦沉缓缓睁开眼，瞥了她一下：“差强人意。”

他重新闭上眼，往后仰着，下颌微抬，立体的五官浸在荡漾的水波中，英俊迷人。

薛霁心念一动，撑着汤池边缘，凑到他耳畔，轻声道：“那么请问秦先生，您还需要什么服务吗？”

几乎是刹那间，秦亦沉倏地睁眼，再度起身将她拦腰抱住，语调中充满危险的意味：“看来，刚才的教训还不够……”

温热的水从他下巴处滴下，落在她锁骨上，顺着肌肤往领口深处淌去。

薛霁浑身一颤。

这一回，秦亦沉没有给她求饶的机会，直接将人抱入池中。

两人浑身湿透，秦亦沉松开手，薛霁腿一软，险些没站稳，只能下意识地搂住他的脖子。

她颊边垂落一绺微卷的碎发，白皙的肌肤在水汽的蒸腾下泛开淡淡的粉色，衬得她面若桃花。

秦亦沉眸色微沉，往前一步，将她抵在汤池边。

薛霁退无可退，索性也不挣扎，就这么抬眼看着他，一双眸子水意涟涟。秦亦沉缓缓低头，含住了那两瓣柔软。

薛霁闭上眼，仰脸配合着他，睫毛似小扇般微微颤动。

与前两次突如其来充满侵略意味的吻不同，这一次秦亦沉的动作要温柔许多，他细细碾磨着，一点一点深入，唇舌勾绕，仿佛在品尝一盏陈年佳酿。薛霁双手勾着他的后颈，渐渐地，感觉整个人都变得软绵无力，像是要沉溺在这一池暖水中……

02

时光无声而漫长，轻暖的风拂向天穹，午后的秋阳也悄然换成黄昏柔软的余晖。

薛霁和秦亦沉泡完温泉，四处逛了逛，最后在专供他们休息的茶室里喝茶。

秦亦景他们找过来时，薛霁正坐在秦亦沉怀里，生气地戳着他的脸，也不知秦亦沉刚才怎么招惹她了。

几双眼睛不禁同时瞪大。

被戳了脸的秦亦沉却半分愠色都没露，反而含了一丝笑意。

孙辰冲向秦亦景抛去一个震惊的眼神，低声说："这还是秦二少爷吗？"

秦亦景一脸"别问我，我不知道，我也很意外"的表情，解释说："头一次交女朋友，宠着点儿也是应该的。"

薛霁察觉到落在身上的目光，偏头看了一眼，撞见几人一致惊讶的神色，不由得有些脸热，忙从秦亦沉怀里站起来。

秦亦沉却拽着她的手，不肯松开。

"小霁姐！"苏筱宁高兴地上前，看她的眼神越发崇拜。

敢在他秦二哥头上动土，果然是女中豪杰！

薛霁羞赧地笑了笑。

出山庄的路上，苏筱宁始终黏着薛霁，两人俨然一副情同姐妹的模样。秦亦景在一旁看着，十分不解她们怎么会在一个下午之间就发展出如此深厚的革命友谊。

"你是准备跟着去老二那里住吗？"秦亦景问。

"好！"苏筱宁想也没想，开心应道。

刚应完，就对上秦亦沉冰冷的眼神。苏筱宁习惯性地瑟缩一下，松开薛霁的胳膊，笑笑说："还是不了，秦二哥好不容易才交到女朋友，我就不去当电灯泡了。"

秦亦景揉了揉她的头："那你跟我回去，别住酒店，不安全。"

他说着又看向蒋嫣嫣，蒋嫣嫣立马十分善解人意地温婉一笑："我自己回去就行。"

秦亦景也笑了笑："先送你回去。"

苏筱宁拿出手机，冲薛霁道："小霁姐，我下周末才回家，我们交换一下联系方式，有空一起出来玩。”

薛霁欣然应道：“好！”反正她最近也没新戏拍。

回到家，薛霁一直捧着手机在发消息，秦亦沉感觉自己被忽视，忍不住探头过去，发现她正在跟刚加上好友的苏筱宁唠嗑。

“在聊什么？”

“宁宁约我周一去逛街。”薛霁头也未抬地说。

秦亦沉盯着她的侧脸看了一会儿，忽然说：“你要是不想理她，不用勉强，她没胆子跟我妈告状。”

薛霁愣了愣，意会过来他话中的意思，笑道：“没有，我是真的挺喜欢你这个妹妹的。”

毕竟她们喜欢同一个男演员。

“反正你周一也要去公司，我正愁没人陪。”薛霁偎在他肩头，伸手去握他骨节分明的手，十指缓缓相扣，“对了，你明天有安排没？盛妍定好吃饭的时间了，说是明天晚上，就在‘春日宴’。”

秦亦沉反手握住她：“好。”

第二天，华灯初上，两人就到了“春日宴”。今天盛妍没有加班，一早就在预订好的包厢里等着。

薛霁和秦亦沉一同进来，盛妍的目光从两人交握的手上一扫而过。见到秦亦沉，她还是有些拘束，十分礼貌地打了声招呼：“秦先生。”

薛霁见状，故意开玩笑说：“美人，你怎么好像又瘦了？是想我想的吗？”

盛妍顺着她的话接道：“可不是，你准备怎么补偿我这个旧爱？”

薛霁将菜单推到她面前，一脸霸气：“想吃什么，随便点。”用眼神指了指秦亦沉，“他付账。”

盛妍忍俊不禁，她看向秦亦沉，见他面有笑意，与之前难以亲近的冰冷模样不同，稍稍放了心。

看样子，应该不是在敷衍薛霁。

盛妍也没跟两人客气，翻开菜单飞快地点了几个菜。她在这里工作，对菜品熟悉得很，自然知道该点什么。

点完菜，薛霁便像平常一样，同盛妍说笑起来。秦亦沉不是话多的人，就在一旁看着，偶尔话题扯到他身上，他才搭上两句。

饭桌上刚好有一道白灼虾，他十分自然地剥好虾，放入薛霁的碗中。正在说笑的盛妍余光瞥见，不由顿了顿，眼中闪过一丝惊讶。

薛霁则突然想起他们第一次假装情侣时的情形，心念一动，下意识便夹了一只剥好的虾喂到他嘴边："你也吃。"

秦亦沉非常有默契地张嘴接过。

两人旁若无人地散发着甜蜜气息，盛妍简直没眼看下去了，她轻咳一声，说："我觉得我已经饱了。"

薛霁仿佛这才意识到旁边还有个人，收回筷子，说："你这才吃了多少，怎么就饱了？"

盛妍故作哀怨地叹了口气："我后悔了，这哪里是吃饭，分明是找虐。"

薛霁乐得不行，赶忙夹了一只虾到她碗中，笑道："来，别生气，你也有份。"

盛妍也笑了："可别，你现在名花有主了，我还是另寻真爱吧。"

过了一会儿，盛妍起身去洗手间，薛霁终于"重友轻色"一回，陪着她同去，把秦亦沉一个人扔下了。

走出包厢，盛妍往后看了一眼，对薛霁说："看来他对你应该是认真的，这下我也放心了。"

薛霁笑了笑，眼角眉梢满是欢喜。

"你能别笑得这么傻吗？"盛妍有点儿不习惯她这股子甜腻劲儿，"谈个恋爱，跟变了个人一样。"

薛霁笑嘻嘻地反驳："我这是充满少女心的笑，哪里傻了？"

"行！少女心，十八岁的少女心。"盛妍忽然转了话题，问她："话说，你是怎么搞定秦亦沉的？你上次不是还跟我说，他对你忽冷忽热、态度不明，你打算挥剑斩情丝吗？这才过去几天，就突然变得这么甜甜蜜蜜了？"

薛霁脸不红心不跳地回答："人长得美，没办法，一下子就成功了。"

盛妍实在受不了了，伸手去扯她的面皮："来，让我捏捏你的皮，看看到底有多厚。"

薛霁笑着躲开。

吃完饭，盛妍不想再看他们卿卿我我，十分果断地先走一步，将空间留给薛霁和秦亦沉，让他们自己四处转转。

庭院里桂香幽幽，两人漫步在回廊，廊下悬挂的灯笼映出幢幢的疏影。

薛霁牵着秦亦沉的手，侧过头想同他说句什么，冷不防视线被不远处的一个身影吸引住了。

那男子气质儒雅，正被一群人簇拥着，穿过碎石小径往回廊上走。灯光温柔地勾描出他俊朗的侧颜，身后桂花浸染月光，衬出如画风华。

“顾修？”薛霁瞪大眼瞅了半天，确定自己没认错，当即松开秦亦沉，不管不顾就想冲过去。

才走了两步，就被秦亦沉拽住。薛霁被迫回头，一脸激动地对他说：“刚刚走过去的那个是顾修！你看到没有？”

秦亦沉语气冷淡：“你跟他认识？”

“认识，”薛霁卡了一下壳，说：“不认识，但他是我崇拜多年的男演员，我一直很想认识他。”

“崇拜？”秦亦沉深深望着她，“你最崇拜的人不应该是我吗？”

薛霁有点儿傻眼，想起来自己好像确实也说过这话，但那时是因为——

“你偷听我讲电话？”她质问道。

秦亦沉没有答话，面上一派清冷，明明白白地写着不太高兴。

薛霁见他这副模样，后知后觉的反应过来什么，惊讶道：“你不会连这种干醋都吃吧？”

见他没回话，薛霁忍不住笑了：“他是演艺圈的前辈，公认的好演员，我拿他当学习的榜样，这不是很正常吗？”

瞥见她脸上肆无忌惮的笑，秦亦沉眼一眯，蓦地捏住她的下巴，低下头，欲堵上那张多话的嘴。

薛霁急忙别开脸，抬手抵在他身前：“有人，你注意点儿。”

唇几乎贴着面颊相错而过，呼吸温热，秦亦沉迟迟没有放开她，手指慢慢摩挲着她的肌肤，最后，在她颊边亲了亲。

这番动作由他做来暧昧又动人，薛霁被他弄得一阵脸红心跳，忍不住瞪了他一眼：“小气鬼，醋坛子。”

秦亦沉也不恼，牵着她的手继续往前。

薛霁往顾修消失的方向望了望，已然不见人影，不由得有点儿遗憾：“应该过去找他要个签名的。”这样明天逛街的时候，还能当礼物送给苏筱宁。

刚嘀咕完，手上的力度就忽地一重，秦亦沉高深莫测地觑着她：“你现在追上去，或许还来得及。”

薛霁对上他的眼神，心不由得颤了颤，立马笑着解释道：“我就随口说说而已。”

秦亦沉这才满意地放过了她。

当天晚上，薛霁同盛妍打电话闲聊时，忍不住提了一嘴在“春日宴”跟顾修的这段偶遇。

“你知道我先前在你那里看到谁了吗？顾修！”

盛妍那边停顿片刻，才回复说：“……其实有件事我忘了告诉你。”

薛霁：“什么事？”

盛妍：“顾修是‘春日宴’真正的大老板。”

薛霁：“你怎么不早告诉我？你居然一直瞒着我！”

盛妍解释道：“我一开始也不知道，而且顾修基本不怎么参与公司的事，也很少露面，连我都只远远见过他一回。”

薛霁心理平衡了些，说：“好吧。”

盛妍：“你家秦二公子不是商业圈的精英吗？他应该很容易接触到这些大佬，你怎么不找他问问？”

薛霁想起先前秦亦沉难看的脸色，说道：“我可没那个胆子问他。我先前跟他起顾修，他那张脸黑得像是要吃了我。我现在再去问他，万一把他惹恼了，他以后不准我和顾修一起合作怎么办？这可是我多年以来的事业目标！”

盛妍：“你也真是够直接的。”

薛霁不以为意：“这有什么？谁年少的时候还没个崇拜的对象，真是小气！”

盛妍问她：“那你就不能委婉点儿？”

薛霁回道：“我当时正激动，哪里想得了这么多？算了，我还是先努力工作，当个好演员，到时候说不定能有机会跟顾修合作。”

盛妍：“祝你好运，成功了记得帮我在大老板面前美言几句。”

薛霁美滋滋地回她：“没问题！帮你牵线保媒都行。”

周一。

秦亦沉吃过早饭就去公司了，薛霁锻炼完身体，收拾一番，出门去赴苏筱宁的约。

苏筱宁小姑娘对逛街有着极大的热情，逛完衣服店逛包店，可能是因为自小家境优渥，买东西基本全凭喜好，根本不看价钱。

远来是客，何况还是秦母嘱托过的，薛霁自然不能让她付账，于是抢在她之前付了钱。

这个时候，秦亦沉给她的那张银行卡终于派上用场。她自己的那点儿积蓄根本买不了几样东西。也是在这个时候，薛霁才知道秦亦沉那张卡上的实际金额。看着那一串数字，她忍不住有点儿飘，默默收回了自己之前对他“抠门”的评价。

三百块什么的，肯定是一场误会。

苏筱宁见她替自己付账，忙道：“你怎么全付了？我自己来就行。”

薛霁笑笑道：“没事，我也买了，正好一起付。”

苏筱宁心中对她的好感又增一分，也没跟她多客气，拎过购物袋，说：“那以后有机会，我请你吃饭。”

后来，两人逛累了，就找了一家店喝下午茶。

“对了，我昨天晚上见到顾修了。”薛霁端着杯子，聊起昨晚的事。

苏筱宁眼一亮：“真的？”

“可惜他走得太急，我没来得及跟他要签名。”薛霁没敢把秦亦沉阻拦这个因素告诉她。

苏筱宁小小失望了一下，随即又笑道：“没关系，其实他的签名我早就有了，等你以后跟他合作，我再沾你的光，去见见真人。”

两人聊了一会儿，不知怎么，突然话题又扯到秦亦沉的妈妈身上。苏筱宁看了看薛霁，有些迟疑地说道：“小霁姐，我表姨可能不太喜欢娱乐圈的女孩子，要是哪天秦二哥带你回老家的话，你最好先做好心理准备。”

薛霁面上的笑意淡了淡，其实不用想她也能猜到，以她现在的身份，家长那一关肯定不好过。

两个人的恋情，一旦涉及家庭，或多或少都有那么些磕磕绊绊。

“还没到那一步。”薛霁抿嘴笑了笑，“谢谢你。”

晚上，秦亦沉下班回来，薛霁把用他的卡替苏筱宁付账的事告诉他。

秦亦沉淡淡地道：“给了你，就是你的，怎么用都随你。”他顿了一下，捏捏她的鼻子，“周四晚上，陪我去参加个晚宴，顺便介绍几个人给你认识。”

“导演吗？”

“有导演，也有制片人。”

薛霁喜笑颜开，在他下颌处亲了亲：“谢谢老板，我会努力的。”

秦亦沉挑眉：“老板？”

薛霁调皮地眨了眨眼：“不叫老板，那叫大佬？”

“再叫一声试试？”秦亦沉扣紧她的腰肢，抬手想去捏她的下巴。

薛霁别开脸，逃开他的魔爪，笑得一脸灿烂。

“你让我叫我就叫，那多没面子！”

秦亦沉怀中一空，也没去追。他看着她，眼底浮起一丝笑意……

很快便到了周四晚上。这次参加晚宴的人不算多，薛霁跟着秦亦沉寒暄一圈，差不多混了个脸熟。

入座后，秦亦沉不动声色地将薛霁面前的酒换成饮料。

薛霁看得目瞪口呆，小声说：“这样是不是不太好？”

秦亦沉不冷不热地瞥她一眼：“我是让你陪我来参加晚宴，不是让你来陪别人喝酒的。”

薛霁点了点头，轻轻地抿了一口手里的饮料。

事实证明，有秦亦沉在，确实也没人敢计较她喝的是酒还是饮料，反倒还有人打趣秦亦沉心细体贴，会宠女朋友。

在众人的取笑声中，薛霁微微红了脸，偏头看向身侧的男人，他恰好也低眸看过来，唇角噙着淡淡笑意。

桌子底下，她的手轻轻勾住了他的手。

晚宴结束后，各人散场。

薛霁见秦亦沉脸上浮着些许醉意，伸手去扶他：“你没事吧？”

秦亦沉握了握她的手，目中神色清明：“不要紧。”

一般情况下他都不至于喝得不省人事，少有的那一次刚好就让薛霁撞上了。

上车后，薛霁靠在秦亦沉肩头，同他说着悄悄话：“今晚的情形，像不像我们配合演戏的那晚？”

秦亦沉在她耳边轻笑一声，别有深意道：“那晚，你可没现在这么老实。”

脑中闪过几个破碎画面，薛霁顿时有点儿心虚，硬着头皮反驳道：“怎么可能？我一向很矜持的，你不能仗着我喝醉酒，什么都不记得，就胡乱诬陷我。”

“哦？”秦亦沉的声调上扬，嗓音低沉而富有磁性，“要不要我帮你回忆一下？”

他的手还搂在她腰间，指腹隔着衣衫暧昧地碾磨着。

“不……不用。”喝了酒的男人，都比较危险，薛霁立马正襟危坐，与他保持一定的距离。

秦亦沉却不肯放开她，俯身靠过来，灼热的呼吸喷洒在她颈间，含了淡淡的酒香。

薛霁紧张地扣住座椅，突然扭头望向车窗外：“你看，今晚夜色真美！”

秦亦沉轻笑一声，明知道她是在转移话题，还是顺着她的视线看过去。

车窗外，满街灯火繁华。

良辰美景，今宵正好。

有了秦亦沉的铺路，薛霁的演艺事业变得顺利许多，很快便拿到好几个剧本的选择权。

——看过之后，她选中一部由热门网络小说改编的古装剧。

剧方的制片人在得到她的答复时不禁愣了一下，委婉地提醒她：“薛小姐，这个剧的女主角之前就已经定好，只剩下女二号的选角，要不你再考虑考虑？”

薛霁不在意地笑笑：“我知道，我想选的就是女二号这个角色。”

她之前的那些谣言还未彻底澄清，现在又是在秦亦沉的帮助下拿到的资源。如果一上来就抢女主角的位置，肯定会遭人诟病。倒不如选个适合自己的配角，也有发挥的空间。

制片人脸上仍有为难之色，欲言又止半晌。

薛霁以为制片人是不理解她为什么只选了个女配角色，并未多想，也没有多做解释。

谁知，到了正式签合同的时候，制片人忽然又告诉她另一件事：“薛小姐，其实这部剧的女主角定的是陶思韵。”

薛霁一时语塞，看来之前的谣言实在是影响深重，也难怪制片人会是这种反应。

“实在不好意思，我之前整理剧本的时候有些匆忙，一时也给忘了。”

演员之间的恩怨纠葛可以给剧本带来话题和热度，制片人送上这个剧本，还真不一定是无心的。

薛霁心知肚明，但也不好戳穿，只能保持礼貌的微笑。她突然想起一件十分关键的事，问道：“男主角是谁？”

不会恰好又是陈元嘉？

制片人说了一位新人演员的名字，并非陈元嘉。

薛霁松了口气，思忖片刻，说：“那就这部，我挺喜欢女二号这个角色的。”

娱乐圈说大不大，说小不小，很多人都是低头不见抬头见，老想着避开谁的话，就别想好好拍戏了。

听见薛霁的最后决定，制片人明显露出高兴的神色，笑道：“既然这样，那祝我们合作愉快。”

“合作愉快。”薛霁也笑了笑，心道，但愿她跟陶思韵不会打起来。

知道薛霁挑了个配角之后，秦亦沉并未说什么，不过，在听见主演是陶思韵时，他还是皱了皱眉。

薛霁瞅了瞅他的神色，忙补充道：“只有陶思韵，跟陈元嘉没半点儿关系。”

秦亦沉沉默一下，没再纠结这个，转而问：“什么时候开机？”

“大概两周之后。”薛霁喝了一口水，说，“这次戏份比较重，可能要在外面待三个月。”

秦亦沉闻言，重新皱起了眉。

薛霁忍不住叹气：“感觉才开始就要异地恋。不过也没关系，我们可以经常视频聊天，你要是没事的话，还可以去剧组看我。”

秦亦沉没言语，垂眸看她，半晌，他低头吻了下来。

薛霁抬手搭上他的肩，仰着头加深这个吻。

随后，像上回和陈元嘉合作一样，薛霁把自己要和陶思韵合作的事跟盛妍说了一声。盛妍还是秉承一贯无所谓的态度，觉得私人恩怨不必牵扯到工作上，哪怕薛霁在戏里跟陶思韵上演姐妹情深都行，只要别弄成真的。

定好角色，接下来就是签合同和前期筹备工作。薛霁忙得脚不沾地，因为时间紧，又没签新的经纪人，她只能在剧组的安排下，临时找了一位助理。

两周后，薛霁正式进入剧组，秦亦沉特地抽空亲自开车送她过去。

秋去冬来，草木凋零，稀薄的阳光中弥漫着丝丝缕缕的寒意。

分别前，薛霁在秦亦沉脸上亲了一下，说："不要太想我。"

秦亦沉抚了抚她的头，温声叮嘱："注意安全。"

薛霁知道他是在暗指上回落水那件事，她低低地应了声好。心道：那样的倒霉事，应该不会再遇上第二回了。

秦亦沉一走，薛霁就有些不习惯，总感觉心里空落落的，直至拿到剧本开始背台词，她才转移了注意力，渐渐沉浸到剧情中。

陶思韵是在薛霁进组后的第三天来的剧组，薛霁以往见她，多是在荧屏上，这样近距离的面对面，还是头一回。

作为粉丝群庞大的当红女艺人，陶思韵的颜值自然是不差的。不过她跟薛霁不同，薛霁明艳张扬，而她是清冷的如仙子般的气质。

陶思韵应该也早知道薛霁是女二号，她见到薛霁，反应很是平淡。同在一个屋檐下，而且还有对手戏，想视而不见是不大可能的，所以薛霁礼貌地和她打了个招呼，陶思韵也礼貌地回应了。

两人暂时相安无事，比预想中要好许多。剧组的工作人员也暗暗松了口气，毕竟两人都是不能得罪的主儿，炒热度是一回事，要真闹起来，戏就没法拍了。

准备工作就绪，剧组上下很快进入到紧张的拍摄中。

这部戏的剧本大致讲的是：陶思韵饰演的女主角是江湖名门之后，幼时家中遭到江湖中势力最大的反派组织灭门，成为孤女，被男主角所在的门派收养，长大后和男主相亲相爱顺道联手报仇雪恨的故事。

而薛霁饰演的女二号沈欢则是反派组织头领的妹妹，臭名昭著的妖女。薛霁之所以挑中这个角色，不仅是因为角色外形设定比较贴合她，更重要的是，角色身上体现出来的复杂性，能让她有很大的发挥空间。

沈欢虽然明面上是反派头领的妹妹，其实只不过是反派头领为了安慰母亲，当年捡回来的替代品。她原本也出身清白，幼时还和男主角有些渊源，然而却阴差阳错被改了身份，从此误入歧途，背负一身罪恶，最后落得自尽而亡的悲惨下场。

既然是江湖题材，自然少不了打戏，薛霁在这部剧中的打戏依旧占重头，甚至超过了女主角。

开始的时候，因为薛霁是靠秦亦沉才拿到的角色，导演和一些知情的工作人员不免对她存有偏见，心里暗中把她当成花瓶看待，并无多少好感。但随着一天天的拍摄下来，事实却让大家逐渐改观。

薛霁演戏很刻苦用心，甚至有股拼命的架势，无论是打戏、吊威亚还是其他高难度的戏，都是亲力亲为。一个镜头重拍再多遍，也不见她生气，有时候为了精益求精，甚至还自己给自己找麻烦。

至于陶思韵，她虽然带点儿骄矜之气，但勉强还算得上敬业，除了偶尔言辞上耍耍小脾气，并没有什么过火的行为。

两人拍第一场对手戏的时候，可能刚好因为在剧中担任的角色是对立关系，竟然出奇的顺利。

往镜头前一站，两人之间针锋相对的气势就出来了。

每天拍摄结束后，只要有时间，薛霁都会同秦亦沉聊会儿天，电话视频，发发照片什么的，虽然分隔两地，感觉倒也不是太难熬。

由于剧组想赶在过年前杀青，所以戏拍到中间段时，工作时间开始延长。薛霁经常一天只睡四五个小时，连带着和秦亦沉说话的时间也少了许多。

不知不觉就到了十二月，天气寒冷，拍外景戏变得艰难起来。

这日，天色氤氲，轮到薛霁拍一场打斗戏。这场戏主要是拍沈欢身受重伤且中了毒，被女主角拦截，两人在一处山涧边展开殊死搏斗，最后沈欢不敌，落入水中，借助水流遁走。

这场戏的最后一幕，就是薛霁饰演的女配角，被陶思韵饰演的女主角打入水中。

开拍之前，原本准备用替身的陶思韵突然表示要亲身上阵，刚绑好威亚的薛霁闻言，忍不住看了她一眼。

陶思韵也回看过来，眼中含了一丝傲气和不屑。

她这是准备闹什么幺蛾子？薛霁心底忽然涌起一种不祥的预感。

陶思韵绑好威亚，双方准备就绪，导演一声令下，开始切入剧本情境中。

落水前的打斗拍了几遍，终于到了女主角逼沈欢落水的关键场面。

陶思韵举着剑，朝薛霁挥去，薛霁身体后仰，从山石上跌落。

原本，只需到薛霁落入水中就能结束，谁知陶思韵一个不小心，也往下栽去，混乱中还推了薛霁一把。

工作人员急忙将陶思韵拉回来，薛霁则按照剧情正常发展就势跌入水中，只是因为被推了一把，这最后一幕还是毁了，剪辑也挽回不了，得重新再拍。

十二月的水冰凉刺骨，薛霁从水中站起来，冷得直打哆嗦。

陶思韵裙摆被打湿，她看着薛霁淡淡地说了句："不好意思。"

这一句道歉也不知有几分真心实意在里面，薛霁看了她一眼，没工夫细究，顶着一身狼狈在工作人员的搀扶下去换衣服。

虽然导演表示可以缓一缓再补拍最后一个镜头，但薛霁还是选择立刻补拍。长痛不如短痛，反正都已经这么狼狈，越拖只会越不想拍。

匆匆整理好妆发，薛霁又重新演了一遍跌落水中的镜头。这回倒是没出什么差错，只不过冬日天寒，连番下水，薛霁冻得差点儿连骨头都脆了。

被寒冷包裹的那一瞬，薛霁突然想起秦亦沉临走时的叮嘱，以及当时自己天真的想法，她确实没有遇上像上回那样的事，可结果都是一样的。

从水里起来，薛霁整个人都在瑟瑟发抖。她一边哆嗦一边干呕，眼泪和水混杂在一起，皮肤泛成青白色，活像一只被捞起来的水鬼，狼狈至极。

工作人员一阵忙乱，裹衣服的裹衣服，递热水的递热水，可惜却没多大作用。

陶思韵在一旁冷冷地看着，眼底慢慢浮起一丝复杂情绪。

这场戏拍完，薛霁就被送回酒店休息。

洗完澡，薛霁把自己裹成一只蝉蛹，只露出脑袋，刚闭上眼睛想舒舒服服地睡一觉，却突然听到有人敲门。她极不情愿地披上衣服，下床去开门。

看到门外站着的人，她愣了一下，有些意外，是陶思韵。

"我来看看你。"话虽这么说，可陶思韵脸上没有丝毫探望人的关切神情，仿佛只是来走个过场。

薛霁沉默一下，也不好将人拒之门外，只能让她进了屋。

房间里安静得有些尴尬，薛霁淡淡说了句"坐吧"，随后便当她不存在一般，重新爬上床，用被子把自己裹起来。

陶思韵没坐，只静静地看着她。

薛霁受不了这种微妙的尴尬气氛，打破沉默道："如果你是来看我的，那我没事，谢谢你的关心；如果你有事找我，就请直说。"

不要磨磨叽叽，像个木头桩子一样杵在这里，耽误她睡觉。

陶思韵看她半晌，终于开了口："刚才的那场戏，我确实不是故意推你的。"

没想到她竟然是来解释这个的。

"信不信由你。"陶思韵微抬下巴，这种情形下仍带着一丝倨傲之气，"我就算想对你怎么样，也不会用这么不入流的手段。"

薛霁心下嗤笑：当年你插足别人感情，还发照片示威，手段就很入流吗？

"你放心，我也不会抓着这点不放，到外面去说你的。"薛霁往上拉了拉被子，淡淡回应道。

陶思韵肯纡尊降贵来看她，多半是担心薛霁会借题发挥，出去大肆宣扬，毁了她与世无争的美好形象。否则，以她那骄矜惯了的性子，绝不会低这个头。

听见薛霁直白的话，陶思韵的面色难看了几分，不过很快又恢复正常。

她静默一会儿，似乎意识到以她们两人的关系，着实没什么相谈甚欢的可能，也没有深入交流的必要，于是道："既然你没什么事，那我就先走了。"

等她离开，薛霁将门反锁上，重重打了两个喷嚏，脚步虚浮地往床边晃去。

本来没什么事，她这么一"探望"，只怕要有事了。薛霁哆嗦着重新裹上被子，躺下时瞥到了放在桌子上的手机。

今天还没跟秦亦沉通电话，可薛霁实在头疼得厉害，她犹疑片刻，最终放弃去拿手机。

脑袋昏昏沉沉的，呼吸仿佛被什么堵住，她很快模糊了意识，沉沉睡去。

夜深人静，房间里一片黑暗，不知过了多久，桌子上的手机屏幕突然亮起，发出来电震动的声响。手机亮了许久，然而，床上把自己裹成蝉蛹的人却始终没有醒来。

翌日，薛霁毫无意外地发了烧。她迷迷糊糊地躺在床上，浑身无力，口干舌燥得几乎要冒火。幸亏请的临时助理小何及时赶到，给她喂了退烧药。

"要不要去医院看看？"小何扶着她，征询意见。

薛霁摇摇头："不用，我再睡一会儿，你帮我去请个假。"顿了一下，又补充，

"请半天就好。"

小何只得出门，去帮她请假。

薛霁倒回床上，又躺了一个小时，才感觉好些，于是强撑着起床，准备去片场继续工作。她换好衣服，摸过桌子上的手机，这才看见上面显示的未接来电，是秦亦沉半夜打来的。她滑动屏幕，回拨过去。

秦风集团内，正在办公室处理文件的秦亦沉拿起手机，放在耳边。

"我昨晚睡着了，没听见你的电话。"薛霁开口，嗓音沙哑。

秦亦沉听出不对劲，蹙了蹙眉："你生病了？"

听到久违的熟悉的嗓音，薛霁没来由鼻头一酸，瞬间有点儿想哭。

她说："我要是病了，你来看我吗？"

秦亦沉的眉头皱得更狠，答非所问："你助理去哪儿了？让她马上陪你去医院。"

薛霁眨了眨眼，用力把眼泪憋回去，笑笑说："跟你开玩笑的，我这是在拍戏，演得像不像？"

"我先去忙，等收工了再打给你。"没等秦亦沉再开口，薛霁就挂断了电话。

她将手机放到包里，裹紧外套，咳嗽着出了门。

阴云满天，寒冷的风刀一般刮过面颊。

摄影棚内，正是休息时段，导演看见薛霁，有些意外地问："不是生病请假吗？怎么又过来了？"

薛霁道："吃过药睡了一觉，感觉好些就来了，总不能因为我个人耽误全组的进度。"

导演观察着她的脸色："实在难受就别硬撑，耽误一两天也不要紧。"

薛霁笑道："没事，今天这两场都是伤重卧床的戏，我现在这个状态，正好连化妆都省了。"

原本忧心的众人被她这一句话给逗乐，纷纷准备开工。

不过顾虑到薛霁的身体，下午五点，剧组就让她早早收工了。

薛霁换下戏服，收拾好东西，正准备回酒店，小何突然快步过来，在她耳边说了句："小霁姐，你男朋友来了。"

薛霁一愣，她扭过头，果然，一个熟悉的颀长身影出现在视线中。

心仿佛瞬间被什么胀满，酸涩涌至眼角，薛霁呆愣地看着他向自己走来，百般情绪交织在一起，一时不知该如何言说。

他走到她面前，眉头紧皱，依旧是惯常的冷峻面容。

他伸手探她的额，动作间带了些她所熟悉的气息。她微微抬眸，目光落处，是他光洁的下颌和紧抿的薄唇。

好半天，薛霁才讷讷地开口："你怎么来了？"

秦亦沉收回手，扫她一眼，像是在隐忍着心中的怒气。薛霁被他这一眼看得有点心虚，忙道："我没事，只是一点儿小感冒，不要紧的。"

秦亦沉的脸色愈发难看，薛霁看了看化妆间外来来往往的工作人员，生怕闹出什么绯闻传到外面，拽了一下他的衣袖，小声道："我今天提早收工，我们回酒店再说好不好？"

说完，她感觉喉咙发痒，又忍不住咳嗽起来。

见她这副模样，秦亦沉只得缓和了脸色，抬手轻抚着她的背，帮她顺气。

薛霁笑了笑，顺势缩入他的怀里，由他揽着往外走。

回到酒店，开了暖空调，秦亦沉放开薛霁，将外套脱下。

外面沾染的冷意被驱散，薛霁看着眼前的人，后知后觉地欢喜起来，搂住他的胳膊，偎着他高兴地说："你真的来看我了。"

秦亦沉却冷着张脸，一丝笑意也无："发烧了不去医院，也不躺着好好休息，你把自己的身体当什么？戏重要还是你的命重要？"

面对他的冷脸，薛霁不但没有半分害怕，反而笑得非常开心，一副恃宠而骄的模样。

秦亦沉本想板着脸好好教训她一番，可见她这般傻乐的模样，也发不出火来。他抬手揉了揉她的发顶："收拾一下，我带你去医院。"

"不用。"薛霁牵住他的手说，"我真的没事，吃过药，烧也已经退了，不信你试试。"

她说着拉秦亦沉坐下，将自己的额头抵在他的额头上。

"怎么样，我没骗你吧？"

秦亦沉很无奈，没再说什么。

薛霁搂着他的腰，靠在他的肩头，轻声问他："你想我没？"

秦亦沉将她的手揣在怀里暖着，应了一声，刚想说什么，手机突然响了。

他眉头微蹙，接通电话，起身走到一旁。

“我知道了，你看着办就行，那边的合作案先缓一下，等我回来再说……”

秦亦沉谈了好一会儿公事，才挂断电话。

薛霁有些不好意思：“我是不是耽误你工作了？”

秦亦沉重新挨着她坐下，顺手搂住她：“知道会耽误我工作，还敢不听话，把自己折腾成这样？”

“我这也是为了工作，又不是故意的。”薛霁听着他的话，忍不住撇了撇嘴，有点儿小郁闷，“是不是我不生病，你就真不会来看我？”

秦亦沉看着她委屈的眼神，不着痕迹地弯了下唇，温声道：“既然想我过来，怎么不早说？”

这些日子，两人几乎天天电话不断，却从未听她提过要他来探班的话。

“我不说，你就不能主动来吗？”薛霁瞪他。

秦亦沉笑，正想回答，门突然被敲响，是助理小何送了晚饭过来。

有菜有汤，但却十分清淡。薛霁实在没什么胃口，握着筷子恹恹地道：“味道好淡，我想吃火锅。”

秦亦沉皱起眉头：“嗓子都哑了，还想着吃火锅。”

薛霁耷拉着脸，不高兴道：“可是我嘴里好苦，只想吃火锅。”

生病的人，总爱耍些小脾气。秦亦沉把语调放得尽量温和，耐心地哄她：“你先好好吃饭，等你病好了，想吃什么我都依你。”

“好吧。”薛霁撒完娇，不情不愿地继续吃起来。

她勉强吃了一些又放下筷子，满脸难受：“我真的吃不下了，有点儿想吐。”

秦亦沉见状，只能倒了杯热水给她，薛霁接过，低头喝了两口，还是不怎么舒服的样子。

秦亦沉站在一旁，蹙眉想了想，说：“我出去看看，给你买些水果上来。”

薛霁抬头应道：“那你快点儿回来，买不到就算了。”

约莫半个小时后，秦亦沉买了一小块蛋糕和一袋橘子回来。

薛霁吃完蛋糕，觉得有些腻，秦亦沉便又剥开一个橘子，坐在床边喂她。

天花板上洒落的点点柔和灯光，浮在他的身上，使他的轮廓也变得温和。薛霁静静看着眼前的人，目光从他骨节分明的手再挪到他沉静的面容上，心彻底安定下来。

橘子只剩下最后两瓣，秦亦沉再喂到薛霁嘴边时，薛霁摇了摇头：“我不吃了。”

她拿过他手中橘瓣，递到他唇边：“你吃。”

秦亦沉张嘴含过，唇无意中碰到了她的手指。温热柔软的触感，稍纵即逝，薛霁心一颤，下意识想收回手，却被他顺势握住，放到唇边亲了亲。

分别一个多月，突然这样亲近，薛霁不由得有些脸热，心跳也乱了些。

秦亦沉含笑瞥她一眼，松开她，起身将橘子皮扔掉。薛霁缩回手，摸到旁边的被褥，忽然想起一事，问道：“你今晚住哪儿？”

之前好像没看到他去另外开房，而这个房间里只有一张床。

秦亦沉偏头，眼底笑意沉沉，带了一丝戏谑：“你说我住哪儿？”

第五章
•
娱乐风暴

月色和雪色之间，你是第三种绝色。

01

“你说我住哪儿？”

薛霁沉默了一下，忍不住紧张起来。

秦亦沉一步一步逼近，停在她面前，俯下身，单手撑在她身侧床上，轻声道：“我千里迢迢过来看你，你难道要狠心把我赶出去？”

呼吸间全是他的气息，薛霁被迫往后仰了仰，紧张道：“我生病了，会把病气过给你。”

病后的脸色在灯光映照下显得尤为苍白，乌黑的眸子也比平日多了几分楚楚可怜的韵味，秦亦沉看得心下一软，没再逗她。他摸了摸她的头，直起身道：“好了，去洗个澡，早点睡。”说完转身坐到了一旁。

身前的压迫感消失，但内心的紧张却久久未平。薛霁挣扎一番，也找不出理由赶他，只得乖乖去洗澡。

凌乱的水声在浴室里回响。薛霁的老毛病发作，边洗边开始胡思乱想，想出了一堆可能发生和不可能发生的事。其中就包括，秦亦沉突然推开浴室门闯进来。

然而，直到她洗完，穿好睡衣，脑中的小剧场也没有发生。

她理了理乱七八糟的念头，走出浴室。

秦亦沉正坐在床边的椅子上，悠闲地玩着手机。见她洗完，秦亦沉起身，目光在触及她领口处露出的雪白锁骨时，沉了沉。

薛霁从他的眼神中感觉到一丝危险，飞快爬上床，盖好被子，像个未长大的乖宝宝。秦亦沉高深莫测地笑了一下，随后也进了浴室。

一门之隔，薛霁听着里头的响动，将被子往上拽了拽，忍不住又开始胡思乱想起来。

等秦亦沉洗完出来，薛霁已经闭着眼睛在床上躺好，被子拉到下巴处，严严实实将自己裹住，只露出一个头。

秦亦沉哑然失笑，走到床边，掀开被子，靠着她，躺了上去。床微微一陷，薛霁仍旧紧闭着眼，似乎已经熟睡过去，然而翘起的睫毛却不禁颤了颤。

秦亦沉翻了一下身，恰好将手自然地搭在她腰间。靠过来的怀抱依稀还带着水汽，薛霁终于绷不住，睁开了眼。她侧过脸，对上一双深邃的眸子，刹那间，仿佛听到了自己的心跳声。

秦亦沉拨了拨她颊边的头发，微微一笑："还没睡着？"

薛霁只觉得呼吸都有些困难，硬着头皮道："本来睡着了，又被你吵醒了。"

秦亦沉含笑看着她，也未戳穿她的谎话，修长的手指顺着她温软细腻的脸颊滑至下颌处，慢慢将唇凑了过去。薛霁往后一挪，抬手抵在他的胸口，及时制止："我感冒了，不能亲，也不给亲。"

秦亦沉笑睨她片刻，最后，吻了吻她的眼睛，轻若风拂。

他伸臂将她拢入怀中："睡吧。"

薛霁靠在他身前，感受着他的气息和心跳，呼吸渐渐平稳下来，没多久便沉入了梦乡。

这一晚，薛霁睡得格外香甜，梦中也是一片春明景和。

醒来时，熹微的冬阳已经爬上窗台。薛霁睁开眼，看见咫尺处秦亦沉的脸，怔了一下。

秦亦沉比她先醒，正以手枕头，静静地看着她。

“早。”晨起的嗓音带了一丝慵懒。

薛霁回过神，也笑着道了声：“早。”

秦亦沉摸摸她的额头：“还难受吗？要不要再睡会儿？”

薛霁摇摇头，边坐起身子找手机边随口问：“几点了？”

秦亦沉：“八点四十。”

薛霁一惊，立马从床上跳起来，急道：“这么晚！导演一定会杀了我的！”

旖旎的气氛瞬间荡然无存，薛霁手忙脚乱下床，从衣柜里翻出衣服，正要直接在房间里换，突然意识到旁边还有人，脱睡衣的动作不由得僵了僵。她瞄了秦亦沉一眼，撞上他揶揄的眼神，脸一热，飞快地进了卫生间。

一阵乒乓乱响，薛霁火速刷牙洗脸，连基本的底妆都顾不得上，急匆匆就要出门。

在她的催促下，秦亦沉也迅速收拾妥当，将她落在桌上的手机递给她，皱了皱眉：“用得着这么急吗？”

薛霁接过手机放到包里，弯腰换鞋：“今天上午有我的戏，迟到会连累全组人干等，当然要急。”

秦亦沉觑她：“那你就准备把我扔一边？”

薛霁噎了一下，仿佛才意识到这个问题，直起腰，心虚地抱了抱他，连声道：“对不起……”

秦亦沉没应她，面色不悦。

薛霁心里着急，只能踮脚在他脸上亲了亲：“我爱你……别生气了好不好？”

秦亦沉这才缓和脸色，陪着她出门。

一到剧组内，薛霁就彻底抛弃了秦亦沉，开始忙着上妆，复习台本。

秦亦沉站在一旁，本就长得惹眼，再加上他秦家二公子的身份，浑身散发着不容忽视的气场，导致不少人频频侧目。

陶思韵差不多和薛霁同时赶到，见到秦亦沉也忍不住多看了一眼。她虽然跟秦亦沉没什么交集，但秦家二公子的赫赫名号还是听过的。原本以为薛霁和秦亦沉的事不过是用来炒作的绯闻，是薛霁一厢情愿，没想到他们竟然是真的。

陶思韵的心情变得有些复杂，愣了愣神，在助理的提醒下，转身进入化妆间。

薛霁上好妆，开拍前，终于想起被遗忘的秦亦沉，走过去小声地同他说：“你找个地方坐一会儿。如果实在觉得无聊，就出去逛逛。”

秦亦沉没说话，好脾气地跟着她去了拍摄的场景内，颇像一个不太和谐的临时演员。

今天薛霁拍的依旧是室内戏。

“Action！”导演一声令下，薛霁饰演着沈欢，缓缓从室外走入。

陶思韵饰演着女主角，此时正被绑在墙角，拼命挣扎着。

薛霁走到她面前，居高临下地打量着她，神情得意又阴狠“怎么，还想逃？”

陶思韵咬牙切齿地瞪她：“你这心狠手辣、恶贯满盈的妖女，我迟早要杀了你！”

“心狠手辣、恶贯满盈？”薛霁冷笑一声，蓦地一把掐住陶思韵的脖子，两眼猩红，满是嫉恨，“是，我当然比不上你清白善良。”

……

“咔！”导演突然喊道，“好，表现不错。”

一次性过，大家都很开心，薛霁也松了口气，调整情绪准备下半场。

复习台本的空隙，秦亦沉走到薛霁身边，帮她暖着手，薛霁抬头朝他笑了笑。

一旁，陶思韵看到这番情形，脸上的神情越发复杂了。

很快就到了中午休息时间，秦亦沉提早让助理买了饭过来，薛霁看了看其他吃盒饭的同事，笑成了一朵花：“你真好。”

化妆师路过，忍不住取笑一句：“小霁，当众卿卿我我可不厚道。”

薛霁咧了咧嘴，笑得更加灿烂。

吃完饭，两人往片场外走，想去附近散散步，刚好撞上有粉丝来给陶思韵送礼物求合照。

青春洋溢的女孩们面带兴奋，簇拥着中间的人，热闹得很。

秦亦沉扫了陶思韵一眼，想起刚才演戏时，薛霁和她针锋相对的情形，突然问：“你生病的事，跟她有没有关系？”

薛霁愣了愣，说：“应该算不上有关系，就是一场戏没发挥好，她让我多下了一次水。”

秦亦沉微微蹙眉，薛霁见状，又补充道：“事后她主动找我道过歉。”

秦亦沉没再深究，只道：“以后小心些。”

薛霁笑：“放心，兵来将挡，水来土掩！”

秦亦沉掀了掀眼皮，凉凉地看她一眼：“那怎么她好好的，你却成了这副模样？”

“这是戏份问题，她又不用演落水戏。”薛霁不服气地辩驳道，“还有就是运气问题。”

她的运气向来不太好，除了遇到他。

秦亦沉捏捏她的下巴：“强词夺理。”

薛霁撇了撇嘴，见他一直盯着陶思韵那边，若有所思的样子，不由得道：“你是不是想替我出气？”

秦亦沉收回目光，没有承认也没有否认，眼中神色有些玩味。

薛霁猜不透他的心思，也懒得多想，以他的脾性，就算真准备做些什么，应该也不至于太过火。

看着被粉丝围绕着的陶思韵，她忽然有了兴致，说：“我们也来合张照？就假装你是我的粉丝。”

秦亦沉挑眉：“粉丝？”

薛霁一本正经：“你不喜欢我吗？”

秦亦沉笑了，顿了顿，说：“喜欢。”

薛霁眉开眼笑，光彩熠熠：“那不就行了？”

她拿出手机，叫了小何过来，让小何帮忙拍照。

冬日暖阳淡淡，两人相依而立，笑容清浅，画面定格。

照完合照，薛霁瞅了瞅，颇为满意，仰脸对秦亦沉道：“你要好好存着，等我功成名就，这张照片就值钱了知道不？”

秦亦沉看着她道：“其实，你想和陶思韵一样也不用这么辛苦，我可以想办法帮你。”

薛霁摇头：“那不一样，名气这种东西，或许可以弄虚作假，但如果没有实力支撑，终究是海市蜃楼，弄不好还会适得其反。而且，这个扮演女二号的机会本来就是你帮我争取到的，我不想让人在背后说你闲话。”

秦亦沉对上她纯澈的眸子，没再多言。

薛霁牵着他的手走了几步，忽然又问：“你什么时候回去？”

秦亦沉道："今天下午。"

薛霁一惊："这么快！"

"公司有事。"秦亦沉顿足，不咸不淡地瞥她，"再说，你一拍起戏来就把我扔到九霄云外，我还留在这里干什么？"

薛霁耷拉着脸，失落道："好吧。"

秦亦沉抚了抚她的头："下周周末有空的话，我再来看你。"

薛霁重新笑开："真的？"

秦亦沉笑了，应了一声算是肯定。

薛霁的感冒差不多延续了一周才彻底痊愈。

又到周六，秦亦沉果然打电话说要过来看她，薛霁却拒绝了。

"大概还有五天我的戏份就杀青了，到时候你来接我。别跑来跑去的了，太折腾，而且现在正在赶工，你来了我也不一定有空陪你。"

秦亦沉只得应道："好，那你们剧组杀青时记得提前跟我说一声。"

六天后，薛霁正式杀青。

秦亦沉过来接她，薛霁早早收拾好行李，在酒店大堂里等着。

玻璃外天色乌青，云脚低垂，秦亦沉踏入大堂，一眼就看到了她。薛霁像是同他心有灵犀，抬起头，粲然一笑："亦沉！"

秦亦沉上前，接过她手中的行李箱："走吧，回家。"

薛霁笑眯眯地牵住他伸过来的那只手。

寒风凛冽，走出酒店，冷空气扑面而来，薛霁不禁冷得瑟缩一下。秦亦沉顿足，替她裹好围巾。

薛霁将围巾往上拉了拉，遮住嘴巴和鼻子，只露出一双妩媚的眼睛，翘起的睫毛眨了眨："这样就省得戴口罩了。"

回到市里，今年的第一场雪恰好落下。

纷纷扬扬，似漫天柳絮，薛霁摊开手掌去接，轻盈的雪花触及掌心，转瞬就化了。

秦亦沉握住她通红的手，牵她进屋："感冒才好，你又想再来一次？"

手被温暖包裹，薛霁任由他牵着，笑嘻嘻道："哪有这么夸张？我身体好得很。阿嚏——"话未完，就打了个惊天动地的喷嚏。

秦亦沉不咸不淡地斜眼瞥过来。

薛霁尴尬地看着秦亦沉，暗叹自己实在是太不争气。

一进屋，薛霁就闻到了浓浓的香味。秋姨竟然准备了火锅！薛霁满脸惊喜地看向秦亦沉。秦亦沉轻描淡写道："上回你不是嚷着要吃火锅？"

薛霁一把熊抱住秦亦沉："你真好，我爱你！"

秦亦沉替她将行李拎上楼，两人在房里磨蹭一会儿，方才下来。

秋姨帮两人准备好下火锅的食材和调料，打过招呼，便先下班回家。

外间风雪飘摇，屋内却暖意融融。

吃了两个多月的外卖盒饭，一朝解放，薛霁难免有点儿刹不住，最后吃撑了，摸着圆滚滚的肚子开始担心自己的体重问题。

秦亦沉无奈，将她从椅子上拽起来："起来走走，晚上积食容易难受。"

薛霁只得在屋内四处晃悠。晃悠片刻，她忽然抚着肚子问秦亦沉："我这个样子，像不像怀孕了？"

秦亦沉抬眼，眸光微动。

薛霁玩心大起，将他的手放到自己肚子上："宝宝，这是爸爸。"

秦亦沉顺势从后面抱住她，贴在她耳畔，缓缓道："你这是在暗示我……奉子成婚？"

耳畔气息温热，薛霁感觉自己又说错了话，干笑道："奉子成婚太仓促，我们还是循序渐进比较好。"

秦亦沉亲了亲她修长的脖颈，薛霁突然看向窗外，激动道："快看，雪下大了！"

她趁机挣开他，跑到落地窗前，欣赏起雪景来。

秦亦沉怀抱一空，弯了下唇，缓步走到她身旁。

窗外，皓雪纷飞，落地希声。

薛霁忽然偏头："你知道我的名字是什么意思吗？薛霁，夜雪初霁。风雪过后，便是晴空。"

"是吗？"秦亦沉一笑，"我还以为是新雪初霁。"

薛霁疑惑着这有什么区别吗？

"差不多一个意思，也可以这么说。"薛霁又问，"你的名字有没有什么特别的含义？”

“没什么特别的含义，”秦亦沉顿了一下，似乎不想说，但还是开了口，“小时候，我爸觉得我哥心性太浮躁，担心我学他一样，就替我取了个‘沉’字。”

薛霁听完，忍不住笑出声来，她打量着他，问：“你爸妈是不是因为没管好你哥哥，所以对你从小就十分严格？”

秦亦沉没出声，似乎在默认。

“我猜对了？看来你小时候肯定压力很大，没什么童年乐趣。”薛霁张开手臂搂住他，“给你一个爱的抱抱，安慰一下。”

秦亦沉顺势揽住她腰肢，捏了捏她鼻尖，忽然道：“想不想听个好消息？”

“什么？”

“赵凯在KC娱乐的股份要被收购了，他现在债务缠身，估计撑不过明年四月。”

薛霁双眼一亮：“真的？”

秦亦沉点点头。

“太好了！”薛霁只觉得通体畅快，出了一大口气，“恶有恶报，大快人心！”

“你找经纪人的事怎么样了？”秦亦沉问。

薛霁道：“这两个月忙着拍戏，没顾得上，不过已经有公司联系我，我打算过几天去看看。”

秦亦沉道：“这件事不用太急，条件不合意的话可以再等等。如果明年你这部新戏能顺利播出，说不定会有更好的选择。”

两人看了一会儿雪，秦亦沉忽又问：“过两天就是元旦，想去哪里跨年？”

薛霁疑惑：“你不用回家吗？”

秦亦沉道：“过年再回。”

薛霁略微想了想，说：“去年是跟前公司的同事们一起过的，今年的话，你来定，不用太麻烦，我们两个人找个舒服的地方坐坐就行。”

秦亦沉拥着她，在她耳边轻轻道了声：“好。”

临近年底，秦亦沉比往常忙碌许多；而薛霁刚拍完两个月的戏，身心俱疲，则在家懒洋洋地待着。

直到元旦前一天的下午，薛霁才约了盛妍出门，让她陪自己逛街。

“你都八百年没约我逛过街了，今天怎么突然会想起来约我？”一见面，盛妍就笑道。

薛霁道：“这不元旦快到了，我想给亦沉挑件新年礼物。”

盛妍感觉心口像是被扎了一刀：“我看你叫我出来就是为了刺激我！”

薛霁道：“我是那种见色忘友的人吗？礼物也有你的份，送你一套最新款的口红，待会儿你自己挑。”

盛妍这才满意道：“算你还有点儿良心。你打算送什么给你家秦先生？”

薛霁一脸纠结：“我也不知道，所以找你参谋。”

盛妍：“衣服？领带？鞋子？手表？”

薛霁：“这些会不会太普通？”

盛妍不屑地掀了掀眼皮：“难不成你还想送一艘飞船给他？”

薛霁一时语塞。

“一般能送的礼物就那么些品种，心意到了就行。”盛妍道，“放心，他喜欢你，你就算送双袜子给他，他也能乐半天。”

薛霁思索一下，道：“要不就领带？衣服要订制，时间来不及，手表什么的留到他生日再送。”

“随你。”盛妍以一副过来人的口吻说道，“等过个两年，你们老夫老妻了，就不会纠结这些细节琐事。”

薛霁笑笑：“那就这么定了。走，陪我去挑领带。”

秦风集团，下午四点半。

秦亦景走进办公室，拍了下秦亦沉的肩：“晚上一起出去玩？”

秦亦沉道：“你们去吧，我约人了。”

“跟薛霁？”

秦亦沉没否认。秦亦景端详着他：“我说老二，你不会是玩真的吧？”

秦亦沉淡淡瞥他一眼，好像在说：“我什么时候玩过假的。”

秦亦景替他担忧起来：“那你准备怎么跟妈交代？她要是知道你和薛霁真的在一起了，非得闹翻天不可！”

秦亦沉神情一顿，终于开口：“妈那里，我自有分寸。”

秦亦景往椅子上一靠，带了点儿揶揄的口吻叹道：“这事要换了我还好说，反正她已经习惯，偏偏是你……”

秦亦沉忽然道："哥，你也老大不小的人了，遇上合适的就收收心定下来。"

秦亦景刚刚还一副玩世不恭的样子，此时变得尴尬起来，他讪讪地摸了下鼻子。他花花公子的名头在外，家世相当的姑娘，没几个愿意真的同他谈婚论嫁，秦母为了这事愁得头发都快白了。

"我知道。"秦亦景敷衍着应了句，心里却在想，上哪儿去找那么一个适合结婚的女孩子？跟着他的女孩子，多半是为名为利，逢场作戏，自然都难长久。

想到这里，他突然有点儿心塞。

正说着，秦亦沉的手机响了。他极快地接起电话，唇边慢慢浮出一点儿笑意，语气温和地说："好，我等会儿就去接你。"

不用猜就知道是谁打来的，秦亦景被自家弟弟这恋爱中明晃晃的幸福模样给刺激到，再看了看自己毫无动静的手机，瞬间更加心塞。

心塞的秦亦景只能主动给蒋嫣嫣打了个电话，故作潇洒地离开。

秦亦景走后，秦亦沉拎起桌子上一个包装精致的礼盒，出办公室下楼。

"是谁说只买一条领带的？我看你恨不得全身上下，从里到外都给他换一套。"逛完街，盛妍看着薛霁手上拎的大包小包，十分无语。

"可是我觉得这套衣服真的很适合他！"薛霁满眼的笑意，"他穿上一定很帅！"

盛妍一脸冷漠："我以后再也不想跟你一起逛街了。"

薛霁立马换了一副可怜兮兮的表情："别这样美人，我不是也给你买了最新款的口红吗？"

盛妍不为所动。薛霁看了看手里的东西，忽然又道："你说，我要不要再去给他买双鞋？"

盛妍微笑着冷哼一声："我先走了，再见。"

薛霁乐了，忙拉住她："别，我就随便说说。"

话刚落音，秦亦沉的电话就来了。

"在哪儿？"

"我们在一楼，咖啡店。你别上来了，我们下车库找你。"薛霁边说边拉着盛妍往地下车库走，进了电梯，才挂断电话。

盛妍在旁边看着，笑着问："今天晚上打算去哪里甜蜜？"

薛霁："还不知道，等他决定。"

盛妍投给她一个揶揄的眼神，薛霁假装看不懂，呵呵一笑。

"亦沉。"下到车库，薛霁一眼就看见了秦亦沉，快步笑着上前。

秦亦沉伸手去接她手里拎的东西，她却避开："现在还不能给你，等回了家再给。"

秦亦沉猜到什么，笑了笑，转头和盛妍打了个招呼。

"好了，礼物买完，人也送到了，我功成身退，就不打扰你们二人世界了，祝你们玩得开心。"盛妍冲两人摆了摆手，拎着自己的东西，转身朝自己停车的地方走去。

薛霁同秦亦沉上车，系好安全带，偏头问："去哪儿？"

秦亦沉道："先去吃饭，再回家。"

车子驶出车库，汇入到纵横交错的车流中。下班高峰期，再加上元旦前夕，车流量巨大，抬眼望去，长龙绵延，完全看不到头。

两人很快被堵在了半途。薛霁忍不住道："这种节假日，开车还不如挤地铁来得快。"

秦亦沉搭着方向盘，瞥她一眼："你不怕被人认出来？"

薛霁差点儿忘了这一茬儿，太有名了果然也不好。

约莫一个半小时后，两人终于以龟速挪到了吃饭地点。秦亦沉订的餐厅位置在市中心一栋颇有名的高楼上，环境优雅，透过桌边的落地玻璃墙，城市中的灯光展览和烟火盛会一览无余。

薛霁跟着秦亦沉入座，望着外面繁华绚丽的景象，不由赞叹："这里的夜景真美。"

秦亦沉微微一笑："你喜欢的话，以后我们每年都来。"

"这倒不用。"桌上放着一瓶红酒，酒未开盖，薛霁却仿佛已经有了些醉意，笑盈盈道，"只要我们两个在一起就行，去哪里都没关系。"

里里外外的灯火交融变幻，浸染着面容。

时间随着音乐缓缓流过，两人吃完饭，便一起望向外面的夜景，等着新年倒计时。

钟声终于响起，绚烂的烟火盛放在夜空之下。

薛霁对着漫天烟火许了个愿。睁眼时，只见秦亦沉将一个包装精致的礼盒推到她面前："新年快乐。"

"谢谢！"薛霁欣喜地拆开礼盒，里面是一条宝石项链，看起来雅致大方，好像是某个珠宝品牌的限量款，"好漂亮。"

秦亦沉微微一笑，拿起项链，双手绕过她前方，小心翼翼替她戴上。

又一簇烟花绽放，光芒投映在两人脸上，熠熠生辉。

"我也给你买了礼物。"薛霁想起放在车里的东西，迫不及待地笑着说，"我们回家吧？"

秦亦沉眼底映着璀璨烟火，轻应了声："好。"

回到家，薛霁将买的衣服拿出来，催促秦亦沉去换上。秦亦沉拿着衣服进了衣帽间，没一会儿就换好出来。

白色衬衣，黑色长裤，一分一寸裁剪妥帖，衬出他修长挺拔的身姿，简直完美。

薛霁上下打量一番，颇为满意地赞道："我眼光真好。"

秦亦沉挑了挑眉。薛霁连忙补充："当然，最主要是因为你长得帅，穿什么都好看。"

端详半天，突然觉得少了点儿什么，又道："领带在哪儿？领带才是重头戏，衣服是后来顺道买的。"

秦亦沉直接拿出领带，递到她面前。薛霁立马意会过来，接过领带，踮脚替他打好，动作还算利索，没费什么工夫。

秦亦沉垂眼问："给人打过领带？"

薛霁整理着他的衣领，随口答道："以前学表演课的时候，有演习过。"抬头撞上他探究的眼神，忍不住笑了，伸出白嫩的食指在他领口处戳了戳，"演戏之外，你是第一个。"

秦亦沉唇角微勾，揽住她的腰，低头吻下来。

夜深人静，气息缠绵，热度一点一点攀升。薛霁偎入他怀中，忽然忍不住感慨："过去这一年，发生的事情真多……"

上半年，她从高处跌落谷底，经历雪藏和网上各种人身攻击，惶然落魄，几乎看不到丁点儿希望；就在她准备放弃时，却又遇到了他。自那以后，不仅柳暗花明、局面陡转，还意外收获了原本不知道哪年哪月才能开花的爱情。

这跌宕起伏的经历，都可以去写一部励志剧了。

“想起我们第一次见面，当时你醉得迷迷糊糊的，还很嫌弃我来着。”

秦亦沉低眸看她，忽然道：“其实我第一次见你，是在那之前。”

薛霁睁大了眼看向他。

“我刚回国的时候，去剧组找我哥，碰到你在拍戏。”

薛霁完全没有印象，听得一脸懵懂。随后，她眼珠一转，故意笑道：“原来你老早就觊觎我的美色了，那你后来再见我，还一副冷冰冰不耐烦的样子，都是装的？”

“觊觎你的美色？”秦亦沉捏着她的下巴，仔细端详她的脸。

“难道不是？”薛霁不怕死地扬了扬眉。

话音刚落，身子猛地腾空，秦亦沉一把将她横抱起。

薛霁惊呼一声，下意识搂住他的脖子，还未反应过来，人已经被抱到床上，脚上拖鞋还掉了一只。

温热的鼻息喷洒在上方，薛霁嗅到危险的气息，却仍在不遗余力地试探着秦亦沉的底线。

“你看，本性暴露了吧？”她伸指戳了戳他的喉结，眼波流转，像只慵懒魅惑的狐狸。

秦亦沉眸色一深，捉住她的手，翻身就要压下。

谁知，薛霁的反应却更快，她挣开他，迅速滚到一旁，跳下床，装模作样地打了个哈欠：“好困，时间不早了，我先回房睡了，晚安。”

说着，冲他狡黠一笑，连拖鞋也顾不上穿，光着一只脚飞快地往外逃去。

秦亦沉从床上起身，看着她像兔子一样跳脱的身影，也忍不住笑了。

没过一会儿，门口又传来响动。

秦亦沉正松着颈间领带，斜眼瞥过去，就见薛霁推开门，露出一个脑袋，小心翼翼地道：“我的拖鞋。”

秦亦沉瞥她一眼，又看了看床边落下的拖鞋，不动声色扯下领带：“自己过来拿。”

淡淡的一句话，却无端带着一种迫人的气场，好像说的不是“过来拿拖鞋”，而是“过来躺好”。

薛霁不由得有点儿犯怵，踟蹰着不敢踏入。秦亦沉瞥她一眼后，便收回目光，不再看她，他将领带扔过一旁，开始旁若无人地解衬衣扣子。一颗接一颗，修长的手指缓缓动作着，衣领慢慢敞开，露出紧实而性感的胸膛。

薛霁不自觉被吸引过去，愣愣地盯着他的手指，连呼吸都仿佛滞住。

这么冷的天，为什么有种血气上涌的感觉?

等回过神，薛霁意识到自己在干什么，顿时脸一热，慌忙收回目光。她硬着头皮进屋，匆匆忙忙套上自己的拖鞋。

刚想不着痕迹地离开，却突然被一股大力拽过去，随即撞上一堵温厚的胸膛。秦亦沉将她禁锢在怀中，气息灼热，衬衣半敞着。

薛霁几欲窒息，低眸往他敞开的衣服里面瞟了瞟，干咳一声，强作镇定地提醒说："你这样很容易感冒的。"

秦亦沉的手一紧，眼底眸色沉沉，他低头，凑得极近说："你留下来，就不会了。"

这么直接的暧昧暗示，薛霁不由得颤了一下。

他的手指有意无意在她腰背处摩挲着，带起一阵战栗，如同星火燎原，薛霁只觉得身子发软，开始有些站立不住。

就在她脑子乱成一团，不知道该怎么反应时，秦亦沉弯了下唇，忽然又松开了她："不早了，回房睡吧。"

温热的怀抱退去，薛霁愣了愣。见她呆愣不动，秦亦沉侧眸："不困?"

"困！"薛霁忙不迭答道，转身落荒而逃。

她身后，秦亦沉轻笑一声。

回到自己卧室内，薛霁背靠在门上，平复着气息，忽而也笑了出来。她走到镜子面前，将脖子上的项链摘下，准备放回礼盒内收好。结果合上盒子时，忽然发现内盖上还嵌着一张照片，先前她的注意力全在项链上，所以并未瞧见。

薛霁有些疑惑，取下照片一看，这是上回两人在剧组的合照。

冬日暖阳融融，将整个画面烘托得温暖柔和，她和他就置身于这一抹柔和中，相依而立，眼中似有万里山河。

"你要好好存着，等我功成名就了，这张照片就值钱了知道不?"

她当时不过随口开个玩笑，没想到他竟然把它打印出来。

照片的背面留了字，薛霁翻过来看，是手抄的几句诗：

若逢新雪初霁，满月当空。

下面平铺着皓影，
上面流转着亮银，
而你带笑地向我步来。
月色和雪色之间，
你是第三种绝色。

薛霁微微一怔——

“你知道我的名字是什么意思吗？”

“薛霁，夜雪初霁。风雪过后，便是晴空。”

“是吗？我还以为是新雪初霁。”

元旦过后大约三周，秦亦沉突然引荐了一个人给薛霁——宸阳经纪公司的王牌经纪人，常悦。

宸阳这家经纪公司在圈内颇有些名气，据说当初顾修就是从这里出去再另立门户的。不过，自打顾修另立门户之后，宸阳就再未捧出过同等量级的艺人，实力减弱不少，近两年更因为各种合同纠纷而江河日下。

薛霁有点儿疑惑：“怎么突然给我推荐这家？”

秦亦沉解释道：“我最近在考虑收购宸阳的事，你先去跟常悦聊一聊，如果合适的话，我就定下来。”

薛霁有些惊讶。为了她而去收购一家公司，这也太夸张了，剧本里都不带这么演的。她委婉地劝道：“其实，你不用这样，已经有公司愿意……”

秦亦沉一眼就看穿她的想法，打断她道：“我这么做，不单是为了你，也有自己的考量。KC 集团被赵凯折腾得几乎只剩下一副空壳，我早就打算另外再找一家公司开拓影视娱乐这一块的市场。宸阳的现状和未来的前景，都是开会评估过的。”

薛霁听他这么说，心理压力小了许多，思忖片刻，道：“好，那我去见一见。”

“按着你自己的想法谈就好，不合适的话，不必勉强。”

“我会的。”

秦亦沉送薛霁到常悦的公司，常悦和总经理亲自来迎，态度十分热情。尤其是那位总经理，甚至带了几分谄媚。双方介绍过后，常悦笑着朝薛霁伸出手：“薛小姐，你好。”

薛霁微笑着握住："你好。"

"薛小姐不必客气，叫我常姐就好。"

她穿着一身黑白色职业套装，举手投足间清爽大方。

秦亦沉偏头，在薛霁耳边低声问："是你自己谈，还是我陪你？"

薛霁给他一个安心的笑："我自己谈就可以，你有事的话先去忙。"

"谈完发个消息给我。"秦亦沉叮嘱两句，随后在总经理等人的陪同下离开。

常悦请薛霁在办公室坐下，没有客套太多，径直便问："听说，薛小姐之前的经纪人是罗欣？"

薛霁点点头，不明白她为何提起这件事。

常悦道："我跟她算是旧识，她和我提到过薛小姐，说你资质和潜力都还不错。"

薛霁笑了笑："欣姐以前也挺照顾我的。"

常悦又道："其实在这之前，我看过薛小姐你的作品。说句实话，即便没有秦总推荐，我个人也是很愿意与薛小姐合作的。"

薛霁有点儿受宠若惊。不过这种明显带着奉承意味的话，听听就算了，她要真这么惊才绝艳，之前也不会沦落到走投无路的地步。

"我这人性子比较直，不太会拐弯抹角，索性也就懒得绕圈子。"常悦笑道，"如果薛小姐愿意来我这边，我可以保证，尽量给你挖掘最优资源和做最好的宣传。至于我的能力，薛小姐也不必担心。我在这一行差不多有十来年了，经验还算丰富，绝不会让你埋没的。"

薛霁笑了笑，倘若秦亦沉最后真的收购了这家公司，常悦就算不想给她最优的资源恐怕也得给了，所以她倒是不担心这话的真假。

两人聊了许久，末了，常悦补充道："薛小姐如果还有什么其他要求，也可以提出来。"

薛霁迟疑道："我不太喜欢把私人生活和工作混到一起，所以……"

常悦想了想，说："这个的话，如非必要，我会尽可能尊重你的决定。"

"好。"薛霁微微笑道，"我回去考虑一下，尽快给你答复。"

和常悦谈完，薛霁给秦亦沉打了个电话，秦亦沉很快过来接她。

"怎么样？"

"我感觉还可以。"薛霁挽着他的胳膊，偏头道，"要不就签这家？"

“你想好就行。”秦亦沉顿了一下，“签合同之前，记得跟我说一声，我让公司法务陪你过去，帮你看看合同把下关。”

薛霁咧嘴一笑：“好。”

年节将近，大街小巷里已经开始兜售各种年货，琳琅满目，喜气洋洋。

晚间打开电视，穿插的广告也都跟庆贺新春有关。薛霁枕在秦亦沉腿上，悠闲地侧躺着，忽然想起什么，仰脸道：“对了，马上就要过年，我打算农历二十六回家，你什么时候回去？”

秦亦沉用手梳理着她的头发，答非所问：“你要不要跟我回去，见见我妈？”

这句话一出，薛霁原本优哉游哉的表情瞬间僵了僵，她从秦亦沉的腿上起身坐起，不自在地道：“我已经买好了机票。”

其实，她买票的时候并非一点儿都没考虑过这件事，只是潜意识里不愿意这么早面对，所以才故意忽略了。

秦亦沉看着她，沉默不语。薛霁有点儿不敢直面他的目光，躲闪一下，抬眼道：“时间太短，我心里还没完全准备好。”

秦亦沉看她片刻，道：“你怕见我妈？”

“宁宁上回跟我说，你妈妈对我这种艺人有些偏见，我怕她会不喜欢我。”

秦亦沉抚了抚她的头：“有我在，没事。”

薛霁心口微暖，握住他的手，轻声道：“下次好不好？我已经一年没回过家，总该回家看看。”

秦亦沉看着她可怜巴巴的模样，没再说什么。

薛霁靠在他的肩头，看了两眼电视，忽然脑洞大开：“万一哪天我跟你妈妈见面，她给我一张支票，让我离开你怎么办？”

秦亦沉无语。

薛霁转过头，下巴扣着手背：“你别不相信，很多剧本里面都是这么写的。”

秦亦沉低头，眸色深深：“那你答应还是不答应？”

“这个，”薛霁转了转眼珠，笑得狡黠，“要看情况，如果是几百万，当然不答应；如果是几个亿，那我勉强考虑一下。”

话未完就被秦亦沉往后压倒，他抵着她，居高临下地看着她：“考虑一下？”

薛霁抬起脸，表情十分浮夸：“你不觉得在我的心里，你已经很值钱了？”

两人的距离因她抬脸的动作愈发近了，目光相对，呼吸交融。

秦亦沉眸色一沉，猛地咬住她的下唇，仿佛在刻意惩罚她的错误回答。

薛霁吃痛，闷哼出声，抬手去推他。她想像以往一样求饶，可这次秦亦沉却没有给她机会，直接堵住了她的嘴……

腊月二十七，薛霁跟随春运大潮，回了老家，秦亦沉也和秦亦景回了秦母那里。一年未归，回去的头两天，薛霁还享受了一把被父母捧在手心的公主待遇，等到过两天薛父薛母的热乎劲过去，才慢慢恢复正常。

而该遭嫌弃的地方，也仍旧遭嫌弃。比如，她执意踏进娱乐圈这件事。

年三十傍晚，薛霁同薛母在客厅包饺子，薛父坐在一旁，旧事重提："你准备什么时候回家找份正经安稳的工作？"

薛霁闻言，立马不高兴："爸，我现在的工作也很正经，又没偷又没抢，更加没伤天害理。"

薛父皱起眉："乌七八糟的，哪里正经？而且还不安稳，一个女孩子，成天在外面跑来跑去，万一闹出什么事怎么办？"

薛父是个思想古板的人，还有些大男子主义，总认为娱乐圈声色犬马、鱼龙混杂，所以一直极力反对薛霁选择这一行。

薛霁听着他的话，越发觉得之前没有把自己被雪藏的事告诉家里是个明智的决定。当时要是告诉他们，估计自己早就被父母强行拎回来进行"改造"了。

"你好好在家，找份轻松安稳的工作有什么不好？非得瞎折腾，学人家去演戏。"

薛霁忍不住反驳："我就喜欢！这是我的人生选择。"

见父女俩又要吵起来，薛母急忙打圆场："好了，大过年的，都少说两句，别闹得不高兴。"她将包好的一个饺子放到盘子里，抬眼看向薛霁，叹了口气，"小霁，我们也是为你好，怕你在外面太累。"

"我知道。"薛霁没再顶嘴，低头继续包饺子，手中的饺子却完全变了形。

薛母无奈，酝酿一会儿，又道："对了，你林阿姨的侄子刚从国外留学回来，过几天有空，你去见见。"

扯完工作又扯到终身大事，薛霁简直脑壳疼："妈，我已经有男朋友了。"

薛母："你什么时候交的男朋友，怎么都没听你提起过？"

薛霁道："就几个月前。"

薛母有些担忧地问道："对方是什么人？做什么工作的？家里怎么样？"

薛霁想着，幸好没有带秦亦沉回来，否则就这查户口的架势，吓都能把他吓走。

"正常人，没病也没缺胳膊少腿；有工作，不需要我养。"

"你这孩子！"薛母急道，"妈是问你他是干什么的，人怎么样！"

薛霁被薛母一吼，对上她着急的神情，只得认真道："妈，您放心，他人挺好的，对我也很好。至于工作，"薛霁顿了顿，有点不知道该怎么描述："大概就是公司老板，经商。"

薛母听完，皱了皱眉："公司老板？"

一旁的薛父突然想起什么，插过话道："前些日子，我听你表妹说，她在网上看到新闻，说你跟一个豪门公子在一起，是不是就是这个人？"

薛霁的父母虽然不怎么关注网上的娱乐新闻，但她那些正值少女期的表妹们却热衷得很。

薛霁没搭腔。薛父看见她的反应，脸色陡然变得严肃起来："你老实说，你是不是被人包养了？"

"爸，您瞎想些什么？"薛霁心想，肯定是表妹转述的时候，顺道将网上那些不靠谱的流言都扯了进来，无奈解释道，"我们是正当的恋爱关系，根本没有那回事！"

薛父皱着眉头，将信将疑，薛母则满脸担忧地开了口："小霁，你可不能学人家做出那些不自爱的事。"

"妈，我真没有。"薛霁再三强调，"网上的那些流言都是假的，以后不管你们听到什么，都不要相信。"

见她不像是撒谎，薛母稍稍放了心："既然这样，你什么时候把人带回来给我们看看？"

"现在还太早，等过阵子吧。"

吃完年夜饭，一家人守在电视机旁，薛霁拿出手机，偷偷给秦亦沉发消息。

"在干什么？"

秦亦沉几乎是秒回："等你的消息。"

薛霁险些笑出声来，回复道：“现在还没过十二点，拜年还早，等我干吗？”

秦亦沉发了个微笑的表情过来。

薛霁回他：“这个表情不能乱发的好不好？看起来像是在嘲讽我。”

薛霁脑补了一下秦亦沉对着手机上自带的表情一脸冷漠的样子，忍不住道：“亲爱的总裁秦先生，您老是不是不会用表情包？”随后，便发了一连串收藏的表情包给他，可爱的、搞笑的……应有尽有。

“这可是我多年私藏，赏你了！”

秦亦沉看着被刷屏的聊天框，忍不住微微翘起了唇。

没到十二点，薛父薛母就扛不住先去睡了，薛霁躺在床上，继续捧着手机守岁。

十二点指针一过，她立刻将早已编辑好的祝福消息点击发送。

秦亦沉的回复随即过来，但却比她慢了两秒。

薛霁得意大笑：“哈哈，我比你快！”

秦亦沉不觉莞尔，隔着屏幕仿佛都能看见她鲜活生动的笑靥。

今年的年节，似乎比往年热闹许多。

02

一年的年头和年尾总让人感觉过得格外快，往往还没意识到，一晃就过去了一半。

三月，薛霁正式与宸阳签约，有了新的经纪人常悦与助理刘灵。与此同时，KC 高层大洗牌，赵凯被清除出局，往日嚣张气焰不在，还有不少人落井下石。

薛霁看见新闻上的报道，心下畅快不已，差点儿忍不住也过去踩上一脚。但考虑到自己的公众形象，再加上实在没时间，只得悻悻作罢。

四月初，之前接的现代戏首播，收视平平，不算太好也不算太差。薛霁只是其中一个小配角，自然不奢望能掀起多大的水花，常悦只能尽力帮她安排一些宣传活动。

时隔一年，薛霁总算重新出现在观众视野中，虽然网友们看到她时，依旧还有各种嘲讽和谩骂。但经过常悦的努力宣传，也有一小部分人开始慢慢倾向她这边，选择相信她。

原本，常悦还担心薛霁急着翻身，受不了这种局面，情绪上会焦躁到难以控制。谁知，她却跟没事人一样，淡定得很，该做什么做什么，偶尔发微博配合一下宣传，也不多说话。

人处在风口浪尖上，很多时候，多说不如不说。

常悦见她这种心态，安心不少，将接下来几个月的初步规划给她过目。

与薛霁之前“基本有戏就接”的原则不同，常悦的要求比较严格，秉承的一贯态度也是宁缺毋滥，所以她并没有急着给薛霁接新戏，而是认真地为她挑选合作方和剧本。

六月，薛霁接的古装戏终于开播。女主陶思韵，再加上薛霁这个女二号，使得这部戏在预告宣传期就引发一阵热议。

开播第一周，凭借超高的微博热度，这部戏迅速登上收视冠军的宝座。而网友们关于剧情和角色的争论也日益激烈，尤其是女一号和女二号之争。

陶思韵饰演的女主形象与以往区别不大，依旧是人美心善的设定，她的表现也可圈可点，在正常水准之内。然而，也正因为如此，这个角色只能算是中规中矩，少了让人惊艳的地方。

反倒是女二，身世坎坷，不幸落入泥沼。被挚爱利用，平白无故背上一身恶名，又求而不得，最后幡然醒悟自尽身亡。这个角色由薛霁演出来，竟然出乎意料的精彩，叫人眼前一亮。

不知道是谁率先截图对比两人在剧中的演技和颜值的，这一话题很快扩散开来，网友们纷纷参与进来。作为薛霁的经纪人，常悦自然不会错过这个好机会，于是迅速进行各种公关，不着痕迹地替薛霁造势，提高人气。

眼看薛霁风头日盛，陶思韵的粉丝们不乐意了。她们再次将“薛霁插足陶思韵和陈元嘉”这件事搬了出来，顺道在各大平台编造薛霁的“丑闻”。

与上一回类似，舆论铺天盖地而来，薛霁的微博很快沦陷，底下几乎全是谩骂和嘲讽声，陶思韵那边暂时取得压倒性的胜利。

可惜这一回薛霁身后多了常悦。常悦这个金牌经纪人也不是吃素的，在第一时间就果断地安排了危机公关，发通稿澄清。随后，之前陈元嘉发的那篇澄清帖也被重新贴了出来。

当事人的澄清，再加上薛霁和陈元嘉在那场风波之后确实没什么交集，几乎没有一起在公开场合出现过，有心人想捕风捉影都无从下手。于是，一部分人选择了相信薛霁，开始替她辩驳。

一时间，这场围绕薛霁和陶思韵的争论愈演愈烈，微博热搜持续一周未下。

当初请陶思韵和薛霁担任女一号和女二号，制作方原本就存了利用两人挑起话题、替剧造势做宣传的心思，但激烈到这种程度，却在众人意料之外。

凡事过犹不及，看着网上的阵仗，各方都有点儿慌了，纷纷开始补救压制。可惜却仍挡不住洪水倾泻般的浪潮。

事态完全失控，薛霁一出门，就会招来各路媒体记者围堵，怎么躲都躲不过。常悦见状，索性让她先在家待着，好好休息两天。

秦亦沉下班回来时，薛霁正盘腿坐在沙发上，捧着手机聚精会神地浏览着网页，连他走近也未发觉。

秦亦沉走到她身旁坐下："在看什么？"

薛霁原本皱着眉，抬头见到他，她的脸上才有了笑意，眸子也亮晶晶的："你回来了？"

秦亦沉扫了一眼她手机上的网页，问道："事情还没解决？"

作为一个向来不怎么关注娱乐新闻的人，这回因为薛霁也凑了一次热闹。

薛霁笑笑道："常姐已经在想办法，过几天应该就会消停。"

其实，对于这次的风波薛霁倒是不怎么忧心，毕竟已经经历过一次，早就习惯了。而且更着急的应该是陶思韵，她估计比薛霁更不想将事情闹大。纸包不住火，当初她是怎么插足别人感情的，她心里清楚。

上一回薛霁替她背了锅，不代表她每次都能这么侥幸。

真相总有水落石出的一天，事情闹大，对她半点儿好处都没有，一旦旧事被人捅出，她维持多年的仙女形象很可能就会彻底崩塌。

"有没有考虑过，把当年的事情公之于众？"秦亦沉忽然道。

薛霁摇头："不行。首先，这件事一旦公布，盛妍肯定会被牵扯进来，她不是圈内人，没有粉丝维护，很难承受得住，而且还会影响到她的工作和生活；其次，就算我真的把当年的事说出来，也未必有人相信，陶思韵的团队不是吃干饭的，必定会想办法否认，说不定还会倒打一耙。"薛霁看着秦亦沉的眼睛，"谣诼可杀人，我先前也跟常姐商量过你说的方法，不到万不得已，还是不要走这一步。"

秦亦沉捏了捏她覆在自己手背上的手，沉吟片刻，意味不明道："有些事你不做，也会有旁人做。”

“再看看吧，或许再过两天就没事了。”薛霁有点儿无奈，她忽然想起来什么，又问：“对了，你那边没受什么影响吧？”

秦亦沉在这次娱乐风暴中也被扯了进去，对他们两人之间的关系进行了各种臆测。

“没有。”秦亦沉淡淡答道。

“没有就好。”薛霁抱着他的胳膊，忍不住叹气，“我好像总是给你添麻烦。”

秦亦沉偏头，抬手勾起她的下巴：“你还想给谁添麻烦？”

薛霁闻言乐了，张开双臂，像抱枕头一样整个将他抱住：“不想给谁，就给你一个人！以后都赖着你，只给你一个人添麻烦！”

秦亦沉看着眼前的如花笑颜，唇角也弯出一点儿弧度。

薛霁本以为这一场风波会像以往一样闹腾个几天就渐渐消停，很快会被网友们遗忘。然而事与愿违，大家似乎“奋战”出了气性，大有不斗个你死我活，决不罢休的趋势。

就在群情激愤之时，突然有人发了一篇名为“陶思韵和薛霁究竟谁是第三者”的长文出来。里面的内容涉及几年前的旧事，也就是陶思韵、陈元嘉和盛妍之间的感情纠葛。

长文中讲道：陈元嘉在跨入娱乐圈之前，有个正牌女友叫盛妍，还是大学系花，长得不比陶思韵差。后来陈元嘉进入娱乐圈，认识了陶思韵，移情别恋，两人因此才分的手。假如消息属实，那么细究起来，陶思韵才是真正插足别人感情的人。

这篇长文一出，全网瞬间沸腾。网友们看热闹不嫌事大，转发量几乎以光速飙涨。舆论风向开始迅速逆转，但陶思韵的大部分粉丝仍旧选择相信她，认为是薛霁的公司在背后搞的鬼，于是更加疯狂地用言语攻击薛霁及其粉丝。陶思韵和她的工作团队被这番变故打了个措手不及，立马进行危机公关，花钱找人删除长文和相关话题，然而为时已晚。

相关的讨论帖星火燎原般扩散开，而且还附带着各种有力证据，甚至连陈元嘉和盛妍当年的合照都被翻了出来。

面对一波接一波的证据，原本支持陶思韵的人都转变了立场。局势彻底扭转，一夜之间，陶思韵人气下跌，成了网民们讨伐的对象。薛霁则沉冤昭雪，并因此赢得了很多人的好感，粉丝数以肉眼可见的速度迅猛增长。

一切转变得太快，薛霁看着铺天盖地的消息，也有些混乱。

她稍稍理清思绪后，打了个电话给常悦。

“常姐，这次的爆料是你安排的吗？”她斟酌着问道。

当年那点儿恩怨纠葛，偏偏挑在这个风口浪尖给发了出来，实在太过蹊跷。而且，如果不是有人在背后谋划，这么短的时间内，事态很难迅速演变到这般地步。以陶思韵团队的公关实力，更不至于毫无还手之力。

“不是。”常悦回答道，“没跟你商量，我不会擅自做这种决定，不过消息倒是我间接透露出去的。陶思韵和陈元嘉也不缺跟他们结过怨的人，这种消息传出去，自然有人会借机做文章。”

薛霁听见她的回答，突然不知道该说些什么。

“我知道，你不愿意把以前的事牵扯出来，但你想洗刷污名，重新翻身，这是最直接也最有效的方法。我已经尽量顾及你的意愿了。”

薛霁一阵沉默，她心里明白常悦这么做是为了她好，没什么不对的地方。可一想到盛妍，又忍不住有些担忧。

“我只是想问问清楚，没有责怪的意思，常姐你别误会。”

“没关系，你能想通就好。”常悦松了口气，“总之，现在形势对我们十分有利，你准备一下，过两天开个记者会。”

薛霁应道：“好。”

“具体内容，我明天会整理好发给你。”常悦顿了顿，突然有些迟疑，“还有，媒体很可能会问到关于你和秦亦沉的关系，你这边先确定一下，能不能公开。如果不能公开，就要想好该怎么应对。”

薛霁闻言，蹙了蹙眉：“这个我得跟他商量一下，回头再给你答复。”

跟常悦通完电话后，薛霁又拨给了盛妍。

盛妍似乎在忙，隔了好一会儿电话才接通。

电话里隐约能听见嘈杂声，薛霁担忧地开口：“盛妍，网上那些……”

“你等下，这里太吵，听不清，我换个地方。”盛妍走到稍稍安静点的地方，继续道，“你是想问我网上的新闻吗？我已经看到了，这次好像闹得挺严重的。”

薛霁忙解释说：“这事不是我说出去的。”

“我知道，你要想说早说了。”盛妍不在意地说，“其实，闹出来也好，省得老让你被人误会。”

“这次闹成这样，对他的影响应该不小吧？”盛妍突然问。

这个他，自然指的是陈元嘉。

薛霁没回答。经此一遭，陈元嘉的名声已经被毁得差不多，他要想恢复到从前的那般风光，很难。

电话那头，盛妍似乎笑了笑，语调里带着叹息：“凡事有因有果，他当年种下了因，现在就该承担这个果，怪不得任何人。所以，你也别因为我而有所顾忌，该做什么做什么，不必手下留情。”

“我明白，你是怕我难过才一直隐忍到现在，谢谢你。可是真的没关系，”盛妍的嗓音顿了一下，再响起时她的声音里满是怅然，“我的确爱过他，但那已经是过去的事。”

旧日时光无声地掠过心底，薛霁握着手机，想说两句安慰的话，又觉得没必要，静默片刻，最后问道：“这事没波及你吧？”

盛妍哭笑不得：“你还真别说，我也出了回名，一群不知道哪里来的记者正堵在外面，”正说着，她突然急匆匆地欲挂断电话，“顶头上司打电话找我，我先不跟你说了，回聊！”

薛霁看着被挂断的手机，半晌，也忍不住叹了口气。

当晚，秦亦沉回来，见薛霁仍皱着眉头，一脸忧心忡忡的样子，便轻轻地揽住她的腰，将她抱到怀里坐着，低声道：“不是已经澄清了，怎么还不高兴？”

薛霁抬起头看着他，忽然问道：“是你授意常姐，把盛妍和陈元嘉的事透露出去的吗？”

秦亦沉神色一顿，淡淡道：“我不过是随口提点她一下。”

难怪陶思韵这么快就一败涂地。薛霁问到真实答案，没再言语。

秦亦沉拥着她道：“生气了？”

薛霁摇摇头：“没有。”语调却有些低落。

秦亦沉抬起她的脸，让她直面自己：“每个人都要为她所做过的事情付出代价，更何况我不是没给过她机会，上一回剧组那事我已经睁一只眼闭一只眼。这一次她还敢拿以前的事出来兴风作浪，那就索性遂了她的意。有些人，你退一步，她反而得寸进尺。”

见他一脸严肃，薛霁抬手搂住他的脖子，笑了笑：“我明白，我真没生气，只是有点担心盛妍。”

秦亦沉抚抚她的头：“等风波过去，自然就好了。她也不是小孩子，知道该怎么应对。”

薛霁应了声，没再纠结，靠在他的怀里。

两人黏糊了一会儿，薛霁突然想起过两天要召开记者会的事，抬起头问道：“对了，常姐说过两天让我开个记者会，我能不能向媒体公开我们的关系？”

秦亦沉低眸瞥她：“我什么时候让你藏着掖着过？”

薛霁心口泛开丝丝甜意，偎着他道：“我这不是怕影响到你，看我多贴心！”

秦亦沉冷冷地回道：“你少跟那个陈元嘉闹出些乱七八糟的绯闻，就算对我贴心了。”

薛霁一阵心虚，搂着他的胳膊信誓旦旦地保证，“你放心，这次之后，我跟他绝对不会再有半点儿关系！”

秦亦沉看她一眼，也没表示相信或不相信，他抬手捏了捏眉心，似乎有些疲累。

薛霁见状，立马讨好道：“你是不是困了？要不要洗个澡？”

秦亦沉懒散地应了她一声。

薛霁起身：“我去帮你拿衣服。”

秦亦沉进了浴室，薛霁坐在他卧室的床上，边等他边刷网页关注事情动态。

秦亦沉洗完澡出来，薛霁已经趴在床上睡着，手机落在一旁，屏幕还亮着。秦亦沉走近，替她将手机收起，俯身想抱她回房，看见她的睡颜时又顿了顿。

她整个人是侧趴着的，一只手随意地搭在脸颊不远处，顶上洒落朦胧灯光，勾勒出妙曼的曲线。她腰肢纤细，长腿半屈，睡裙底下露出白皙的一截小腿，在暗夜里格外诱人。

她睡得并不安稳，眉心微微蹙着，好似在担忧什么。秦亦沉伸手碰了碰她的眉眼，视线顺着她高挺的鼻梁往下，游移过嫣红的双唇……最后落在胸前。

她的这件睡裙领口宽松，锁骨裸露在外，晶莹细腻得如同一捧雪，胸口那处高峰随着呼吸缓慢起伏。

秦亦沉眸光骤然一沉，情不自禁地吻上了她的唇。他的动作放得很轻，缠绵温存，浅尝辄止，然而薛霁还是醒了，迷迷糊糊将眼皮撑开一线。

蓦地，薛霁一个激灵，像是听到什么重磅消息，睁大眼睛问道：“又出事了？”

险些被她磕到鼻子的秦亦沉很无奈。

看清眼前这张俊脸，薛霁稍稍松了口气，但仍有些不放心，起身想摸自己的手机。只是摸了半天，什么也没摸到。

“我的手机在哪儿？”

秦亦沉将手机递给她：“没出什么事。”

薛霁接过看了一眼，彻底放松下来，重新躺倒。

秦亦沉瞥见她脸上的憔悴，微微蹙眉：“事情都已经解决了，你怎么还这么紧张？”

薛霁道：“舆论风向很难说得准，现在是关键时期，还是小心些比较妥当。”

这几天她的神经一直绷得紧紧的，生怕再出什么意外。

“这些事常悦自然会帮你盯着，你放松些。”秦亦沉说着，一手撑在她肩膀旁边，重新俯下身，含住那两瓣唇，继续刚才未完成的亲吻。

谁知，亲了两下，薛霁却毫无反应。秦亦沉抬眼一看，她竟然就这么睡着了。

看着身下熟睡的面容，秦亦沉苦笑着扶了扶额，捏住她纤细的腰肢狠狠一揉，正想给她点教训，温软的身子却主动贴了过来。

薛霁无意识地往他怀里缩去，手搭在他的身上，脸还在他的胸口蹭了蹭，像只寻宠的小猫咪找到了安眠的好地方，睡得更香了。

秦亦沉低头，看着怀里的人这副毫无戒备的模样，心里头那点儿火瞬间就消散了。他哑然失笑，在她额角吻了吻，将人抱回她的卧室。

两天后，薛霁在常悦的安排下，召开记者会。

台下人山人海，挤了个水泄不通。薛霁从容地浅笑着，按照事先准备好的说辞应对记者的各种提问。

开始的问题还算正常，主要围绕着她和陈元嘉还有陶思韵之间的种种绯闻。薛霁只能反复强调自己跟陈元嘉除了拍戏合作以外，再没有其他关系。

到后面，问题越来越刁钻，颇有唯恐天下不乱的架势。

“薛小姐，听说你们在之前拍摄电视剧的时候，你和陶思韵不合，经常发生冲突，这是真的吗？”

“请问你当初为什么会答应和陶思韵合作？”

“据说陈元嘉的前女友是你的好姐妹，当年陈元嘉跟她分手的内情你是否清楚？”

“请问陶思韵真的破坏了别人的感情吗？”

……

一番周旋下来，薛霁脑袋都要炸了。撑到快结束时，果然如常悦所担心的那样，有记者开始将话题扯到秦亦沉身上。

“薛小姐，有人曾看见你和秦风集团的二公子出双入对，请问你们已经确定了恋爱关系吗？”

“请问你同原经纪公司解约，是否跟秦先生有关？”

“薛小姐……”

薛霁被吵得一个头两个大，勉强维持着得体的微笑，回答说：“今天主要是向大家澄清近来针对我的一些谣言，至于我的恋情，暂时还不方便透露，合适的时候我会另外公布，谢谢大家关心。”

模棱两可的回答，但已经足够媒体记者们发散。

众人听到这个回答，纷纷交头接耳。

见时间差不多了，薛霁征得常悦同意，在保安和工作人员的掩护下往外走。

记者们仍不肯罢休，一路簇拥着不断提问。常悦陪在薛霁身边，尽全力替她挡去一些围堵：“今天的记者会就到这里，请大家让一让。”

直到顺利钻入车内，将嘈杂隔绝在外，薛霁才重重松了口气，瘫软在座椅上。

秦风集团总部。

大老板秦亦景一脸好奇地看着网上最新的热门视频，看到薛霁最后的回答，不由问旁边的秦亦沉：“老二，你们这是准备公开？”

秦亦沉的目光也落在视频上，神情却没多大波动。秦亦景拍拍他的肩：“你可得悠着点儿，要是传到妈耳朵里，只怕得大闹上一场。”

视频结束，秦亦沉抬眼，淡淡道：“早晚的事。”

当事人都不担心，秦亦景自然也懒得替他着急，继续翻看其他相关消息。随意翻了一会儿，秦亦景又道：“看现在这个趋势，她像是要大红！”

粉丝量暴涨，话题热度持续不下，再加上新剧热播，想不红都难。

“她要真红了，宸阳也没白收购。”秦亦景开玩笑说，“怎么你随便一捧，就是这种潜力股？”

本以为秦亦沉不会理会，谁知，他却轻描淡写地回了一句：“我眼光好。”

秦亦景感觉自己被捅了一刀，心想着：敢情他这意思是，我眼光不好？

网络时代，消息的传播速度快得惊人。

同一天，S 城。

秦母看着电视上的一段采访，脸色逐渐发黑。

屏幕上，被众人簇拥的女子长着一张明艳精致的脸，一看就不是个好女人！秦母黑着脸从沙发上猛地起身，不行！她得亲自过去看看！

记者会之后，薛霁的人气持续上升。

她和陶思韵的这一场对战，胜负基本已定。陶思韵输得彻底，临时被迫撤销不少宣传活动。为了尽量挽回局面，她的团队开始想办法应对。

滔天的谩骂声中，陶思韵工作室发声明称，当年陶思韵和陈元嘉公开关系时，陈元嘉与盛妍已经分手，至于具体缘由陶思韵也不清楚。

言辞之间，似乎还有撇清自己，把矛头都转向给陈元嘉的意思。也不知道这样做是陶思韵的默许，还是团队为了大局而强行为之。

怒火正盛的网友们自然不会轻易相信这种说辞。陶思韵如今跌落神坛，很多为她真心实意付出过感情的粉丝们都十分地失望和愤怒。虽然也有小部分的粉丝选择了相信和原谅，但局面并没有好转多少，谩骂的浪潮依旧汹涌着。

而且为了证明其中真假，获得第一手的新闻，无孔不入的媒体记者们则一窝蜂地跑去盛妍工作的地方围堵盛妍，想要一问究竟。

再之后，薛霁一直担心的事情终于还是发生了。盛妍的工作受到严重影响，被迫暂时停职。

薛霁得到消息，打电话给她，可却怎么也打不通。她忧心不已，想去找盛妍，又怕把事情弄得更乱。可她现在正处于风口浪尖上，出去露面，一旦被记者们逮住，搞不好又会闹出新的新闻。

纠结半天，只能作罢。

晚间，薛霁坐在书桌前，边浏览网页边同常悦商量接下来的工作事宜。

秦亦沉走到她身后，手搭在她肩头，俯身就去亲她。薛霁原本要出口的话被堵回去，化为模糊的声音。

想到自己还在跟常悦语音，她急忙伸手推开他，身子往后仰避。

另一头的常悦闻声反应过来，十分有觉悟地说了句：“具体情况我们明天见面再聊，你先休息。”而后飞快地切断语音。

听到这句话，薛霁顿时血气上涌，涨红了脸，尴尬得不行。她推开秦亦沉，抬眼瞪他：“我还在跟人说话，你怎么……”

秦亦沉忽然凑到她耳边：“我要去洛杉矶出趟差，明天就走。”

薛霁一惊，顾不得再计较刚刚的事，愣愣地道：“怎么这么突然？”

秦亦沉道：“有个合作案要谈。”

“多久回来？”

“一个星期左右。”

薛霁握住他的胳膊，有点儿不舍：“那我去机场送你？”

秦亦沉摸摸她的头：“不用，万一被记者看到，太麻烦。”

“我可以伪装的！”薛霁仰头道，“除了开车技术，我的伪装技术也很强的！你忘了，上次我伪装好过来找你，你都没认出来？”

她不提还好，这一提，秦亦沉脑中立马浮现出一个头顶万紫千红穿得花花绿绿的形象。秦亦沉毫不留情地拒绝道：“听话，好好在家待着哪都别去，有事给我打电话。”

薛霁从他的眼神里看出赤裸裸的嫌弃，撇了撇嘴，搂着他说：“人家那扮相不就是难看了点儿，可是效果好。”

秦亦沉没理会她的辩驳，越过她看向电脑屏幕，转移话题：“在跟常悦聊什么？”

薛霁松开他，转过身去：“常姐说，给我挑了一部新戏，还在跟对方洽谈，可能过几天就会定下来。”

电脑上打开的网页是跟陶思韵有关的，底下骂声一片，很多词句不堪入目。

薛霁扫了一眼，忽然有些感慨：“之前我被网民围追堵截，肆意谩骂，和她现在的情形好像也差不多。只不过如今风水轮流转，他们换了个谩骂对象而已。人大多都这样，不喜欢你的时候，你连呼吸都是错的。”

秦亦沉从背后拥着她，低低道：“瞎同情什么？她还有团队帮她，你那时候单枪匹马的能跟她比？”

感怀的心情瞬间荡然无存，薛霁冷着脸看他：“秦先生，人生已经如此艰难，有些事情就不要拆穿了好吗？”

秦亦沉勾唇笑了，捏捏她的脸：“好了，早点儿睡。”

“是该早点儿睡，这几天我都熬出黑眼圈了。”薛霁伸了个懒腰，攀着秦亦沉起身，“你明天几点的飞机？”

“九点。”

次日上午，秦亦沉飞离本市，前往洛杉矶。

下午，薛霁刚到公司，常悦就将一份工作计划表交给了她。看着表格，薛霁有些头疼。接下来两周，她的日程被安排得满满当当，连喘口气的时间都没有。

常悦在她面前坐下，补充说：“你的新戏差不多确定了，跟顾修工作室合作，古装大戏，饰演女主角。”

薛霁猛地抬头，脑中仿佛有烟花炸开。

“常姐，你刚刚是说顾修？”惊喜来得太突然，薛霁有些不敢相信，怀疑自己听错了。

常悦微笑颔首。

“真的吗？你没跟我开玩笑？”

“我亲自去谈的，还能骗你不成？”

“跟顾修工作室合作，”薛霁抑制着心底的激动，小心翼翼地问道，“那男主角是谁？”

常悦一脸淡定：“不出意外的话，是顾修。”

薛霁感觉浑身的细胞都沸腾起来，心都是飘的，恨不得去外面的广场上狂奔两圈。

看见她的反应，常悦忍不住挑了下眉，笑道：“怎么样，对这个安排，你可有意见？”

薛霁立马摇头：“没意见，半点儿意见都没有！我爱你常姐！”

巨大的兴奋淹没一切，哪怕是手里密密麻麻的日程表，薛霁也霎时觉得没那么难以接受。

“这两年，顾修不是只接电影，不接电视剧吗？”过了一会儿，薛霁稍稍平复下心情，疑惑道。

常悦答道：“不是不接，只是不怎么接，遇上合适的剧本，也会考虑。”

“可是，就算他回归电视荧屏，也可以找一线女演员合作，怎么会同意跟我一个新人搭戏？”薛霁仍有些不敢相信，这次天上掉馅饼，居然真的砸中了她。

“这就是我这个做经纪人的业务能力了。”常悦波澜不惊地道。

薛霁立马露出崇拜的眼神。

常悦顿了顿，又补充道：“不过，也没板上钉钉。顾修向来要求严格，最后能不能成还要看你自己。我跟顾修约好，后天下午三点，陪你过去试个镜，这两天你先准备一下。”

薛霁满脸虔诚，郑重地答道：“好。”

傍晚时分，下了一场急雨，飞扬的尘土暂时偃旗息鼓，整座城市变得湿沉起来。偏僻的街巷里，行人足下带起泥泞污浊。

盛妍撑着一把深色的大伞从巷中走过，鞋子和裤腿上沾了点点泥水。伞面往前倾斜着，几乎遮住了整张脸，也遮住了她大半的视线。行至某处拐角，盛妍将伞往上抬了抬，不经意间，一个熟悉的身影闯入视线中。

晚风裹挟着湿意拂过，带来混杂的气息。她看着他，他亦看着她，四目相对，这一瞬的神思皆恍惚在风里。

天色已经晦暗不明，微弱的光落在少年瘦削的身骨上，衬出几分落魄凄凉。

“妍妍。”他开口唤她。

久违的一声呼唤，仿佛跨过时光，回到遥远的蒙尘岁月。

那时年少青葱，眉眼如新，脸上也没有而今的沧桑与疲倦，欢喜忧愁都是那么真切。

爱是春日初雨、叶上新露，纯粹且剔透。

半晌，盛妍终于从回忆里醒神，警惕地扫了四周一眼：“你怎么在这里？不怕被人认出吗？”

“我来找你。”陈元嘉看着她，神情寥落悲伤，“我记得，我们以前常来这条街，所以过来碰碰运气，没想到你真的在这里。”

盛妍沉默不语。陈元嘉从她的沉默中似乎窥到了丁点儿希望，激动地握住她的胳膊：“你来这里，说明你还没忘记我们的过去，对不对？”

或许是受回忆的影响，又或许是被他颓废落魄的模样所触动，这次，盛妍没再生硬地拒绝他，而是看向旁边的一家甜品店，轻声说：“进去坐坐吧。”

店不大，装修也有些老旧，玻璃橱窗上贴着充满少女气息的剪纸。两人走到最里面，在一个僻静隐蔽的角落坐下，随意点了两杯饮料。饮料味道很一般，甜腻过了头，陈元嘉明显喝不惯，才抿了一下就皱眉放到一旁，不肯再碰。

盛妍低眸，目光从被他搁置的饮料上掠过：“你这次找我，是想说什么？”

陈元嘉的表情滞了滞，似乎有些难以启齿。盛妍安静地等着，也不催他。

半晌，陈元嘉终于开口：“当年的事，你能不能不要向媒体透露细节？”

盛妍眸光一顿，眼底慢慢浮起一丝嘲讽。难怪，这样风口浪尖的时候，他还能出现在这里，还敢来找她，原来是怕她会捅上关键的一刀。

陈元嘉说完，自己大概也觉得这个要求有些无耻，难堪地挪开视线，不敢直视她。

盛妍抬眼，牵了牵唇，露出一点儿冷讽笑意：“你不必担心，有些事，过去便是过去了，我不会再提，任谁来问都一样。”

听到她的回答，陈元嘉越发觉得难堪：“妍妍。”

盛妍没应他，极慢极慢地抿了一口饮料，甜腻的液体在舌尖洇开，回转出一点儿涩意。

片刻后，她优雅从容地问：“还有事吗？”

像是对面坐着的并非故人，只是一位素不相识的客户。

陈元嘉看着她，动了动唇，似乎还想说什么，却又不知该怎么开口。

盛妍搁下饮料，淡淡地道：“没事的话我就先走了。”

“妍妍！”就在她起身之际，陈元嘉蓦地抓住她的手，“如果……如果我现在退出娱乐圈，你会不会原谅我？”

他眼中神情急切，带了点儿孤注一掷的决绝。

盛妍微微一怔。

许久，她将手抽出，目光转向他的那杯饮料，缓缓道：“你看这杯饮料，从前你觉得味道很甜，可现在却觉得难以下咽，连一口都不肯多喝。同样，从前你觉得美好的东西，包括人和感情，现在已未必合适。之所以念念不忘，不过是心有遗憾，自欺欺人地将一切以往的东西美化而已。”

陈元嘉下意识地辩驳：“不是这样的，妍妍。”

“是不是这样，你我心里都清楚。”盛妍起身，微微侧眸，“花有重开日，人无再少年。元嘉，我们都不是小孩子，过往难追，很多事是不能回头的，你也该醒一醒。我希望这是我们最后一次见面。”

她说完，绕过桌子朝外走去，眼底泛起水光，再不曾回头。

陈元嘉坐在原处，怔怔地望着她的背影，红了眼眶。

屋外，雨过天晴，夜幕彻底落下，浮华与嘈杂湮没了一切。

翌日凌晨，盛妍拖着行李箱独自离开家，去了机场。

光洁如新的地板上映出寥落的人影，走过贵宾通道的时候，她与一行人擦肩而过。中间被簇拥的男子戴着墨镜，身形儒雅，看起来十分眼熟。

顾修？

盛妍不由得驻足回望。这样行色匆匆，难道是因为她最近给店里惹来的非议？随即，盛妍便打消了自己不切实际的念头，顾修是“春日宴”的幕后老板这件事鲜少有人知晓，这点破事应该还惊动不了他。

人影消失在视线中，盛妍也转身，拖着行李箱继续往里走。

去试镜的当天上午，望眼欲穿的薛霁终于接到盛妍回过来的电话。

“你这几天没事吧？怎么电话不接消息也不回？”接通电话，薛霁急急道。

盛妍道：“没事，乱七八糟的骚扰电话太多，我干脆就把手机给关了。”

“没事就好。”薛霁松了口气，“你现在在哪儿，工作还好吗？”

盛妍：“巴黎。”

薛霁：“怎么突然跑到巴黎去了？”

“公司停了我的职，我闲得无聊，出来散散心。”

“又不是你的错，干吗停你的职？”

盛妍不怒反笑：“毕竟造成不良影响，没直接开除我已经算好的。”

薛霁沉默了一下，安慰说：“只是暂时停职，应该不要紧的，正好当放个长假。”

盛妍接受她的宽慰：“确实好久都没有过这么长的假期了，我打算趁这个机会，好好领略一下各地的风土人情。”

她仰头望着异国的天空，说：“人还是得多出来走走，才能知道外面的世界有多大。”才不会总困于方寸之间，画地为牢。

“盛妍，”薛霁突然唤道，语调难得有些正经，“既然你也说一切都过去了，那就试着再找个人谈场恋爱吧。”

自从当年和陈元嘉分手之后，盛妍就仿佛对爱情彻底死了心，再未敞开心胸接纳过任何人。因为怕揭她伤疤，薛霁也一直不敢提及相关的话题，可人总不能永远活在过去中。

电话那头一阵沉默。

半晌，盛妍轻轻一笑：“我也想，可总得有那桃花运，遇上个合适的人。”

薛霁道：“这你完全不用担心，我之前那么倒霉，不也遇上了我们家亦沉？”

“你们家亦沉，”盛妍起了一身的鸡皮疙瘩，“你还能更肉麻一点儿吗？”

薛霁呵呵笑道：“能，你想听哪种级别的？”

盛妍一时语塞，谈个恋爱可以脸都不要了吗？

薛霁同她嬉笑两声，又道：“巴黎可是浪漫之都，指不定你这次能邂逅一段异国情缘！”

盛妍在心里翻个白眼：“行了，你继续跟你们家亦沉没羞没臊去，姐姐要去寻找第二春了。”

“玩得开心，祝你早日遇到你的真命天子！”

挂断电话，薛霁看了看时间，打开常悦给自己准备的资料，浏览起来。

想到下午要和顾修正式会面，薛霁不免有些忐忑。听说顾修是出了名的要求严格，也不知道能不能看中她这个出道没几年的后辈。

她深吸一口气，翻到试镜的剧本片段，琢磨半晌，干脆跑到客厅自导自演起来。

正演得兴起，门铃突然响了。秋姨过去开门，随后脚步声起，有人进屋。

秋姨领着人往里，言语间似乎还赔着小心。

薛霁觉得奇怪，停下练习台词，走到扶梯处望了楼下一眼。

这一眼，恰好与楼下那人对上——

是个看起来四十来岁的中年女人，保养得宜，头发挽在脑后，衣着装扮透着贵气。她的长相偏温婉一类，像是典型的江南女子，柳叶眉、鹅蛋脸，可面上冷肃倨傲的表情却让她整个人显得有些刻薄，难以亲近。

她身边还跟着一位像是司机的中年男人，替她拿着行李。

薛霁愣了愣。

第六章

·

秦母驾到

你俩这件事，妈不同意。

01

中年女人看见楼上的薛霁，脸色越发难看，精心描画过的柳眉紧紧皱起。

秋姨恭敬地跟在她身旁，朝薛霁使了个眼色："薛小姐，夫人来了。"

薛霁几乎瞬间就明白过来，这位便是秦亦沉的母亲，从她的眉眼间，依稀能看出几分秦亦沉的影子。

司机放下行李后，退到一旁。秦母冷冷淡淡地看着薛霁，也不说话。

这样猝不及防地"见家长"，薛霁不由得有些心慌，她缓缓下楼，礼貌地唤了声："阿姨好。"

秦母打量着她，眼里有不加掩饰的嫌恶："你就是那个叫薛霁的女演员？"

这态度有点儿咄咄逼人，薛霁不知道该怎么接话，只能默认。

秦母转而望向他处："亦沉在哪儿？"

“他去国外出差了。”

“他不在家，你一个外人怎么会在这里？”

薛霁再次噎住。她总不能直接说自己已经堂而皇之地住进了这里。要是让秦母知道她住在这里的事，估计秦母对她的印象会更差，搞不好还会直接将她扫地出门。

薛霁想了想，转移话题说：“阿姨，您先坐，我给您倒杯茶。”

她刚迈出一步，秦母便毫不留情地道：“这是我儿子的地方，什么时候轮到你一个外人斟茶待客了？”

薛霁顿足，心里有些不舒服。再好的脾气，也经不住这么一而再，再而三的冷嘲热讽。

秋姨见气氛不对，赶忙打圆场说：“这倒茶的事，我来就行，你们都坐。”

秋姨转身去倒茶，秦母姿态倨傲地走到沙发前坐下。

薛霁犹豫一番，没再过去让她羞辱，转过身回了楼上。

秋姨倒好茶，搁在秦母面前。秦母瞥了楼梯处一眼，见薛霁径直走掉，不由得冷嘲热讽道：“脾气倒是不小！”

秋姨左右为难，只能尽量劝解：“夫人您别多想，薛小姐应该不是在跟您置气，是怕您见到她不高兴，所以才走开的。”

“你怎么还帮她说起好话来了？”秦母看向她，不悦地道。

秋姨笑笑，没敢再多话。

“坐吧。”面对秋姨，秦母稍稍缓和了脸色，“你跟我说说，真是亦沉主动带她回来的？”

秋姨答道：“是，二公子挺喜欢薛小姐的。”

秦母蹙眉又问：“他们是怎么认识的？”

秋姨道：“这我也不大清楚，据说是有一次，二公子在外面应酬，喝多了酒，薛小姐开车送他回来……”

上了楼，回到自己卧室，薛霁立马给秦亦沉拨了个电话。

电话响了好几声，秦亦沉才接起。

薛霁压低嗓音，焦急地道：“亦沉，你妈妈来了。”

电话那头，秦亦沉皱了下眉。

薛霁听不见他的回应，越发着急："她好像是特地来找我兴师问罪的，你还有多久才能回来？"

秦亦沉道："四天左右。"

薛霁心急如焚："那现在怎么办？"

早不出差晚不出差，偏偏这种关键时候留她一个人在。

秦亦沉思忖片刻，说："你先忍一忍，陪她两天。"

"不是我不愿意陪她，是她不愿意让我陪。"薛霁无奈道，"而且我下午有部新戏要试镜，很重要的，绝对不能耽搁。"

秦亦沉静默了一下，道："我打个电话给我哥，让他过去一趟。"

"好。"薛霁道，"你也早点儿回来。"

秦亦沉应了声，忽然又补充道："我妈如果说了什么难听的话，你别往心里去。"

薛霁应道："放心，我会尽量避着她的。"

这样的场面，她很早之前就预料到了，只是没想到来得这么快。

薛霁重新下楼，走到客厅时，秦母正在听秋姨说她和秦亦沉的事。

见她下来，秋姨止住了话，秦母也停止再问，微抬下巴端坐着，一副高高在上的姿态。

薛霁硬着头皮走过去，在旁边坐下。

秋姨的目光在二人身上来回一遭，起身冲秦母道："夫人还没用饭吧？您难得回来，我去烧几个您爱吃的菜。"

秋姨离开，客厅里只剩下薛霁和秦母，气氛瞬间进入冷凝状态，尴尬无比。

秦母近距离打量着眼前人，今天的薛霁穿着一条米色长裙，头发松松散在身后，脸上没化什么妆，比起之前在电视上的形象要素朴许多。然而，她这张脸生得本就妖艳，再加上一双勾人的眼睛，秦母怎么看都觉得不满意。

秦母微微蹙眉，越发肯定，自己的儿子是被这女人勾引了。

薛霁正襟危坐，面不改色地接受着她的打量，半晌，才开口打破尴尬："阿姨，我刚刚给亦沉打过电话，他说要两三天才能回来。"

秦母闻言，再次冷了脸："怎么，才说了你两句就迫不及待地去告状？"

薛霁一时无语，看来她还是继续保持沉默比较好。

秦母见她低垂着眼睫，闷声不吭，像是受了委屈想哭的样子，不由得有点儿心软，紧绷的脸上冷意稍微淡了些。

到底只是个年轻女孩子，也不好太让人难堪。

“你和亦沉在一起多久了？”

薛霁愣了一下，答道：“七个多月。”

秦母的脸色陡然一黑，七个多月，也就是去年的事，居然瞒了她这么久。要不是她看到新闻，只怕到现在都还蒙在鼓里！

薛霁瞥了一眼秦母的脸色，双手交握，心下暗暗想：接下来她是不是就要甩出一张支票，让自己离开她儿子？她是要虚与委蛇敷衍一下，还是义正词严地直接拒绝？

正胡乱想着，她的手机突然响了，是常悦打来的。

薛霁说了声“抱歉”，走到一旁，接通电话。

“常姐。”

“你准备好没有？”

薛霁心虚道：“还……没有。”

耳边立马传来常悦的咆哮：“还没有！下午就要去跟顾修面谈，你到底在想些什么？”

薛霁手一抖，手机险些都拿不稳：“我这边有点私事，耽搁了。”

“什么私事比这个还重要？算我求你，你能不能上点儿心？你知道这个机会多难得吗？知道我费了多大的力气吗？”

“我知道，常姐你先别生气，我马上去准备！”

“快点！一个半小时后，我和刘灵去接你。”

“好的。”薛霁挂断电话，回头看见沙发上正盯着自己这边的秦母，顿时觉得自己仿佛成了一个陀螺，转过来转过去，完全昏了头。

她犹疑一番，咬牙道：“阿姨，不好意思。我下午约了人谈事情，恐怕不能招呼您。”

秦母冷哼一声，似乎并不屑于她的招呼。

薛霁没再多耽搁，上楼换衣服化妆。收拾妥当，再下楼时，秋姨已经做好了午饭。

“吃过饭再走吧。”秋姨劝道。

薛霁看了看时间，又看了看一旁的秦母，迟疑着点点头。毕竟是长辈，连顿饭都不肯陪着吃，确实会有些失礼。

刚应下，门铃忽然又响了。

薛霁以为是常悦提前到了，急忙小跑过去开门。谁知，门外出现的却是匆匆赶来的秦亦景。

见到他，薛霁仿佛见到救星，当即松了一大口气。

秦亦景边进屋边问："听说我妈来了？"

薛霁颔首。

瞥见她如释重负的表情，秦亦景不由得取笑道："怎么，你也搞不定我妈？"

拜托！那是你妈不是我妈！

薛霁心累不已，完全没心情同他开玩笑："你妈妈好像不太高兴。"

"没事，她就这个脾气。"

秦亦景往里去，喊道："妈，你怎么来了？"

秦母已然从沙发上起身，看见他，眉头一皱："我还来不得？"

秦亦景忙上前握住她的肩，带着她重新坐下："我是说，你来怎么也不事先通知一声，我好去接你。"

秦母冷笑："事先通知，好让你们一起商量对策继续蒙骗我？"

秦亦景立马道："这可是天大的冤枉，我们什么时候蒙骗过您？"

秦母用眼神指了指旁边的薛霁："没蒙骗我，那她是怎么回事？"

"你说薛霁，她是老二新交的女朋友。"秦亦景故意装出无辜的样子，"怎么，老二还没跟你说过？可能是最近公司事情太忙，他没顾得上。"

"你少给我打马虎眼！"秦母截断他，神情严肃，"你老实说，你弟弟是不是被你带坏的？竟然也学着在外面胡来！"

"阿姨！"听到这里，薛霁终于忍不住，出声辩驳，"我跟亦沉是正当的恋爱关系，不是您想的那样。"

秦母瞥她一眼，好似并不相信。

气氛变得有些紧张，秦亦景瞅了瞅薛霁的脸色，冲秦母低声道："妈，老二好不容易交个女朋友，你就算有什么不满好歹也等老二回来再说，老二的脾气你又不是不知道。"

秦母大概也听进去一点儿，没再继续说出什么难听的话，只是有点儿意不平地冷嘲道："他倒是护得紧，我这才来了一会儿，就急着叫你过来给她救场。"

秦亦景笑了笑，抬头望向正在布置餐桌的秋姨，不着痕迹地将话题转移:“饭好了？正好我也饿了，妈，我们先吃饭？”

秦母终于缓和了脸色，起身随他去餐桌旁。

路过薛霁身旁时，秦亦景朝她笑笑，薛霁只能硬着头皮跟过去。

这一顿饭吃得颇不是滋味，薛霁全程都没敢怎么开口，胃口也比平常差了许多。

不过秦母倒是没在餐桌上为难她。

吃完饭，秦亦景看见秦母带来的行李，说道：“妈，你先去我那里住吧？”

秦母一口回绝：“不去，我就住你弟弟这儿。”

薛霁心里咯噔一下。

秦亦景劝道：“老二这几天都不在，你住在这也没个人照料。”

“我又不是老得不能动，要什么人照料？”秦母将他的话顶回去，转头吩咐秋姨，“帮我把行李拿进去。”

秋姨面露难色，看了看几人，最终默默地拎着行李进了一间卧室。

薛霁心里彻底绝望了，不过房子不是她的，她也没权力说什么，只能保持沉默。

秦亦景见状也有点儿头疼，想了想，对薛霁道:“要不，我也过来住两天？”

薛霁无语，什么乱七八糟的？干脆她搬出去好了！

就在薛霁萌生搬家的念头时，手机突然响起，常悦的电话又来了，她立马接起电话。

“知道了常姐！我马上就出门！”薛霁挂断电话，一脸焦急地冲秦亦景道，“我约了人试镜，要先走了。”

她现在正是事业上升期，秦亦景理解地点点头：“你去忙。”

薛霁犹豫一下，还是礼貌地同秦母道了个别:“不好意思阿姨，我有点儿事，先走了。”

秦母仍旧没回应，薛霁顾不得再跟她多说，拿着包急匆匆离去。

薛霁走后，秦亦景转过头对秦母道：“妈，你就这么不喜欢薛霁？我觉得她挺好的。”

秦母皱眉道：“这种爱慕虚荣的女人，不配进我们秦家的门！”

秦亦景浑不在意地道：“妈，你太较真了，还没到谈婚论嫁的地步，何必说得这么严重？”

“没到那地步也不能乱来！”秦母横他一眼，“你能不能有个当哥哥的样子？自己在外面花天酒地就算了，现在居然还怂恿弟弟跟着你一起胡闹。”

秦亦景也很无奈，这次真的不关他的事！

“妈，你这话说的，又不是我逼着他交的女朋友。”

“那就是你这个当大哥的没做好榜样，连带着亦沉也跟着学坏了。”

秦亦景觉得自己简直比窦娥还冤，不过他早已经习惯了，懒得再争辩什么。他耸了耸肩，心道：您再不喜欢也没用，能拗得过老二才行。

薛霁出了门，常悦就在别墅外等着，见她脸色不太好，想起先前她说的“遇上点儿私事”，不由得关心道：“出什么事了？”

薛霁边上车边回道：“没什么，一点儿小事而已。”

常悦没再多问，抬手帮她理了理头发：“给你的资料，你都看过吗？”

“差不多了。”

路上，常悦同薛霁补充了一些注意事项，薛霁认真听着，心里逐渐变得忐忑起来。

约莫一个小时后，两人到达目的地——顾修的工作室。

下车往里走的途中，薛霁忍不住小声道：“怎么办？常姐，我有点儿紧张。”

常悦抽抽嘴角，给了她一个白眼：“瞧你那点儿出息！”

薛霁心里辩驳着：头一回跟顾修面对面交谈，紧张也是很正常的好不好！

“你给我镇定点儿，待会儿别丢我的脸！”常悦见不得她这副没出息的模样，再次提醒道。

薛霁只好强行抑制住心底的紧张和激动，端出一副风轻云淡、从容不迫的样子，款款往前走去。

进了工作室所在的大楼，顾修的经纪人方羽很快就过来接待了她们。

方羽长得瘦瘦高高，笑起来双眼微眯，随和得很。常悦和他相识多年，一见面，两人就熟稔地相互打趣了几句，气氛完全不似薛霁之前想象的那样严肃。

看着两人打趣，薛霁原本紧绷的神经也略微放松了些。

“以前老说有机会再合作，这回总算是真的合作了。”常悦笑着道。

方羽亦笑：“有空一起吃个饭庆祝一下。”说完，转向薛霁，朝她伸出手，

“薛小姐，头一回见面，幸会。”

薛霁微微一笑，伸手回握：“幸会。”

方羽领着两人走到顾修的私人办公室外，敲了敲门。

“请进。”

办公室很大，素净整洁，透着些许凉意。三人进去时，顾修正坐在案几前的沙发上，看着一份文件。他穿着一件浅灰色的衬衫，身子微微前倾，右手衣袖随意往上卷起，露出一截修长的手臂。

下午三点，太阳正盛，落地玻璃窗将炎热隔绝在外，但强光却透过玻璃照了进来。

日光恍惚了画面，衬得他的侧影英俊风雅，仿佛晕开了一层迷人的光影。

当然，也有可能只是因为薛霁是顾修粉丝的缘故。

顾修抬头，看到三人，放下文件起身。

“你好，顾修。”他朝薛霁伸手，言简意赅。

薛霁看着眼前天神一般的人，好不容易才控制住自己，没有舌头打结：“顾老师好，我是薛霁。”

光是称呼，她刚刚就在心里纠结半天，最后还是选择了“顾老师”这个充满敬意又比较贴合身份的称呼。

薛霁同他握了握手，短暂的温暖触感，让她不由自主地再次激动起来。好在她作为演员的专业素养还算过关，面上并未表现出什么异样，装作一脸见过世面的淡然神情。

“请坐。”

顾修请几人入座，助理进来，斟好茶出去。

在薛霁打量顾修的同时，顾修也不动声色地在观察薛霁。

纤瘦高挑，明眸皓齿，笑起来如皓月皎皎，外形气质倒是挺符合新戏女主角的设定。

“其实，今天约你们过来，就是随便聊一聊，熟悉一下。”顾修微微笑道。

这话似乎是在安慰薛霁不要紧张，薛霁对他的好感又增了几分。顾修不但演技精湛，还好暖心！她按捺不住激动道：“我很早就开始看顾老师的戏，一直把您当成努力的目标。”

薛霁一番话说得十分诚恳，顾修却笑了：“听你这么说，倒显得我很老。”

一旁的方羽却毫不客气地拆台："都叫你'老顾'了，你老不老，自己心里难道还没点儿数吗？"

话一出，大家都乐了。

顾修也未恼，温雅的脸上始终带着淡淡的笑，给人一种如沐春风的感觉。

"我也看过你的戏，最近那部古装戏演得不错。"

得到顾修的夸赞，薛霁心里跟开了花一样："谢谢顾老师。"

眼前笑颜明丽灿烂，顾修堪堪对上，目光微闪，似乎确定了什么。

随意聊了一会儿，顾修便冲方羽道："没什么其他问题的话，可以准备签合同了。"

薛霁闻言，微微一愣："不用试镜吗？"

"不用了。"顾修停顿一下，带了一丝揶揄地微笑道，"当然，如果你有这个要求，我也可以配合。"

说随便聊聊还真的只是随便聊聊。一切比想象中顺利太多，直到走出顾修的办公室，薛霁都还有点儿晕乎，感觉自己刚才恐怕是见了一个假的顾修。

"这就定下来了？"她难以置信地问常悦。

常悦挑眉："不然你还想上个刀山，下个火海？"

薛霁一时没吭声。

"行了，别把你的经纪人想得那么草包。剩下的事情我会跟方羽详细谈，你不用太担心，做好进剧组的准备就行。"

薛霁问："大概什么时候进剧组？"

"还没确定，前期工作估计得磨一阵子。"常悦道，"剧本什么的会提前给你，你好好花点儿心思琢磨。顾修难得回归，所以对这部剧很重视，各方面的要求也比较严格。"

薛霁郑重点头："我明白。"

常悦继续叮嘱："这对你来说是个难得的机会，如果你能抓住，说不定就真的出头了，以后的路也不用愁。"

晚上八点多，薛霁忙完事情，赶回秦亦沉的别墅。屋内的灯光透过窗户溢出来，薛霁摸出钥匙开门，这才想起屋里的秦母。

差点儿忘了，这尊大佛还在。

下午跟顾修顺利谈妥的喜悦心情瞬间消失无踪，脑袋一阵钝刀缓磨的疼。她开门进屋，救场的秦亦景已经走了，只留下秦母和秋姨。秦亦沉出差，担心薛霁一个人住不安全，所以让秋姨暂时在别墅里陪她住着。

许是舟车劳顿，秦母早早就洗漱完毕，准备进屋睡觉，见到薛霁回来，停下脚步看了她一眼，面色仍旧不怎么好看。

当等你回家的对象从男朋友变成不喜欢你的男朋友他妈。此情此景，除了尴尬还是尴尬。

“阿姨。”薛霁强忍着尴尬，打了个招呼。

秦母没应她，转身进了房间。

薛霁这个人最大的优点就是想得开，何况她根本没指望秦母会对自己有啥好脸色，所以并未生气，转身上了楼。

洗漱完，薛霁坐在床边，刚拿起手机，秦亦沉就拨了电话过来。

“睡了没？”

“还没，刚洗完澡。”对着电话那头的秦亦沉，薛霁才后知后觉地生出点儿委屈的情绪来，“你妈妈没去你大哥那边，在这里住下了。”

“我知道。”秦亦沉听她语气不对，问道，“怎么了，我妈为难你了？”

薛霁抿了抿嘴，手指在被面上扣来扣去，道：“其实也没什么，就是有点儿尴尬。”

别人第一回见婆婆，婆婆喜不喜欢另说，好歹都有男朋友陪着。她倒好，直接孤身上阵，事先还半点儿准备都没有。

秦亦沉静默了一下，说：“你再忍一忍，我尽量提前回来。”

“好。”薛霁很容易就被安慰了，脸上重新扬起笑容，“对了，告诉你个好消息，我今天顺利谈好一部新戏了。”

“确定了？”

“确定了！常姐帮我挑的，女一号，各方面的条件都不错。”

“取景在哪里？要去外地吗？”

“暂时还不清楚，不过去外地是肯定的，可能还不止一个地方。”说到这里，薛霁又有点儿不舍，语调中的欢快很快降了下去，“我们又要很久见不到面了。”

秦亦沉也微微蹙眉：“什么时候进组？”

“还早，前期有很多准备工作要做。放心，肯定在你回来之后。”

“我处理完事情就马上回去。”

薛霁捧着手机，忍不住叹了口气：“真想一觉醒来，睁开眼就能看到你。”

电话那头传来一声轻笑：“早点儿睡，晚安。”

“晚安——不对，你那边应该已经是早上了。”薛霁笑着道，“早安。”

秦亦沉微微一笑。

挂断电话，薛霁直接倒在了床上。正想睡觉，手机屏幕突然一闪，一条新消息冒了出来，是苏筱宁发来的。

“小霁姐，听说我表姨今天去你那里了？”

差点儿忘了，还有这么个友军可以求助。薛霁弯起身子，往里挪了挪，回复道：“是的，而且你秦二哥还不在家。”

苏筱宁：“我还以为能看到秦二哥冲冠一怒为红颜！”

薛霁打了几个省略号发给她。

苏筱宁：“那你还好吧？你们有没有打起来？”

薛霁觉得这小姑娘的想象力简直比她还丰富十倍，她回道：“没那么夸张，就是说话不怎么好听。”

作为曾经经历过被万千网友追着骂的人，秦母这点儿言语攻击，对于她来说还真算不得什么。只不过，毕竟是秦亦沉的妈妈，而不是什么素昧平生的网友，总得想办法缓和一下关系。

薛霁想了想，问苏筱宁：“你能不能跟我说说，你表姨都有些什么喜好？”

苏筱宁：“没问题！”

薛霁和苏筱宁聊到了很晚，第二天早上起床，面对的就是常悦的一连串的消息轰炸。

薛霁手忙脚乱把自己拾掇好，急匆匆出屋下楼。

秦母已经吃过早餐，正在客厅里。看见薛霁的身影，秦母皱了皱眉，不知道是因为不满她的晚起还是单纯地看不惯她。

经过一个晚上的充足睡眠，薛霁的心态平和许多，顶着压力笑着向秦母问好：“阿姨早。”

秦母仍旧没应她，手上挽着包，整个人精心装扮了一番，看起来像是要出门。

薛霁正打算客套地关心问候两句，突然听见敲门声。

秋姨过去开门，来的是秦亦景。

“妈，都收拾好了吗？”秦亦景进屋问道，顺带冲薛霁眨了下眼。

“等会儿。”秦母检查了一下手包，发现漏了什么，转身又回了卧室。

秦亦景走到薛霁身边，挑了下眉，小声道：“我今天送我妈出门会友，你不用对着她。”

一大早赶过来救场，也实在难为他，薛霁感激地笑了笑：“谢谢。”

秦母和秦亦景走后，薛霁也飞快地换好鞋出了门。

街道纵横，车水马龙。

林立的商铺间，偶尔可见大幅的荧屏变幻。

秦亦景陪着秦母坐在车里等绿灯，不经意瞥见路边的一张电视剧海报，正是薛霁最近热播的电视剧的宣传海报。

秦母也注意到了。她的视线掠过中间的女主，落在右侧薛霁饰演的女二号身上。

海报上的薛霁衣袂飞扬，妆容冶丽，眉眼间的神情透着一点儿阴冷，几乎要比女主更引人注目。

见秦母也在看，秦亦景趁势道：“这部剧倒是让她红了一把，她以后的身价应该不低。”

秦母不以为意：“红了又怎么样？还不是靠你弟弟捧出来的？”

“话不能这么说。她如果半点儿天分和资质都没有，老二要想捧红她，也没那么容易。”秦亦景顿了顿，偏过头，“我们先不提别的，就当这是一场投资。老二既然选择薛霁，自然有他的考量。薛霁如果发展得好，这一场投资就没有白费，而且她的名气越高，对我们就越有益处。”

秦母闻言，突然沉默了许久，直到车子驶入另一条街道，才说：“就算她真能为公司创造价值，那也是商业上的事，犯不着让她进秦家的门。”

秦亦景道：“这不还没谈婚论嫁，你老想那么远干什么？说不定老二也是一时新鲜，等劲头过了，自然就分开了，你何必非得在这个时候跑过来跟他闹？”

秦母似乎被他说服，面上神情有所松动，便也没再继续跟他辩驳什么。

为了新戏的事，薛霁一整天忙得头昏脑涨，晚上十点多才回到别墅。

本来以为秦母已经睡了，不用再尴尬地面对面，谁知道客厅里电视机正开着，秦母坐在沙发上，见她回来，再次露出不悦的神情。

薛霁忍着疲累，冲她礼貌一笑："阿姨。"

秦母冷冷地道："我还以为亦沉不在，你就准备夜不归宿。"

薛霁心口一堵，面上差点儿绷不住。累了一天，她实在没心情也没精力同她周旋。薛霁假装没听见她含沙射影的话，转向一旁，往楼上走。

讨厌你的人，就算你解释得天花乱坠，也照样不会相信，还不如省点儿口舌。

见她无视自己，秦母越发不高兴了，嫌恶都写在脸上，她叫住薛霁："你站住！"

薛霁虽然百般不情愿，但还是顿了足，停在楼梯上看着秦母："您还有事？"

"过来谈谈。"秦母似乎也不愿意跟她闹得太僵，稍稍缓和了一下语气。

薛霁不解，谈谈？是她想象的那样，要开始甩支票了？

忽然有点兴奋是怎么回事？薛霁边胡思乱想边慢慢转身折返回去，在秦母面前端端正正地坐下。

秦母再次以审视的目光打量她一番，明眸朱唇，肌肤如雪，确实长了副好相貌，小儿子的眼光倒是挑剔。

"我知道，你跟亦沉在一起无非是为了名和利，你想要的，我都可以给你，但只有一点，你不能进我秦家的门。"

薛霁一愣，没想到有生之年，她竟然真的在镜头之外亲身体验到这种电视剧里才有的剧情！

见她一脸呆愣，秦母以为她在考虑条件，补充道："你想事业有更好的发展，我也可以让公司继续给你最好的资源。"

这样严肃的场合，薛霁却险些忍不住笑出声来。她看着秦母，顿了片刻，微微一笑："这条件不够，我再考虑一下。"

秦母当即变了脸色："你！"

薛霁瞥她一眼，悠悠然起身："时间不早了，没其他事的话，我先回房睡了，您也早点儿睡。"再待下去，她怕克制不住自己的情绪，会跟她吵起来。

薛霁云淡风轻地走了，留下秦母一口气憋在嗓子眼儿，咽不下去又没处发，脸色难看至极。半晌，她铁青着脸关掉聒噪的电视机，也回了房。

薛霁洗完澡，半躺在床上冷静下来，回想起刚刚反击秦母的画面，忽然又有些后悔。

这么一场针锋相对下来，只怕之后两人的关系会更糟糕，早知道就忍一忍算了。

可是她实在是忍不住！

薛霁翻来覆去，越想心里越烦躁，摸过手机给秦亦沉发了条消息："我刚刚没忍住，跟你妈妈吵了一顿，感觉要完。"

等半天也没见秦亦沉有回应。薛霁又连续发了几条消息给他。

"在忙？还是睡了？"

"亲爱的，你什么时候回来？"

"秦先生，你再不出现，你温柔可爱的女朋友就要控制不住自己了！"

这么一连串轰炸都没反应，看来是真在忙。薛霁困得不行，放下手机，准备睡觉，结果刚躺下又接到常悦的电话。

"常姐。"她懒懒散散地道。

常悦的语气却有些严肃："你要跟顾修合作的消息被人泄露出去了，现在网上吵得正凶。"

薛霁一个激灵，被惊得清醒一些："谁干的？"

"暂时还没查出来。"

"我去看看。"

"看看就好，不要回应，也不能发任何东西。我会找人去处理，在我给你通知之前，你不要轻举妄动。"

"好。"

薛霁挂了电话，打开微博一看，上面果然已经乱成一团。

无数人心目中的白月光顾修居然要跟一个事业刚有起步的新人演员合作，这消息无疑是一记重磅炸弹，炸起了不小的风浪。部分影迷表示坚决不相信，认为薛霁是在单方面的炒作，纷纷跑到顾修工作室的微博下求证。

薛霁大致浏览了一下底下的评论，不由感慨顾修的粉丝素质真高，直接开骂的居然很少，大多都是在争论消息的真假。

当然，如今的薛霁不比之前，参演古装剧的热播和一系列的"反转事件"让她增长了大批的新粉丝，所以这一回，她也有了一批坚定的拥护者。

她的粉丝们听到这个消息，同样炸开了锅：

“真的吗？我最喜欢的两个演员要合作了，好激动！”

“不确定真假，不给薛霁找麻烦，我们还是期待最后的官方公布。”

“不管是真是假，都希望薛霁能有更好的发展机会。”

……

网上吵得沸沸扬扬，两位当事人却安安静静的，始终没有任何回应。

薛霁浏览着网页，眼皮越来越重，脑袋也往下一啄一啄的。最后，手机滑落，人伏倒在床上，就那样睡着了。

夜渐深，周遭一片寂静。

不知过了多久，寂静中突然响起轻微的脚步声。

薛霁睡得迷迷糊糊，隐约感觉有人俯身贴近。熟悉的气息侵袭过来，温热且浓烈，像是将她整个人都包裹住了。

随后，额间感受到轻软的触感，那种触感慢慢往下游移，从眉心，到鼻头，再到双唇。

薛霁被这碰触撩动，微微睁眼。灼目的灯光晕开，模糊了画面。恍惚中，她看到一张熟悉的脸，深邃的眸子、冷峻的轮廓、微抿的薄唇。

“亦沉……”她喃喃唤了一声，以为自己在做梦。

他低低地应一声，暗夜里的嗓音格外有磁性，轻浅地拂过心头。

她的眼皮坠了坠，又努力撑起一些。

他半抱起她，替她换了个舒服的姿势让她睡好。她顺势往他的怀里靠了靠，手下意识地揽上他的腰间。

“你回来了？”她贴着他，扬起唇角笑，神思仍未清醒。

他索性也上床躺下，将她搂住，怀抱里依稀还带着点儿风尘仆仆的味道。

“回来了。”他轻声说。

她唇角的笑意越发深了，欢喜几乎要满溢出来。

真是个好梦……

02

天光大亮。

薛霁迷迷糊糊睁眼，感觉自己好像做了个美梦，梦到秦亦沉回来了。正想着，突然发现腰间横了一只胳膊，身后也传来轻微的呼吸声。

薛霁下意识扭头，看见近在咫尺的那张脸，愣了愣。

原来不是做梦！

听到动静，秦亦沉也醒了过来，将她往身前揽了揽，微微一笑："早。"

"你怎么在这儿？"薛霁有点儿回不过神，"你不是说还要过两天才能回来吗？"

秦亦沉在她鼻头刮了一下："临时改了行程。"

薛霁又惊又喜，伸臂搂住他，额头碰到他下颌，感觉被什么扎了一下。

抬眼看到秦亦沉的下巴上果然有青色的胡茬，脸上也是一脸疲态。薛霁忍不住有点儿心疼："其实你也不用这么着急，晚一天就晚一天，我说一睁眼就想看到你只是跟你开玩笑的。"

秦亦沉揉揉她的头，起身下床："我先去洗个澡。"

薛霁在喜悦里沉浸了一会儿，也起床去洗漱。

洗漱完，她给常悦打了个电话："常姐，今天如果没什么重要事情的话，我能不能在家待着？"

常悦关心道："怎么了？身体不舒服？"

薛霁笑得有点儿羞涩："不是，是亦沉他回来了。"

常悦："行，今天就放你一天假，合约的事我去替你谈。不过，你得保持手机通畅，随时都能联系上。"

"好！谢谢常姐，辛苦常姐了！"

薛霁收拾好床铺，走出卧室，蹑手蹑脚地溜到秦亦沉的房间，动作放得很轻，生怕惊动楼下的秦母。秦亦沉是凌晨回来的，秦母应该还不知道。

薛霁等了一会儿，秦亦沉终于沐浴完出来，只在下身裹了一条浴巾。饶是已经在一起朝夕相处好几个月，乍对上这样的画面，薛霁仍旧有点儿脸热："你怎么不把衣服换上？"

秦亦沉本来准备打开衣柜拿衣服，闻言反而停下了。他勾了勾唇，走到她面前，故意俯身逼近。

薛霁坐在床边，被迫往后仰。秦亦沉居高临下，虚虚将她禁锢住。

强烈的男人气息逼过来，薛霁艰难地后仰着，目光不受控制地掠过他腹间肌肉："你靠得这么近，是想展示你的身材吗？"她故意抬手戳了戳，"腹肌不错。我数数，有几块——"

下一秒，纤细的手指就被捏住，他捏着她的手，往旁边一按，随后人也压了上来。

灼热的气息透着浓浓的压迫感，薛霁笑着去推他："好了，不跟你闹了，你妈妈就在楼下，万一她上来……"

话未完，门外突然传来脚步声。随后，门被轻轻叩了叩。

"亦沉？"是秦母的声音。

说曹操曹操到，她真是用实践说明了什么叫"乌鸦嘴"。

薛霁惊出一身冷汗，立马推开秦亦沉，以迅雷不及掩耳之势从床上跳下来，整理着自己的头发和衣服。秦亦沉倒不像薛霁反应那么大，他往门口看了一眼，不慌不忙地去换衣服。

门外，秦母敲了几下，见没人应，心里有些疑惑。

难道她听错了？她皱眉等了等，门终于开了。

秦亦沉道："妈。"

秦母："真是你，什么时候回来的？怎么也不说一声？"

"凌晨两点多。"

秦亦沉走出房间，薛霁跟在他身后。

看到薛霁，秦母的面色当即沉了沉。一回来就知道找女朋友，连声招呼都不跟她这个当妈的打一个！

"您怎么过来了？"秦亦沉问。

秦母冷哼一声："我来看看你在外面都干了些什么荒唐事！"

秦亦沉没接这兴师问罪的话，转而道："先去吃早饭。"

考虑到他才刚回来，舟车劳顿，秦母有些心软，没再急着说什么，转身往楼下走。

秋姨已经将早餐准备好，薛霁坐在秦亦沉旁边，全程闷头吃东西，安静得仿佛一个透明人。餐桌上气氛沉闷，实在影响胃口，她没吃多少就开始捧着牛奶小口地抿着，打发时间。直到秦亦沉吃完，她才跟着也放下杯子。

秦母也吃完了，看向两人这边。薛霁不小心与她的目光对上，笑容淡了下去。

薛霁心里明白，前两天秦母虽然不待见她，但因为秦亦沉不在，秦母其实一直都在隐忍，还没怎么动真格的。

现在秦亦沉回来了，虽说有了人护她，但同时，所有的矛盾也被摆上明面。

真正的战斗，才刚刚开始的。

少时，三人重新上楼，在二楼的客厅里坐下。

秦母开门见山：“你俩这件事，妈不同意。”

秦亦沉拍了拍薛霁的手，轻声道：“你有事要忙的话，就先回房。”

薛霁知道这是让她避开的意思。她担忧地看了他一眼，犹豫着起身，一步三回头地进了自己的卧室。

薛霁回房之后，秦亦沉才徐徐开口：“妈，这是我的私事，我已经成年，您不该再插手我的感情生活。”

秦母听见这话，立马火冒三丈：“我是你妈，什么时候都能管你！”

秦亦沉冷下脸，不想跟她吵。

秦母发完火，见他冷着脸不说话，又慢慢平复一些：“亦沉，妈不是不准你谈恋爱、结婚，可你总得找个门当户对的女孩子，这种女人，无非是贪恋你的钱财，想借着你往上走。更何况，我还听说她的私生活乱得很。”

秦亦沉皱了皱眉：“我早跟您说过，那都是没有的事，那些绯闻也都澄清了。”

“就算都是绯闻，这种成天沾惹流言蜚语的女人，你也给我离远些。”秦母恨铁不成钢地道，“我和你爸从小是怎么教你的？不要学你哥哥身上那些臭毛病！你现在倒好，和这种女人在一起，你是存心要气死我吗？”

秦母越说越气：“她一看就心机深，不是什么好东西。”

“妈！”秦亦沉皱眉打断她，“您过分了。”

秦母大抵也觉得这话难听了些，收了声，没再继续。

两人沉默地对峙了一会儿。

秦亦沉道：“妈，薛霁她很好，我不希望您因为偏见对她说这种话。”顿了顿，“还有，这件事是我主动的，所以您也别把责任往她身上推，觉得是她耍了什么手段。”

秦亦沉的语调和神色里都透着强硬，秦母被堵得差点儿心肌梗死。

自己这个儿子的脾气，她心里再清楚不过。虽然看着比老大听话懂事，但骨子里其实强势得很，他决定的事情，不管是谁都左右不了。

僵持片刻，秦母叹了口气：“行，妈退一步。你现在喜欢她，闹着玩也无妨，不过别太当真，尤其是不能谈婚论嫁。”

秦亦沉再次蹙眉：“我没精力和时间去做那种无聊事。”

“你这是什么意思？”秦母听见秦亦沉的话，变了脸色。

秦亦沉抬眼，明明白白地道：“我跟薛霁不是闹着玩，是正正经经在谈恋爱，而且我会考虑结婚。”

“我说了，我不同意！”

“您同意也好，不同意也罢，都改变不了我的决定。我今天跟您说这些是希望您能尊重我。如果您实在接受不了，今后我和薛霁会尽量少去打搅您。”

“你！”秦母气得脸都青了，她猛地站起来，“你非得气死我才行吗？”

什么尽量少去打搅她，难道儿子真的要为了个女人跟她翻脸？

秦母怒气冲冲转身，准备下楼。

“妈。”秦亦沉突然在身后唤道，一双眸子晦暗深沉，辨不出情绪。

秦母顿足。

“你和爸是不是只想要一个乖乖听话的儿子？至于我过得开不开心，喜欢什么，是不是根本不重要？”

秦母表情一滞，面上红白交加。隔了半晌，她才有些狼狈地说：“你这孩子，胡思乱想些什么？我和你爸爸不过是担心你会不成器，所以才对你要求严格一点儿，管得多了点儿，可那也是为你好。”

正说着，楼梯处突然传来脚步声。

秦亦景踏上最后一级台阶，看见秦母，忙嬉皮笑脸地叫了声：“妈。”

秦母看他一眼，脸色不大好地越过他下楼去了。秦亦景瞅了瞅她的背影，又瞅了瞅了客厅里同样脸色不好的弟弟，有点儿茫然。

这是已经吵完了？

秦亦沉也起身，路过秦亦景身边时，秦亦景压低声音问：“闹翻了？”

秦亦沉没回答，神色中透着疲惫。秦亦景拍拍他的肩，安慰道：“没关系，妈就这个脾气，磨一阵子她自然就接受了，我去帮你劝劝。”

薛霁待在卧室里，心不在焉地看着常悦给她准备的文件，半天也没看进去几个字。

虚掩的门突然被推开，秦亦沉进来。薛霁抬头，见他面色不虞，不由得紧张地站起来问：“和你妈妈吵架了？”

秦亦沉揽着她的肩坐下，笑了笑："没事。"

薛霁却笑不出来，她现在的处境实在太尴尬，之前虽然预想过这种情况，也有点儿心理准备，但当真正面对的时候，才知道有多难挨。

见她沉默不语，不似往常那样活跃，秦亦沉低声问："不高兴？"

薛霁摇摇头，忽然道："要不我还是搬出去住吧？"

秦亦沉眉头一皱。

薛霁搭着他的胳膊，抬眼道："反正我当初搬进来也是为了避开赵凯，现在他已经威胁不到我，我搬出去住也没什么。"

秦亦沉将她往怀里揽了揽，凉凉地道："你这是想对你男朋友始乱终弃，用完就扔？"

薛霁有些无奈。

"妈那边有我，你别想东想西的。"秦亦沉摸摸她的头，安抚道。

"要是她一直都不肯接受我怎么办？"薛霁与他对视。

秦亦沉半分迟疑都没有："那也随她。"他握住她的手，贴在她的耳边，嗓音放得温柔些，"我知道，这几天你受委屈了，但搬出去这种话，以后不许再提。"

薛霁听着他说话的语调，感觉有些想笑，她偏头，挑挑眉："你这是在哄我？"

"是。"秦亦沉径直承认。

薛霁不觉莞尔："总裁就是这么哄女朋友的？一点儿实际的诚意都没有。"

秦亦沉低笑："给你带了礼物，等会儿拿给你。"

"这还差不多。"薛霁满意了，又问："你妈妈怎么办？你真跟她闹翻了？"

"在楼下，大哥正陪着她。"秦亦沉捏了捏眉心，"让她自己好好想想。"

见他精神不太好，薛霁关心道："你是不是没休息好？要不再躺会儿？"

"你陪我？"秦亦沉揉捏着她的手，黏糊得有点儿孩子气。

薛霁在他的唇角亲了亲："我还要跟常姐谈点儿事情，待会儿去找你。"

秦亦沉却不肯松手，依旧搂着她，一副可怜巴巴的模样。

薛霁忍俊不禁，伸出手指，点了点他的鼻头："秦先生，你怎么才出门一趟，就变得跟个小孩子一样。"

话未落音，就被他一把扣住，用力吻了上来。

“……为了那个薛霁，他竟然要跟我这个当妈的翻脸，你说这是什么道理？”楼下沙发上，秦母余怒未消地向秦亦景控诉。

秦亦景劝道：“我上回不是跟你说了，不用这么着急，就当老二是一时新鲜，等他新鲜劲过去，自然就没什么事了。”

提到这个，秦母越发怒不可遏：“要真是这样我也就懒得管他，可是你知道他刚才跟我说了什么吗？”

秦亦景问：“他说什么？”

“他说，他没在闹着玩，还要跟她结婚！”秦母气得直喘。

秦亦景立马以己度人，说道：“他现在正在兴头上，当然这么说。没准再过个一年半载，他就不在意了，到时候不用你拆，人家就分手了。”

秦母斜眼瞥他：“你以为谁都跟你一个德行？”

秦亦景语塞，原本是好心来劝架的，结果还要被秦母嫌弃。

秦亦景忍住郁闷，继续劝道：“就算老二真死心眼儿，非她不娶，可你不是说薛霁是贪图钱财和地位才跟着老二的吗？说不定哪天她又会找上别人，把老二给甩了……”

秦亦景还未说完，秦母就皱起了眉头：“怎么说话的？咒你弟弟？”

秦亦景却浑不在意，吊儿郎当地道：“我说的这是事实，名利场上哪有那么多真爱？男男女女，各取所需罢了。”

“我看你脑子里就没装半点儿正经东西！”秦母没处发泄，开始将炮火转向秦亦景，“都三十多岁的人了，也不知道收收性子，成天吊儿郎当的，在外面胡来。上回我碰上个挺好的姑娘，本来想介绍给你，结果人家一打听你的事迹，立马就回绝了。”

秦亦景一副虱子多了不怕痒的模样，懒懒散散地问：“又是哪家的女儿？”

“你再这样下去，哪家的女儿都看不上你！”秦母觉得自己简直都要被气出心脏病，“一个个的就不能让我省省心，正正经经找个人结婚，早点儿让我抱孙子？”

秦亦景也怕她当真被气出好歹来，忙抚了抚她的背，敷衍道：“好好好，回头我就去找。”

一上午，秦亦沉同薛霁都没再下楼，秦亦景只能独自承担哄秦母高兴的艰巨任务。

晌午时分，门铃突然响了。秋姨在厨房忙着准备午饭，抽不出身，于是秦亦景过去开门。

门开了，轻快的女声响起："秦大哥，表姨。"

秦母回头，看见是苏筱宁，有些意外："宁宁？你怎么来了？"

"我放假了，听说表姨来了这里，怕您闷得慌，所以特地过来陪您几天。"

苏筱宁将行李交给秋姨，走到秦母身边，挨着她坐下。

秦母总算换上了笑脸："你这丫头，来玩才是真的吧？"

苏筱宁嘿嘿一笑，抽出纸巾擦了擦脑门上的汗。

"外面好热……秦二哥和小霁姐在哪儿？"她环顾四周。

"在楼上。"秦母敛了笑，狐疑地瞅着她，"那个薛霁，你认识？"

苏筱宁点点头："认识！上回我来这边，大哥和二哥都在忙，还是她照顾的我。"

秦母看了看左手边的秦亦景，再看了看右手边的苏筱宁，隐约明白了什么，勾唇道："她倒是好本事，让你们一个个都自觉来替她说好话。"

"表姨，您别误会，我是自己来的，小霁姐她压根儿不知道。"苏筱宁抱着她的胳膊，哄道。

秦母瞥她一眼，未置一词，明显不相信。

秋姨将午饭准备好，秦亦沉和薛霁刚好下楼。

看见苏筱宁，薛霁面露惊讶："你什么时候来的？"

"就刚刚。"苏筱宁凑到她面前，小声道，"我可是特地来帮你的，怎么样，惊不惊喜？"

"惊喜。"薛霁忍俊不禁，"谢谢你。"

"没关系，我也有事想请你帮忙。"

"什么事？"

苏筱宁神秘兮兮地眨了下眼："待会儿再说。"

因为先前不愉快的谈话，秦母看见秦亦沉，也没什么好脸色，绷着脸一言不发。五个人围着餐桌坐下，看阵仗很是热闹，可惜气氛却不怎么好。

吃过午饭，秦母回到客厅沙发上坐下。苏筱宁随后拉着薛霁过去，薛霁无奈，只能顶着巨大的压力坐到一旁。

秦母仍旧没什么反应，仿佛视她为无物。苏筱宁打开电视，调到最近热播的，也是薛霁参演的古装剧。

屏幕上闪过自己的身影，薛霁不由得一阵尴尬。看自己演的电视剧，而且还是在这种情形下，总感觉怪怪的。

肩膀被人握了握，秦亦沉也过来了，挨着她坐下。薛霁看了他一眼，心安一些。

“你也看这个？”秦亦景在另一头坐下，问苏筱宁。

“看的！最近这剧可火了，我好多同学都在追。”苏筱宁亲昵地抱住秦母的胳膊，“而且大家都很喜欢小霁姐演的那个角色。看，就是这个女二号，在剧里叫沈欢。”

她指着屏幕，兴奋地朝秦母介绍，秦母瞥她一眼，心知明明她就是来帮薛霁的，也懒得拆穿。

于是乎，五个人同时盯着电视机。

搞得跟首映典礼一样。薛霁简直快忍不下去了，偏偏苏筱宁还兴致高昂：“小霁姐，我来的路上看到了不少你的宣传海报，网上也都在讨论你。我还有两个同学是你的粉丝，特别喜欢你，你能不能送我几张签名照让我带回去给她们？”

苏筱宁大学还没毕业，下半年刚好上大四。

“当然可以。”薛霁微笑着应道，“回头我拿给你。”

“谢谢小霁姐！”苏筱宁道完谢，继续同秦母聊起剧中的人物和剧情来。

“表姨，这个人是里面的大反派……”

秦母听她说完一集，揉揉额角，不耐烦道：“行了，被你吵得头疼，我去睡会儿。”

秦母起身进了卧室，留下四个人短暂地沉默片刻。苏筱宁摊摊手：“我已经很努力了。”

秦亦景强忍着笑道：“看得出来你确实很努力。”

苏筱宁立马怒目而视。

在她发怒前，秦亦景赶紧替自己辩解，补充道：“说了这么久，你不累吗？要不要也去睡会儿？”

“我先前在车上睡了很久，现在还不困。”苏筱宁转向薛霁，“我要跟小霁姐再讨论一下签名照的事。”

因为担心吵到秦母睡觉，苏筱宁拉着薛霁去了楼上客厅。

秦亦景则同秦亦沉去了书房谈公事。秦亦沉打开电脑，大致说了一下这次出差的洽谈情况，随后边浏览最新收到的邮件边说：“最近股市有些动荡，你那边谨慎一点儿，别太着急投。”

秦亦景对他这话不以为意：“股市什么时候太平过？”

秦亦沉蹙了下眉。

秦亦景又道：“对了，新北区那个开发项目我差不多已经定下。”

秦亦沉抬眼，本打算说些什么，转念又想到他已经很久没有独自负责过比较大的项目，自己再插手好像也不妥，于是便将话咽了回去。

“徐家那边最近有什么动作吗？”秦亦沉问道。

秦亦景一脸晦气：“动作就没消停过，好像跟我们杠上了。”

客厅里，苏筱宁拉着薛霁聊了许久。

薛霁昨夜睡得晚，有些扛不住，同她聊着聊着，眼皮就直打架，最后蜷着腿，歪倒在沙发上睡着了。苏筱宁没了人说话，索性也跟着睡了过去。

三点左右，秦亦沉和秦亦景从书房出来，就看见两人在沙发上东倒西歪，睡得正香。秦亦沉走到熟睡的薛霁面前，弯腰小心翼翼抱起她，像是抱着至爱的珍宝。薛霁安静地闭着眼，头歪在他的怀中。

秦母不知何时上楼来了，停在秦亦景身旁，恰好看到这一幕。

秦亦沉抱起薛霁，看见突然出现的秦母，依旧没什么反应，旁若无人地往卧室方向走去。

秦亦景偏头看了秦母一眼，她的神情似乎有些复杂。

就在这时，薛霁突然醒了。她睁开眼，发现自己正被秦亦沉抱着，而秦母和秦亦景都在旁边一动不动地盯着她。

薛霁愣了一瞬，慌忙从秦亦沉的怀里跳下来，忐忑地看了看秦母，生怕她忽然发火。

当着她的面搂搂抱抱，简直就是在挑衅秦母的底线！

谁知，这一回秦母却什么也没说，沉默地转身，下楼去了。而且她最后的那个眼神，很是复杂。

薛霁越发搞不清楚状况，一脸茫然。

秦亦沉仿佛没看到秦母的反应，揽着她的腰，温声问道："要不要回房再睡会儿？"

薛霁摇摇头："不用了。"

沙发上传来伸懒腰、打哈欠的声音，苏筱宁也醒了，睡眼惺忪地起身走过来，问道："你们都站在这里干什么？"

没人回答，一阵诡异的沉默。

她又问："几点了？"

秦亦景看了眼腕表，答道："三点十几分。"

苏筱宁眼睛一亮："还早，不如我们出去玩？"

"不早了。"秦亦景直接忽略掉她的提议，说道，"我要回去，你是跟我妈住在这儿还是去我那儿？"

苏筱宁毫不犹豫道："当然住这儿，我是特地来陪表姨的。"

秦亦景闻言一笑："正好我也落个清静。"

秦亦景走后，苏筱宁见外面烈日炎炎，也失了出去玩的兴致，下楼陪着秦母唠嗑打发时间。

薛霁本想和秦亦沉安安静静地待会儿，奈何常悦那边的消息如雪花一样不断飞过来，她忙得连口水都没工夫喝，更别提享受二人世界。

秦亦沉倒了杯水放到她旁边，关心道："合同定了没有？"

"还没。"薛霁飞快地敲着键盘。

"跟哪家合作？"秦亦沉又问。

薛霁顿了顿，忽然有点儿心虚。这次的合作对象是顾修，而且从上回偶遇顾修的情形来看，他并不喜欢自己跟顾修有所交集。

万一他知道以后，不让她接这部戏怎么办？

薛霁迟疑一下，敷衍地道："合同应该明后天就能定好，到时候再跟你说。"

秦亦沉垂眸，眼底浮起一丝异色，似乎察觉出什么。

薛霁不敢跟他对视，忐忑道："我这边还要忙很久，你下去陪陪你妈妈，她好不容易才来一趟。"

秦亦沉深深望了她片刻，最终也没再继续追问，顺她的意转身出了屋。

薛霁看着他离开的背影，一阵头疼。

当晚，晚饭过后，苏筱宁突然兴致勃勃地对薛霁说：“小霁姐，你明天有空吗？我和表姨约了人打牌，你要不要跟我们一起去玩？”

薛霁还没开口，秦母就冷冷地道：“她又不认识人，叫她过去干什么？”

也不知是不是真的累了，薛霁感觉脸僵硬得连基本的假笑都演不出来。于是，她干脆懒得再演了，直接朝苏筱宁道：“我最近通告比较多，恐怕没时间陪你们，抱歉。”

苏筱宁本是好意，没料到会弄成这样，一时间也有点儿尴尬。

秦亦沉从后面过来，揽住薛霁的肩，轻声问：“明天几点出门？”

对上他，薛霁勉强笑了笑：“跟常姐约好是早上九点到。”

“今天早点儿睡，明天我送你过去。”秦亦沉理都没理秦母和苏筱宁，径直揽着薛霁上了楼，留下秦母和苏筱宁两人在原地。

气氛冷到极点。秦母沉下脸，坐到沙发上开始生闷气。苏筱宁也不敢再贸然说什么，打开电视，默默在一旁陪着。

回到卧室，薛霁始终情绪低迷。

秦亦沉握了握她的肩，低声道：“还在生气？”

薛霁抬头，扯了扯嘴角：“没有。”

她也明白，他已经尽力在护着她，但那毕竟是他的妈妈，他总不能将人赶出去。只是，如果一直这样僵持下去也不是个办法。本来工作上的事就够忙了，再加上个故意找碴儿的秦母，真是头都要炸了。

薛霁想得脑壳疼，恹恹地道：“你去忙你的，我有点儿累，想一个人待会儿。”

秦亦沉看着她，没动。

“真没事。”薛霁冲他笑笑，“我就是想睡觉了。”

秦亦沉眉头深锁，半晌，叮嘱了一句“好好休息”，便出了房间。

薛霁一个人发呆半天，最后仿佛下定什么决心似的，又下了楼。

楼下客厅。

秦母和苏筱宁正在看电视。见薛霁过来，苏筱宁笑了笑，秦母余光瞥一眼，一如既往地没什么反应。

薛霁犹豫着上前，直面秦母：“阿姨，我想跟您单独聊聊。”

秦母微微一愣，对上她的目光。

苏筱宁立马识趣地起身：“表姨，我想起我约了同学打游戏，先回房了！”

苏筱宁飞快地跑回房间，关上了房门。

客厅里只剩下两人。

“你想说什么？”半晌，秦母先开口。

薛霁看着她，说：“我知道您不喜欢我。如果不是因为您是亦沉的妈妈，我也不会巴巴地凑到您面前找气受。”

“你的意思是，你是为了亦沉，才留在这里受气的？”秦母冷笑，语气带了一丝轻蔑。

薛霁知道她不相信自己，懒得多解释，她话锋一转：“听说您和伯父从小就对亦沉要求十分严格，你们一定很少关心他喜欢什么，过得开不开心吧？”

秦母表情一僵，像是被戳中了痛处。

“就因为需要一个合格的继承人，所以你们把自己的思想强加于他，也不管他愿不愿意，因为他大哥不听话，所以他就必须承担下所有责任，循规蹈矩，成为你们眼中完美的孩子。”

秦母的脸色渐渐开始发白。这个小儿子，承载了她和秦宇太多期望，自小便被各种严格要求，老大可以随心所欲、任性妄为，而他却不能行差踏错半步。

记得很小的时候，他还因为这种区别对待闹过脾气，等到长大懂事些就再也没表示过什么。可同样的，他也逐渐养成沉默寡言的清冷性子，情绪鲜少外露，连她这个当妈的都猜不透他心里在想些什么。

“您总觉得我居心叵测，觉得我是为了钱才跟他在一起。您为什么就不能觉得我是因为他这个人才会喜欢他？难道在您的眼里，他除了身份、钱财这些外物，就一无是处吗？”薛霁说着说着，眼底泛了红，“我跟您说这些没有别的意思，只是心疼他，小时候不自由，长大了仍旧不自由，连喜欢一个人的权利都没有。”

秦母看见她泛红的眼睛，彻底噎住。

似乎怕自己憋不住眼泪，薛霁没再继续说下去，匆匆转身，往楼上去了。

秦母一个人坐着，神情呆滞，许久都没有回神。

薛霁红着眼跑上楼，正要进卧室时撞上了迎面走来的秦亦沉。秦亦沉盯着她泛红的双眼，眸色忽地一沉。

薛霁愣了愣，回过神来，赶紧别过脸往屋内走。一进屋，她就趴在了枕头上，后脑勺对外。

秦亦沉跟着进屋，站在床边看了她片刻，方才轻轻坐下来。

“怎么了？”他伸手搭上她的肩，轻声问。

薛霁继续趴着，没理他，肩膀一抽一抽的，好像在哭。

秦亦沉紧皱起眉：“过两天我带你搬出去住。”

话未完，就听到薛霁轻快地笑出声。她突然起身，转过头来看着秦亦沉。脸上还憋着笑，眉眼弯弯，分明没有半点儿伤心之色，更别提哭了。

“我逗你的！”薛霁抱着他的胳膊，仰脸笑道，“你忘了，我的职业是什么？”

秦亦沉沉默着没出声。

“我刚刚找你妈妈聊了聊，不过我没跟她吵。宁宁说你妈妈其实很容易心软，所以我先是把你搬出来，然后开始装可怜，最后真情流露、声泪俱下。从她刚才的反应来看，应该这几天都不会再找我麻烦了。”薛霁抬手往眼角抹了抹，而后吹了一下指尖根本不存在的眼泪，满脸自豪，“演技好还是蛮有优势的。”

秦亦沉还是没搭腔，只是一直看着她。

薛霁瞥见他怪异的表情，伸出一根手指在他下巴上挠了挠：“你这是什么眼神？难道不觉得你的女朋友非常机智吗？我已经想好了，如果今晚这一招不奏效的话，那我下回就换个方案！”

秦亦沉看着眼前俏皮生动的笑脸，终于露出了一点儿笑意。

他揽她入怀，在她额角吻了吻。这一吻很轻，似乎带了些许愧疚的情绪。

薛霁微微一怔，抬起头笑道：“怎么，觉得对不起我？”

秦亦沉没说话。

薛霁看着他，难得正经起来：“没关系的，一段感情需要双方一起努力，总不能什么都让你一个人做。”顿了顿，又道：“其实换位思考的话我也能理解你的妈妈。你是她千辛万苦才培养出来的优秀儿子。在她眼里你千好万好，肯定得配一个门当户对、无可挑剔的大家闺秀，可是你却偏偏选了我这么个满身丑闻，什么也不是的小演员。”

“虽然那些丑闻都是假的，但她不知道真相。谣言本来就可以杀人，她先入为主，听信了谣言，自然对我存有偏见，而且这偏见估计短时间内还消除不了。”她搂着他的腰，伸长脖子凑到他面前，“不过，理解归理解，但你不能偏向她，无论如何，你必须站在我这一边。”

秦亦沉微微一笑，说道：“好。”

薛霁在他唇边啄了一下：“也不许欺负我！”

这一次秦亦沉却没应，眯了眯眼，倏地吻住那两瓣嫣红。

次日。

吃过早饭，秦亦沉正准备送薛霁出门，秦母突然叫住了他：“我回你哥那边住一阵子，你晚上回来送我和宁宁过去。”

她的表情略微有些不自在，少了之前的盛气凌人。

薛霁闻言愣了愣。这就认输了？她还想着如果昨晚那招不奏效就再琢磨个第二方案。

秦亦沉应了声“好”。

危机就此解除，薛霁神情一松，突然觉得她以后可以拓宽戏路，尝试一下婆媳剧，肯定会演得十分得心应手。

好事成双，当天下午，薛霁同顾修那边的合同也正式敲定。

签完合同，已经五点多，常悦提议一起吃个饭庆祝一下。

方羽想了想，说：“去‘春日宴’怎么样？离这里不远。”

薛霁想起顾修是“春日宴”幕后大老板的这件事，不由得多看了他一眼。

顾修却一脸淡定，情绪没有任何波动，仿佛事不关己。

随后，几人动身前往“春日宴”，薛霁发消息给秦亦沉打了个招呼。

顾修订的包厢自然是上等的，环境雅致，而且位置还隐蔽，基本没什么人走动。八点左右，包厢外一阵骚动，还是有记者混了进来，常悦和方羽他们赶忙过去处理。薛霁则跟着顾修往另一边出去，走楼梯下楼，拐入了一条花园小径。

四周花木盆景掩映，再加上夜色朦胧，看起来十分隐蔽。

两人放慢了脚步。

顾修随口问道：“你好像对这里挺熟悉，经常过来？”

头一次和顾修单独相处，薛霁心里美滋滋的，笑着答道：“我有个好朋友在这里工作，所以来这里的次数还算比较多。”想起盛妍被停职的事，她赶紧抓住机会补充道，“我那个朋友，叫盛妍。”

顾修足下微微一顿，似乎记起了什么：“盛妍？这个名字听起来有些耳熟。”

薛霁张了张嘴，有点犹豫要不要告诉他关于盛妍同陈元嘉之间的纠葛。

没等她回话，顾修自己想了起来：“是不是上回闹得沸沸扬扬的那位陈元嘉的前女友？”

薛霁点头：“其实根本不关她的事。她就是运气太差，无缘无故祸从天降，连工作都被停了。”

顾修听着她的话，唇边泛起一丝笑意：“你跟我说这些，是想让我恢复她的职位？”

意图被点破，薛霁索性也就不拐弯抹角了：“顾老师，她工作很认真的，能力也很强，只是运气不好，遇上这么个倒霉事。”

薛霁一心替盛妍说情，并未注意到不远处突然驻足的一个身影，以及他投过来的视线。

“秦总，怎么了？”合作对象见秦亦沉突然顿足，关切地问道。

秦亦沉没有答话，只是定定地望着某个方向。

那里光线晦暗，一男一女相谈甚欢。

跟在身侧的合作对象顺着他的视线望过去，却并未看出什么不正常，一脸迷茫。

半晌，秦亦沉收回莫测的目光，神情冷冽地往旁边去了。

薛霁费了一番唇舌，终于说动顾修帮忙替盛妍恢复职位，她赶忙欣喜道谢：“谢谢顾老师。”

正说着，常悦他们找了过来。为了避免再生事端，几人没有久留。

刚上车坐好，薛霁就接到了秦亦沉的电话。

“在哪儿？”秦亦沉的语调有些冷。

薛霁笑嘻嘻道：“已经吃完饭，准备回去了。”

秦亦沉那边停顿一下，又问：“用不用去接你？”

薛霁觉得他的情绪不太对，说：“不用，我已经在车上了。”

秦亦沉没再说什么，挂断了电话。薛霁看着手机，有些莫名其妙。

九点，薛霁回到别墅。

秦母和苏筱宁出门打了一天牌，居然也才回来不久。行李早已经收拾好，原本说让秦亦沉送，但秦亦景看时间太晚，便和司机直接过来接人了。

“小霁姐，你回来啦！”苏筱宁站在车子旁边，看见她，很是热情地打招呼，“我还以为来不及跟你说再见。”

薛霁笑了笑：“最近实在是太忙，等下次有时间我再陪你玩。”

苏筱宁忽然想到什么，拉住薛霁的胳膊，一脸激动：“对了，我看到网上都在传，你跟顾修要合作拍戏，是不是真的？”

话刚落音，气压便陡然一重。

薛霁下意识看向秦亦沉。他也正盯着她，目光幽深，面容清冷，周身寒意逼人。

薛霁神情闪烁，不敢回苏筱宁的话。

苏筱宁浑然未觉，还在兴奋地追问：“肯定是真的对不对？上次你还说，你的目标就是跟顾修合作，现在终于实现了！”

薛霁欲哭无泪，整个面部表情都僵硬了。

“什么时候开机？我要去探班！”苏筱宁喋喋不休地问了半天，终于察觉到不对，迟钝地停住，瞄了一下两人，“我是不是又说错话了？”

薛霁心里疯狂点头，你何止是说错话，简直是害惨我了！顶着秦亦沉重如千钧的目光，她僵硬地扯了一下嘴角，似哭似笑。

苏筱宁还想说些什么补救的话，秦亦景已经在车里催促：“舍不得走了？”

苏筱宁只得转身上车，隔着车窗不放心地频频回头。

车子远去，只留下薛霁和秦亦沉沉默相对。

夜色沉沉，气氛安静得让人有点儿胆战心惊。

薛霁瞥了一眼秦亦沉，想说点儿什么打破一下这种气氛，可对着那张冷如寒冰的脸，又胆怯了。

片刻后，秦亦沉一言不发地往屋内走去。薛霁忐忑地跟上。看着他的背影，差不多已经可以预见到待会儿自己的悲惨下场。

二楼，客厅。

同样的安静。

秦亦沉坐在沙发中间，双手十指交叉，面上表情没有一丝波动。他沉默着，周身气压逼人，似是在等薛霁主动交代“罪行”。

薛霁踟蹰半晌，终于开了口：“那个……我正准备跟你说，合同已经签好。

今天下午才签好的，所以没来得及告诉你。”

秦亦沉大拇指动了动，仍旧没说话，也没看她。薛霁小心翼翼地挨着沙发边缘坐下，歪头凑近他：“真生气了？”

秦亦沉终于抬眼看她，却是答非所问：“喝酒了？”

薛霁微微一愣，自己身上的酒味有这么明显吗？

她稍稍拉开些距离，干笑道：“就随便抿了两口，没多喝，下午签完合同，一起去庆祝来着。”话未完，她顿时反应过来什么，心里咯噔一下。

她是不是又说错话了？

果不其然，秦亦沉听到她的解释后，眸色一暗，眼神变得越发深不可测。

薛霁抖了抖，恨不得把话咽回去，再用针把自己的嘴巴缝住。她忐忑不安地看向秦亦沉，等着他的质问。

然而，秦亦沉却只是冷冷地望着她，半晌都没言语。

山雨欲来风满楼。很多时候，无声的压迫其实比有声的争吵来得更难熬。

薛霁等了半天，实在熬不住，索性豁出去道：“你再不说话，我就回房睡觉了！”

要吵就吵，一直这么冷着脸是个什么意思？她说完，起身欲走。结果还没迈开腿，就被秦亦沉捏住手腕，硬生生地给拽了回去。

薛霁气性一起，胆子也大了，冲他说就道：“就是跟他合作拍个戏而已，又没有别的，你用得着这么大反应吗？而且今天晚上吃饭庆祝，我事先也跟你打过招呼了！”

秦亦沉冷眼觑她：“庆祝完，是不是还陪他单独散了个步？”

薛霁噎住。

“是不是还聊得挺开心？”

“你怎么知道？”薛霁回过神，瞪大眼，“你今晚也去了‘春日宴’？”

秦亦沉没有否认。

“不是你看到的那样。”薛霁慌忙解释，“我们本来是几个人一起的，有常姐、刘灵还有顾修的经纪人和助理，但是中途遇上一个记者捣乱，我和顾修就先出去躲了躲。至于聊得挺高兴，那是因为我在跟他谈盛妍的工作问题，顾修他是春日宴的大老板，我想请他帮一帮盛妍。”

薛霁解释了一堆，秦亦沉的脸色却仍未缓和，似乎并不相信。

薛霁有些郁闷："难道我跟合作方吃个饭聊一聊都不行吗？你平常在外面，跟哪个女客户吃饭应酬，我不也从来没管过？说不定还有人对你投怀送抱！"她说着，突然拽住他的领带，"你有没有背着我在外面乱来？"

秦亦沉蹙了蹙眉。

薛霁接着道："不说话就是承认了！"

秦亦沉没理会她的无理取闹，盯着她道："今晚的事先放一放，跟顾修合作这么大的事，你为什么一直瞒着我？"

"我……"薛霁噎了噎，手也松了。

秦亦沉挑眉："心里有鬼？"

薛霁立马反驳："根本没有的事！我是怕你不同意。你看，你现在反应这么大，我要早告诉你了，你还能让我签合同吗？"她就是担心他不同意，才想着先斩后奏。

果然，秦亦沉随后便道："你现在告诉我，我也还是不同意。"

薛霁："你不同意也没用，合同已经签了。"

秦亦沉沉声道："那就违约。"

薛霁回道："违约要付违约金，我赔不起。"

秦亦沉顿了一下，再次蹙眉："给你的片酬是多少？我替你赔。"

"你能不能别这么不讲道理？我真的只是跟他合作拍部戏而已，又不会怎么样。"薛霁简直无语了，"拍戏是我的工作，就算合作对象不是他，今后也会有别的男演员。你这样苛求我，那我以后干脆去演尼姑算了！"

秦亦沉皱眉不说话。

薛霁端详着他的脸色，猜测道："你不会还在介意我之前说他是我一直崇拜的演员的这件事吧？"她有点儿头疼，"我那是对前辈的尊敬和崇拜，没别的意思。"

见秦亦沉仍没有松口的意思，薛霁握住他的手，放软了声调，开始装可怜、撒娇："亦沉，这个机会对我很重要，我好不容易才求来的，而且我和他真的没什么，也不会有什么，你就相信我好不好？"

秦亦沉抬眼看她，神情似乎有些松动。

薛霁再接再厉，又往前凑了凑，鼻尖几乎要和他的鼻尖挨上。

"我爱你。"

气息轻浅掠过。秦亦沉眼一眯，突然扣住她的下巴，手指摩挲着，低头用力吻了吻她的唇。

良久，他道："合作可以，但是不能跟他闹一丁点儿绯闻。"

薛霁立马喜笑颜开。顾修应该用不着跟她一个新人炒作，她没多想便应道："知道了，醋坛子！"

"不仅爱吃醋，还幼稚！"她点了点他的鼻子。

秦亦沉低眸，眼神一凉。

薛霁立马求饶："我错了，秦总您英明神武、风度翩翩、帅气无比！"

话音刚落，就被秦亦沉一把抱到了腿上，臀上还挨了轻轻一巴掌。

"再说一句试试？"

薛霁搂着他的脖子，不满地哼哼道："拍你马屁你也不高兴。"

秦亦沉将手扣在她的腰间，他似乎特别喜欢捏她的腰，骨节分明的手指隔着一层布料不断揉捏着，仿佛要将腰肢揉成水。薛霁被他弄得有些发软，索性整个偎在他的怀里。

"这部戏暂定五十集，前后周期大概半年多，下个月月初就要去剧组做筹备工作。"

秦亦沉微微蹙眉："在哪里取景？"

薛霁抬头道："大部分在 T 城。"

也就意味着，他们又要开始"异地恋"，而且这次还是半年之久。

"你有空的话，可以来看我。"

秦亦沉轻轻应了一声："好。"

薛霁忽然又道："对了，你有微博吗？我们互相关注一下。"

秦亦沉顿了顿，说："没有。"

薛霁瞪大眼睛："亲爱的秦先生，请问你到底是哪个时代的人？"

秦亦沉一脸淡然，他本就不像秦亦景那样爱张扬，没有也正常。

薛霁伸出手指，戳了戳他的胸膛："赶紧去注册一个，然后跟我互相关注，省得你老怀疑我和别人闹绯闻。你要是不介意，我们也可以在上面公开，名正言顺地在一起，这样就不会有粉丝胡乱猜测了。"

秦亦沉搂着她，低下头，重新吻住她……

第七章

•

公开恋情

金风玉露一相逢，便胜却人间无数。

这位公子，我心悦你。

01

七月初，薛霁顶着炎热赶往剧组。

开拍的第一个月，是前期的准备工作。要熟悉内容和场地，还有拍摄定妆照之类的零散工作。

薛霁此次出演的新剧，是一部大型古装剧，走言情和权谋双线叙述，男女主角的戏份几乎持平。进入剧组的第三天，顾修工作室正式官宣，公布顾修和薛霁合作出演新剧的消息，并配上官方宣传图。

顾修的个人微博和薛霁的个人微博先后转载了这条消息。

霎时间，网上再次引发一波热烈讨论。之前猜测两人是否合作的网友们纷纷开始了新一轮的议论和争辩。

顾修的粉丝绝大部分都表示尊重他的选择，多是期待顾修新戏之类的评论。

薛霁这边的粉丝们则几乎陷入狂欢，都在为薛霁能同顾修合作而激动不已。

总体来说，没有多少负面反响，形势一片大好。

唯一让薛霁头疼的是有些粉丝开始揣测她和顾修的关系，认为他们俩在现实里已经走到一起，只不过还没公开。

薛霁百忙之余瞄了一眼那些言论，心下一颤。这要是让秦亦沉看到，估计又得折腾她一番。她赶忙让常悦想办法压一压，别让这事掀起什么风浪。

薛霁提这个要求的时候，顾修和方羽也在场。方羽当即便对着顾修不厚道地笑了起来："老顾，想不到你也有被嫌弃的一天。"

薛霁闻言，顿时有些尴尬。

多少女艺人想跟顾修炒绯闻还排不上，她却这么急着撇清关系，好像确实不太妥当。

对上顾修投过来的目光，薛霁忙解释："我没有嫌弃顾老师的意思，只是我男朋友他比较介意"

方羽笑得更厉害了："逗你玩的，看把你给紧张的？"顿了顿，又问，"男朋友管得严？"

薛霁不好意思地笑了笑。

顾修淡淡地道："别太受网上的言论影响，时间久了自然就会过去。"

薛霁点了点头，一副虚心受教的模样。

方羽仍在取笑顾修："老顾，人家年纪轻轻的小姑娘都有对象了，你这一把年纪，怎么还是孤家寡人一个？"

经过这些日子的相处，薛霁和他们已经熟稔起来，跟着开玩笑说："顾老师要真想谈恋爱，不知有多少人排队等着。"

顾修听着两人你一言我一语，斜睨了方羽一眼："我看你别当经纪人，转行去当媒人更合适。"

方羽拍拍顾修的肩："放心，我要是当了媒人，肯定第一个给你介绍！"

七月底，在外玩了一个多月的盛妍终于结束旅途归来。

一回来，盛妍就收到了公司恢复她职位的消息，而且顶头上司看她的眼神有点儿奇怪，似乎多了几分恭敬。她疑惑半天，想起最近闹得沸沸扬扬的新闻，隐约猜到什么，打了个电话给薛霁。

薛霁：“回来了？怎么样，是不是感觉脱胎换骨、重获新生？”

“乐不思蜀，差点儿就想辞职去周游世界了。”盛妍笑道，“我工作的事情，是不是你请顾修帮的忙？”

“除了我，还有谁会对你这么好？你准备怎么感谢我？”

“等你回来，请你吃饭！听说你现在跟我的大老板合作了，没事记得多帮我在他面前美言几句，让我赶紧加薪升职，走上人生巅峰。”

薛霁乐了：“让你直接晋升成老板娘怎么样？”

盛妍立马道：“那就算了，我可不想再出一次风头。”想起之前陈元嘉闹出的事，她就心有余悸。

两人说笑了一会儿，薛霁突然听到助理喊她。

“我得去忙了，下次再跟你聊。”

隔日，薛霁所在的剧组举行开机仪式。

在这部戏里，薛霁饰演的女主角是一位出身将门的女将军李晏安，而顾修饰演的男主角则是身份尊贵的太子殿下萧长意。剧情主要讲的是：天下大乱，群雄逐鹿，萧长意在李晏安的辅佐下夺回江山，成就帝王功业。中间穿插着两人之间的感情纠葛。

正式进入拍摄流程之后，薛霁发现，顾修拍戏的时候跟他本人平时相比，简直像换了一个人。

平时的他温文儒雅，待人和气，俨然一副谦谦君子风范，可一旦涉及拍戏，就变得格外的严肃认真。

薛霁和他的第一场戏，磨了整整一天才算过关。一番折腾下来，薛霁深深地觉得她以前实在是太高看自己，她那点儿演技对上顾修时，简直不能看。

晚上收工之后，自信心遭受严重打击的薛霁坐在休息室的椅子上，整个人跟棵蔫白菜似的，没半点儿精神。顾修卸完妆，看见她垂头丧气的样子，走过去关心地问道：“怎么了？是不是觉得我的要求太苛刻？”

薛霁忙摇头：“没有，是我自己的问题，感觉我拖了你的后腿。”

顾修笑了笑：“我们第一次合作，又才刚开始，不适应也是正常的，多磨合一下就好。其实你的底子不错，打戏也比一般人出色，你之前有专门做过功课吗？”

薛霁道："上过舞蹈课，还心血来潮跑去学过一段时间的武术。"

顾修看着她，略有些意外，他顿了一下，宽慰道："别想太多，我刚出道那会儿，还不如你。"

薛霁知道他是在安慰自己，没把这话当真，感激地笑笑："谢谢顾老师。"

随着拍摄的往前推进，几场戏磨合下来，薛霁的状态果然渐渐好转，进步显著。闲暇的时候，她经常会向顾修虚心求教，顾修也不吝指导。两人有了默契，搭起戏来自然就顺畅得多，一切都在往好的方向发展。

很快，到了七夕。剧组没有放假，照常开工。

下午四点多，中场休息时间，摄影棚里热气蒸腾，薛霁正拿着剧本坐在电风扇面前向顾修请教问题，秦亦沉突然来了。

看着坐在一处低头交谈的两人，秦亦沉的脸色顿时冷了冷。

薛霁则一脸惊愣："你怎么来了？"

秦亦沉不动声色地瞥了旁边的顾修一眼，答道："过来看看你。"

剧组众人的目光都投向这边，薛霁有点儿不好意思，小声抱怨："怎么事先也不说一声？"

虽是抱怨，脸上的笑意却掩藏不住。

顾修也起身，主动朝秦亦沉伸手："秦先生。"

秦亦沉伸手回握："顾先生。"

言语神情，似乎两人早已有过交集。薛霁好奇地问道："你们认识？"

顾修微微笑道："有过数面之缘。"

都是各自行业内的顶尖人物，认识也不奇怪，薛霁没再多问，重新将注意力转回秦亦沉身上。

秦亦沉替她捋了捋头发，温声道："什么时候收工？"

"还早。"薛霁穿着宽袖长裙的戏服，热得直冒汗。她扫了一眼四周，扭头冲顾修道："顾老师，我耽误几分钟，马上就回来。"

碍于围观的人实在太多，薛霁拉着秦亦沉去了一个放杂物的没有什么人的小房间。

忙里偷闲的工作人员凑到一块，开始小声地议论起来，唯有顾修波澜不惊，继续低头看剧本。

到了小房间，薛霁这才想起来今天是七夕，仰脸问道："你是特意来陪我过七夕的吗？”

秦亦沉低声道：“你说呢？”

薛霁笑了起来，眸中光彩熠熠。

小房间里的空气流动性不太好，愈发让人觉得闷热。见秦亦沉的头发已经被汗打湿，薛霁不由举起自己宽大的袖子替他扇风：“热不热？”

秦亦沉握住她的手，从进来到现在一直神情冷淡的脸上终于露出一儿点笑意：“还好。”

“这么热的天，你其实不用过来的。”薛霁仿佛化身成老妈子，絮絮叨叨地道，“要不你先去酒店待着吧？我收工了就去找你。”

秦亦沉抬手轻轻捻去她唇边多出的口红印：“不用，我就在这儿等你。”

约莫十分钟后，下一场戏开拍，薛霁急匆匆补了妆，站到镜头前。

秦亦沉在不远处静静地看着。

“Action！”

这一场是和顾修的对手戏。顾修一袭广袖玄袍，端坐在长案前，清贵风雅，几乎瞬间就入了戏。而薛霁这边，大概因为秦亦沉在一旁盯着，她怎么都静不下心来，畏首畏尾的，表情和动作都有点儿出戏。

于是，本来很简单的一场戏，却生生地重拍了许多遍。到后面，顾修的脸色已经不那么好看。薛霁也自觉不妥，深吸一口气，默默告诉自己“反正没有亲密戏，他盯着也不要紧”，这才终于静下心来，咬牙拍过了。

然而，被她这么一耽搁，时间浪费了不少，已经来不及拍下一场了，只能先停工吃饭，等晚上再继续。

吃完晚饭，还有点儿空余时间，薛霁便陪着秦亦沉在片场附近散步。

晚风习习，拂过面颊，比白日凉快了些。

“都怪你，先前一直盯着我，害得我心里紧张，怎么都拍不好！”薛霁边走边抱怨。

秦亦沉斜眼觑她：“紧张什么？”

“你说紧张什么？”薛霁瞪他，“还不是你成天乱吃醋闹的。”

搞得她一靠近顾修，就忍不住担心会不会触碰到他生气的点。

秦亦沉唇畔隐隐泄出一丝笑意。

“看你这表情，心里是不是还很得意？”薛霁停下步子，凑到他面前观察着他的神情。

秦亦沉笑而不语，薛霁愤愤地戳了戳他的脸：“晚上你回酒店等我，不许再看我拍戏。”

两人散步的地方是一处古长廊，秦亦沉拉着她在长廊边坐下，轻描淡写地道：“你演你的，我不生气。”

薛霁趴在他肩头，抬起下巴：“这可是你说的。”

秦亦沉未答，微微笑着在她唇上亲了亲。

夜色渐浓，回廊外天幕广阔，星河耿耿。

清光落在两人肩头，薛霁手中还握着一把拍戏时用作道具的团扇，上面绘着山水墨画。她仰头看了一会儿星星，忽然心念一动，举起手中团扇，遮住大半张脸，只露出含笑的眉眼，春波横生。

“金风玉露一相逢，便胜却人间无数。”她眨了眨眼，凑近他，“这位公子，我心悦你。”

秦亦沉抬眸，微微一顿。他握住她的手腕，就着她的手，将扇子移开，风清月白，一张如花笑靥出现在他的眼前。

金风玉露一相逢，便胜却人间无数。

薛霁歪头笑道：“你知不知道，你刚刚这个动作，在古代叫作‘却扇’。在古代，新娘出嫁，要以扇遮面，新郎却扇，就代表完婚，跟揭盖头是一个意思。”

听着她的话，秦亦沉稍稍低头，眼底浮起笑意：“你的意思是，你现在已经嫁给我了？”

薛霁噎住，这下又把自己绕坑里了。她迅速反应过来，赶忙否认：“当然不是！我只是跟你科普一下。”她别过脸，“求婚都没有，谁要嫁给你！”

秦亦沉抬手，将她的脸转回来，低声又说：“那你这是在催我求婚？”

这人肚子里要是切开肯定全是黑的！薛霁拿开他的手，气恼之下，干脆挑了挑眉，顺着他的话说道：“对，那你现在要跟我求婚吗？”

秦亦沉眸光一闪，静静地看着她，漆黑的眸中意味不明。

薛霁心中暗下决定：等你求婚了，我就毫不犹豫地拒绝！

然而很可惜，她并没有等到这痛快的一幕，因为她的手机突然响了。

是助理打来的，提醒她戏要开拍了。薛霁看了看时间，已经快八点了，当即变了脸色。

“不跟你闹了，我得开工了！”她连忙起身，急匆匆往摄影棚赶去。

秦亦沉也起身，跟在她身后拉住她的手，有些不悦：“那么急干什么？”

“都已经迟到了，能不急吗？顾老师要求很严格的。”

薛霁赶到时，其他人都已经准备妥当，只等着她到就能开拍。虽然没有人说什么，但薛霁还是感到十分不好意思，忙让化妆师替她补妆，补妆的同时顺道复习了一下台词。

今晚这场，是一场醉酒戏，从外面的回廊拍到室内。

薛霁回顾完大致剧情，心里突然咯噔一声。她才反应过来，这一场戏，男女主月下醉酒，神思迷糊，行为是比较亲密的。而且这应该算是剧中，她和顾修的第一场亲密戏。

薛霁瞄了一眼跟过来旁观的秦亦沉，顿时感到压力很大。怎么刚好让他撞上这场戏？她郁闷地整理好衣裙和长发，硬着头皮上场。

导演一声令下，各人准备就绪。

朦胧的灯光如月光般洒落，顾修倚坐在回廊边，衣袍拂地，手边搁着一壶酒，一身写意风流，仿佛他真是那故事里的萧长意，都无须刻意去饰演。

薛霁在他对面坐下，朱色衣裙如水铺开，从秦亦沉的角度望过去只能见到她美丽的侧颜。两人边喝酒边说笑，前半段还好，基本没出什么差错。

然而，到后半段问题就出来了。根据剧情设定，薛霁饰演的女主角李晏安酒量不如萧长意，很快便喝醉，倒在萧长意的怀里，由萧长意抱回房里。

这一段，要求演出两人之间酒后情愫涌动的暧昧感。

薛霁依照剧情，醉笑着向顾修那边歪倒，顾修伸手揽住她。顾修的动作十分自然，可薛霁却表现得有一丝僵硬，仿佛在避忌什么。

好在因为镜头角度和光线遮掩，看不大出来。

顾修垂眼看向薛霁，这一眼将醉后的恍惚与情意糅杂，配上他的长相和气质，几乎要将人溺毙在其中。在他的引导下，薛霁才慢慢有了些许感觉。

“晏安……”顾修温柔地唤了一声，情不自禁抚上薛霁的面颊。

这一段戏到此处终于彻底崩盘，因为薛霁不知怎么回事，竟然闪躲了一下。

“咔！”

“不好意思。”薛霁冲顾修歉然说道，说完下意识扭头看秦亦沉，只见他立在阴影处，眸子深深，神色晦暗不明。

薛霁心里越发忐忑，于是当顾修飞快调整好状态重新进入戏中时，她还是没能接上戏。

接下来，就是反复地重拍。

一直到将近十点，这一场戏还是没有顺利拍完。

薛霁开始慌了，可越是心慌越发挥不好，后来演的甚至还不如最初的。再一次因为她的失误而暂停后，薛霁提了提裙子，正准备调整情绪再试，忽然听顾修皱眉说道：“今天就到这里。”

这部戏虽然也另外请了导演，但顾修仍然拥有最高话语权。

见他脸色有些难看，薛霁忙赔笑道：“我再试试，这次我肯定——”

话未说完，被顾修打断。

“心思都不在戏上，还拍什么拍！”他倏地扔出一句，铁青着脸转过身，也不管有没有拂谁的面子。

在场的其他工作人员都愣住了。这还是本剧开拍以来头一回见他发这么大的脾气。

薛霁也愣在原地，像是被人扇了一巴掌，脸上青一阵白一阵。

方羽和常悦有事离开了，今晚恰好都不在，原本也一直憋着火的导演看了看两人，只能出来打圆场：“时间不早了，都准备收工吧。”

相关工作人员从惊愕中回神，纷纷上前清场，顾修没再说什么，冷着脸离去。

薛霁还在发愣，秦亦沉已经走到她面前，皱眉去拉她。

薛霁心里有些难受，拨开他的手，低声道：“我去卸妆。”

一直到卸完妆回了酒店，薛霁的心情仍旧十分低落。

秦亦沉见她这个样子，眉头皱得越发厉害：“既然不开心，就别拍了。”

薛霁立马抬头：“怎么可能？这是在拍戏又不是在玩过家家，哪能说不拍就不拍？而且这个机会是我好不容易才拿到的，无论如何我都不会半途而废。”她顿了一下，有点儿烦躁地说，“你明天不要去看我拍戏了。”

秦亦沉看着她，神情不悦。薛霁伸手去拉他的手：“真的，你在旁边看着会影响我发挥。”

秦亦沉忽然皱眉道：“如果我不想让你再拍下去怎么办？”

薛霁手下一顿，变了脸色：“你说过的，不会干涉我的工作。”

话刚落音，薛霁的手机响了，是常悦打来的。

一接通，常悦就担忧地问道：“小霁，我听说，你跟顾修闹矛盾了，怎么回事？”

薛霁平复一下情绪，尽量表现得若无其事地回道：“没什么大事，就是我演戏的时候出了点儿错，顾老师说了我两句，算不上闹矛盾，常姐你别担心。”

“没事就好，”常悦顿了一下，说：“顾修在拍戏方面的要求是比较严格，如果话说重了，你别往心里去。实在难受也尽量忍一忍，别跟他在公众场合吵。”

“我知道，常姐你放心，我真没事。”

薛霁的脾气常悦大致也清楚，她不是随便惹事的人。听见这话，常悦稍稍放了心，道：“那你好好休息，有什么事就跟刘灵说。”

另一头，顾修也接到了方羽的电话。

方羽就不像常悦那么和风细雨了，上来便一通轰炸：“听说你把薛霁给骂了一顿，还当着秦亦沉和全剧组人的面？哥！我才两天不在，你就给我整这么一出，是嫌我事情不够多？”

顾修坐在床边，淡淡地道：“我请她来是演戏，不是来浪费时间的。她自己三心二意演不好戏，我难道还不能说一句？”

方羽气得直翻白眼：“就算她哪里没演好，你也不应该当众对一个小姑娘发脾气。这要是传出去，你是生怕那些媒体记者找不到机会来抹黑你？再说，秦亦沉还在那儿站着，你就不能给几分面子？我知道你谁都不怕，但你总得考虑一下影响？”

“逮着谁都敢骂，我看你这毛病再不改改，迟早得闹出事来！”方羽越说越火大，“等会儿我打电话安慰一下人家小姑娘，你明天态度好些，尽量挽回一下形象，别再乱发脾气。”

顾修没应声，仿佛丝毫不在意。

“真是操碎了心！”方羽也不管他听没听进去，嘀咕一句就挂断了电话。

薛霁刚和常悦通完电话，就又接到了方羽的电话。

“小霁，休息了没？”方羽语调十分温和。

“还没。”

“老顾今天晚上是不是说你了？他就这个臭脾气，一根直肠子，冲起来谁都不认，你千万别往心上去。”

薛霁忙道：“没有，是我自己的问题，不怪顾老师。”

因为她一个人，连累全剧组跟着熬夜加班，本来就是她不对，被骂也应该。

“没生气就好。”方羽松了口气，“一起拍戏，难免有个磕磕碰碰，这都很正常。你现在回酒店没有？”

“已经回了，谢谢方老师关心。”

“都这么熟，还这么客气干什么？忙了一天，你应该也累了，早点儿休息，赶明儿等我回来，请你吃饭。”

薛霁笑了笑：“好。”

两通电话说完，房间里重新恢复诡异的安静。

薛霁冷静下来，看了看秦亦沉，觉得自己刚才语气有些不好，于是伸手去拉他：“时间不早了，睡吧。”

秦亦沉没再说什么，两人洗完澡上床躺下。经过先前的不愉快，气氛多少有些微妙。

第二天，薛霁早起去剧组，秦亦沉没有跟着，一个人留在了酒店。

到化妆间后，薛霁坐了一会儿，顾修才过来。看见他，薛霁立刻起身，语气诚恳地道歉：“顾老师，昨天晚上的事，我真的很抱歉。”

顾修稍稍有点儿意外，顿了一下，说：“我当着那么多人的面冲你发火，让你下不来台，你怎么反倒跟我道起歉了？”

薛霁不好意思地笑了笑：“本来就是我没用心演，拖累了大家，顾老师教训得对。”

见她一副自我检讨的模样，顾修也笑了：“你别在心里记仇就行，带着私人情绪，接下来的戏更演不好。”

薛霁忙道：“怎么会？”

“昨晚的事已经过去，也没什么道歉不道歉的。”顾修话锋一转，勾起唇，半开玩笑地说：“不过，我就这个脾气，要是下次再出现类似的情况，我可还是照骂不误。”

薛霁丝毫不介意地笑道：“那更好，以后如果我有做得不对的地方，请顾老师尽管指出来。”

两人换好衣服上好妆，拿着剧本开始对台词。没有秦亦沉在旁边盯着，这天上午，薛霁的戏走得很顺利，再没出现昨天晚上那样的状况。

中午休息时间。薛霁急匆匆换下戏服，想赶回酒店陪会儿秦亦沉，谁知助理刘灵却吞吞吐吐地告诉她，秦亦沉已经走了。

听到消息，薛霁愣了愣："几点走的？"

刘灵道："酒店服务员说，十点多的样子。"

薛霁心里一阵空落落，默然片刻，没什么精神地回了句："知道了。"

走了也好，她根本抽不出时间陪他，他待在这里确实挺尴尬。

大概是天热的缘故，薛霁没什么胃口，勉强扒拉了几口饭，就吃不下了。犹豫半天，她还是给秦亦沉发了条消息："你回去了？"

消息发过去，迟迟不见回应。薛霁反复盯着手机看，度秒如年，心里越来越沉。

约莫二十分钟后，回复终于弹了出来："先回去了。"

薛霁一颗心稍稍落下，他还肯回消息，应该没真生气。

虽然，只有简短的几个字。

"你是不是生我气了？"薛霁又问。

秦亦沉："没有，公司有事。"

回答依旧简短，隔着手机，薛霁也看不出他的心情，只好用一个亲吻的表情结束了对话。

这以后，秦亦沉再没来探过班。薛霁拍戏太忙，也顾不上他那边，两人就这样不冷不热地过了一个月。

这天傍晚，薛霁和顾修坐在片场的一张石桌前乘凉闲聊。

薛霁："日日重复无突破，固有的表演方式让表演者和作者产生隔膜感，故需要即兴。"

顾修笑着接过话："此话出自《演员自我修养》。所以你是觉得自己没有突破，需要加强即兴表演的能力？"

薛霁点头，正说着，方羽和常悦拎着饮料和零食过来了。

"你们俩在聊什么？"常悦问。

薛霁还没答话，方羽就道："还能聊什么？还不是怎么演戏！他们俩现在一有空就聊这些，尤其你们家小霁，成天顾老师前、顾老师后的，一副虚心求教的模样，两眼都在冒光。我看不如干脆拜我们老顾为师算了！”

常悦一乐，将一杯奶茶递给薛霁。薛霁顺着方羽的话笑道：“就怕顾老师不肯收我这个徒弟。”

顾修笑：“我对学生可是很严厉的。”

“严师出高徒，我求之不得。”薛霁说着，当真站起来，双手端着奶茶，像模像样地躬身一揖，“师父在上，请受徒儿一拜。”

行完礼，她又将手中草莓味的奶茶恭恭敬敬地呈到顾修面前：“师父，这杯茶是孝敬您的。”

“哈哈……”方羽在一旁乐疯了。

顾修也忍俊不禁，没有接奶茶，故意说：“入门考核不合格，不予通过。”

方羽拍着他的肩笑道：“老顾，你也太不懂得怜香惜玉了。”转头又同薛霁开玩笑，说道：“我要是你，现在就把这杯奶茶倒在他头上，让他知道什么叫真正的不合格！”

常悦插话道：“我看你是胆子太肥了！”

薛霁仿佛没听到他们的话，一本正经地说：“没关系，我会再接再厉，争取早日通过的。”

她握着奶茶，又坐了回去。

方羽笑得更厉害了，连带着常悦也笑个不停，石桌前一片热闹。

方羽和常悦很快就去忙别的事情，两人走后，薛霁笑着问顾修：“顾老师真的不肯收徒吗？”

“方羽闹着玩，你还当真了？”顾修笑道，“每个人有每个人擅长的表演方式，我也不一定能教你什么。拜师就算了，平时要是遇上什么问题，我们倒是可以一起聊一聊。”

“而且，其实你的底子不错，也很有悟性和灵气，缺的是阅历和经验，其实不用太着急。”顾修顿了顿，接着道，“就拿李晏安这个角色来说，你演她前期潇洒、率性的少女形象容易，但要演她后期经历国破家亡、爱情无望的形象，相对就难一些。”

薛霁点点头，聚精会神的模样，仿佛真是个认真聆听教诲的好学生，落叶在身旁打着旋儿坠下，也没影响到她。

“我记得明天有一场戏，是李晏安为战死的父亲守灵，萧长意在一旁安慰。这场戏，是一个重要转折点，李晏安的心性和情感都会发生巨大的转变。”顾修道，“不如我们提前试一下这场戏看看？”

薛霁欣然应允：“好。”

两人说着起身，薛霁理了一下头发，问：“从哪里开始？”

顾修道：“随意，看你自己发挥。”

薛霁回忆着剧本内容，四处看了看，最后找了个台阶坐下，低垂着头，酝酿情绪。

顾修缓缓走过去，在她身侧蹲下，沉默片刻，握住她的肩。

薛霁抬起头，双眼已然通红。她红着眼与他对视，蓦地，伏在他的肩头，泪从眼角渗出。

片刻后，顾修拍拍她的肩：“好了，就到这里。”

薛霁起身，眼底的通红还未褪去。

“怎么样？”她问他。

顾修道：“伤心差不多够了，但有点浮于表面，悲恸入骨和那种强行压抑情绪的感觉还差一点儿火候。”

正分析着，助理忽然过来，冲薛霁说：“小霁姐，有人找你。”

薛霁闻言，心口一跳。

这个时候来找她……难道是秦亦沉？她心里生出些期待，急急转过身。谁知，出现在视线中的却是蒋嬿嬿。

蒋嬿嬿在隔壁剧组演另一部剧，听说薛霁在这里，特意跑过来串门。

薛霁脸上的欣喜瞬间就淡了，眸子里的光也黯了黯。

蒋嬿嬿看了一眼她身后的顾修，小心地问道：“你在忙吗？”

薛霁收起心里的失落，微微一笑：“没有。”

“没打扰你们就好。”蒋嬿嬿温柔地笑着，“我其实也没什么事，就是听说你在这里，过来打个招呼。”

经过之前的合作和相处，薛霁对她还挺有好感的，只是大概因为性格的原因，两人最后也没能发展成亲密无间的朋友，说话始终客客气气，隔了那么点距离。

“去那边坐。”薛霁用目光指了指石桌方向。

蒋嬿嬿摇头笑笑："还是不了，时间不早了，你们晚上应该也有戏要拍，我就不耽搁你们了。"

薛霁也没多挽留，微微笑道："那下次有空再坐。"

蒋嬿嬿走出一段距离，忽又顿足回头，夕阳余晖下，只见薛霁已经转身折返，同顾修在说着什么。

朦胧的光影模糊了视线，她停顿片刻，方才离去。

"我们刚刚说到哪里了？"薛霁折返问道。

顾修道："说到你表现出的感情有点浮于表面，不够深刻和复杂。"

薛霁若有所思地点点头。

"其实这也正常，因为你年轻，对有些感情的共鸣还不够。你试着代入一下角色，父亲战死，只剩你一个孤女，还要担负起重任。"

……

次日，又是一天紧张的拍摄，到了下午，薛霁已然头昏脑涨，疲惫不堪。

她正坐在角落里喝水休息，常悦忽然走过来，表情严肃地对她说："又出事了，你上网看看。"

薛霁心头一跳，急忙拿过手机点开页面，只见铺天盖地的热议迎面而来。

不知道是谁偷拍了她和顾修的合照放到网上，并放出消息说，她和顾修已经因戏生情，发展成了现实情侣。那张合照拍得十分暧昧，拍的是她和顾修私下里对戏的一幕，当时两人因为太热，把戏服暂时脱掉了，都是日常的打扮。薛霁依偎在顾修肩头，两人凑得很近，看起来亲密无间。

牵扯到顾修这样的演员，热度想不高都不可能。转发量和评论量很快破万，相关话题也迅速窜上热搜。两家粉丝们纷纷跑到自家偶像的微博底下询问真假。

传言甚嚣尘上，随之而来的，是更大的争议。

在议论薛霁和顾修是否"因戏生情"的同时，有人重新翻出了她和秦亦沉之间的种种过往，包括最开始那张将两人拖到舆论之中的照片。

假如薛霁和秦亦沉之间的恋情属实，那么他们心中的白月光顾修就卷入了一场三角恋情中，而才翻身的薛霁则将陷入脚踏两只船的丑闻中。

这番言论一出，一场混战不可避免地开始了，而且有愈演愈烈的趋势。

薛霁浏览着网上的争论，眉头都快拧到了一处了。

常悦见状，宽慰道："你也不用太着急，现在你们一起合作一部戏，难免会闹绯闻，算不上是多大的事。”

可她担心的根本不是这些，她担心的是秦亦沉！

他本来就因为她跟顾修合作不高兴，现在又闹出这么一通，醋坛子还不得彻底打翻了？

薛霁有苦难言，她按了按额角，感觉脑壳都要裂开了。

“能想办法压下去吗？”她问常悦。

常悦道：“可以是可以，不过需要点儿时间。这次势头太猛，就算你和顾修出面澄清，估计也没办法立刻压下去，还是会有不少人继续造谣生事。”她顿了顿，又说：“其实换个角度想，这样对剧的播出也有好处。”

薛霁抬头：“你的意思是不管它？”

常悦还没回话，薛霁立马就道：“不行！我不能拿这个炒作！”进剧组之前她就答应过秦亦沉，只拍戏，绝不跟顾修闹绯闻，“再说了，顾老师还不一定会同意我们拿他的私人感情做文章的！”

顾修在业内确实是出了名的不会拿私事炒作的人。

常悦想了想，说：“那等会儿我们商量一下到底要怎么办。”

顾修那边也已经得到了消息，大概是见惯了这种风浪，顾修的反应很是淡定，照旧该对台词对台词，该补镜头就补镜头，一副“戏大于天”的模样。

薛霁见状，也只能跟着不动如山。

而秦亦沉那边，正如薛霁所担心的那样，各种言论已经传入他的耳中。

秘书魏兰在给秦亦沉送咖啡的时候，连大气都不敢出一下，只觉得自家这位冰山老板似乎比平时更冷。她放下咖啡，没敢多做停留，轻手轻脚地往外走，生怕一不小心就结束了自己还算不错的职业生涯。

好在秦亦沉并未注意到她，甚至连看都没看她一眼，只沉默地盯着电脑屏幕，目光幽深，心思莫测。

魏兰走出办公室，小心翼翼地关上门，总算松了口气。

想起今天底下员工们聊起的八卦新闻，再对比秦亦沉刚才的阴沉脸色，一贯十分克制的她也忍不住暗暗揣测。

难道网上关于老板的绯闻是真的？她们的老板真的被薛霁始乱终弃了？

要知道她们这位二公子自从回国掌权之后，就一度被奉为全公司女性的理想对象，暗地里打他主意的人数不胜数。只可惜，他与他风流多情的大哥也就是她们的现任董事长不同，秦亦沉实在太清心寡欲，整个就是一座高不可攀的雪山，多少女人前仆后继，全都铩羽而归。还有不少人为此把饭碗都给弄丢了。

魏兰原本也悄悄动过那么点儿小心思，可看见其他人的下场，吓得立马收了心。打拼事业不容易，还是安分守己些比较好。

魏兰正神游着，突然迎面撞上一个人。魏兰抬眼看见秦亦景，忙打了声招呼："董事长。"

对着一贯好脾气的秦亦景，她心里就没那么紧张了，脸上也有了笑容。

秦亦景冲她颔首，见她刚从秦亦沉办公室里出来，还一副魂不守舍的模样，不由得问："被骂了？"

魏兰摇头答道："没有。"

看来情况还好？秦亦景心里琢磨了一下，没再多问，越过秘书往秦亦沉办公室去。

打开门，他就见秦亦沉坐在办公桌前，单手撑着眉心，一脸疲惫的样子。

秦亦景上前道："怎么了，心情不好？"

秦亦沉放下手，没回他的话。秦亦景双腿交叠，吊儿郎当地靠在桌子边，劝道："不就是闹了点儿绯闻，至于这么心烦？拍戏哪有不闹绯闻的，别当真就行。"

秦亦沉仍旧没理他，脸色依旧阴沉。

秦亦景无奈，也懒得再劝，转而道："妈说让你今天晚上回去吃饭。"可能会问你薛霁的事，你做好准备。后面半句，秦亦景没有说出口。

秦亦沉不耐烦地应了一声。

当晚收工之后，薛霁等人回到酒店，开了个临时商讨会。

"又是谁整出来的事？"方羽粗粗扫了一下手机页面，挑剔道："你瞧瞧这修图技术，一点儿水准都没有！"

常悦接过话道："媒体也要吃饭，这种新闻，自然得抢着发。"

顾修若有所思，淡淡地问："照片是谁传出去的，能查到吗？"

"这个难，片场每天来来往往那么多人，或许是哪个粉丝也说不定。"方羽道，"回头我跟常悦去查查。"

“现在怎么办？”薛霁皱眉问道，她比较关心怎么处理。

“什么怎么办？想澄清发个声明澄清一下就行。”方羽漫不经心一笑，“多大点儿事？用不着这么愁眉苦脸。”

常悦看向薛霁，揽了揽她的肩道：“这事我和方羽会处理，你就别管了。”

商讨完，回到自己房间，薛霁心里的石头还是没放下来。网上闹得这么凶，秦亦沉估计也已经听说了，再拖下去，不知道他会怎么想。

她对着手机，一阵犯难。

当晚，秦亦沉回旧宅吃饭，饭还没吃完，秦母果然就绷不住了，质问道：“薛霁跟那个顾修是怎么回事？”

秦亦沉握筷的手顿了一下，言简意赅道：“没什么，谣言而已。”

秦母明显不信：“谣言能闹成这样？”

秦亦沉没再言语，放下筷子，擦了擦手。

秦母仿佛终于找到了口子，可以发泄之前积攒的所有不满：“我早就说过，让你不要跟这种女人在一起，你偏不听！你知不知道，现在外面的人都在看我们秦家的笑话？”

秦亦景瞥了一眼秦亦沉的脸色，忙在旁边打圆场：“妈，网上那些都是谣言，不能信——”

话未说完，被秦母一声打断：“如果她心里没鬼，都这么久了，怎么还不出来澄清谣言？”

秦亦景噎了噎。

秦亦沉忽然起身道：“没有其他事的话我先回去了。”

秦母一愣，顾不得再训他，忙挽留道：“来都来了，还回去干吗？在家多住几天……”

不等秦母把话说完，秦亦沉已经头也不回地出了门。

秦母气得不轻，转向秦亦景：“他这是在跟我闹脾气？我不过才说了几句，他就这么大脾气。”

秦亦景耸了耸肩：“妈，你还是少说两句，万一那绯闻是真的，你现在提这个不是往他伤口上撒盐吗？”

秦母一时语塞。

秦亦景又道：“再说，如果薛霁真的跟那个顾修有什么关系，老二肯定不会再和她在一起，这不是正合了你的心意吗？”

这话听起来似乎也有些道理。秦母琢磨一番，火气终于消下去几分，只是心里仍有点愤愤不平。

劝通秦母，秦亦景从餐桌上下来，坐到客厅沙发上，懒洋洋地拿出手机。他随手翻了一下网页，蓦地顿住。他的表情变得有点儿奇怪，停顿几秒之后，突然笑了出来，将手机递到秦母面前。

“妈，你看，你要的澄清来了。”

秦母定睛一看，见到了一条微博。

那是薛霁发布的，发布时间为八点半，也就是十几分钟之前。内容为：

金风玉露一相逢，便胜却人间无数。@ 秦亦沉

底下配了一张图，是一张照片，照的是夜间灯火下一个男人的侧影，线条清冷，英俊而神秘，散发着捉摸不透的气质。照片上特地配了诗，也就是那一句“金风玉露一相逢，便胜却人间无数”。

朦胧的背景，配上文字，倒颇有几分诗中的意境。照片上的男人自然就是秦亦沉。

之前，秦亦沉虽然听薛霁的建议开了个微博，但两人只是互相关注，并没有刻意去公开关系。如今薛霁这条图文并茂的澄清微博发出来，无异于正式公开他们的恋情。

霎时间，原本还在争论薛霁和顾修是否假戏真做的网友们也蜂拥而至：

“薛霁霸气！说公开就公开！”

“辟谣了！谁再敢乱说我们薛霁，我就跟他不客气！”

“薛霁的男人好帅，我要喜欢他了！”

“心痛，虽然我希望薛霁可以和顾修在一起，但还是要祝姐姐幸福。”

……

紧随薛霁之后，顾修工作室也发表了声明澄清两人的关系，并写明如有人再散播谣言将依法追究法律责任。至此，这一场闹得沸沸扬扬的争议才差不多有了结果，接下来大家关心的便是秦亦沉会如何回应。

或者说，他会不会回应。

从去年薛霁第一次被传与秦风集团二公子“深夜相会”到现在，关于两人的传言就一直未断过。但实际上，秦亦沉从未公开表明过他和薛霁的关系。

这一方面可能是因为秦亦沉行事低调神秘；另一方面，也可能是因为秦亦沉根本不承认这段关系，一切都是薛霁一厢情愿。假若这一次，薛霁如此高调表白，秦亦沉还不回应，那就基本可以断定，是后面那种可能性无疑了。

而无论是哪种结果，都够媒体和网友们热闹好一阵子。

离薛霁发微博高调表白已经过去两个小时，秦亦沉那边仍旧没有任何动静。

网友们按捺不住他们熊熊燃烧的好奇之心，开始纷纷骚动起来：

“怎么还没回应？这种事情难道不是之前两人就商量好的吗？”

“天哪！薛霁不会是单方面公开吧？”

“这才过去一个小时，或许是秦亦沉没看到，你们不要瞎猜。”

“我看不是！要真有关系，早出来护着了。”

寂静中，钥匙开锁的声音响起，格外清晰。

秦亦沉进屋开灯，手机突然震了震，他拿起来瞥了一眼，是秦亦景发过来的消息：“老二，快看微博！”

秦亦沉顿了一下，才漫不经心地点开手机网页。随后，他看到了薛霁的那条微博。

秦亦沉微微一怔。

偌大的客厅里，寂寂无声。

隐约有人以扇遮面，眉眼含笑，春波横生。

“金风玉露一相逢，便胜却人间无数。”

约莫二十分钟后，微博上再次炸开。

因为秦亦沉终于转发回应了薛霁的微博：

秦亦沉：佳期如梦，何时归家？

虽然没有多余的话，只是短短八个字，但却足以表明态度，也足以让翘首以盼半天的粉丝们热血沸腾、尖叫不止。

酒店内，等了半天也没等到回应的薛霁有些郁闷，泄愤似的戳着手机：“还不回应？再不回应，回家就让你跪榴梿！”

她戳了几下，不死心地又刷新一次网页。随即，她双眼一亮，弯起唇笑了。

一通电话突然拨了进来，是秦亦沉打来的。

薛霁接通电话，嘴边挂着笑，语气却故作不高兴：“我还以为，你不打算理我了！”

电话那头，秦亦沉唇角也噙了笑：“照片什么时候拍的？”

知道他是问微博上的那张照片，薛霁回道：“不告诉你！”

秦亦沉低低笑了一声。看照片背景，应该是七夕那晚，估计是趁他不注意的时候偷偷抓拍的。

“我后悔了，当时就应该把你拍丑一点儿，谁让你半天不理我！你肯定又不分青红皂白，乱吃飞醋了，是不是？”薛霁不满地埋怨着。

本以为不会有回应，谁知，秦亦沉却突然说了句：“是我不好。”

低沉的嗓音通过手机传入耳内，薛霁微微一愣，反而有些心虚起来。她忸怩一阵，说：“其实，是我不好，那天不该朝你乱发脾气。”

事后想想，他当时不过是说了一句气话，并没有真的做出什么阻拦她拍戏的实质性举动。

嘴硬心软的男人。

“亦沉。”薛霁忽然有些认真地说，“我和顾修真的只是合作关系，多加一点儿也就是老师和学生的关系，其他什么都没有。这次的照片是我和他在片场试戏，当时还有其他工作人员在，他们都可以证明，你别再因为这个不高兴了好不好？”

“好。”秦亦沉轻声应道。

终于顺利把话说开，薛霁心口一松，再接再厉，继续道：“那以后网上再传什么八卦消息你也别信，最好看都不要看，省得看了又胡乱吃醋生气。”

“好。”

顺心了的秦亦沉总是格外的好说话，薛霁眉开眼笑，抱着膝盖又道：“对了，导演说，如果拍摄进度顺利的话，中秋就放三天假。到时候我先赶回老家一趟，然后再回去陪你，好不好？”

“好，回来之前跟我说一声，我去接你。”

雨过天晴，一切回归正轨。

第二天，薛霁精神焕发地投入到拍摄中。

方羽见状，又取笑她一番。薛霁也不恼，反而更乐呵了，眉眼弯弯，脸上的笑意甜得腻人。

几天后，常悦和方羽终于查到发出照片的人，是个小媒体记者。然而，对方却表示，照片是他从一个不认识的粉丝那里买来的。两人想继续往下查也找不到更多线索，于是这件事只能不了了之。

转眼到了中秋。剧组从八月十四开始放假，薛霁一大早就赶回了老家。

由于今年薛霁的名气提升，所以薛父薛母也已经听闻了她的那些“事迹”，包括她和秦亦沉公开恋情的消息。

薛霁才进门没多久，薛父就满脸严肃地训道：“你还说你没有在外面胡来，那这是怎么回事？”

薛霁挨了一通训，头疼得厉害：“过年的时候我不是跟你们说了吗？我谈了个男朋友，就是他。”

薛父显然对秦亦沉豪门公子的身份十分不满，皱了皱眉道：“那种豪门出身的花花公子，能真心跟你谈恋爱？我看你是被迷昏了头。”

薛母也在一旁帮着道：“小霁，你爸说得对，你可别学人家贪图富贵，到时候有你的苦头吃。”

薛霁有点儿无语，怎么谁都不看好他们俩？

“妈，我跟他真的是在正儿八经地谈恋爱，别人都是嫌贫爱富，你们怎么还嫌富爱贫起来了？再说我现在的片酬也不低，不需要别人来养。”

薛母耳根子软，听见这话，稍稍信了几分：“是真的就好，妈也是担心你被人骗。”顿了顿，又说：“你上回不是说有空把人带回来给我们看看吗？”

薛霁被念叨得烦了，只得道：“这次我回来得急，没顾得上，等过年吧。”

薛父绷着脸，还想说什么。薛母怕父女俩又吵起来，赶忙拉了拉他：“好了，她才刚回来，肯定饿坏了，先让她吃饭。”

当天吃过晚饭后，薛霁又急匆匆赶飞机回到秦亦沉那边。

飞机落地，已经是晚上十点多。

下了飞机，见到秦亦沉，薛霁立马奔过去，抱住了他的胳膊。她靠在他身前，仰头望着他，脸上笑得几乎要开出一朵花来。

“等多久了？”

秦亦沉摸摸她的发顶，温声道：“没多久。”

说着，他稍稍低头，在她唇上亲了亲。

薛霁眼角余光瞥见有蹲点的媒体记者和粉丝们在拍照，忙抵住他的胸膛："有人在拍照。"

秦亦沉轻掠一眼，指腹摩挲过她唇畔，漫不经心地道："让他们拍。"

他扣着她的手指，毫不在意地往外走，眼中仿佛只有她一人。

薛霁却被平日里的堵截弄怕了，不想再生事端，摸出口罩戴上，拉着秦亦沉加快了脚步。

回到熟悉的别墅内，薛霁彻底放松下来，整个人瘫软在沙发上，连一根手指都不愿意动弹。秦亦沉坐到她旁边，继续先前未完成的事——俯身去亲她。

薛霁同他亲热一小会儿，推开他说："出了一身的汗，你也不嫌臭。"

秦亦沉微微勾唇，搂着她，低头问："要不要泡个澡？"

薛霁懒洋洋地点了点头，人却没动。

秦亦沉双臂穿过她的肋下和膝弯，将她横抱起，往浴室方向走。

薛霁累得不行，任由他抱着，舒服地靠在了他胸膛前。

进了浴室，秦亦沉将人放下，薛霁仍懒懒地靠着他，迟迟没有动作。

秦亦沉见她一脸迷糊，弯了下唇，揽着她的腰，贴在她耳郭处低声道："我替你洗？"

薛霁昏昏欲睡，下意识地点了点头。

随后一个激灵，又瞬间清醒了："不……不用，我自己来就行！"

她赶忙摇头，抬眼对上秦亦沉含笑的目光，总觉得危险在靠近。

浴室这种地方，实在太容易出事，她从他怀里退出，慌忙拉开一点儿安全距离。

秦亦沉继续逼近，似笑非笑："真不用？"

"不用。"薛霁抵住身后的墙壁，摇了摇头，心口一阵慌乱。

秦亦沉见她一脸如临大敌的紧张模样，忍不住勾了勾唇，没再逗她。他拍拍她的脑袋，叮嘱道："小心点儿，别洗到一半睡着了。"

薛霁松了口气，等他将门带上，这才开始慢慢脱衣服。

热气蒸腾，熏得人骨头酥软。洗到一半，薛霁还是"不负秦亦沉所望"地在浴缸里睡了过去。

秦亦沉等了许久，见她还没出来，走到门口听了听，没听到半点儿动静，于是推开门进去。

水面上漂浮的泡沫已经消散得差不多，薛霁闭着眼趴在浴缸边，湿漉漉的头发一些贴着脸，一些随水漂漾。

水底的风光几乎一览无余。

秦亦沉眸色一深，似乎在努力克制着什么。他取过旁边的浴巾，将她从浴缸中捞出来。

薛霁慢慢撑开眼皮，刚开始还有点儿迷糊，等感觉到身上凉飕飕的，才终于发现不对劲，惊醒过来。看清眼前的情形，她脸一热，下意识护住胸口，修长白皙的双腿往里缩了缩。

秦亦沉按住她，呼吸有点重："别乱动。"

"你怎么进来了？"薛霁看着他，不太自在地道。

"我不进来，让你在这水里睡到天亮？"秦亦沉凉凉地瞥她一眼，撑开浴巾将她裹住。

薛霁噎了噎，紧紧捏住浴巾一角，避开了他的动作："我自己来，你先出去吧。"

秦亦沉却未停下，手从她光裸的后背划过，激起细小的疙瘩。

他低眸，淡淡地道："该看见的都已经被我看见，你现在让我出去，晚了。"

说话间，秦亦沉已替她掖好浴巾，又帮她擦了擦头发，将她横抱起来。

薛霁无言以对。这种时候再说什么好像都显得矫情，她也只能闭上嘴，由他抱着出去。

回到卧室，秦亦沉将她放在床上，取过吹风机替她吹未干的头发。手指从发间穿过，深夜的光影弥漫着温情。

薛霁安安静静地趴在他腿边，心里的那点儿不自在渐渐消散，转化为熨帖。柔软的风吹得她再度昏昏欲睡，眼皮直往下耷拉。

许久，秦亦沉收了吹风机，伸手有一下没一下梳理着她散在背后的长发。薛霁迷迷糊糊睁眼，看见他衣服上洇开的大片水渍，提醒道："你的衣服都湿了，快去换掉，别着凉了。"

嗓音含糊，带着浓浓的倦意。

秦亦沉的眸光变了变，俯下身，握住她的手，唇贴在她的耳畔，气息温热。

“你替我换？”

02

温热的气息带着湿意掠过耳畔，本是极为暧昧的场景，奈何薛霁的大脑已经完全被瞌睡虫占据，根本分不出心想别的，竟然抬手将他往外推了推：“我好困，下次吧。”

秦亦沉目光灼灼地盯着她，似乎恨不得将她按在掌下好好揉搓一番。然而，见她一脸睡得正香的模样，最后也只能揉揉她的脑袋，替她盖好被子，起身离开。

待他走后，薛霁抱着被子舒服地翻了个身，不知怎么突然灵台一明，猝不及防地就清醒了。

她睁开眼，表情愣愣的。她刚才是不是拒绝了他？

薛霁感觉有点心虚。她又不是三岁小孩，自然明白他刚才那句话是什么意思，可是……

她真的很困！

薛霁的心虚大概只持续了三分钟，很快她就被滔天的困意打败，毫无压力地重新进入了梦乡。

翌日，八月十五，中秋佳节。

由于薛霁不愿意动弹，两人没有出远门旅游，就近找了个休闲场所消遣一下。下午的时候，秦亦沉接到秦亦景的电话，说秦母过两天要回老家 S 城，让他们晚上过去吃个团圆饭。

依照秦亦景的转述，秦母并未刻意摘出薛霁，那就是默许她也可以一起过去吃饭。

于是，傍晚时分，薛霁跟着秦亦沉去了秦亦景订好的饭庄。这一回秦母见到薛霁，倒是没有冷嘲热讽地为难她。当然，也没有显得有多高兴。

只要她不主动找碴儿，薛霁也不会故意去招惹她，于是一顿饭相安无事地结束。

走的时候，薛霁将事先准备好的一套保养品送给秦母，作为中秋礼物。秦母看了她和护在她身边的秦亦沉一眼，虽然仍旧面色冷淡，但还是接过收下了。

薛霁暗暗松了口气，肯收礼物，那就代表基本没什么大问题，至于其他的就走一步看一步吧。

吃完饭，薛霁和秦亦沉回了别墅，时间不算太晚，两人没有急着去睡，在阳台上闲坐赏月。薛霁兴致高起来，拿出来一瓶红酒，又拆了一盒月饼摆上。

“酒、月饼、月亮、桂花香……”薛霁用手指点着将东西依次数一遍，笑着问秦亦沉，“怎么样，是不是别有一番情调？”

秦亦沉没回答，目光从面前的酒瓶上掠过，抬眼，似笑非笑：“不怕又喝醉？”

知道因为上回在周年庆上喝醉的事给他留下过不好的印象，薛霁摆好酒杯，不服气道：“我的酒量没你想的那么差，那一次你也不看看，我被灌了多少酒。”顿了顿，又补充道：“再说我这是在家里，醉了就醉了，有什么大不了的？”

听着她的话，秦亦沉笑而不语，挽了挽袖口，开瓶倒酒。浓郁的酒液在水晶杯中轻轻荡漾，溢出芬芳，薛霁执起酒杯，开心地同秦亦沉碰了一下杯。

“中秋快乐。”

秦亦沉微微一笑：“中秋快乐。”

阳台外，皓月当空。

薛霁掰了一小块月饼，尝了两口，又掰下一点儿喂到秦亦沉的嘴边。

秦亦沉稍稍别开脸，说道：“你吃吧。”

他不爱吃太甜腻的东西。

“不腻的，你尝尝！”薛霁坚持着。

秦亦沉瞥她一眼，这才张口就着她的手尝了一点儿。

“怎么样，是不是还不错？”

薛霁眉开眼笑，又端着酒杯抿起酒来。

渐渐地，她脸上浮起淡淡的红，眸子里也隐约有了一丝醉意。

秦亦沉揽着她的腰，缓缓摩挲着，也不言语。

薛霁柔若无骨地歪着身子，捧起他的脸，手指从他的唇边拨弄过去：“怎么不说话？”

秦亦沉捏住她的指尖，抬眼看着她，嗓音低沉：“醉了？”

薛霁不退反进，笑着凑到他面前，语调诱人：“对，我喝醉了，秦先生，你想干什么？”

腰间的手一紧，秦亦沉猛地用力将她往胸前扣了扣，盯着那两瓣红唇。

薛霁仿佛丝毫没感觉到危险，继续火上浇油，挠了挠他的下巴：“别以为我不知道你在想……”

话未完，就被秦亦沉堵住了嘴，强烈的气息迅速侵占唇舌。薛霁仰着脖子，被迫承受他的攫取，好不容易才推开他，气喘吁吁地指责："你这是乘人之危！"

秦亦沉挑眉轻笑，似乎在告诉她乘人之危又如何。

薛霁不满地戳了戳他，忽然道："我问你一件事情，我们假装情侣的那天晚上，我喝醉了，你送我回家，最后你是不是偷偷亲过我？"

秦亦沉抬眼，对上她审视的目光，没说话。

"我隐约记得有这么个画面，做梦也梦到过，"薛霁观察着他的神色，白皙的指尖在他胸膛上划来划去，"总觉得像是真的，又不像是真的。"

"你说，到底有没有做过？"她凑近了些，摆出凶巴巴的表情，可那样子却没有半分威慑力。

秦亦沉仍旧不语，唇角却泛开高深莫测的笑。

"不说话就是默认了。"薛霁已然猜到答案，愤愤地戳着他，"亏我以为你是个正人君子，没想到你那么早就乘人之危，还说什么洁身自好、不近女色。"

薛霁同他闹了一会儿，端过桌上的酒杯，将剩下的酒一饮而尽。

秦亦沉忍不住笑："真想喝醉？"

薛霁理直气壮道："浪费可耻。"

她说着，搭着他的肩膀起身，大概是坐得太久，她起来时身子摇晃一下，踉踉跄跄的，倒真像是喝醉了。秦亦沉笑着摇了摇头，伸臂揽住她的肩，扶她站稳，带着她往卧室方向走。

谁知，薛霁却突然转了个方向，推开主卧的门，径直走进去，不管不顾地倒在他的床上。

秦亦沉看她这个模样，有点儿头疼，坐到床边，低声问："真醉了？"

薛霁支肘撑着脑袋，眨了眨眼，眸光流转："你猜。"

秦亦沉俯下身，凑近看着她。

薛霁抬起空着的那只手，拨弄着他的喉结，慢慢往领口去。她脸上还泛着酒后的红晕，平添几分勾人的娇艳。

秦亦沉捉住她的手，微微眯眼："你是不是忘了我说过的话？"

薛霁故作天真："什么话？"

秦亦沉捏起她的下巴，几乎要贴上她的唇："别不知死活来招惹我。"

薛霁不怕死地扬了扬眉："招了又怎么样？"

秦亦沉眸色陡然一沉。

下一秒，薛霁就知道了招惹他的后果——他扣住她的手腕，在她反应过来之前，倾身压住她。

薛霁呼吸一滞，瞪大了眼。秦亦沉盯着她，眸子幽深，半晌没做其他动作。

薛霁也看着他，没有动弹，又似乎是被吓到了，不敢动弹。

片刻后，秦亦沉忽然放开了她。

“就这点儿胆子，还敢成天招惹我。”他起身，不咸不淡地瞥她一眼，好像在嘲讽她外强中干。

薛霁顿时被刺激到了，倏地伸臂搂住他的脖子，往下一扯，将他拉到自己面前。而后，长腿一抬，霸气地搭在他的腰间。

“谁说我没胆了？”她顶他一句，伸手就去解他的衬衣纽扣。

秦亦沉微微一愣，旋即隐约明白了什么，唇角微勾，眼底浮起浓浓笑意。他看着她动作，眸色越来越深，蓦地将她重新压倒，禁锢在身下。

他忽然道：“你刚才喝酒，是不是为了壮胆？”

旖旎气氛顷刻间全无。

“秦亦沉！”薛霁恼羞成怒，“你再说一句，我就回去！”

没见过这么煞风景的！

秦亦沉低笑一声，没再故意逗她，嗅着她发间清香，顺着耳后往下吻去。

长夜无声，中天月圆。

晨曦缓缓破晓而来，唤醒整座城市。

秋日的阳光弥漫着桂花清香，洒落在窗前，窗帘虽然紧掩着，但还是有光透过缝隙漏进了屋内。

薛霁缩在被窝里，正迷迷糊糊睡着，旁边突然传来窸窸窣窣的响动，后颈处鼻息轻撩。

薛霁难耐地皱了皱眉，闭着眼哼哼道：“别闹，让我睡会儿。”

身后的人却恍若未闻，继续黏着她。薛霁简直要崩溃了，这人还有完没完！

窗外日头越来越高，薛霁趴在枕头上，一动也不想动，秦亦沉一脸餍足地靠坐在床头，心情愉悦地把玩着她的头发。

薛霁愤愤地盯着他，越看他越觉得生气，蓦地将枕头抽出砸到他身上："不想看到你，你给我走开！"

秦亦沉不恼反笑，拿开枕头，起身下床，取了睡袍过来，动手去掀她的被子。薛霁紧紧拽住被角，如临大敌："你又想干什么？"

秦亦沉摸摸她的头，仿佛在给她顺毛："抱你去洗澡。"

薛霁明显不相信他会老老实实地帮她洗澡，伸手拽过睡袍随意裹上："我自己去，不用你抱。"

秦亦沉意味深长地瞥她一眼："你还有力气？"

一个"有"字已经滚到嘴边，却硬生生咽了回去，薛霁权衡再三，明智地选择了不回答。

大概是良心发现，秦亦沉当真没再动她，十分正人君子地将她抱到浴室，等她洗完，又抱回床上。

薛霁缩在被子里，昏昏欲睡，秦亦沉凑在她耳边问她："饿不饿？"

薛霁迷糊地轻哼一声，闭上眼。

秦亦沉没再打扰她，自行换好衣服，出屋下楼。

过了许久，他端着一碗粥上来，小声叫醒薛霁。薛霁强撑着起身，神思混沌地喝了半碗粥，又继续躺下。

等到她彻底睡醒，从床上爬起来，已经是晌午时分。

窗帘拉开，阳光充满整间室。

两人吃过午饭，在书房里安静地坐了一会儿，薛霁便开始收拾东西，准备出发去机场。

秦亦沉从背后抱住她，轻声道："不是放三天假，怎么今天就要走？"

"是放三天假，但是如果明天早上再去，时间来不及。"薛霁转过头道，"而且接下来应该要加紧进度赶工，不然过年都得加班。"

见他眉头微蹙，她又补充道："马上就到国庆黄金周，还会再放假的。"

秦亦沉在她耳边吻了吻："这部戏拍完了，我们出去散散心？"

薛霁也有好长时间没有出去旅游了，闻言笑道："好！"

下午四点多，薛霁登上飞机，飞离本市。

顾修他们也在她之后赶回剧组。接下来的几个月，除了偶尔的小打小闹，基本算是风平浪静，众人都沉浸在紧张的拍摄中。

寒冬降临，天气越来越冷，拍摄也渐渐进入尾声。

元旦过后，一月十七号，电视剧正式宣布杀青，剧组上下一片欢呼，薛霁顶着熬出的熊猫眼，第一时间给秦亦沉发了张自拍，告诉了他这个好消息。

秦亦沉从会议室走出，看见手机上的消息，弯唇笑了笑。

“什么时候回来？”

薛霁回道：“还有个杀青宴，得过两天。”

参加完杀青宴，薛霁才告别剧组，从拍摄地赶回来。回到家的第一件事，就是补觉。薛霁足足在家好生休息了三天，才稍微恢复点儿元气。

小别胜新婚，这半年来她和秦亦沉聚少离多，按理说两人应当立马甜甜蜜蜜一番，奈何年关将近，秦亦沉忙着处理公司里的年终事务，薛霁后续也有不少工作上的应酬。所以两人仍旧是忙得脚不沾地，没多少缠绵的时间，更遑论出去旅游。

数日后，薛霁受到邀请，和顾修一起去参加一个晚宴活动。薛霁事先同秦亦沉说了说，想让秦亦沉陪她一起去，结果当天他刚好有事，只能作罢。

经过上次的事，秦亦沉对于她和顾修之间的各种合作宽容了许多，在她赴宴之前，只叮嘱了一句：“不要喝酒。”

薛霁勾着他的脖子，在他脸上亲了一下：“放心，还有常姐在。”

是夜，满堂灯影迷离，觥筹交错。

薛霁应酬到后面，感觉有点儿闷，于是一个人去了宽阔的观景阳台上，打算透透气。她倚着扶栏，吹了一会儿风，顾修突然从身后过来。

“怎么一个人躲到这里？”

薛霁笑笑道：“有点儿闷，出来透透气。”

顾修也微微一笑，眼中有细碎的光泛开，举手投足间尽显儒雅风流。

“下一部戏有什么打算吗？”

“还没确定，这两个月的活动有点儿多，档期比较满，打算先缓一缓。”

“有没有意向进军电影圈？”顾修忽然问。

薛霁微微一愣。顾修笑道：“最近正准备跟常悦谈这个事情，先问问你的想法。”

这简直是天上掉馅饼！薛霁有点受宠若惊，不确定道："顾老师是想跟我继续合作，合拍电影？"

顾修颔首："还在计划中。"见她好像不敢相信，不由得莞尔，"你似乎对自己不是很有信心？"

薛霁不好意思地笑了笑："那要看在什么人面前。当着顾老师的面还不知道收敛，那就不叫自信，叫自大了。"

顾修被她逗乐，笑道："天外有天，人外有人，你把我捧得太高了。"

薛霁摇头，由衷地道："我是说真的，顾老师当得起所有的夸赞。"

有些人实力配不上名气，看着外表一派风光耀眼，等到你揭开外面那层遮掩，真正靠近时便会发现其内里的空乏。可顾修不一样，无论是学识、涵养还是其他方面，都是经过沉淀的，相处越久越能感觉到他身上散发出的魅力。

顾修没再纠结于薛霁对自己的评价，将话题转回她身上："其实你也不必过分自谦，在我遇到的新人里面，你算是很优秀的，至少是中上等。资质、基础还有心态都不错，又勤奋好学，肯静下心来打磨自己。娱乐圈这个名利场，很容易让人迷失本心。你只要别被一时的虚荣迷了眼，走上弯路，像现在这样坚持下去，将来未必会比我差。"

薛霁点点头："谢谢顾老师。"

"至于电影的事，我既然考虑选你，就说明认可了你的能力。"顾修忽然打趣一句，"毕竟我也不想把自己的电影搞砸，你说是吗？"

薛霁乐了："每次跟顾老师聊天，我好像都受益匪浅。"

顾修笑道："方羽还真没说错，你每回都像个三好学生一样，我不讲些什么都好像辜负了你的厚望，也亏你能耐得住性子听我啰唆一番。"

薛霁俏皮一笑："那以后我出去，是不是就可以跟人炫耀，我是顾修亲自教导过的学生了？"

两人说笑着，薛霁的视线无意识地飘向扶栏外。

蓦地，她目光一顿。楼下花园的角落里，一个熟悉的身影闯入视线中。好像是蒋嬿嬿？而旁边对她动手动脚的男人，好像是赵凯？

薛霁仔细看了看，确定自己没看错之后，当即怒火冲天。这个赵凯，落魄了还不知道收敛，竟然又骚扰起蒋嬿嬿！她冲顾修说了句抱歉，随后急匆匆往楼下去。顾修同样看到了楼下的拉扯，担心出什么事，也跟着下了楼。

薛霁气势汹汹地赶到楼下花园里时，赵凯已经落荒而逃，只留下一个狼狈的身影。

跑得倒是挺快！薛霁扶住受了惊吓的蒋嫣嫣，关切地问道："没事吧？"

蒋嫣嫣有些狼狈地摇了摇头，轻声道谢："谢谢。"

薛霁陪着蒋嫣嫣入内，找了个没人的休息室临窗坐下。

蒋嫣嫣脸色发白，眼角也泛着红，似乎下一秒就要情绪崩溃。

顾修见状，让服务员送了咖啡过来，而后十分善解人意地找了个借口离开，将空间留给她们。

顾修一走，蒋嫣嫣的眼泪就落了下来，她别过脸，看向窗外，尽力掩饰着自己的狼狈。

薛霁抽出纸巾递过去，没有说话，静静在一旁陪着。

许久，蒋嫣嫣的情绪终于平复一些，薛霁才开口问道："你怎么会突然被赵凯纠缠上？"

蒋嫣嫣眼神微闪，迟疑了一下才回答她："以前有一次差点儿跟他合作，后来闹了点儿不愉快，合作就吹了。没想到今天晚上在这里碰上，他又过来纠缠。我想这大概是因为亦景的缘故吧。"说到这里，她忽然又道，"今天晚上的事，能不能请你帮忙保密，不要告诉亦景？"

"为什么？"薛霁有点儿不理解。

秦亦景虽然不着调了点儿，但发生这种事，身为男人，再怎么样也该护着她。

蒋嫣嫣垂眼，顿了顿，说："我已经给他添了很多麻烦，不想再因为这点儿事去烦他。"

"可是，万一赵凯下次又来纠缠你怎么办？"

"就当我求你，行吗？"

"那好。"薛霁虽然不太赞同她这样隐瞒，但最后还是选择尊重她的决定，答应下来。

"谢谢。"蒋嫣嫣复又抬眼看着薛霁，她忽然道，"其实，我很羡慕你。"

她眼中哀伤沉沉，似是在感怀自己的际遇。

薛霁有点儿不知道应该怎么接话，沉默片刻，方道："没什么羡慕不羡慕的，很多时候路都是自己走出来的。"薛霁抬眼，与她对视，"你无非是觉得亦沉对我与亦景对你不一样，觉得我得到了真心而你却没有。可从一开始，我和你选的路就不同。我从没把自己放在低一等的位置，所以我努力地拍戏，发展我的事业，希望能得到同等的尊重。或许到最后仍然改变不了一些人的偏见，但至少我已经尽力了。”

听着薛霁的话，蒋嫣嫣一阵沉默，过了许久，自嘲地笑了笑说：“你说得对，这世上路有千万条，我从一开始就选错了，现在也是咎由自取，怪得了谁？”

薛霁瞥见她凄怆的神色，估摸着自己的话可能刺激到她了，觉得有点儿后悔，忙试着补救：“我没有说你不对的意思，人各有志，谈不上对错……”

薛霁急着解释，蒋嫣嫣反倒笑了：“没关系，我知道你是想安慰我，谢谢。”

薛霁回她一个微笑，怕再失言，便不怎么开口了。

两人安静地坐了一会儿，晚宴接近尾声，常悦应酬完找过来，询问道：“要回去吗？”

薛霁点点头，同蒋嫣嫣道了别，随常悦一起离开。

回到别墅，薛霁在沙发上窝了半个小时，秦亦沉才回来。

见他脸色不太好，薛霁轻声询问：“怎么了？”

秦亦沉以手撑额，随口答道：“有个项目出了点儿问题。”

薛霁很少过问他公司的事，但看他愁成这个样子，不禁也有些担忧：“很严重吗？”

“没事，”秦亦沉摸摸她的头发，转而问，“活动顺利吗？”

他不愿说，薛霁也没多问，抱着他的胳膊道：“还好，挺顺利的。对了，我见到赵凯了，那个浑蛋，竟然又在那里骚扰别人！”

秦亦沉微微皱眉：“怎么会碰到他？”

“宴会快结束的时候无意中碰到的，也不知道他是找了什么门路溜进来，还是受人邀请进来的。”

“他有没有再纠缠你？”

“没，他见到我就赶紧溜了。”薛霁说着，突然有点儿担忧，“你说他是不是想找机会翻身？”

秦亦沉眼神变了变，若有所思。

“我让人盯一下。”过了一会儿，秦亦沉又低头问，“喝酒了没？”

“没有！”薛霁扬起下巴凑到他面前，一副任君采撷的模样，“不信你验验。”

秦亦沉眸色一沉，猛地冲着那两瓣嫣红吻过去，却吻了个空。

薛霁狡黠笑着，退到沙发一端，故意扬眉道：“我只是让你闻闻有没有酒味，你这是想干什么？”

秦亦沉弯了下唇，松开领带往旁边一扔，又解开两粒衬衣扣子，露出小部分性感的胸膛。

薛霁的目光落在他脖颈下，十分有原则地坚持道：“你色诱也没有用。”

秦亦沉淡淡地瞥她一眼，慢条斯理地继续解着袖扣，指骨修长。

薛霁嗅到了危险的气息，又往后退了退。

“我要去睡觉了！”她抛出一句，欲起身溜之大吉，结果脚还未沾地，就被压到了沙发上。

秦亦沉居高临下地禁锢着她，不给她半分挣脱的机会。

他低头想吻下去，薛霁却突然抬手抵住他。

“等等，跟你说个事。”她伸出一根纤细素净的手指，在他胸口画着圈儿，“我爸妈说想见见你，今年过年，你能不能陪我回家一趟？”

“好。”秦亦沉想也没想，随口应了，薛霁还想说什么，嘴已经被男人灼热的气息强势地堵住。

年底的最后一段时间在匆忙中过去，直到大年三十，秦亦沉才陪着薛霁赶回她的老家。

回家的路上，薛霁看了看身旁正襟危坐，似乎十分镇定的秦亦沉，向他介绍起自家爸妈的性格脾气。

“我爸就是那种很传统的文艺中年，平常就喜欢下下棋、喝喝茶。对了，下棋你会吗？”

秦亦沉波澜不惊地瞥她一眼：“什么棋？”

薛霁：“五子棋。”

秦亦沉无语。

薛霁顿了一下，乐道：“骗你的，是象棋。”

秦亦沉这才吐出一个字：“会。”

薛霁瞅了瞅他的神色，眼珠一转，又道：“还有，我爸喜欢有才华的男孩子，什么书法、绘画、乐器都得擅长。”

秦亦沉那张始终波澜不惊的冰山脸上终于出现一丝裂痕。

“最好还能现场写诗，古体诗或者现代诗都行……”

秦亦沉转过脸看着她，似乎在确认这话的真假。

看见他有点呆愣的反应，薛霁终于憋不住，笑了：“这也是骗你的。”她趴在他肩头，手指亲昵地刮了刮了他的脸，“这你都信，你是不是太紧张了？我还以为你不会紧张的！”

秦亦沉面无表情，一脸冷漠地继续看着车前方。

薛霁伸手摸了摸他的头：“别紧张，我会保护你，绝对不会让我妈拿大扫帚把你赶出去的。”

秦亦沉看着她大义凛然的样子，有点儿想笑。

到了薛霁家楼下，秦亦沉拎着礼物跟在薛霁身侧，看她按响门铃。

等待门开的空暇里，他捏了捏她的手指。薛霁回头，笑着问：“真紧张？”

正说着门就开了，薛母出现在门口，看见薛霁先是欣喜，待看见薛霁身侧的秦亦沉时，她愣了愣。

“妈。”薛霁唤道。

“回来了？”薛母笑着随口应道，目光却一直落在秦亦沉身上。

薛霁转过头向她介绍：“妈，这是亦沉，我上回跟你提过的。”

秦亦沉微微一笑：“阿姨好。”

薛母反应有些迟钝，停顿一下，才回道：“你好。”

秦亦沉将准备的礼物递过去，薛母迟疑了一下接过，让两人进屋。

进去后，秦亦沉不动声色地打量了一番里面的装修布置。

房子很宽敞，窗明几净，带着温馨的生活气息。

其实，薛霁的家境并不算差，只不过跟秦亦沉比起来，才显得弱了许多。

薛父原本悠闲地坐在沙发上看书，一抬头见到家里突然多出个陌生男人，再看了看女儿同他亲密的样子，立马猜到个大概，脸色当即就变了。

“爸。”薛霁唤了声，又向他介绍，“这是亦沉，我男朋友。”

这下薛父的脸彻底黑成了锅底色。

秦亦沉礼貌地打了个招呼：“叔叔。”

薛父绷着脸不说话，气氛一阵凝滞。薛母见状，偷偷拽了一下薛父，薛父这才勉强应了声，脸色却依旧不好看。

薛霁也不管这么多，拉着秦亦沉就在一旁坐下。薛母转身去倒茶，等她倒完茶回来，沙发上的三人还僵持着，居然谁也没说话。

秦亦沉双手接过薛母端来的茶，道："谢谢阿姨。"

薛母微笑着颔首，开口打破凝滞的气氛："小霁，你这回能在家里待多久？"

薛霁答道："亦沉初二就走，我初五。"

薛母皱眉："这么早？"

薛霁摊了摊手："最近事情太多，根本请不动假。"

"那个，"薛母顿了一下，将话题转向秦亦沉，"小秦也这么忙吗？"

秦亦沉答道："我还要回我妈妈那边一趟。"

"也是。"薛母应完，一时也不知道该怎么继续聊下去。

于是，气氛又重新尴尬起来。薛霁只得道："妈，房间收拾了吗？我去放下东西。"

"你的房间早收拾好了，"薛母看了秦亦沉一眼，"客房我再去看看。"

随后，薛霁拉着秦亦沉进了自己的卧室。

整洁的床头摆着一个可爱的毛绒娃娃，给整个房间添了几分少女感。

门关上，薛霁点了点秦亦沉的胸口，仰脸道："现在你该知道，我当初对着你妈妈是什么感觉了吧？"

秦亦沉低眸看她。

"我当初可是费了好大的劲才搞定的你妈妈，现在轮到你了。"薛霁挑眉，带了点儿幸灾乐祸的意味，"加油，无所不能的秦先生。"

秦亦沉扣住她的腰，低头凑近："你不帮我？"

薛霁傲娇斜眼："帮你有什么好处吗？"

"你想要什么好处？"秦亦沉语气暧昧，手指又开始在她腰间摩挲着。

薛霁仰脸避开一些："我可提醒你，这里是我家，你最好收敛一点儿，要是让我爸妈看见你对我——"

话未说完，门突然被人推开，薛母的声音同时响起："小霁……"

薛霁语塞，她的乌鸦嘴还真是一如既往的精准。秦亦沉立马松手，一贯平静的脸上难得出现一丝尴尬的神色，薛霁也退到一旁，装作无事发生。

薛母皱了皱眉，面色有些不好看。

在她开口前，薛霁迎上去，拉住她的胳膊：“妈，客房收拾好了？”

薛母看了秦亦沉一眼，最终也没说什么，带着两人去看客房。

“小秦，你刚到，估计也累了，先休息一下。”到了客房，薛母冲秦亦沉道。

她说完，拽了自家女儿一下，小声说：“你跟妈来。”

薛霁只能朝秦亦沉使了个眼色，示意他安心，而后乖乖跟着薛母回到自己的房间。

一进去，薛母便坐在床边，皱着个眉，看起来忧心忡忡。

薛霁见状，忍不住抱怨道：“妈，是你们说让我把人带回家看看，现在人带回来你们又显得这么不高兴。”她在母亲身旁坐下，“还是你们觉得亦沉有哪里不好？”

薛母抬头，欲言又止半天，才开口道：“他没什么不好，长相、家世都很出挑，人也懂礼貌，可就是条件太优秀，妈有点儿担心。”

薛霁闻言，不高兴了：“你的意思是我不优秀，配不上他？妈，我还是不是你亲生的？”

“你这孩子说的什么话！”薛母嗔怪地瞪了她一眼，“妈这也是担心你，怕你在外面被人看轻，受人欺负。他那样的条件，你跟他在一起，他家里人就没什么意见？”

“没有，我早已经见过他妈妈，他妈妈也同意我们在一起。”薛霁闭着眼睛就开始胡诌。

薛母将信将疑：“当真？”

薛霁重重点头。

薛母心里稍微放松一些，又道：“对了，他拿过来的那点东西我刚刚大略看了一眼，得花不少钱吧？”

薛霁无所谓道：“他原本还想直接送辆车给你们，被我拦下了。”头一次见面就送车，不知道的还以为是来砸场子的！

薛母神色有些不安，薛霁拍拍她的手，道：“妈，钱的问题你真的不用太放在心上，我现在的片酬不少，所以你们尽管收下。”

薛母琢磨了一会儿，总算打消顾虑，没再多言。

正当薛霁以为终于说服了母亲时，薛母似乎想到什么，皱了皱眉：“其实，小秦这个孩子，别的方面妈倒是觉得都挺好，就是有一点，我看他老是冷着脸，不怎么爱笑。”

薛母抬起头，十分担忧地道：“他平时脾气好不好？发起火来会不会打你？”

薛霁一下就笑开了，趴在她身上，笑得眼泪都快出来了。

薛母一脸严肃：“妈认真在问你话，你别嘻嘻哈哈的，不当回事！”

好半天薛霁才止住笑，说：“妈，你放心，他就是不太爱笑，真的不打人。”

说着说着，她又忍不住，闷声笑了起来。

“不打人就好。”薛母彻底放了心，见她还在笑，也有些无奈，“你怎么越长大越像个小孩子！”

薛霁抱着她的胳膊开始撒娇：“人家本来就只是个宝宝！”

母女俩在房间里聊了许久，出来时秦亦沉已经不在客房里。

薛霁觉得奇怪，听到客厅那边传来男人的说话声，过去一看，他居然跑到阳台上陪薛父喝茶下棋去了。

而且，出乎意料的，两人居然相处得挺和谐。

薛霁满脸的疑惑，这是什么情况？

冬天日头短，下午四点多两人就回了屋内。

薛父的脸色虽然谈不上有多高兴，但比之前要好了许多。薛母忙着去厨房准备年夜饭，薛霁便拉着秦亦沉进了卧室，两人凑在一起说着悄悄话。

“你挺能耐的，这么快就搞定了我爸。”薛霁揶揄道。

秦亦沉瞥她一眼：“你不帮我，我只能自己想办法。”

“我这是在磨炼你，你应该感谢我才对。你跟我爸到底都说了些什么？”薛霁实在按捺不住好奇心。

秦亦沉笑而不语。

薛霁趴在他身上，手指勾着他的下颌，凶巴巴地威胁：“你说不说？”

秦亦沉捉住她的手，放到怀里暖着，淡淡地道：“没什么，就是陪他下了几盘棋，回答了一些问题。”

长年混迹在商场上的人，即便表面看起来高冷不好相处，交际方面的能力也总归不会差到哪里去。

想通这一点，薛霁也就不奇怪了，转而道：“你也别说我不帮你，我妈那边，我可是费了不少口舌，把你吹得天花乱坠，她这才勉强接受了。说吧，该怎么谢我？”

秦亦沉低眸看她，眼底浮开一点儿笑意。他倾身，在她唇边亲了亲。

薛霁不满：“这算什么感谢？分明是你在占我的便宜。”

秦亦沉眼底笑意愈发深。

薛霁又道：“她之后可能还会找你单独聊聊，不过你不用担心，我妈性子软，不像我爸大男子主义，要好说话得多。她就是比较喜欢胡思乱想和碎碎念，唠叨了点儿，但她没什么恶意，你耐心听着就行。”

秦亦沉握着她的手，轻声应下。

“对了，我妈刚刚问了我一个很严肃的问题，你猜是什么。”

秦亦沉抬眼。

薛霁神秘兮兮地卖了下关子，凑到他面前，忍笑道：“我妈问我，你会不会打我。”

秦亦沉的表情一下变得很奇怪。薛霁笑得不行，捏了捏他那张冷若冰霜的俊脸：“谁让你成天冷着张脸，看起来一点儿都不好相处，我妈担心你脾气差。”

秦亦沉盯着眼前明艳的笑颜，脸上闪过一丝苦笑。

“来，秦先生，笑一个。”薛霁仿佛玩起了兴致，乐此不疲地搓弄着他的脸。

秦亦沉也不阻拦，目光沉沉地看着她，蓦地往前一凑吻住她的唇，顺势将她压倒在床上。

薛霁笑着别开脸，伸手推他：“秦先生，我再次友情提醒，你注意点儿，我爸妈可都在外面，你不想让刚才在他们面前做的努力都白费的话，最好克制一下你的行为。”

秦亦沉本就没真用力，虚虚禁锢她片刻，松开手起身。

忽然，也忍不住笑了。

刹那间雪消冰融。

薛霁难得在他脸上看见这么肆意灿烂的笑，不由得凑近多看两眼，煞有介事地点点头：“这个笑勉强还算合格，要努力保持。”

秦亦沉笑着伸手，将她揽入怀中。

晚上，吃完年夜饭，四人坐在客厅里看电视。看着看着，电视上突然跳出一段薛霁拜年的视频。薛霁冲薛母解释道：“这是早几天就提前录好的。”

薛母皱了皱眉：“熬夜了？都有黑眼圈了。”

薛霁：“妈，你是孙悟空吗？我的妆涂了那么厚，你是怎么看出来的？”

薛母没理会她，兀自念叨道：“你在外面要多注意休息，少熬点儿夜，别把身体熬坏了。”

“知道了。”薛霁胡乱应了两下，从茶几上拿了一个橘子递给秦亦沉。

秦亦沉接过橘子剥开，一瓣一瓣喂到她嘴边，动作十分熟稔和自然。

薛母止住念叨，看见这一幕，愣怔了一下。

薛父也不动声色地跟着扫了一眼，神色未明。

薛霁却浑然不觉，依旧心安理得地张口，还习惯性地靠在秦亦沉身上，一副悠闲自在的模样。

十点多的时候，薛父薛母熬不住，起身准备回房睡觉，薛霁却拉着秦亦沉，坚持要守岁。

走到卧室门口，薛母回头看了看沙发上依旧黏黏糊糊的两人，小声冲薛父说了句什么，薛父面上有所松动，神情复杂地进屋去。

客厅里只剩下薛霁和秦亦沉两人，薛霁立马肆无忌惮地躺倒，头枕在秦亦沉的腿上，仰面对着手机屏幕。

秦亦沉拿掉她的手机，说：“别躺着玩，伤眼睛。”

薛霁只得又爬起来，两人凑在一块玩了一局游戏，便开始忙着回复铺天盖地的祝福消息。

时光一点一点流逝，进入年末倒计时，五，四，三，二，一……

薛霁飞快地按下发送键，将事先就已经打好字的消息发送出去。

“哈哈，我又比你快一步！”

秦亦沉看着消息框跳出的“亲爱的，新年快乐”，微微一笑，将自己手里编辑好的消息也发送过去。

互发完消息，薛霁又笑着冲眼前的人说了句：“新年快乐。”

秦亦沉在她额角亲了亲。

“新年快乐。”

这是他们一起度过的第二个年头。

初二下午，秦亦沉动身返程告辞，秦母塞了一些土特产给他，秦亦沉没拒绝，都收下了。

在他走后没多久，大年初五，薛霁也不得不结束假期，匆匆离开了家。

春节还未过完，大年初六，网上就又掀起了一波新热潮。有人在网上曝光了一组偷拍的照片，还配上了噱头十足的标题："薛霁携秦亦沉见家长，疑似婚期将近"。

网友们议论纷纷。

薛霁大略看了一眼，有些哭笑不得。不过因为这些讨论无伤大雅，她也就懒得澄清，随他们去。

倒是盛妍差点儿信以为真，特地打了电话过来问："你真要结婚了？"

薛霁笑道："我要结婚，你还能逃得了份子钱？"

盛妍一想也笑了，随后道："那你们到底准备什么时候结婚，计划过吗？"

"近期应该是不可能，我和他都忙得晕头转向，顾不上想这件事。"薛霁话锋一转，换了语气道："再说，他连婚都没求，我才不要就这么随随便便嫁给他。"

"说不定人家正暗中准备着，想给你一个惊喜。"

"那我是不是该提前期待一下？"

薛霁同她说笑了一会儿，认真道："真没有，有计划了我会告诉你的。"

盛妍道："行，那我等你的好消息。"

挂断电话，薛霁看着手机，笑了一下，心道：也不知道亦沉是怎么想的，有没有考虑过这件事。

她正神游着，常悦就砸了一张密密麻麻的日程表过来。

薛霁不禁扶额哀号一声，只得收起乱七八糟的念头，回归到忙碌的工作中。

几天后，薛霁接受一档节目采访，采访即将结束时，主持人突然抛出一个猝不及防的问题："最近网上热传，说你和秦先生喜事将近，已经定好婚期，不知道能否透露一下具体情况？"

薛霁愣了一下，随即换上堪称完美的笑脸："这个暂时还没有确切的计划，谢谢大家关心。"

主持人又问："那有没有考虑过什么时候结婚？"

薛霁笑了笑：“顺其自然。”

秦风集团总部。

阳光穿过落地玻璃窗落入办公室内，秦亦沉坐在电脑前，看完采访直播。他勾了勾唇，随后动动手指，点开了一个页面，页面中央，悬空浮着一枚钻戒，优雅精致，光芒耀眼。

第八章

·

不离不弃

小霁，嫁给我。

01

正月过后，秦亦沉稍微清闲了些，薛霁却仍忙于各种活动通告中。

这天下午，五点左右，助理敲开办公室的门，将一个包装精巧的盒子小心翼翼地放在秦亦沉的桌子上。

等到助理出去之后，秦亦沉才拆开礼盒。

里头是个小巧的戒指盒，戒指盒内，一枚钻戒静静地躺在细绒布上。精心雕琢过的钻石，折射出细碎的光芒，映入他漆黑的眸子里。

当晚，薛霁依旧回得较晚，不过心情却很好，因为她挣钱了！

洗完澡半躺在床上，薛霁眉飞色舞地同秦亦沉炫耀着最近的收入：“电视剧的片酬已经全部结清，还有最近拿了些代言费和活动费……突然就成了小富婆，感觉真不错！”

看着她一脸兴奋不已的样子，秦亦沉掀了掀眼皮，忍俊不禁。

薛霁瞥见他唇角的笑意，不高兴了：“你笑什么？我现在是没你有钱，但风水轮流转，我以后还会挣更多的！”她倨傲地扬起下巴，“说不定哪天我会比你有钱，到时候……”

话未完，腰间一紧，秦亦沉就压了过来。他眸子微眯，散发着危险的气息：“到时候怎样？”

薛霁甜甜地看着他：“到时候也还是喜欢你。”

秦亦沉压着她，含住她双唇细细碾磨一番，这才松开她。

过了一会儿，薛霁又道：“我在想要不要把这些钱拿去做投资，你觉得怎么样？”

秦亦沉拉过她的左手，放在掌心，淡淡地抬眼：“想从商？”

薛霁：“也不算是从商，就是觉得这么多钱干放着好像有点儿浪费。”

秦亦沉思忖片刻，道：“我先找人帮你安排一下，其他的以后再看。”

“好。”

秦亦沉没再言语，他低下头，轻轻吻住了她。

一番温存，秦亦沉贴在她耳畔，低声道：“这周末，我们出去散散心？”

薛霁耷拉着眼皮，懒懒地道：“好，不过不能去太远的地方，我怕时间不够。”

“那就在周边。现在桃花开得正好，不如我们找个地方看桃花？”

“好。”薛霁昏昏欲睡，胡乱应道，也不管他到底说的什么地方。

秦亦沉吻了吻她额角，揽着她的腰，也合眼睡去。

很快就到了周五，秦亦沉将一切都安排好了，只等第二天一早出发。

谁知，薛霁晚上一回来，就开始让秋姨帮她收拾东西。

“我要去外地参加新剧的宣传活动，明天就得走。”

秦亦沉皱了皱眉，面色明显不悦。

薛霁见状，自知理亏，忙抱着他的胳膊安抚：“临时才通知的消息，我事先也没想到。对不起，等我回来好不好？回来我再陪你看桃花！”

秦亦沉冷着脸不说话。

薛霁勾住他的脖子：“桃花谢了，我就陪你看别的花，别生气好不好？”

她踮脚在他唇上亲了亲。

看着她讨好撒娇的可爱模样，秦亦沉终究心软了，问道：“机票订好了吗？什么时候回来？”

薛霁道：“常姐都安排好了，有好几个地方要跑，至于什么时候回来，现在还不确定。”

少时，薛霁去洗澡的时候，秦亦沉从兜里掏出一个戒指盒，端详片刻，放进了抽屉里。

第二天，薛霁同顾修等人赶往外地出席新剧的宣传活动。

这一走，就是将近一月。再回来时，桃花差不多都谢了，薛霁原本想履行承诺陪秦亦沉出去散心，然而常悦却又告诉她，同顾修合作新电影的相关事宜已经谈妥，马上要开始前期筹备工作。

恰好这时，秦亦沉公司那边出了点儿乱子，他忙着处理，也抽不出时间。

于是，两人各自忙碌着，一起出去旅游散心的事就只能这样不了了之。

一转眼就到了七月，由顾修和薛霁主演的古装大戏正式首播。

有顾修坐镇，再加上之前的宣传预热，这部剧一经播出，立刻抢占了收视第一的宝座。作为这部剧的女主角，薛霁理所当然地跟着人气大涨。而且，她在剧中表现不俗，对着拿奖无数的顾修居然也能接住戏，没落多少下乘，越发显得难能可贵。

除了收视率，这部戏的口碑也十分不俗，无论是剧情、演技、服装、化妆、道具还是其他方面，都得到了各界的一致好评。

收视与口碑齐飞，薛霁迅速跻身一线女演员之列。

名气和身价上来，活动宣传什么的自然也就多了，薛霁比之前更为忙碌，几乎完全没有了私人时间，秦亦沉甚至好些天都见不上她一面。

而就在薛霁事业蒸蒸日上之时，秦家突然出了件大事。秦亦景因为打架斗殴和涉赌被抓，同时还被人举报有偷税行为。

消息一传开，他迅速成为众人嘲讽的对象，落井下石的人不在少数。

听到这个消息的时候，薛霁刚从国外飞回本市，半晌都没回过神来，只觉得既震惊又疑惑。按理说，秦亦景就算再怎么不着调，也不至于做出这种越线的事。他这人虽然花心风流，但分寸还是有的，每次换新的女伴也基本上都是好聚好散，从没闹出过什么事——蒋嫣嫣那次例外，但那次也很快压下去了。

下飞机后，薛霁有些担心，给秦亦沉打了个电话。

秦亦沉那边为了收拾烂摊子，忙得焦头烂额，根本无暇顾及她这边，宽慰她两句就挂断了电话。

薛霁没办法，只能先去顾修的工作室，同他商讨新电影的开机事宜。

“下周二就进组？”薛霁听到进组的具体时间，有点儿为难，“能不能推迟一阵子？我想请几天假。”

顾修皱了皱眉，说：“开机日期定在八月初，再推迟就晚了。”

薛霁面露难色：“可是我有些私事要处理。”

秦家最近的动荡，顾修也有所耳闻，自然明白她所谓的私事是什么，却仍不肯同意：“私人问题和工作，最好能分开来，尤其你现在正处在上升的关键时期，切忌不要因为私人感情而影响到你的事业发展。再说你一个人的推迟，会耽误整个项目的进程。”

薛霁内心纠结不已，挣扎道：“三天行不行？就三天。”

顾修还在犹豫，一旁方羽忍不住道：“行了老顾，三天能耽误得了多少，而且这不还没开机吗？”

常悦也道：“其间的相关事情，我这边也会配合。”

顾修看了看他们，终于松了口：“好。”

薛霁忙欣喜地说道：“谢谢顾老师。”

薛霁走后，方羽揶揄地瞥了顾修一眼：“我说，你还真把人家当成你的关门弟子了，管得这么宽？”

顾修蹙着眉，沉默不语。

跟顾修谈完，才下午四点多。薛霁估摸着秦亦沉应该还在公司忙碌没回去，于是直接赶去了秦风集团总部。这还是薛霁第一次踏入秦亦沉工作的地方。前台工作人员刚开始没认出她，十分公式化地询问她是否有预约。

“没有。”薛霁摘下墨镜，答道，“你好，我是薛霁。”

听到这个名字，再看清眼前这张脸，前台终于后知后觉的反应过来，忙给魏兰拨了个电话。

魏兰很快下来，领着薛霁上楼，带进了秦亦沉的办公室。

“秦总还在开会，薛小姐，请稍等。”

“好。”薛霁微微一笑，在沙发上坐下。

魏兰倒了一杯茶，搁在薛霁面前，薛霁抬眼道：“谢谢。”

“不客气。”

薛霁怕她不自在，便道：“你有事就先去忙。”

“那您先坐一会儿。”魏兰颔首，转身出去，心想这位薛小姐看起来倒是不难相处。

半个小时后，秦亦沉开完会推门进来。

见到薛霁，有些意外也有些惊喜，冷峻的面色立刻缓和一些。

“亦沉。”薛霁笑着起身，上前亲昵地抱住他的胳膊。

“什么时候回来的？”秦亦沉揽着她一同坐下。

“今天中午。”薛霁偎着他道，“知道你还没下班，所以直接来公司找你了。这还是我第一次来你的公司，居然没吃闭门羹。”

秦亦沉一笑，抬手勾起她的下巴。

“谁敢拦你？”正欲亲下去，门外突然响起敲门声。

秦亦沉淡淡地道：“请进。”

薛霁忙将他的手推开，稍稍坐直了身子，可秦亦沉却丝毫不受影响，仍旧不动声色地紧紧揽着她。

魏兰推开门，就见他们平日里不苟言笑的秦总亲密地搂着身侧的女人。刚刚似乎还用手勾了她的下巴，结果还被她推开了？

魏兰感觉自己好像看到了不得了的画面。

“秦总，薛小姐。”她打了声招呼，将手中端的一份甜点恭恭敬敬地放在薛霁面前。

薛霁道：“谢谢。”

魏兰笑了笑，也不多话，转身离开。

薛霁看了看面前颜色鲜嫩诱人的甜点，不由得道：“你的秘书还挺细心。”

秦亦沉偏头觑她，说了一句：“她是大哥的秘书。”

薛霁拿起叉子的动作一顿：“我就是单纯地夸一下她，你干吗这么着急解释？”听到解释，她反而不依不饶起来，凑近端详着他的神色，动了动眉毛，“此地无银三百两？”

秦亦沉唇角噙笑：“怕你多想。”

“你以为我是你？醋坛子！”

片刻后，秦亦沉松开她，捏了捏眉心，面露疲态。

薛霁见状，轻声问道：“我来的时候看到新闻，听说你哥出事了，要紧吗？”

秦亦沉蹙起眉头：“再过两天就能保释出来，不过后续的事情有些麻烦。”

薛霁也蹙了蹙眉：“怎么会突然发生这种事情？是有人故意陷害吗？”

秦亦沉道：“还在查，应该是徐家的人，我们和他们那边有商业竞争。”

徐家，同为本市知名的商贾豪门之一，薛霁也略有耳闻。

“饿了没？晚上想吃什么？”秦亦沉搂了搂她的肩，转移话题道。

薛霁摇摇头：“这里还有份甜点，你先去忙你的，我等你。”

秦亦沉摸摸她的头发，从沙发上起身，薛霁忽然又犹疑着道：“对了，亦沉。我下周要进剧组，取景地比较远，可能几个月都不能回来。”

秦亦沉闻言一顿，眉头皱起，脸色不太好。

薛霁抿了抿唇，小声说：“就是之前我跟你提过的，一直在筹备的那部电影，开机时间已经定了，没法更改。”

秦亦沉静默半晌，最终什么也没说，匆匆去处理公事了。

一直到晚间吃饭，秦亦沉的面色仍未缓和，话也很少。

薛霁知道他心里不高兴，可又无可奈何，只能尽量不再提和电影相关的事。

次日一早，秦亦沉就出门了，起床时也没有惊动薛霁。

等到薛霁睡醒，身边已经空了。

她洗漱完下楼，询问秋姨才得知，因为秦亦景的事，秦母气病了，正在医院躺着，秦亦沉去看她了。

薛霁愣怔一会儿，问清地址，随后也赶到了医院。找到秦母所在的病房时，秦母正在跟秦亦沉闹脾气，非要出院回家休养。

“阿姨没事吧？”薛霁敲门进去，摘下帽子和口罩，上前关心道。

秦亦沉看她一眼，淡淡地回道：“没什么大碍。”

秦母看见薛霁，眼中闪过一丝意外的情绪，不过却没说什么，转头冲秦亦沉道：“既然没什么大碍那就赶紧让妈出院，这医院妈是一刻也不想待了。”

秦亦沉蹙眉："妈，我最近脱不开身，你回去也没个人帮忙照看。"

"不是还有秋姨吗？"秦母顿了一下，视线掠过旁边的薛霁，有些不情愿地补充说，"再不行，还有她！"

听到这句，秦亦沉目光微顿，薛霁也有点儿心虚，没吭声。她马上就要进剧组了，根本没时间照看她。

最终，秦亦沉还是没能拗过秦母，只能同意让她出院。

办好出院手续，薛霁帮忙扶着秦母往外走，谁知才出医院门，就碰上一堆早已蹲守多时的媒体记者。

记者们一窝蜂地涌过来，还有一些人认出薛霁，在围攻秦亦沉的同时还不忘朝她发问，闪光灯一阵狂闪。

秦亦沉冷着脸一言不发，艰难地护着两人上了车。

一路上，秦母的面色都是惨白的，不过碍于司机在场，倒也还是一直硬撑着稳住情绪。

送两人回到别墅之后，秦亦沉接了个电话，便又急匆匆赶去公司，留下薛霁陪着秦母。秦母状态不怎么好，中午连饭也没吃，勉强喝了两口汤，忧心忡忡地坐在客厅沙发上，用手撑着脑袋，似乎头疼得厉害。

薛霁犹豫一下，过去劝道："阿姨，您不舒服的话就先回房间休息，亦沉那边如果有消息过来，我再叫您。"

秦母看她一眼，没有坚持，在她的搀扶下回了卧室。

扶秦母上床躺下后，薛霁出屋关好门，眉间也有了忧色。她回到自己房间，拿出手机刷了刷网页，铺天盖地都是关于这件事的议论，还有不少网友在微博评论里问她事情的真假，或者直接私信她。

她正往下翻着，突然有电话打过来，竟然是许幼清，她怎么会突然打电话给她？

"幼清？"薛霁接通电话，有点儿不确定。

那边传来许幼清的声音："是我，我还以为你早把我拉黑了。"

薛霁笑笑："好端端的，我拉黑你做什么？"

许幼清那边沉默了一下。

薛霁问："怎么了，你找我有事？"

隔了片刻许幼清才开口："我是想告诉你一件事情，蒋嫣嫣跟赵凯有关系。"

薛霁一愣，随即心底涌起一股寒意。

蒋嬿嬿同赵凯？也就是说，这回秦亦景出事，秦风集团陷入危局，很可能跟赵凯有关，兴许是他早就预谋好的。

“这件事是我亲眼所见，信不信由你。我今天打电话跟你说这个也没别的意思，你当初帮过我，现在我还你一个人情。”

好半晌，薛霁才从震惊中回神，道：“好，谢谢你，幼清。”

“不用谢，只要你别跟人提起是我告诉你的就行。”许幼清说完，挂断了电话。

薛霁握着手机，消化着许幼清告诉她的消息，内心久久不能平静。

蒋嬿嬿和秦亦景在一起两年了，如果她从一开始就是赵凯的人，那么赵凯该是从多早之前就开始谋划这一切？还有之前自己和顾修被曝光的“亲密照”以及网上那些闹得沸沸扬扬的流言，是不是也跟蒋嬿嬿有关？

薛霁越想越觉得心惊，赶忙给秦亦沉打了个电话。

电话响了半天，秦亦沉才接起，听完薛霁的话后，他也愣怔片刻，皱眉问：“这件事你是从哪里知道的？”

薛霁道：“一个朋友告诉我的，她说是她亲眼所见。”

秦亦沉一阵沉默，似乎在思索什么。

“还有，我忘了告诉你，上回我说撞见赵凯纠缠别人，他纠缠的就是蒋嬿嬿。当时蒋嬿嬿求我保密，我以为她是不想给你哥哥添麻烦，所以就答应了。现在看来，根本没那么简单。我怀疑蒋嬿嬿很可能从一开始就是赵凯埋在你哥身边的一枚棋子。”薛霁顿了顿，又问：“对了，她现在人在哪儿？”

秦亦景出事，她怎么也该有点儿动静才是。

“她不见了。”

“不见了？”薛霁瞪大眼，这是什么意思？

秦亦沉道：“我这几天也在查她的下落，暂时还没得到消息，大概是被赵凯藏起来了。”

薛霁想了想，说：“我也去找朋友帮忙打听一下。”

随后，薛霁便开始找圈内的朋友联系蒋嬿嬿。然而得到的消息却是蒋嬿嬿前阵子推掉所有工作，请了长假，谁也不知道她的行程，包括她的经纪人和助理在内，像是突然人间蒸发了。

这样的结果基本证明了许幼清所言非虚，蒋嫣嫣确实有问题，否则没必要在这个时候恰好躲起来。找不到蒋嫣嫣，就只能从赵凯入手，秦亦沉细查之下才发现，原来赵凯暗中早已搭上了徐家，想要借徐家的手报之前的仇。

三天后，秦亦景终于被低调地保释出来，秦母跟着他回到旧宅那边。

薛霁假期结束，也重新回归工作正轨。

这天晚上，为了新电影的开拍，薛霁同顾修和其他几位主演去参加一个聚会活动，没想到竟然又碰上了赵凯。隔着谈笑往来的宾客们，他看向薛霁的眼神，既恶心又得意。

薛霁对上他那副嘴脸，恶心得连半口东西都吃不下去，同身旁人打了个招呼，悄无声息退出人群，去了洗手间。

从洗手间出来，薛霁刚想找个安静的角落待一会儿，就被赵凯拦住。

"好久不见，聊聊？"

薛霁原本不愿搭理他，但想到秦亦沉那边的事，最终还是忍着厌恶没有立刻拒绝。

"聊什么？"

赵凯脸上的笑容越发得意："我们出去聊聊。"

薛霁眉头一皱，毫不犹豫地拒绝："不必了，有什么话就在这里说。"有过上一回的经历，她要是还敢跟他独处，那就真是蠢得无药可救了。

赵凯稍稍有些不悦："秦家两兄弟都自顾不暇了，你难道就不想赶紧找下一个靠山？"

薛霁盯着他，不答反问："蒋嫣嫣是你故意安排到秦亦景身边的？"

"你们现在才知道，已经晚了。"赵凯得意地笑道，"三十年河东，三十年河西。薛霁，我劝你还是趁早想清楚，否则到时候后悔可就来不及。"

薛霁冷声回道："没到最后，谁胜谁负还未可知，我也奉劝你一句，不要笑得太早。"

赵凯没想到她到这个时候还这么冥顽不灵，脸色不由得有些发青，他冷哼一声道："我看你是不见棺材不掉泪！"他突然上前一步，逼近薛霁，"这样，你求求我，我或许可以考虑放他们一条生路。"

神经病！

薛霁不想同他再多做纠缠，皱眉愤愤地往一旁退去，结果不小心撞入身旁一堵温厚的胸膛。

顾修突然出现，扶了薛霁一把，拦住赵凯的动作。

“没事吧？”他低头问薛霁，嗓音温和。

薛霁摇摇头：“没事，谢谢。”

“赵先生想跟薛小姐谈合作吗？”顾修护着薛霁，掀了掀眼皮，冲赵凯淡淡地道，“可惜薛小姐已经签了我的工作室，恐怕没档期跟赵先生合作了。”

赵凯看见顾修，硬生生止了步。虽然心有不甘，但却不敢再乱来。顾修这人无论是在娱乐圈还是在商业圈都算一号人物，他也不敢随便得罪。

“我倒是忘了，你早就找好下家了。”赵凯看了顾修一眼，对着薛霁阴阳怪气地嘲讽道。

薛霁没理他，同顾修一起离开。

赵凯望着两人的背影，目中闪过阴狠之色。

薛霁飞离本市，正式进剧组的那天，秦亦沉刚好去了外地参加商务会谈，于是两人连面都没见上，就又开始漫长的分别。

秦母听说这件事之后，把兄弟俩都骂了一通：“我早就跟你们说过，这些个女演员无情无义，不是什么好东西。你们一个个偏不听，现在闹成这样，你们心里舒坦了？”

听到秦母把薛霁和蒋嫣嫣画上等号，秦亦沉皱起眉头：“妈，小霁只是去拍戏。”

“拍戏？都这个时候了，她还只知道拍她的戏，连等你回来都不肯，我看她是根本就没把你放在心上。”秦母顿了顿，冷笑一声，“日久见人心，你难道还没看清楚？”

秦亦沉没再接话。

秦母越发觉得自己的话有道理，继续道：“我还听说她这次又是跟那个顾修合作，你自己算算，这一年到头，她跟你在一起的时间有跟别人在一起的时间的一半多吗？”

秦亦沉仍旧沉默，眼神变得有些复杂，周身的气息也十分冷冽。片刻后，他冲秦亦景道：“哥，你照顾好妈，我先回公司。”

经过这次挫折，秦亦景再没了以前的意气风发，恹恹地应了声。

看着头也不回离开的秦亦沉，秦母的怒气值再度飙涨，她有火没处发，只能转过头继续训不听话的大儿子秦亦景："我跟你说过多少遍了，让你不要在外面胡来……"

另一头，薛霁进入电影剧组后，就开始了没日没夜的劳模生活。

拍电影对演员的演技和其他各方面的要求很高，薛霁头一次尝试，便遇到了不少问题。好在有顾修在一旁指点，再加上两人通过之前的拍摄磨合出了默契，所以整体还算顺利。

一晃将近五个月过去，在疯狂加班赶工之下，十二月底，薛霁的新电影终于杀青。

电影拍摄期间，薛霁只匆忙地回去过一次，跟秦亦沉碰面的时间甚至不超过三个小时，话也没说上几句。

而在薛霁忙着发展自己演艺事业的同时，秦亦沉这边的事业却遭受了一连串的打击。继秦亦景出事之后，秦风集团在对赌中败北，出现财务危机，旗下不少子公司濒临倒闭……

等到薛霁电影杀青回来，关于秦风即将破产的传闻已经闹得沸沸扬扬。

薛霁看到这些消息时简直难以置信。这几个月她忙着赶工拍戏，虽然知道秦亦沉的公司遇到了麻烦，但却一直以为只是小风小浪，没想到会有这么严重。

除了破产的传闻之外，关于两人感情冷淡、疑似分手的流言也渐渐传开。媒体记者们甚至还搬出一些所谓的证据，比如说薛霁拍戏数月不归，与顾修再度合作，因戏生情之类的。

薛霁看得头疼，只能通知常悦，让她尽快处理。

薛霁回来的当天，秦亦沉没能抽出时间去接她。薛霁也没抱怨什么，让司机和助理送自己回了家。

到家后，薛霁草草洗了个澡，就把自己扔到床上沉沉睡去。将近半年的剧组生活，她累得骨头都快要散架了。

睡到半夜，隐约听见房间里响起窸窸窣窣的声音，像是有人进屋。

灯光大亮，颀长的人影俯下，气息熟悉。薛霁用尽力气动了动眼皮，却没能睁开眼睛，呢喃了一句"你回来了"，便又重新沉入梦乡。

秦亦沉在床边坐下，凝神望着她的睡颜，久久没有动作。

蓦地，薛霁搁在床头柜上的手机震动一下。秦亦沉侧头，看到一条消息提示，是常悦发来的，开头一行就提到顾修的名字。

秦亦沉盯着那个名字看了半晌，他拿起手机解锁，点开消息，终于看到全部内容：大意是提醒薛霁后天要跟顾修去参加一档综艺节目，为新电影做宣传预热。

秦亦沉看完消息，目光又转向床上睡着的人，眼中晦暗一片，深不见底。

第二天早上，天蒙蒙亮，秦亦沉就起床了。薛霁被细微的响动吵醒，迷迷糊糊睁眼，翻身却摸了个空。要不是身边的被窝里还留有余温，她都忍不住要怀疑他根本就没回来过。

秦亦沉洗漱完，从卫生间里出来，换上正装。薛霁拥着被子坐起身，睡眼惺忪地问：“怎么这么早就起来？”

“公司有事。”秦亦沉从衣柜里取出领带。

薛霁突然放软语调，笑道：“你过来。”

秦亦沉看她一眼，不明其意。

薛霁催促道：“过来。”

软糯的嗓音，尾调带了几分娇媚的味道，勾得人心里发痒。

秦亦沉慢慢走到床边，薛霁取过他手中的领带，示意他弯腰，而后将领带绕过他后颈，跪坐着替他打好，动作干净利落又漂亮。

“好了！”薛霁一笑，眉眼弯弯，在他脸上亲了一口。

秦亦沉冷清的脸上也终于添了一丝笑意，摸摸她的头，说：“还早，你自己再睡会儿。”

薛霁应了一声，手却搂着他的腰不肯放开。她仰起脸，有些迟疑地问：“我最近听到一些传闻，你公司那边还好吗？”

秦亦沉脸上的那点笑意瞬间淡去，顿了顿，他才镇定地道：“没事。”

“真的？”见他神色不对，薛霁估摸着那些传闻可能非虚，忍不住有点儿担忧，“如果有事的话你别瞒着我。”

秦亦沉打断她：“有事我自己会处理，你别想这么多，好好在家休息。”

秦亦沉说完，拿开她放在他腰间的手，转身出了门。

薛霁跪坐在床上，越想越不放心，这样一闹，她也没什么心思继续睡觉，索性起来洗漱。下楼吃完早饭，她回到房间，给盛妍打了个电话。

“美人，我回来了。”

“看到你发的杀青照片了，你这一年到头地四处跑，我都习惯了，这次回来能待几天？”

薛霁道：“大概四五天，回头我去看看行程表。”

“有时间出来约个饭聚一聚吗？”

“吃饭恐怕暂时不行，等我忙完这阵子再说。”

听见薛霁叹息的语气，盛妍忍不住打趣道：“现在功成名就，怎么还叹起气了？”

“心累……你都不知道我多久没睡过一个踏实觉了。”

屋外暖阳正好，薛霁走到阳台上坐下，往椅背上懒懒一靠。

盛妍笑道：“欲戴王冠，必承其重。你就别抱怨了，这才刚开始。”

冬日的阳光洒落在身上，让人有种昏昏欲睡的感觉。薛霁眯了眯眼，忽然道：“对了，我跟你打听点儿事。”

盛妍：“什么事？”

薛霁道：“你平常接触商业圈的人不少，知不知道秦风集团现在到底是个什么情况？外面那些传言有几分真几分假？”

盛妍奇怪道：“这种事你不去问你家秦先生，怎么反倒跑来问我一个外人？”

薛霁叹了口气：“我问过他，可他不肯说。”

盛妍沉默片刻，说：“据我得到的消息，情况是不太好。秦亦景识人不明，被竞争对手算计了，这一回的烂摊子有点儿大。”

薛霁心下微凉，难怪秦亦沉那副神色。

见她半晌没说话，盛妍宽慰道：“你也别太着急，商场如战场，起起落落是常事，你家秦先生瞒着你也是不想你跟着担心。”

“可我不知道情况，只会更担心。”

“小霁，你有没有想过找顾修帮忙？”隔了一会儿，盛妍忽然又道。

薛霁微微一愣：“你的意思是？”

盛妍道：“你别小看我们这位大老板，他背后的身家不比秦家弱，而且，他虽然重心放在演艺事业上，但商圈也有所涉足。假如你能说动他出手帮忙，事情或许会有转机。”

薛霁思忖片刻，担忧道：“可是，他会同意帮我吗？”

“你都跟他合作这么久了，应该能说上点儿话吧？”盛妍道，“我也只是给你提个建议，你姑且试一试。”

“好。”

挂断电话，薛霁点开手机聊天页面，看到昨晚常悦发给她的提醒消息，不由得感到奇怪：自己好像没点过这条消息，怎么提示就消失了？难道是睡觉的时候迷迷糊糊点的？

她想了想，没想出个所以然，也就懒得在意，开始回消息给常悦。

次日，薛霁按照常悦通知的行程安排，和顾修一起参加某档综艺节目。

节目录制得比较晚，几人就一起去吃了个夜宵。

吃完夜宵回到家，秦亦沉也才刚回来，薛霁想起盛妍的提议，打算跟他商量一下，可见他脸色不太好，又犹豫了。

秦亦沉松开领带，见她心事重重的样子，问道：“怎么了？”

薛霁回神，摇了摇头：“没事。”还是等他心情好一点儿再说，她转而问道，“你要洗澡吗？我帮你拿衣服。”

她起身，打开衣橱，替他拿了睡袍和内裤出来。

秦亦沉盯着她的背影，总觉得她有话没说出口，不过也没再问，跟在她身后进了浴室。

薛霁放好热水，起身准备出去，结果一转头，就被他拽入怀中。

他扣着她的手腕，低头道：“想替我脱衣服？”

薛霁一看他的眼神就知道他在想什么，瞪了他一眼：“美得你！自己来。”

秦亦沉却紧扣着她不肯松手，一手揽着她的腰，往前两步，将她抵在玻璃门上，脑袋靠在她的肩头。

“累。”低低吐出的一个字，带了几分孩子气，像是在跟她撒娇。

薛霁忍俊不禁，到底心疼他，松了口：“就这一回，没下次了。”

飞快替他脱完衣服，薛霁转身准备出去，却被他重新扣住。

薛霁抵着后面的玻璃门，抬眼瞪他：“你别太得寸进尺。”

秦亦沉低笑一声，垂头去亲她。

薛霁别过脸，不让他亲，指尖在他的腹肌上刮了一下：“你刚刚不是说累？”

她斜眼瞥他，眸光流转。

他呼吸一沉，将唇凑到她耳边。

“还可以更累一点儿。”

第二天，薛霁仍旧起得晚，她摸过手机看了看时间，琢磨着要不要趁这个时候跟秦亦沉商量请顾修帮忙的事，谁知还没来得及开口，就看到网上炸开了一条热门新闻：“顾修薛霁深夜密会！”

新闻的源头是有人在微博曝光了几张她和顾修昨夜去吃夜宵的偷拍照，方羽和常悦还有两人的助理都不在镜头内，单看照片，确实很像私人的约会。

网友们立马闻风而来，摩拳擦掌，一个个都兴奋不已。各大媒体账号纷纷发文凑热闹，并添油加醋地进行各种揣测。

看见这些消息的薛霁头都要裂了。这一天天的，怎么就不见消停？还非要挑在这种时候！她烦躁地瞧了卧室门外一眼，秦亦沉正在书房整理东西准备出门，希望他没看见就好。

薛霁赶忙给常悦打了个电话，让她加急处理。

与此同时，顾修那边。

方羽看完网上的言论，火气直冒：“这些人还有完没完？要是让我知道是谁在背后搞鬼，我非整得他哭爹喊娘不可！”方羽越说越火大，“不行老顾，这回这口气我咽不下，必须得给他们点儿颜色瞧瞧！”

顾修却不像他那么激动，波澜不惊地坐在一旁，好整以暇地看着方羽发火。

方羽忍不住了：“都什么时候了，你怎么一点儿反应都没有？”

“给你那么多薪水是让你吃白饭的？”顾修掀了掀眼皮，淡淡地道，“这事你要是处理不好，今年的年终奖就别拿了。”

方羽在心里暗骂一声，就火急火燎地赶去处理了。

薛霁刚和常悦通完电话，就看到了立在门口的秦亦沉。他没什么表情地盯着她，一张脸冷得仿佛蒙上了一层冰霜。

薛霁紧张地扯出一个笑：“你要出门了？”

秦亦沉没应她，目光沉沉。

薛霁被他盯得有点儿心虚，估摸着他可能已经看到了新闻，于是主动解释道：“你是不是看到网上的新闻了？你别听那些媒体瞎说，我们就是参加完综艺录制后一起去吃了个夜宵，常姐和方羽他们都在场的。”

秦亦沉听完她的解释，脸色缓和了些，忽然道：“你是不是有事想跟我说？”

薛霁愣了一下，踟蹰半天，硬着头皮道：“我听说，你公司那边出了点儿事，你看要不要找顾老师帮帮忙。”

话一出，秦亦沉的脸色重新冷下来：“我还用不着他来可怜！”

“亦沉，这不是可不可怜的问题，现在形势这么严峻，你难道就不能暂时放下面子，把他当成一个普通的合作方？”

话刚未音，秦亦沉的手机突然响了。

“好，知道了。”他皱眉应了两句，挂断电话，看向薛霁，“这些事我自己会处理，不用你多管。”

他说完，转身出了门。

“亦……”薛霁没叫住他，退坐回床边，抓了抓头发，烦乱不已。

常悦和方羽的动作都很迅速，当天下午，那几张照片就被撤掉，舆论风波也被压了下去。

四点左右，薛霁按照事先安排的行程，同顾修等人一起，飞往洛杉矶参加一个电影展。

薛霁走的第二天，秦母突然过来秦亦沉这边，让他陪自己去见一个朋友。

秦亦沉微微蹙眉：“什么朋友？”

秦母顿了顿，目光闪烁：“就是你张叔叔，你小时候见过的。你爸爸去世之后，咱们两家好长时间没联系了。”她叹了口气，“亦沉，现在这种时候，该低下头求人还是得低个头。”

秦亦沉知道她的意思，沉默片刻，最终应下。

“我去换件衣服。”

秦母跟对方约好的见面地点是在一家高级餐厅内，大理石地板光洁锃亮，映出走动的人影。

秦亦沉一进包厢就看到了沙发上坐着的一位中年男人和他身边一位明显精心打扮过的年轻女孩子。

他脚步一顿，偏头看向秦母，眼神瞬间就冷了下来。

秦母心虚地笑了笑：“怎么不过去？”

秦亦沉紧拧着眉头，转身就要离开。

秦母急了，拽住他："来都来了，过去坐会儿，不然太失礼了。"

秦亦沉不动，面寒如冰。

秦母急道："我已经跟人约好了，你就当给妈一个面子，别让妈下不来台。"

秦亦沉冷漠地看她一眼，头也不回地走了。

沙发上，年轻女孩子看见秦亦沉转身离开的背影，咬了咬唇，忽然追了出去。

"彤彤！"中年男子赶忙跟上。

追到餐厅门口，张彤彤一把拽住秦亦沉的胳膊："你先别走！"

秦亦沉被迫顿足，皱了皱眉，拂开她的手，冷冷淡淡地道："什么事？"

两人恰好站在门口的台阶边上，张彤彤刚要开口，冷不防脚下踩空，整个身子往后仰倒。她惊呼一声，下意识地伸出了手，本认为秦亦沉会主动扶自己一把，谁知秦亦沉却只是冷眼旁观着，没有任何动作。

张彤彤抓了个空，华丽丽地摔倒在地，痛得直吸气。她仰起头，气闷不已："你怎么都不知道扶我一下？"

秦亦沉轻描淡写地扫她一眼："不过三级台阶，摔不出大毛病。"

张彤彤只能咬牙自己站起来，刚站直了又一个趔趄，这一回，她成功地倒在秦亦沉身上。秦亦沉皱眉，刚想将她推开，她却呼痛一声，拽着他的大衣袖子不肯松手："我的脚好像崴了。"

正在这时，秦母和张彤彤的爸爸过来了，关心地问道："彤彤，你没事吧？"

张彤彤苦着脸道："脚崴了。"

秦亦沉趁机挣脱她，将她交给她爸爸。

张彤彤见他一副唯恐避之不及的模样，顿时更加气闷了："我们是受阿姨所托来帮你的，你可要考虑清楚。"

秦亦沉淡淡地瞥她一眼，什么话也没说，步下台阶走了。

秦母左右为难，只好向张父点头道了个歉，匆匆忙忙追上去。

待两人走后，张彤彤就松开张父的搀扶，站直了身子，好像刚才根本没有受半点儿伤。父女俩看了看四周，然后往右手边的角落里走去。修剪得整整齐齐的绿化草木后面，转出一个鬼鬼祟祟的男子，手里拿着相机。

"照片拍好了吗？"张彤彤问。

男子把相机递给张彤彤过目，张彤彤看过后，露出了满意的神情。

“就照我之前说的做。”

男子连连点头哈腰，应承着退下。张父笑着对张彤彤道：“彤彤，还是你聪明。”

张彤彤倨傲地扬了扬下巴，踩着高跟鞋往回走：“爸爸你放心，我敢肯定，过不了多久秦亦沉就会跟那个薛霁闹掰，然后回来求我们的。”

02

回家的路上，秦亦沉全程冷着脸，没有跟秦母说一句话。

顾及还有司机在场，秦母也只能压着脾气，没跟他吵。

直至到了家，进了客厅，秦亦沉才冷冰冰地开口道：“妈，如果这样的事情再发生第二回，我就不再管你和大哥的事，以后烂摊子你们自己去收拾。”

秦母没想到他竟然会说出这么严重的话，一时愣住了，脸上血色褪去，微微发白。

“亦沉，妈这也是为你好。”

“我说到做到。”秦亦沉根本没理会她的半句解释，径直上了楼。

秦母还是头一次见他发这么大的脾气，不由得呆立在原地，有些无措。

秦亦沉上了楼，在沙发上坐下，抬手撑着额头，整个人疲累不已。面前的茶几上，放着一本杂志，封面是薛霁的照片，笑容明艳灿烂。

秦亦沉凝神注视了一会儿，视线渐渐变得模糊……

洛杉矶，电影展上，薛霁一袭红色长裙，仪态万千地缓缓走过地毯。

璀璨星光，集于一身。

她展颜一笑，目光却不知该落在何处。台下无数张面孔，却偏偏缺了她最想见的人。

妆容精致的脸上，笑意淡去，闪过一丝失落。

许久，秦亦沉重新下楼，秦母坐在客厅沙发上，眼圈通红，像是哭了一场的样子。秦亦沉有点儿头疼，又不好真不管她，只能走到她旁边坐下。

秦母抬头看了他一眼，哽咽着道：“妈早知道，你怪妈自作主张，可妈只是不想看到秦家辛辛苦苦打拼下的家业就这么一朝毁了。自从你爸去了之后，妈就常常担心你们兄弟两个担不起这份重任，尤其是你哥那么个不知轻重的性子，现在果然出事了。这阵子，妈晚上做梦总梦到你爸，睡也睡得不安稳。”

秦亦沉的面色渐渐缓和了些，轻声道：“妈，你求的这些人，他们未必是真心想帮我们，不过是乘人之危，想看看有什么便宜可占罢了。这样低声下气，除了送上去让人羞辱，根本起不到任何作用。”顿了顿，“还有，哪怕再走投无路，您也不该把我当成交易物品，去跟别人谈条件。”

秦母听见他的这番话，脸上一阵红白交替。她只顾着解决眼前的危机，根本没想那么多，现在冷静下来整个人都清醒了不少，她急急地辩解道：“妈也是一时情急。”

秦亦沉道：“现在还没到山穷水尽的地步，该怎么做我心里有数。您身体不好，先回 S 城休养一阵子，等这边的事情解决了我再派人去接您。”

秦母面露难色，但想起他先前的话，终于服了软：“好，妈先回去。”

安抚好秦母，秦亦沉松了口气，拿出手机，刚想打个电话给薛霁问问电影展的情况，一个电话突然拨了进来，是公司那边的。

他接通电话，边听着那头的汇报，边往外走……

翌日，一篇标题为“秦亦沉薛霁确认分手，有图为证”的帖子悄然登上各大平台。帖子上有两张照片：一张是秦亦沉在餐厅门口“抱住”张彤彤的照片，一张则是薛霁和顾修一同参加电影展的合照。内容大致就是围绕这两张照片，展开关于秦亦沉与薛霁私下已经分手，各自寻找真爱的分析。

可谓是一波未平，一波又起。前两天的热潮才刚被压下去，经过这么一搅和，顷刻间又反弹了，而且势头更盛。

网上吵得热火朝天时，薛霁正在回国的飞机上，因为太累，她闭目休息了一会儿。

晚上八点多，飞机降落。通道外欢呼声震耳，薛霁强打起精神朝接机的粉丝们微笑打招呼，随后在常悦和工作人员的掩护下钻入车中。

“这两天还有什么安排吗？”上车后，薛霁疲惫地瘫软在座椅上，有气无力地问常悦。

常悦划拉着手机，答道：“后天要去参加一个评奖的活动，明天下午四点的飞机，你有差不多一天的休息时间。”

薛霁哀号一声：“常姐，我什么时候能放个长假？”

常悦划拉手机的动作突然顿住，面色也微微一变。

“等过完这阵子。”常悦抬头道，神情有点古怪。

薛霁并未察觉到她的不对劲，从包里拿出了自己的手机。

常悦动了动唇，欲言又止。

“过一阵子是多久？我真的快撑不住了！”薛霁一边叫苦一边低头刷手机，倏地整个人一僵，仿佛被定在原地。

手机页面上，秦亦沉和张彤彤的那张相拥的合照明晃晃地映入眼帘。常悦看见她发白的脸色，忙安抚道：“这些媒体，消停不了两天就又开始造谣，我马上让人去处理。”

薛霁没说话，只是定定地看着手机。

常悦又道：“时间还早，要不要和组里的人找个地方聚一聚，热闹一下？”

沉默半晌，薛霁终于开口：“不用了，送我回家。”

涉及私事，常悦也不好多说什么，只能揽了揽她的肩，以示安慰。

回到别墅，屋子里黑漆漆一片，冷寂之气扑面而来。

秦亦沉没有回家，秋姨也不在。薛霁开了灯，在空荡的客厅里坐下，捏着手机开始发呆。

时间一点一点缓慢地过去，薛霁呆坐许久，最后支撑不住，歪在沙发上睡着了……

薛霁是被冻醒的。她看了看时间，深夜两点多，秦亦沉还没回来。心口涌起一股酸涩的感觉，她努力平复下情绪，一个人上楼睡觉。

直到第二天早上八点多，薛霁才接到秦亦沉从外地打来的电话。

电话那头，秦亦沉的嗓音带着浓浓的倦意：“你回家了？”

薛霁心里憋着气，冷淡地应了声。

秦亦沉也听出她的不高兴，猜到什么，解释道：“张彤彤的事你别瞎想，她爸爸是我爸妈的一个老朋友。我陪我妈过去见一面，她当时崴了脚，往我这边倒了一下。”

薛霁听完他的解释，沉默片刻，道：“我待会儿要赶飞机去参加一个活动，等我回来再说。”说完，也不等秦亦沉再开口，直接挂断电话。

在上飞机之前，薛霁约了盛妍在机场附近的一家饭店里见面。

盛妍赶到包厢内，看见她眼中的红血丝，问道：“吵架了？”

薛霁摇摇头：“没有，他人都不在家，跟谁吵去？”

“那你怎么这副样子，还火急火燎地把我叫出来？”盛妍皱了皱眉，“是为了他跟张彤彤的事？那照片我看过了，是有点儿暧昧，不过他就没跟你解释什么吗？”

薛霁垂眸，搅了搅杯子里的咖啡：“解释了，说是去见他爸妈的老朋友。”她冷笑一声，“他想哄谁？那架势像是单纯地拜见长辈？分明就是去相亲！他妈妈本来就不待见我，现在有这么个机会，还不得赶紧拉着他往上凑？”

盛妍略一沉吟，道：“你先冷静一点儿，兴许真有误会？你不是也说他妈妈不待见你，会不会是他妈妈硬逼着他去的？”

“他要是没动那个念头，谁能逼得了他？”

“那如果是他妈妈忽悠他去的呢？”

薛霁动作一滞，突然噎住了。

“你想，假如他妈妈告诉他只是去见一位长辈，故意没告诉他长辈的女儿也在场，他陪着过去，这误会不就发生了？”

薛霁握紧咖啡杯子，半晌不吭声。

盛妍看她的样子就知道她心里差不多已经有数，继续道：“两个人在一起，彼此信任很重要，与其一个人在这里生闷气，倒不如冷静下来好好地把事情弄清楚。万一真的只是误会，岂不是自己折腾自己，还便宜了那些兴风作浪的人？”

薛霁抿了抿唇，忽然低声道：“盛妍，其实我心烦也不全是因为这件事。我觉得我们之间的感情出问题了。”

“怎么说？”

“你也知道，最近他的公司遇上些麻烦，外面不少人都在说我忘恩负义，趁他落魄时抛下他，跟顾修在一起了。他虽然嘴上没说，但我看得出来他心里其实并非一点儿都不在意。”

盛妍听她说完，顿了半晌，抬眼道：“说句实话，我觉得这事错不全在他，你也有责任。众口铄金，外面那些谣言传得沸沸扬扬，要他一点儿都不受影响，那是不可能的。更何况，他现在是这种处境，公司出了那么大的事，重压之下，不多想才怪。”

“还有，”盛妍看着她，又道：“你这一年到头不是在剧组就是跑各种活动，你自己算一算，你在家待的时间有多少？跟顾修在一起的时间有多少？跟他在一起的时间又有多少？你换位思考一下，要是你，你会不会多想？”

薛霁被这连番质问弄得有点儿词穷，沉默片刻，又皱眉道：“可我那是因为工作，又不是因为别的。难道要我为了那些乱七八糟的流言，就放弃我自己的事业？再说我这么努力地拍戏，拼命往前走，也是想证明我有能力养活我自己，跟他在一起不是贪图他的钱财，更不是爱慕虚荣依附于他。”

薛霁说着，鼻头一酸，突然红了眼圈。

盛妍闻言，微微叹了口气：“说了半天，原来你的心结在这里。你有这种想法我能理解，可是你告诉过他吗？”

薛霁抿嘴不语。

“有些事情，该说清楚的还是得明明白白地说清楚，不然长此以往，他不知道你的心思，你也不理解他的想法，总有一天会出大问题。”

盛妍顿了顿，垂眸看着自己搁在咖啡杯旁边的手指。

“就像我跟陈元嘉。那时候，我爸妈因为他家里穷，一直很看不上他，没少给他白眼。我当时虽然知道，但却并没有太把这事放在心上，甚至从不曾设身处地地考虑过他的感受。后来想想，他之所以变得那么急功近利，大概也跟这个有点儿关系。”

那时年少天真，肆无忌惮地挥霍着青春与感情，以为只要凭着一腔爱意，就可以长长久久，不知道何为包容和理解，更不知道感情也是需要经营的。

所以到最后，才落得一个那样的结局。

她抬起头，轻声说：“小霁，坦白说，我也不是没有后悔过的。”

薛霁对上她的目光，微微一怔。

“听我一句劝，先冷静下来，好好考虑清楚该怎么办，不要做让自己后悔的事。”

当天下午，薛霁再度飞离本市，和顾修前后抵达目的地的机场。为了避嫌，常悦和方羽特地将两人的时间错开了。

薛霁有望成为新一届的最佳女主角。活动晚宴上，不少人过来向薛霁道贺，薛霁笑着一一致谢。

等到应酬完，她一个人坐在角落里，脸上的笑容又淡了。

常悦走到她身边，低声说：“我已经让刘灵将机票改签了，明天中午我们就可以返程。”

“好，麻烦常姐了。”

“真的想好了？”

“想好了。”薛霁笑笑，“原本之前我就有考虑过，拍完这部电影要休息一阵子，现在这个时间也刚刚好。不过你放心，该做的工作我还是会做，不会突然撂挑子的。”

常悦深吸一口气，说：“那好，不重要的活动，还有比较远的行程，我都帮你推一推。”

“谢谢常姐。”

常悦开玩笑道：“你最近这状态也是该歇歇了，要真把你累垮了，我找谁哭去？”

薛霁忍俊不禁。

得知薛霁要提前返程的消息，顾修有些奇怪，过来询问：“怎么突然想着提前返程，出什么事了？”

薛霁笑笑道：“没有，就是有点儿累，想早些回家。”

“那也不用这么着急，明后天还有一些活动，很多国际知名的导演都会出席，你不去看看？”

“最近没什么精神，就不去凑热闹了。”

顾修注视着她，忽然道：“因为秦先生？”

薛霁目光微微一闪，道：“也不全是。我确实很久都没有休息过，而且他现在事业不顺，我想多留点儿时间去陪陪他。”

“那你自己的事业怎么办？”

薛霁弯了弯唇：“我的事业现在不是挺好的吗？虽然称不上巅峰，但也还算可以，我又不是彻底退圈息影，就是休息一段时间，应该没多大关系。”

顾修蹙起眉头，顿了一会儿，劝道：“小霁，这件事你要慎重考虑清楚，你明明可以趁现在这个时机，再往前一步……”

“我已经考虑得很清楚了。”薛霁微微笑道，“将来如何谁也说不准，但我知道我现在想要什么。如果因为急着往前走，丢掉了我所爱的人，那我就算走得再远，终究还是会有遗憾。”

“况且顾老师不是也跟我说过，演员最重要的就是认真演好戏。活动和应酬什么的都在其次。太过重视这些，成日周旋于名利场中，只会本末倒置，失了初心。”

顾修听见后面几句，笑得有点无奈。最终他也只能放弃劝说：“既然你已经想得很清楚，那我就不再多劝了。”

“是我这个当学生的没出息，让老师失望了，还请老师原谅。”

顾修忍不住莞尔：“又不是以后都不合作了，说这种话干什么？”

薛霁展颜笑了，露出几分俏皮，眸子里泛着光，与先前闷闷不乐的样子判若两人。

“谢谢顾老师宽宏大量，那期待下次合作？”她伸出手来，微微歪头。

顾修停顿了一下，也伸出手，握住她的手，坦然一笑：“好，期待下次合作。”

薛霁走后，方羽蹭过来，看着顾修：“怎么，挽留被拒了？”

顾修没搭理他。

方羽继续嘴欠：“想不到我们顾修也有被女人拒绝的时候。你跟我说句实话，你是单纯地想培养后辈，还是对她有什么别的意思？”

顾修受不了他的聒噪，掀了掀眼皮：“行了，我又不是十几二十岁的毛头小伙子。你有工夫在这里猜这儿猜那儿的，还不如多花点儿时间干些正事！上次让你查是谁在背后造谣生事，有结果了吗？”

“有了！”方羽赶忙一脸兴奋地说道，“我正准备跟你说，就是赵凯那一帮人。”

顾修闻言，动了下眉毛：“听说赵凯现在投靠了徐家？”

“是，要不是找了靠山，他也不敢这么嚣张。对了，秦亦沉这回也是在他们手里栽了跟头。当然，主要还是因为秦家老大太不争气……”

方羽说着，低头征询顾修的意见：“竟然敢动到我们头上，要不要给他们点儿颜色看看？”

顾修未置一词，陷入了沉思中。

秦亦沉刚出办公室门，手机就响了。

“秦二，在干什么？今天我生日，约好哥们几个一起庆祝的，你不会给忘了吧？”电话那头传来孙辰的大嗓门。

“你们先玩，我马上过来。”

“快点儿，大家可都到齐了，只差你了。”

秦亦沉收起手机，进电梯下楼。

暮霭沉沉，冬日的天很快暗了下来。

明海山庄内。灯光绮丽，觥筹交错，几个年轻男人坐在摆满酒菜的桌案前，肆意谈笑。

“秦二还没来，你们先别急着喝酒，留点儿精神待会儿把他灌趴下！”

孙辰的话刚落音，秦亦沉就在服务员的指引下推门进来了。

“说曹操曹操到，秦二，你最后一个来，先自罚三杯。”

秦亦沉过去坐下，依着往常的性子，他一般不会搭理这所谓的“自罚三杯”，但这一回许是心中郁结，他竟然二话没说上来就灌了三杯。

孙辰赞了一声：“好！”

因为喝得急，没多久几人脸上就有了醉意。

孙辰搭着秦亦沉的肩，摇头晃脑道：“秦二，我知道你最近心情不好。没事，有什么需要帮忙的地方，尽管跟兄弟们说！”

旁边另一人道：“我看秦二心里不痛快，是因为女人。”

“那个薛霁？”孙辰想到最近网上闹得沸沸扬扬的传言，立马安慰秦亦沉，“旧的不去新的不来，何况还是那种女人，没什么值得伤心的。”

秦亦沉抬头瞥他一眼，面色有些阴郁。

孙辰被他这一眼瞥得缩回了手，道：“都这种时候了，你还护着她？”

秦亦沉没说话，兀自闷头喝酒。

“依我看，你就是经验太少，逮着一个就当成是宝，来，今天兄弟做东，请你看点儿新鲜的！”孙辰东倒西歪地说着，随后便叫了一个打扮靓丽的年轻女孩进来。

女孩依照孙辰的指示，走到秦亦沉身边坐下，殷勤地准备替他倒酒。

秦亦沉皱了皱眉，正要拿开杯子，孙辰却直接抢了过去，递给女孩。

女孩看了看秦亦沉，娇柔一笑。

薛霁回到别墅时已经是晚上七点多。

和上回一样，别墅里仍旧黑漆漆空无一人，薛霁进门开灯，刘灵和司机跟在身后，帮忙将行李拎进来。

“小霁姐，用不用帮你安置行李？”

薛霁笑笑道：“我自己来就好，天不早了，你们也赶紧回去，路上注意安全。”

“那好，小霁姐有事就给我打电话。”

刘灵走后，薛霁拿着行李上楼，进卧室安置。整理完衣服，她拉开床头柜的抽屉，想将一对耳坠放到里面收起来，却无意中瞥见一个小巧的盒子。

薛霁有些奇怪，拿起盒子看了看，慢慢打开——

一枚精致的钻戒出现在眼前，光芒细碎而璀璨。

薛霁微微一怔。

“金风玉露一相逢，便胜却人间无数。”

“你知不知道，你刚刚这个动作，在古代叫作‘却扇’。”

“在古代，新娘出嫁，要以扇遮面，新郎却扇，就代表完婚，跟揭盖头是一个意思。”

“你的意思是，你现在已经嫁给我了？”

“求婚都没有，谁要嫁给你！”

“那你这是在催我求婚？”

“对，那你现在要跟我求婚吗？”

薛霁对着盒子里的戒指出神片刻，拿出手机，拨了个电话出去……

明海山庄。

孙辰：“让你喂他喝杯酒你怎么都搞不定？”

女孩捧着酒杯，满脸怨念地看着身侧不解风情的男人：“孙少，你看他理都不理我。”

“那你就不能想想办法？”

手机震动声在一片笑闹声中响起。秦亦沉头有些昏，他撑着额头，从兜里摸出手机，还未看清来电显示就下意识地按下接听键。

他将手机贴在耳边。

“亦沉，你今晚什么时候回来？”薛霁轻柔的嗓音通过手机传来。

几乎是同时，被孙辰嫌弃不够主动的女孩倾身凑到秦亦沉面前，娇媚地唤了声：“秦总……”

电话另一头，薛霁脑中一片空白。

空气似乎凝滞了一瞬。

随即，秦亦沉清醒过来，一把推开身前凑过来的人。

女孩惊呼一声，险些跌倒在地，杯子里的酒洒了一身。她扶着桌子，裙子上全是酒渍，狼狈不堪，满脸委屈。

孙辰见状纳闷：“秦二，你在跟谁说电话，这么紧张？”

另一头，薛霁揪着床单，勉强让自己镇定下来，问：“你在哪里？刚刚说话的那个女人是谁？”

秦亦沉头疼地捏了捏眉心：“今天孙辰生日，我过来吃个饭。”

“吃个饭，再顺道喝酒找女人是不是！”薛霁气得浑身发颤，一把挂断了电话。

秦亦沉看着被挂断的手机，眉头紧紧皱起。

孙辰等人都愣了。

“怎么，你家那位来查岗？”孙辰带着醉意满脸无所谓地说道，“我跟你说，秦二，女人就不能太惯着……”

话未说完，就被秦亦沉投过来的冰冷眼神给震慑住。

没等他再说什么，秦亦沉倏地起身，急匆匆往外走，连外套都忘了拿。

孙辰等人面面相觑。

半晌，其中一人道：“辰哥，你这回恐怕害惨秦二了。”

出了明海山庄，冷风扑面而来，秦亦沉在路边随意拦了辆车，报过地址后就开始给薛霁打电话。

然而，打了好几遍始终没有人接。秦亦沉烦躁不已，催促司机：“麻烦快一点儿。”

司机闲得无聊，随口问了句：“有急事？”

按照秦亦沉往常的脾气，是不会搭理这种问题的，但今天他的情绪居然有些失控，竟然回了句：“哄女朋友。”

司机显然是个有经验的人，一听就笑了："那确实不能耽误。"说着，立刻一踩油门，加快了速度，斗志昂扬。

灯红酒绿，繁华街景迅疾掠过。

秦亦沉开门进屋，扫视一圈，在楼下没见到薛霁。秦亦沉的面上露出几分急躁，然后快步上楼。

上楼后，他直奔主卧，终于在屋内床上看到了熟悉的身影。

薛霁坐在床边，微微侧着身子，看不清神情。听见响动，她抬起头，立刻眼角微红。

"这么快就从温柔乡里出来了？"

秦亦沉缓步走近，在她身旁坐下，解释道："是孙辰他们喝多了找的人，我根本没碰她。"

薛霁偏头冷笑："是没来得及吧？"

秦亦沉没跟她纠结这个问题，他伸手去揽她的肩，低声问："怎么突然回来了？"

薛霁鼻头一酸，哽咽着说道："是了，我还回来干什么？妨碍你找别的女人……"

她推了原定的计划，眼巴巴地跑回来找他，结果他倒好，居然在外面喝酒去了！薛霁越想越委屈，站起来就要往外走，却被秦亦沉强行拽了回去。

他抱着她，头靠在她的颈畔，呼出的气息浓烈："别生气了，好不好？"

薛霁用力一挣："一身的酒气，别碰我！"

秦亦沉却不肯松手，紧紧搂着她，唇从她的颈侧游移至耳下，一点一点亲吻着。

薛霁挣了挣，没挣开，只得平静下来，道："你先松手，我们谈谈。"

秦亦沉神色一顿，握在她肩头的手也一紧。

薛霁抬头，刚要开口，秦亦沉就不由分说地吻了下来，而且比先前越发用力，仿佛害怕听到她即将出口的话。

薛霁气结，抬手要去推他，挣扎间，耳边忽然响起一句——

"我爱你。"

薛霁怔住。抬眼对上他的眸子，里头沉沉一片。

他一贯性子冷她是知道的，在一起这么久，鲜少从他口中听到这三个字。

“我爱你……”他又重复了一遍，唇擦过她的面颊，细细密密地吻着她。

薛霁未出口的话都被堵了回去，浓烈的酒意夹杂在呼吸间，几乎要将她溺毙在其中。

薛霁醒来时，大约是凌晨一点。

身旁秦亦沉睡得正沉，一只胳膊还搭在她的腰间。

薛霁侧头看了一眼，将他的胳膊拿开，掀开被子下床，随手捞了一件长毛衣套上，趿拉着拖鞋轻手轻脚地走出卧室。

十几分钟后，秦亦沉动了动眼皮，也醒了过来。

因为醉酒，他的头有些痛。他按了按额角，下意识地往身侧看去，却发现被窝里已经空了。

他愣了一下，似乎想到什么，连忙起身下床。

楼下的灯亮着，依稀传来细微的响动，他快步下楼，直至看到厨房内忙碌的背影，悬起的心才堪堪落定。

灶台上的小火轻轻摇曳，暖意一点儿一点儿漫过来，包裹住他的全身。

薛霁关了火，将锅里煮好的面条捞到碗里，往上面浇了点汤汁。她端着碗转身，冷不防看见门口杵着个人影，吓了一跳，手里的碗差点儿都摔了。

看清是秦亦沉，她松了口气，嗔怪道：“你怎么站在那里不吭声？吓了我一跳。”随后边往外走边道，“我煮了面条，你饿不饿，要不要吃一点儿？”

秦亦沉没回答，走到她面前，猛地将她抱住。

薛霁微微一怔：“怎么了？”

秦亦沉仍旧不说话，只是紧紧抱着她。

不知怎么，薛霁突然从他身上感受到了他从未露出过的脆弱和害怕的情绪。

从前那样骄傲的人，竟然也会觉得害怕。

薛霁忍不住笑了：“我就是晚上没吃饭，下来煮点儿东西吃，没打算去哪里。你赶紧松手，要不然我可端不住碗了，烫……”

听见她“嘶”了一声，秦亦沉这才松开手，接过她手中的面碗。

薛霁也不跟他客气，搓了搓手指，随口吩咐道：“端到客厅去，在那里吃。”

秦亦沉将面条端到客厅，搁在茶几上。

薛霁跟着过去，用筷子翻搅了两下，抬头又问了一遍：“你真不吃吗？”

秦亦沉："我不饿，你吃。"

"忘了你晚上吃过饭了。"薛霁嘀咕一句，低头自顾自地吃起来。

大概是饿得狠了，没多久她就把一碗面条都扫荡干净，连汤汁都没剩一口。

秦亦沉坐在一旁，静静地看着她。

吃碗面，薛霁擦了擦嘴，收拾好碗筷，重新回到沙发上坐好，对着秦亦沉正色道："好了，我们谈谈。"

秦亦沉目光微闪，伸手去拉她："太晚了，有什么话明天再说。"

薛霁反拽住他："你干吗这么紧张？总不让我把话说完。"她抬眼觑他，打量着他的神色，随即脸上露出一点狡黠笑意，"以为我要跟你谈分手吗？"

秦亦沉没说话，但是握在她腕间的手一紧。

薛霁笑了："真要谈分手就不会赶回来了，我就是想跟你说说话。"

盛妍说得对，他们两人之间积攒了太多问题，一直都没有好好地去面对和处理，倘若这一次继续敷衍过去，日积月累，总有一天会出更大的问题。

秦亦沉听见她后一句，终于稍稍松开手。

薛霁注视着他的眼睛，敛去笑意，道："先说张彤彤那件事，我只问你一句，你有没有动过跟张家联姻的念头？"

秦亦沉想也未想便答道："没有。"

薛霁心下一松："没有就好。"

她最怕他生了那种念头，用婚姻做赌注去挽回事业。

她看着他，说："亦沉，很多时候，暂时的利益会迷惑我们的双眼，让我们忘记初衷，失去底线，你一旦踏出那一步，牺牲掉自由，就再难回头了。"她伸出手，覆在他的手背上，"我知道你现在遇上了难题，但其实没关系的，谁还没个不顺的时候？只要人没倒下，再难过的坎也总能跨过去。"

她顿了顿，继续说："不管怎么样，我都会陪着你。"

秦亦沉对上她的眼神，忽然想起了初相识那会儿的她，明明面对着被雪藏的困境，被全网的网友攻击和谩骂，甚至很有可能再难翻身，却仍努力地寻求着转机。

他默然半晌，牵过她的手握在掌心，轻声道："我明白，那天的事真的是场误会，张彤彤故意假装崴脚，往我这边倒，还暗中找了人偷拍我和她。"

薛霁一脸震惊，居然还可以这么做，这也太过分了！

“她这是想挑拨离间？”薛霁一听就上火了，“网上那些谣言肯定也是她在背后搞的鬼！好坏的心思，差点儿就让她得逞了！”

薛霁生了一会儿气，转而又道：“不过，我们之间要是没矛盾，她也挑拨不起来。亦沉，这几天我想了很多，从去年到现在，我一门心思接戏、拍戏，确实忽略了你，尤其是在你需要我的时候。”她抬头笑了笑，“我跟常姐商量过了，接下来半年我稍微休息一下，不接新戏，能推的活动也尽量推掉，你说好不好？”

秦亦沉神情微怔，过了片刻，应了声：“好。”

薛霁往他身侧挪了挪，偎着他，仰起脸：“你以后有什么事，也不要憋在心里，跟我说清楚，好不好？”

秦亦沉握住她的手，微微一笑：“好。”

“好了，这件事说完了，我们再来说说今天晚上那个女人的事。”薛霁突然话锋一转，勾住他的脖子，换上一副秋后算账的模样。

秦亦沉愣了一下，揽住她的腰肢，低头道：“不是跟你解释过了？那是孙辰喝醉了叫来的。”

薛霁一只手捏住他的下巴，笑：“那她怎么不陪着孙辰，反而凑到你面前，娇滴滴地叫什么秦总？”

秦亦沉一时语塞。

薛霁眯了眯眼，凑到他面前，距离极近：“别以为我什么都没听见，你最好给我从实招来。”

秦亦沉捉住她的手，在她唇上亲了亲：“真是孙辰叫来帮忙给我倒酒的，不过，我连酒也没让她倒。”

“看在你态度还可以的份儿上，我就勉为其难相信你一次。”薛霁戳戳他的胸口，又凶巴巴地道：“以后给我离那些乱七八糟的女人远一点儿，知道不？”

她侧过脸，靠在他的怀里，突然意识到他穿得十分单薄，手也有些凉，不由得觉得奇怪：“你怎么就穿了一件衣服，不冷吗？你的外套在哪儿？”

先前他回来好像就没穿外套，身上还带着外面的寒意。

秦亦沉似乎这才反应过来：“走得急，应该是落在吃饭的地方了。”

薛霁皱眉道：“干吗那么着急？大冬天的，万一感冒怎么办？”

秦亦沉望入她眸子里，嗓音低沉：“我怕再迟一步，就真的留不住你了。”

薛霁忍俊不禁，伸出食指，在他薄唇上点了点："今天晚上吃什么了？嘴巴突然变得这么甜。"

秦亦沉微微一笑，贴到她的耳边："你。"

薛霁脸一热，将他往外推："才说了两句，你又开始不正经了。"

秦亦沉紧紧扣着她的腰，不肯松手，低头就要吻下来。

薛霁毫不留情地抬手挡开他的脸，道："别闹，你身上都是酒味，赶紧去洗个澡！"

秦亦沉搂着她起身，挑了下眉："一起洗？"

薛霁扔了个白眼过去："想得美！"

最终，薛霁还是被秦亦沉拉着一起"洗了个澡"。

等到两人从浴室出来，外面的雪已经铺了薄薄一层。

薛霁走到窗户前，将窗帘拉开一些。

雪花轻飘飘地洒落，秦亦沉从身后抱住她，怀中还带着些微湿意。

"等开春了，我们找个地方去度假。"薛霁看着窗外的飞雪说道。

秦亦沉应了一声，问她："想去哪里？"

薛霁想了想："到时候再看。"

"好。"

一夜飞雪。

天明时放了晴，薛霁比秦亦沉醒得早，又不想起床，就靠在床头玩手机。

微博和娱乐新闻页面上，关于两人已经分手的谣言依旧没有消停，网友们还在乐此不疲地议论着。

玩了一会儿，薛霁偏过头，看见秦亦沉的睡颜和窗外漏下的那点微光，忽然心念一动，给他拍起照来。她举着手机趴在床上，各种对比找角度，却怎么也调不出满意的画面。

秦亦沉被她窸窸窣窣的动作吵醒了，他睁开眼，不明所以地看着她。

"你醒了？正好，先别起来，往那边躺躺，让我给你拍张照。"薛霁不由分说地将他重新按倒在床上，还贴心地帮他理了理头发，"别动，把眼睛闭上，假装你还没睡醒。"

秦亦沉只得听话地将眼睛又合上。

薛霁匍匐着，继续找角度，摆弄了两下手机忽然又跳下床。秦亦沉睁眼，只见她飞快地跑到窗前，将窗帘拉开了一些。

明晃晃的日光刹那间洒进来。

薛霁扭头，见秦亦沉睁开了眼，不高兴道："还没好，你先别睁眼。"

她回到床上，举着手机继续未竟的"壮举"。

"不对不对，头再往下一点点。"

"还是不行，脸往那边侧一侧，你别那么僵硬，自然一点儿。"

……

秦亦沉全程沉默地配合着她，好一会儿，薛霁终于拍下几张还算满意的，她轻快地呼了口气。

"好了。"她说完，就不再管秦亦沉，直起身子，盘腿坐在床上挑选起照片来。

秦亦沉就这样被"无情抛弃"，他看着她一脸认真的样子，忍不住凑到她面前，想偷看一眼成果，却被薛霁躲开。

薛霁将手机挪开，扭过身子："不给你看，要看待会儿去你手机上看！"

纤细的手指飞快在屏幕上动作着，她点了一下，好像发送出什么消息，而后意味深长地回头看了秦亦沉一眼，便下床进卫生间洗漱了。

秦亦沉笑了一下，翻出自己的手机，果然看到了薛霁的最新微博：

最温暖的光，应是雪后初阳，是清晨醒来时，你脸上的第一缕朝阳。@秦亦沉

下方附了一张照片，就是她刚刚捣鼓半天的那张秦亦沉的睡颜照，大半张侧脸入镜，金色的阳光斜斜洒落，为他冷峻的轮廓镀了一层柔和的光。

短短半个小时内，薛霁的这条微博就在网上激起不小的风波，网友们闻风而动，成千上万条评论出现在这条微博的下方：

"我都看到了什么！"

"那些造谣的人，你们可以消停了。"

"谁知道是不是各玩各的，故意拿张旧照片来骗我们？"

"我看是有的人生活过得不如意，连别人这么幸福的照片也要歪曲。"

"落魄时不离不弃，谢谢薛霁，让我重新相信了爱情……"

薛霁洗漱完出来，秦亦沉恰好放下手机抬头。他的眼底沉着笑意，薛霁心

知他应该已经看到自己刚才发的微博了。她走过去在他的身边坐下，戳了戳他的脸：“秦先生，你现在这个笑看起来有点儿傻。”

秦亦沉也不恼，抚了抚她的头，起身下床，进了卫生间。

薛霁摸过自己的手机，刚点开微博，就看到了秦亦沉转发的她的微博：

秦亦沉：你是我的雪后初阳。//@ 薛霁：最温暖的光，应是雪后初阳，是清晨醒来时，你脸上的第一缕朝阳。@ 秦亦沉

才过去几分钟，底下就有了不少评论：

“只想问一句，两位什么时候领证？”

“非广告，婚礼蜜月一条龙服务，有兴趣吗？”

……

薛霁看着看着，忍不住笑了。

见到评论里结婚之类的字眼，她心下一动，忽然想起昨晚无意中发现的钻戒，便又去抽屉里把它翻了出来。

薛霁打开戒指盒，拈起戒指端详一番，尝试着往左手无名指上套。

不大不小，正好。

精致的钻戒与纤白的手指相得益彰，她满心欢喜地将左手在眼前正过来反过去地摆弄，瞅了又瞅，舍不得摘下。

薛霁正美滋滋地自我陶醉着，卫生间那边传来响动，秦亦沉洗漱完出来了。

她一惊，连忙往下撸戒指，可由于太过慌乱，竟然没撸下来。

秦亦沉刚好走到她面前，看见她的动作，愣了愣。

薛霁抬眼，两人目光对上。

空气凝滞了三秒。

薛霁简直尴尬得不行，恨不得找个地缝钻下去，脸也有些发烫：“我……我试试尺寸合不合适。”

她语无伦次地解释着，用力撸了两下，终于成功将戒指弄了下来。

秦亦沉愣怔片刻，忽而笑出声。

薛霁抬眼瞪他：“笑什么笑？我提前试一下不行吗？这么重要的东西，万一不合适怎么办？”

这话一出，秦亦沉笑得越发厉害了。

薛霁心里感慨着自己的不争气，能不能清醒一点儿，你到底在胡说八道些

什么！

秦亦沉在她旁边坐下，还是没忍住，又笑开了。而且是那种毫不掩饰的爽朗的笑。

“你还笑！”薛霁恼羞成怒，将他扑倒，骑在他身上一通乱捶。

秦亦沉由着她闹了一会儿，忽然伸臂抱住她，在她耳边轻声道：“小霁，嫁给我。”

第九章

·

真相大白

那你以后把我看紧点儿。

“小霁，嫁给我。”

薛霁微微一怔。随后，她斜眼觑他：“秦先生，你就是这么求婚的吗？”

秦亦沉心领神会，放开她，下了床，单膝跪地，执起她的手，重复了一遍：“嫁给我。”

薛霁坐在床上，居高临下地看着他，突然将手抽回，微微抬起下巴，缓缓地吐出两个字：“不——嫁——”

她将戒指放回戒指盒内，然后塞到秦亦沉的手里，给了他一个高深莫测的眼神：“至于理由，你自个儿慢慢想。”

说完，她慢悠悠出了屋，心下不禁一阵暗爽。

总算扳回一局了！

秦亦沉看着手中的戒指盒，似乎想到什么，又勾唇笑了。

难得半日清闲，两人吃完午饭坐在阳台上晒太阳。

薛霁刷着手机，突然看到顾修点赞了秦亦沉的那条微博。她愣了愣，把手机给秦亦沉看："顾老师怎么没点赞我的微博，反而只点赞了你的微博？"

秦亦沉看了一眼，也有些意外。

"为了避嫌？"薛霁问。

秦亦沉没回答，眼底闪过一丝异色。

薛霁以为自己猜得不差，刮了刮他的下巴说："人家为了避嫌都做到这份儿上了，你以后就别再乱吃飞醋了。"

秦亦沉微微一笑，看了看时间，起身道："我去公司了，你在家好好休息。"

"好，早点儿回来。"薛霁在他颊边亲了一下。

"老顾，无缘无故的，你跑去点赞秦亦沉的微博干什么？"方羽看到微博上的情况后，赶忙过来问顾修，"手误吗？"

顾修一脸淡定，继续划动着手机页面，对他的话置若罔闻。

这么淡定，看来不是手误。方羽狐疑道："你不会是心里不痛快，想对秦亦沉下手？"

顾修终于停下手上动作，抬头看着他。

方羽挑了下眉："别说我没提醒你，现在这些网友们的想象力可丰富得很，你这么关注秦亦沉的动态，小心下回他们又大肆编排你俩的故事。"

顾修无语。

"不信的话你就试试看。"方羽边说边翻看着微博底下的评论，以防有什么突发变故。

果然没过多久，方羽就翻到了相关的评论，他笑得眼泪都快流出来了，还试图把评论发给顾修看。

顾修却没什么表情，看他的眼神就像在看一个傻子。

笑了一会儿，方羽忽然接到一个电话，他敛了笑，走到一旁接起来："先等等，待会儿再回复你。"

方羽挂断电话，脸色变得有些古怪。

“老顾，秦亦沉约你见面。”

顾修似乎早有所料，波澜不惊地回道：“跟他定个时间。”

方羽一脸不解：“你见他干什么？”

“到时候你自然就知道。”顾修淡淡地说一句，重新低下了头。

方羽越想越觉得不对劲。

“你们两个不会见了面先干上一架吧？”他有点儿忐忑，“老顾，这可不是闹着玩的。你作为一个公众人物，你得注意形象！跟人打架这种事绝对不能做，这要传出去你以后还怎么拍戏？”

他絮絮叨叨地说着，顾修被他念得不耐烦，蹙眉瞥了他一眼，从沙发上起身，往一旁去。

方羽忙追上：“老顾！”

秦亦沉走后，薛霁一个人窝在沙发上继续晒太阳玩手机。

玩着玩着，她无意中刷到一条许幼清的微博，内容倒没什么特别的，就是之前她跟陈元嘉合作过的那部电视剧中的一张剧照。

这部戏的女主角原本定的是薛霁，后来薛霁因为得罪赵凯被雪藏，才换了许幼清。

看着手机上的剧照，再联想到许幼清上回的“提醒”，薛霁脑中突然闪过一个念头，既然许幼清知道赵凯跟蒋嫣嫣的关系，她会不会也知道一些其他的内情？

薛霁思忖片刻，翻开手机中的联系人页面，给许幼清打了个电话。

电话响了一会儿才接通。

“幼清，是我，薛霁。”

“我知道。”

许幼清似乎明白她有事要说，安静地等着。

薛霁笑了笑，用尽量轻松的语气说道：“最近实在太忙，上次的事还没来得及谢谢你，你什么时候方便，我请你吃个饭？”

许幼清那边顿了一下，说：“明天晚上吧。”

“好。”

当天晚上，临睡前，薛霁将许幼清的事情跟秦亦沉说了说。

“你想从她嘴里套出点儿有关赵凯的事情？”秦亦沉听后说道。

薛霁点点头，说：“万一她真的知道些什么呢？反正试一试总没坏处。”

秦亦沉替她拉了拉被子，见她皱着个眉，便伸手揽住她：“随便问问就好，这些事你不用太操心。”

薛霁窝在他怀里，抬眼道：“怎么能不操心？这关系到我们能不能赢过赵凯。”她顿了顿，有些迟疑，“亦沉，你跟我说实话，你公司那边现在究竟是个什么情况？”

秦亦沉低眸看着她，没说话。

薛霁看他这个反应，心里不由忐忑起来：“很严重吗？”

半晌，秦亦沉终于开口：“我要是真破产了，你打算怎么办？”

薛霁抱住他，一脸认真地道：“那也没关系，万一你真破产，我养你好了。”

秦亦沉忍俊不禁，抚了抚她的头，笑道：“逗你的，没有外面传得那么严重，顺利的话，再有三四个月应该就能缓过来。”

薛霁闻言一喜：“真的吗？”

秦亦沉：“真的。”

第二天傍晚六点左右，薛霁赶到了和许幼清约好的饭店内。

许幼清要比薛霁晚到一会儿，见她过来，薛霁忙抬头打招呼：“幼清，好久不见。”

许幼清闻言笑道：“你现在可是大忙人，哪是我这种闲人想见就能见的？”

她来上这么一句不知道是奉承还是讽刺的话，薛霁一时有点儿接不上，只能笑了笑，转移开话题：“这家的私房菜还不错，你看看喜欢吃什么。”

许幼清翻开菜单，随意点了两道口味偏清淡的菜。

“最近怎么样？”等她点完菜，薛霁问道。

许幼清自嘲地笑笑：“还不就那样？离开 KC 之后接了两三部戏，不好也不坏。”

当初 KC 高层大动荡，赵凯落败后，许幼清也受了牵连，被迫跟 KC 解了约。那时候薛霁忙着准备新戏，虽然隐约有所耳闻，但也没怎么关心具体情况。

人生的际遇有时真的很难说清，一朝风光一朝落魄。

薛霁安慰她道：“慢慢来，总会出头的。”

说完，两人就陷入了沉默中。

薛霁边缓慢地嚼着东西，边琢磨要怎么开口跟她提赵凯的事。谁知许幼清忽然主动开了口：“你是不是有什么话想跟我说？”

薛霁抬眼。

许幼清一副了然的神色：“这种时候你突然请我吃饭，总不会真是为了叙旧，你不妨直说。”

她这样直白地挑明了，薛霁也不好再拐弯抹角，说道：“我想问问你关于赵凯的一些事情。”

许幼清似乎早有预料，道：“其实你不来问我，我也打算去找你了。”

薛霁微微一愣。

许幼清从包里拿出一枚 U 盘，放在桌子上，说：“这里面有两段录音和几页资料，应该能起些作用。”

“之前没给你是因为我不确定你在这种时候会选择谁。倘若真像网上传的那样，你和秦亦沉闹翻了，我送上这东西，恐怕也是吃力不讨好。”许幼清说着看向薛霁，她弯了下唇，“现在看来是我小人之心，看轻你了。”

听到这里，薛霁不由得有些佩服她的想象力，居然能顾虑到这么多。

“这东西我弄到手很不容易，也冒了不小的风险，所以我给你是有条件的。”

薛霁早猜到她会提条件，并不意外：“你说。”

许幼清犹疑了片刻，说：“首先，东西给你之后，不能把我牵扯进去，就当这件事跟我没有任何关系。”

薛霁：“好。”

“其次就是接戏方面的事，我现在没什么资源，希望你能帮我引荐一些。”

“好，如果有合适的机会，我会让我的经纪人推荐你，不过，”薛霁顿了顿，“最后业务能不能谈成，这个还得看你自己的能力，我不能保证。”

许幼清没想到她会答应得这么爽快，愣了一下，反而有点儿不自在起来。她低头用筷子拨了拨碗里的东西，忽然抬眼道：“你是不是觉得我忘恩负义，很看不起我？当初是你介绍我进的 KC，可转过头我就顶替了你的角色，现在又跑过来跟你谈条件。”她顿了一下，自嘲地勾唇，“其实我也觉得自己挺无耻的，可我只能靠我自己，所以桩桩件件都得算清楚。”

薛霁听着她的话，沉默半晌，道：“人各有志，没什么看得起看不起的，况且今天这事算是公平交易，你帮了我，我自然也该还你一个人情。”

人各有志，不能强求。也正因为如此，她们永远都难以成为知心的朋友。

当晚回到家后，薛霁将从许幼清那里拿到的东西郑重地交给秦亦沉。

秦亦沉问：“她没提什么条件？”

薛霁道：“也不算什么条件，就是让我帮她推荐个角色，回头我请常姐安排一下就行，不是什么大事。”

她说着，搂着秦亦沉的胳膊，满脸高兴的表情：“这次应该能彻底让赵凯翻不了身。”

秦亦沉握住她的手，道：“蒋嬿嬿那边也有进展了。”

薛霁闻言来了兴趣：“找到她了？”

“早就找到了，她在老家有个好赌的弟弟，被赵凯控制着，所以她才会替他办事。”

“有没有办法能说服她出来指证赵凯？”

秦亦沉蹙了下眉：“没那么容易。”

薛霁忍不住叹了口气：“早知道应该趁之前拍戏的时候跟她发展一下友谊的，说不定这个时候还能派上用场。”

她忽然又道：“你哥有办法吗？好歹他和蒋嬿嬿在一起那么久，怎么说也该有点儿情分，不然让他试试动之以情？”

秦亦沉斜眼看她，没说话。

薛霁看见他这反应，就知道没希望。

也对，如果真有情分在，她也不至于会出卖秦亦景。想到这里，薛霁差点儿要憋不住开口说秦亦景几句，这么大个人，还总连累自个儿弟弟跟在后头收拾烂摊子。

秦亦沉似乎知道她在想什么，道：“这次的事也算给了他一个教训，他准备出国待两年，好好学点儿东西，顺道避一避风头。”

薛霁心道：他要真能收了性子才好。

隔日，就在薛霁琢磨着有什么办法能说服蒋嬿嬿时，却突然收到一个令人震惊的消息：蒋嬿嬿吞安眠药自杀了。

不过好在送医及时，最后救了过来。

原本，蒋嫣嫣被赵凯以保护的名义软禁着，这么一闹倒是恢复了自由。

薛霁得到消息后立马赶去了医院，她本来以为蒋嫣嫣不会愿意见自己，谁知道蒋嫣嫣竟然同意和她单独聊一聊。

医护人员都离开了，病房里只剩下她们两个。

病床上的蒋嫣嫣十分憔悴，脸色惨白，整个人仿佛一页薄纸。

“我知道，我现在说后悔你们大概也不会相信。”蒋嫣嫣眼角微红，虚弱地说道，“所以那些解释的话我就不多说了。这几年我常常噩梦缠身，有时候真的想死了一了百了，好不容易走出那一步，却偏偏又死不了。”

看她这个样子，薛霁不免动了点儿恻隐之心，轻声劝道：“不管怎么样，活着总还有希望，你不是说你后悔吗？既然后悔，那为什么不想办法弥补？”

蒋嫣嫣闻言一阵沉默，半晌，才垂眸道：“我知道赵凯一些见不得人的事，你们需要我做什么，我都可以配合。”

没想到这么容易就说服了她，薛霁真的有些意外。

蒋嫣嫣顿了顿，又说了句：“是我对不起他。”

这个他，自然是说的秦亦景，薛霁不清楚他们之间的爱恨纠葛，也不好过多评价什么。

蒋嫣嫣肯配合，事情就好办多了。薛霁放下心中一块石头，同她聊了几句，看时间差不多，便起身离开。

“薛霁。”才走出一步，蒋嫣嫣突然开口叫住她。

薛霁闻声回头，只见她眼中聚起水光。

“亦景他应该不会再想见到我了，你能不能帮我向他转告一句话？”她眼泪落下来，“我真心爱过他。”

薛霁回头看着她，应了声：“好。”

一出医院，薛霁就给秦亦沉打了个电话，把蒋嫣嫣这边的情况悉数告诉他。

“你还在医院？”

“没有，已经出来了。待会儿有个节目采访，我得赶过去，就不去找你了。”

“好。”

车子从地下车库驶出，高楼大厦的重影不断晃过玻璃窗。

薛霁刚挂断电话，手机突然又响了。她看了看手机，是个陌生来电，她觉得有点儿奇怪。

犹豫了一下，她还是按下接通键。

“薛霁吗？”手机那头传来一个陌生的年轻女孩的声音，薛霁心里顿时涌起一股不祥的预感。

“你好，请问你是？”

“我叫张彤彤。”

这个名字在耳畔响起的刹那，薛霁愣了下神。

“我想，薛小姐应该不会不认识我？”张彤彤别有深意地道。

薛霁突然有些想笑，这个女人竟然还敢主动找上门来。她的脑中闪过许多剧本里的画面，竟然开始纠结起来。

她是应该走苦情卖惨路线，泪眼婆娑地让她不要再来打扰他们了；还是应该走强势路线，直接痛骂她一顿；又或者走原谅路线，苦口婆心地给她上一节思想品德课？

半晌没听见薛霁回应，张彤彤以为她被自己吓到，语气里不由得添了几分得意：“我想请薛小姐吃个饭，不知道什么时候比较方便？”

纠结半天，薛霁最终选择了最不浪费时间的回复：“不好意思，我档期很满，没时间见不相干的人。”

“你就不想知道我跟你男朋友——”

电话那头的声音变得气急败坏起来，薛霁却毫不留情地打断她：“他是我男朋友，既然是我男朋友的事，我为什么要从你那里知道？张小姐，你脑子是不是不太好？”

张彤彤气结，没等她再说什么，薛霁已经干脆利落地率先挂断电话。

张彤彤看着自己的手机，简直难以置信，她怎么会是这种反应？难道不应该急着来和自己当面对质吗？她越想越郁闷，猛地将手机砸了出去。

这头，薛霁接了这么一通莫名其妙的电话，心情也不大好，坐在旁边的常悦见状问道：“怎么了？”

薛霁道：“没什么，是那个张彤彤打来的，也不知道从哪里知道了我的手机号。”

常悦瞬间了然，她宽慰道：“这个张彤彤，我倒是听说过她的一些事情。年纪小、脾气冲，做事挺不知轻重。你也别生气了，这事交给我处理，回头我帮你治治她，让她长点儿教训。”

薛霁憋着火，说了声：“好。”

常悦露出一丝意外神色，忍不住打趣道：“我还以为你又要算了，没想到泥人也有脾气了？”合作这么久，几乎还没见她刻意去为难过谁。

薛霁咬牙道：“是她欺人太甚！”

本来上回的事她都懒得耗费时间跟她计较，结果她居然还不肯死心，都敢公然找上门来挑衅了！真当她是软柿子那么好捏吗？

当晚，秦亦沉回到家，总感觉气氛有点儿不对。

薛霁坐在沙发上玩手机，见到他回来，也只是冷淡地瞥了一眼，没有像往常一样欢喜地迎接。

秦亦沉松了松领带，走到她身旁坐下，低头想吻她，却被她扭头避开。

“走开，看到你就烦！”

秦亦沉一脸莫名其妙，伸臂揽住她，贴在她耳边道：“怎么了？是谁又惹你不高兴？”

薛霁白了他一眼：“我这么人见人爱、花见花开，除了你，还有谁会惹我不高兴？”

秦亦沉听着她的话，不由得微微一笑。他抬手端起她的下巴：“那你倒是说说，我怎么惹你不高兴了？”

“反正就是你！”薛霁瞪着他，不由分说将他扑倒，压在身下，戳了戳那张俊脸，“拈花惹草，招蜂引蝶！”

“你又听到了什么谣言？”

“何止是谣言，人家都打电话来向我示威了。”

秦亦沉立刻猜到什么，蹙眉道：“张彤彤找过你？”

“对！她今天打电话问我，想不想知道你们之间的一些事情。”薛霁笑眯眯地瞅着他，手指缓慢地刮着他凸起的喉结，“我还真的挺好奇你们之间到底发生了什么事情，秦先生，不如你来告诉我？”

她凑得很近，气息喷洒在他的脸上，馨香浅淡，秦亦沉握住她的腰，在她唇上亲了亲：“什么都没发生，她那边你不用理会，我明天就去——”

“去什么去？”话未完，就被薛霁打断，“你还想去找她，然后再发生点儿什么？”

秦亦沉一时语塞。

“这事我已经让常姐帮忙去解决了，她如果识趣的话，应该不会再来烦我。”薛霁说着，掐了他一下，“都是你惹出来的麻烦。”

秦亦沉嗅着她颈间幽香，低声笑道：“那你以后把我看紧点儿。”

薛霁白他一眼：“谁稀罕！”

秦亦沉捉住她的手，低头去亲她，薛霁扭着脸，就是不肯让他得逞。

两人笑闹着，很快滚成了一团。

02

没过几天，张彤彤就因为曾经酒驾打人以及她曾同时与多人交往的丑闻上了微博热门，被一众网友疯狂嘲讽，更有人指出前阵子她和秦亦沉的绯闻也是她自导自演的炒作。

眼看着这些丑闻就要波及张家的企业，张彤彤连忙着找人四处处理，忙得再也没工夫找薛霁的麻烦。

另一边，因为蒋嫣嫣的配合，赵凯很快重新跌入谷底，徐家也因此受到牵连。

而一直被传濒临破产的秦风集团却出乎意料地并没有倒下，反倒度过危机，渐渐回转。

转眼又到了春节，薛霁先陪秦亦沉回了趟 S 城。

大抵是因为刚遭受过重大打击，战斗力直线下降，这一次秦母见到薛霁，态度明显好了许多，甚至还给她封了个红包。

接到红包的时候，薛霁受宠若惊，偏头看向秦亦沉，秦亦沉摸摸她的头，冲她笑了笑，示意她安心。

薛霁自然不会知道，在经历张彤彤那件事之后，秦母已经彻底想通，她是拗不过自己这个儿子的，如果再跟他犟下去，还不知道会闹成什么样。何况，仔细想想，薛霁也没什么不好的地方，先前那么大的风波，都陪着自己儿子过来了，可见她不是自己起初认为的那种人。

有些事，人一旦想通，就好比打通了任督二脉，精气神都跟着不一样了。

晚间，趁秦母向秦亦沉询问公司情况的空档，薛霁在卧室里给家里打了个电话。刚聊完挂断，秦亦沉也进来了。

薛霁回过身，奇怪道：“这么快就和你妈妈说完了？”

秦亦沉应了一声，搂着她的腰在床边坐下，想起她先前没吃多少饭，问道：“是不是不习惯？”

薛霁笑笑：“还好你妈妈今天也没为难我。说起来，她怎么好像变了个人似的？”

“可能是想通了。”秦亦沉随口答一句，将她的手放在掌心，忽而又凑到她耳边问，“考虑好了吗？”

薛霁一脸茫然，“考虑什么？”

秦亦沉抬眼看着她，大拇指正轻轻摩挲着她的无名指。

薛霁终于反应过来。

这段时间，他逮着机会就会问她什么时候嫁给他，只不过每次都被她拒绝。

“不知道你在说什么，我要开始发消息给大家拜年了，麻烦你让让。”薛霁故意装傻，打算蒙混过去，结果话音刚落，就被秦亦沉紧紧扣住，按在怀里。

薛霁对上他沉沉的目光，察觉到一丝危险，立马换上泫然欲泣的表情，眨了眨眼：“我真的不知道你说的是什么，你提醒我一下好不好？”

秦亦沉看着她，开口又说了一次那三个字。

“嫁给我。”

“你说这件事！”薛霁一副恍然大悟的样子，伸出食指在他胸口抠了抠，“你先放开我，我再告诉你。”

秦亦沉微微弯了下唇，似乎看穿了薛霁的小心思，他扣在她腰间的手半点儿未松。

扮可怜没用，薛霁只能收了表情，仰起脸道：“秦先生，你这是想强取豪夺吗？”

秦亦沉腾出一只手捏住她的下巴，在她的唇上亲了亲，脸上的神情仿佛在说：“是又如何？”

薛霁眸光一转，突然勾住他的脖颈，主动凑上去吻他。

秦亦沉含住她娇软双唇，加深这个吻，手从她腰间贴着曲线往上游移。

就趁这个机会，薛霁蓦地将他推开：“你的求婚一点儿都不浪漫，我才不要答应你！”

她躲到床的另一头，幸灾乐祸地看着他。

秦亦沉被她惹了一身火，抬手解开衬衣第一粒扣子，薄唇轻启："过来。"

"不过去会怎样？"薛霁不怕死地冲他抛了个挑衅的眼神。

秦亦沉唇角微扬，噙着笑，慢条斯理地往她那边走去。

薛霁连连后退，退到最里侧时，她突然翻了个身，想从床的另一边下地，结果一个不小心摔了下去，撞到了床头柜上，脸直接磕在柜子边缘。

薛霁痛呼一声，秦亦沉面色微变，快步过去将她捞入怀中。

薛霁虚虚捂着脸，只觉得右颊一阵火辣辣的疼。

"我是不是毁容了？"她有点儿想哭。

秦亦沉没有回答，紧皱起眉头，抬手轻轻地碰了碰她被磕伤的地方。

见他不哼声，薛霁心想怕是不好，忙跑到镜子面前去看，只见右边脸的颧骨处已经红肿了。她的皮肤本就生得白嫩，显得这道伤格外惹眼。

"怎么办？"薛霁看着脸上的伤，悲从中来，开始向秦亦沉发泄不满，"都怪你！你怎么不拦着我？"

秦亦沉任由她无理取闹，心疼地抚了抚她的后脑勺，哄道："去上点儿药。"

他揽着她往外走，刚走到门口，就听见有人敲了敲门。

"亦沉，出什么事了？"秦母的声音响起，带着关切。

薛霁看了一眼秦亦沉，安静下来，不敢再闹。

门打开，秦母看见薛霁脸上的伤，愣了愣："她这是怎么了？"

秦亦沉道："在柜子上磕了一下。"

"无缘无故的，怎么磕到柜子上去了？"秦母纳闷地小声嘀咕一句，转过身，"我让张妈拿药膏给她抹一抹。"

随后，张妈找了药膏出来，秦亦沉正想陪着薛霁去上药，却被秦母叫住。

"上个药而已，你就别跟过去添乱了。你过来，妈有事要问你。"

秦亦沉只得跟她到客厅里的沙发上坐下。

坐好后，秦母一脸严肃地说道："你跟妈说实话，薛霁刚才脸上那伤，到底是怎么来的？"

秦亦沉蹙了蹙眉，有点儿不明白她的意思。

"别以为妈没听见，你们在里头吵架。"秦母叹了口气，"妈知道，你压力大，心里难受，可再怎么样，你也不能对薛霁动手！"

秦亦沉无语。

“你哥虽然荒唐，但也从来不会打人，你这都是跟谁学的臭毛病？”秦母皱着眉头，愁得不行。

正说着，薛霁抹完药膏回来了，恰好听到秦母说的最后两句话的她差点儿笑出声。

秦母见她过来，忙停下了絮叨，冲她笑了笑，关切地问：“上完药了？感觉好点儿没有？”

这一番来得突然的嘘寒问暖简直让薛霁有些受宠若惊，她扯了扯嘴角道：“好多了，谢谢阿姨。”

“待会儿记得让张妈给你准备一杯热牛奶，你第一回住这里，可能会不习惯，喝杯牛奶容易入睡。”秦母说着起身，贴心地让出地方给她和秦亦沉。

直到秦母走开，薛霁都没能回过神。她愣愣地看向秦亦沉，半晌终于从秦母刚才的话里面琢磨出什么，问道：“你妈妈……不会是以为我脸上的伤是你打的？”

秦亦沉瞥她一眼，没回答。

薛霁险些笑出来，又强行忍住。

秦亦沉面无表情地看着她。薛霁瞥见他的脸色，彻底憋不住，趴在他身上笑起来，结果因为面部肌肉动作幅度太大，牵动了伤口，又是一阵生疼。

薛霁龇牙皱眉，忙捂住脸，不敢再笑。

秦亦沉扯了下嘴角，拿开她的手，查看着她的伤。

“别再胡闹了，好好养伤。”

“知道了！”薛霁有些郁闷地说道，“大不了不哭不笑，像你一样当个木头人。”

秦亦沉闻言，揉了下她的脑袋。

薛霁高傲地扬起下巴：“今天的我，走的是高冷路线，所以不许摸我的头。”

秦亦沉看着她，眼底浮起一丝笑意。

大年初二，秦亦沉陪着薛霁回了她的老家。

这一次，薛母表现得十分热情，秦亦沉一进门，她就一口一个“小秦”地喊着，嘘寒问暖。态度甚至比对薛霁这个亲生女儿还要好。而原本对秦亦沉没多少好感的薛父也破天荒地给了个笑脸，还同他打了声招呼。

薛霁看得目瞪口呆，怀疑自己是不是走错了地方？她偷偷拽了拽秦亦沉的衣摆，小声道："你是不是提前发了巨额红包收买他们？"

秦亦沉哭笑不得地看着她。

两人进屋安置东西，薛母拦住准备动手帮忙的秦亦沉："小秦你别忙了，让她来就好，你坐着休息会儿。"

薛霁疑惑了：到底谁才是亲生的？难道我就不需要休息？

薛母唠叨两句，便回厨房去做饭了。

薛霁越想越愤愤不平，脸鼓得像个包子。秦亦沉忍不住笑了，抬起手捏了捏她的脸。

薛霁重重哼了一声："你别笑得太早，今天晚上你还是得睡客房。"

秦亦沉端起她的下巴，目光落在她的脸颊上："今天是不是忘了涂药？"

"我看好得差不多，就懒得涂了。"薛霁配合地仰起脸，往他那边凑了凑，"还能看出来吗？"

秦亦沉仔细端详一番，指腹轻轻摩挲着她下颌处的肌肤，说："粉太厚，看不出来。"

薛霁怒了："我就应该什么都不抹，让我爸妈看到伤痕，然后告诉他们，是你欺负我的！"

秦亦沉丝毫不惧，唇边隐约噙着笑意。

"你还敢笑！"薛霁揪住他的衣领，长腿一跨，翻身霸气地坐到他身上。

秦亦沉伸手揽在她腰后，以防她往后仰倒："小心点儿，别又摔到后脑勺了。"

薛霁气愤地捶了他一下："等会儿你就给我——"

话未说完，门口突然出现两个身影。

门没关，薛父和薛母听见屋内的动静，以为两人发生了争吵，便过来瞧瞧，却一眼就看到了跨坐在秦亦沉身上捶打他的薛霁。

少时，趁着秦亦沉去洗手间的空档，薛母将薛霁叫到一边，皱着眉头问："你跟小秦到底是怎么回事？"

薛霁一脸茫然地看着她妈。

薛母道："妈之前听人说小秦的公司出了点儿问题，然后你就跟别人在一起，闹着要和小秦分手？"

“你都是从哪里听来的谣言？”薛霁道，“我不是早跟你们说过了，网上那些乱七八糟的传言都是假的，一个字都不能信。”

薛母表示怀疑：“那你刚刚对着他又打又骂的，是在干什么？”

薛霁扶额：“我们那是在闹着玩。”

“最好没有。”薛父听到两人的对话也过来了，神情严肃，“我可没教过你爱慕虚荣、嫌贫爱富。”

薛母接过话继续说：“你爸爸说得对，之前小秦跟你在一起也没嫌弃过你家境不如他。现在他落魄了，你可不能因为这个就看轻他，故意对他挑三拣四。”

薛霁无言以对，一抬眼，发现秦亦沉不知何时从洗手间出来了，正站在一旁看着他们。

两人面面相觑。

薛母停下唠叨。因为刚说过“他落魄了”这种话，也不知道他听没听见，薛母有点儿尴尬，起身冲他笑笑。

薛父则要淡定许多，站起来拍了拍他的肩，语重心长地道：“年轻人，事业上遇到些磕磕绊绊，实属正常，千万别气馁，总会过去的。”

秦亦沉从善如流地颔首，表示非常赞同。

随后，薛父薛母离开，将空间留给两人。

薛霁全程处于无话可说的状态，半晌回不过神来。

他们整天到底在想些什么？代沟已经这么大了？

秦亦沉在薛霁身边坐下，薛霁难以置信地瞪大眼：“他们居然认为我在欺负你？”

秦亦沉忍不住莞尔而笑。

薛霁瞥见他唇角的笑意，想到都是因为他，自己才会莫名其妙经受父母的一番“思想教育”，顿时恼了：“你还好意思笑！”

她说着，伸手就要去捏他的脸——没走多远的薛母突然闻声回头，薛霁立马顿住，手僵在半空。

转瞬之间，她就变换了脸色，温柔体贴地替秦亦沉理了理衣服，又笑眯眯地捧着他的脸，柔柔地说道：“亲爱的，我发现你又变帅了，爱你！”

尾 声
•
雪后初阳

千帆过尽，唯有你是雪后初阳，是心尖最暖的光。

春节过后没多久，赵凯的事情基本告一段落。至于蒋嬿嬿，秦亦景顾念旧情，最终还是选择放过她。不过她也主动退出了娱乐圈，从此销声匿迹，再没出现在众人视线中。

经此一事，秦亦景整个人消沉许多。秦母心疼儿子，见危机已经度过，便让他取消原定的出国计划。秦亦景却坚持要走，最后于三月底踏上了飞往异国他乡的飞机。

四月，薛霁和秦亦沉终于抽出空来，开始他们早已计划过无数次的旅行。

桃花花期已过，两人看不成桃花，规划半天，最后找了个风景不错的小岛度假。

到达岛上的第二天，薛霁舒舒服服地睡到了日上三竿。住的屋子特意建在林间，地板什么的也都是木质的，有一种清新的空旷感，大片树影投下，夹杂着闪烁的碧绿阳光。

薛霁从床上坐起，伸了个懒腰，说："真想从此就住在这里，不回去了。"

秦亦沉扣好衣服，坐到她身侧，揉了揉她的头："起来吃点儿东西。"

薛霁搭着他的脖子，软糯地应了一声。秦亦沉在她唇边亲了亲，替她将要穿的衣服拿过来。

下午，两人在岛上随便逛了逛，偶尔有游客认出薛霁，投来好奇的目光。

将近傍晚时分，两人上了一艘游艇。

晚霞布满天际，映得海面一片绚丽。湿漉的海风掠过甲板，很是舒适。薛霁穿着泳衣从水里出来，水珠顺着修长的大腿淌下，在船板上洇开一团，秦亦沉取过毛巾，替她擦了擦。

"我去换件衣服。"薛霁边说边往船舱里面走。

秦亦沉跟着进去，也换了一套衣服。他换好衣服后，见薛霁在镜子前补妆，便从背后搂住她，侧过头去亲她。

薛霁别开脸往旁边躲："别闹，妆都被你弄花了。"

一不小心，唇擦过他的衬衫领口，留下一抹红痕。

"你看，蹭衣服上了。"薛霁嗔怪一句，抽出纸巾替他去擦。

擦了半天也没擦干净，白色的衣领上仍旧留着淡淡的红。

薛霁皱眉道："你再换件衣服吧。"

秦亦沉低头瞥了一眼，并未在意，也没有去换。

搁在一旁的手机突然响了，他拿起来看了看，接通电话，搁在耳边。

"好。"接完电话，他俯身冲薛霁道，"我先去楼上，你等会儿上来找我。"

薛霁随口应了句，也没多问。

秦亦沉走出套间，去了上层的甲板上。

整齐摆放的矮桌前，对面坐了两个男人。

夕阳斜斜投过来，在三人之间折射出绮丽的光，模糊了各自的面容和神色。

薛霁换了一条红色的吊带长裙，补好妆，才出房间去找秦亦沉。她找到上层甲板上时，秦亦沉正同一人对面坐着，在谈论些什么。

"顾老师？"薛霁惊讶地瞪大眼。

跟秦亦沉说话的，赫然是顾修！而且他们两个看起来似乎还挺融洽？

她没看错吗?

正在她惊愕时，一旁的方羽扬起手，热络地同她打了声招呼：“好久不见，薛大美女。”

顾修也抬眼，冲她微微一笑。

“你们怎么会在这里？”薛霁走近，疑惑道。

方羽挑了挑眉：“找你回去宣传电影！你说一声休假人就没影了，那我们只好找到这里来了。”

薛霁将信将疑，向顾修投去询问的目光。见她似乎当了真，方羽又笑道:“逗你的，我们也是过来度假的。”

薛霁有些不信，这么巧？都跑到这里来度假了，还上了同一艘游艇?

正疑惑着，秦亦沉朝她伸手。薛霁十分自然地将手递给他，在他身旁坐下。刚坐好，却被他一把搂住腰，揽到怀里。

有外人在场，薛霁不太好意思跟他亲热，抬手推了推他，没能推动。

秦亦沉霸道地搂着她，非但不松手，反而低头在她耳后亲了亲，极为亲昵，一番举动像是故意做给谁看的。

坐在对面的顾修平静地移开目光，微微笑了笑，似乎并不在意。

薛霁也看出来了秦亦沉的意图，忍不住在心里暗评他一句幼稚，不过却没再挣扎，由着他动手动脚。

“你们刚刚在讨论什么？”薛霁靠着秦亦沉，问道。

“一些生意上合作的事。”见她一脸茫然，顾修微微一笑，“怎么，你不知道？”

生意上合作？薛霁立马扭头看向秦亦沉，简直不敢相信：“你们俩什么时候有生意上的合作了？”

秦亦沉替她撩了一下头发，淡淡地道：“前一阵子的事。”

薛霁有点儿不高兴：“那你怎么都不告诉我？”

秦亦沉掀掀眼皮：“现在不是告诉你了？”

薛霁习惯性地搂住秦亦沉的脖子，在他耳边小声道：“你们真的是正常合作吗？我怎么感觉哪里有点儿不对？”

以他那醋坛子的脾气，见了顾修没跟他干上一架就谢天谢地了，两人居然还能心平气和地谈合作?

秦亦沉看着她，笑而不语。

两人旁若无人地说着悄悄话，顾修倒还淡定，方羽却受不了了，他重重地咳嗽一声。

薛霁反应过来，脸微微一热，忙松开手，坐端正一些。

顾修善解人意地笑着起身："今天就谈到这里，我还有点儿事，先失陪了。"

秦亦沉微微颔首，并未挽留。

顾修一走，薛霁就迫不及待地问："到底怎么回事？你怎么想起来跟顾老师合作？是他主动找你的？"

一连串的问题，秦亦沉只回答了最后一个："我找的他。"

薛霁吃惊地看着他，这是太阳打西边出来了？

见她瞪大眼一脸难以置信的表情，秦亦沉捏了捏她的下巴，说："别想东想西的，徐家不长眼，动到他那里，所以他选择跟我合作。这桩生意对他来说，无论如何都亏不了。"

薛霁大概听懂了些，点点头。忽然，她又捧住他的脸，神色揶揄，笑着道："之前你不是死活都不肯跟顾老师合作吗？怎么突然又改变主意了？脸打得疼不疼，秦总？"

秦亦沉眯了眯眼，蓦地堵住了眼前还在喋喋不休的两瓣嫣红。

薛霁被迫后仰，忍不住在他的肩上捶了两下。

稍后，吃过晚饭，薛霁在船头吹风，又撞见了顾修。更让人惊讶的是，他身边还跟着一个人——盛妍。

"小霁。"盛妍笑着打了声招呼。

薛霁满脸惊愕："你怎么也在这里？"

今天的意外还真是一个接一个。

盛妍走到她面前，小声同她解释说："他原本的助理病了，然后因为上回你帮我求情，我上司误会我跟他有什么关系，就派我过来给他送点儿资料，顺道先顶替他的助理几天，打下杂。"

薛霁了然，忽然动了动眉毛，笑得不怀好意："这可是个好机会，加油，争取成为老板娘。"

盛妍白了她一眼："顾修是属于大众的，绝对不能被私人占有。"她边说边往顾修那边望去。

月光下，男人丰神俊朗，确实养眼得很。

知道她们俩是好朋友，顾修十分绅士地避开了，并未上前打搅，所以也没听见她们的窃窃私语。

“顾修也要吃饭、睡觉、谈恋爱的！你要做那个把他收入囊中的女人。”

“然后被他的粉丝追杀到天涯海角？”

薛霁：“你能不能想些好的？”

正说着，秦亦沉过来了，盛妍道：“不和你胡扯了，你好好跟你家秦先生享受二人时光，我回去待命。”

见顾修转身往舱内走去，盛妍便跟了过去。

“你去哪儿了？”薛霁挽着秦亦沉的胳膊问，刚刚半天都不见他人影。

秦亦沉笑了笑，答非所问：“去岸上走走？”

“好！”

两人牵着手，下游艇回到岛上。

海水轻柔地拍打着海岸。岸边，长长的木桥一直延伸到水里，木桥两边摆满鲜花。间或有灯盏亮起，朦胧的光暖暖晕开，与月色交融，将两人浸在其中。

小提琴的声音从不远处传来，悠扬婉转，同海潮声相和。

景与乐，光与影，美得如同一场梦境。

薛霁环顾一圈，忍不住赞叹：“好美！”

秦亦沉低眸问：“这样，可还算得上浪漫？”

薛霁有点儿没反应过来。

眼前的人突然单膝跪地，举起一枚戒指，递到她面前。

薛霁微微一怔。

海风拂过两人面庞，拂动她柔软的裙摆，脚踝处传来细微的痒意。

他仰脸望着她，再次说出了那句话，深邃的眸子里星月生辉。

“嫁给我。”

他说。

入夜，月光落在海面上，波光闪烁如鳞，一望无际，像是有传说中的美人鱼在起伏窥探。

隔了许久，薛霁才回过神来。

她挑了挑眉，笑说：“如果这一次，我还是不答应怎么办？”

秦亦沉抬眼，瞥见她脸上狡黠的笑意。

“那我只好……”他弯了下唇，蓦地将她整个横抱起，“强取豪夺了！”

薛霁猝不及防被他抱住，惊呼一声，下意识搂住他的脖子。

灼热的气息喷洒在肌肤上，他强势地贴着她，嗓音低沉：“嫁不嫁？”

薛霁抬眼，看着近在咫尺的他，眸光熠熠：“看来我不嫁也不行了？”

“你说呢？”

“那我就勉为其难答应算了。”

她笑盈盈地，将左手伸到他的面前。

秦亦沉放下她，捧着她纤白如玉的手，慢慢地将戒指套在了她的无名指上。

末了，低头吻了吻她的手背。

薛霁看着他动作，眼底溢出笑意。

“我爱你。”

他重新搂住她，低声说。

“我也爱你。”

她抬眼，眸子里映出他的模样。

天地，明月，碧海潮涌。

他与她。

风拂过耳际，淡淡月光洒落，恰似霜雪白头。

当晚，微博上也有了不小的动静。

这一回，终于不是薛霁主动，而是秦亦沉。

晚间十点五十二分，秦亦沉的微博晒出一张照片——朦胧的光影下，男人骨节分明的手执起女人白皙细净的手，女人的无名指上，一枚精致华美的钻戒引人瞩目。配文是：

秦亦沉：余生所爱。@ 薛霁

夜尽天明，一轮旭日从海平面升起，金色的光绚烂铺洒，照亮尚未完全苏醒的小岛。落地玻璃窗上，阳光闪闪烁烁，萤火一般映入屋内。

雪白的被褥动了动，秦亦沉从床上坐起，看向身边熟睡的人。他那素来清冷的眼底泛开柔软笑意，宛若屋外的晨曦。

薛霁翻了下身，一只手伸出被子外，无名指上昨夜才戴上的戒指还未摘下。

秦亦沉俯身，在她的侧脸亲了亲，手顺着她的手腕慢慢往下滑。

薛霁动动眼皮，随后也醒了。睁眼看到他，她微微一笑，慵懒地勾着他的脖子坐起。

“早，秦先生。”

秦亦沉从背后拥住她，唇贴在她耳畔。

“早，秦太太。”

春末夏初，草木葳蕤，初阳温柔洒落，染上两人的眼眸。

他覆住她的手，与她十指相扣，戒指在阳光的映衬下熠熠生辉。

这枚戒指，是请国际知名设计师专门设计的，中文名为“雪后初阳”。

千帆过尽，唯有你是雪后初阳，是心尖最暖的光。

番外一

•

百年好合

她终于走到他面前，将手放入他掌心。

自从公布婚期之后，秦亦沉刷微博的风格就变得十分不正常。

发照片秀恩爱是家常便饭，薛霁发的每一条微博必定评论和点赞，而且评论的内容往往是跟他本人冷峻的形象完全不符的各种表情，以至于一众网友纷纷在微博底下高呼：“秦总，你的人设不对！”

到后来，连薛霁都有些受不了了，忍不住对他道：“你不觉得你最近太活跃了吗？我发个宣传广告你也要评论？你是不是闲得太无聊没事干？”

秦亦沉搂着她的腰，凑在她脖颈间，嗓音带了一丝慵懒：“你不喜欢？”

薛霁拨开他的脑袋，侧过身子捧着他的脸：“是什么给了你错觉，让你觉得我会喜欢这样？”

秦亦沉笑：“你的粉丝不是总说，我对你不够主动？”

包括这次两人公开婚讯，不少网友都还觉得主动求婚的可能是女方。

薛霁深吸一口气，弯起唇，摆出一个微笑脸：“我还是觉得你以前那个样子比较有魅力，什么主动不主动的，完全不重要。”

秦亦沉低眸，似笑非笑地看着她。

薛霁捏了捏他的脸：“你现在这个笑就不行，一点儿也没有总裁的范儿。”

她话刚落音，就感觉腰间一紧，被他猛地抱到了身上，深深地吻住。

两人的婚礼订在九月。婚礼开始前的一个月，订制的婚纱和礼服就都准备妥当了。

秦亦沉换好新郎礼服，在镜子前整理一番，开始等薛霁试衣出来。

二十多分钟后，身后更衣室的门传来响动，白色裙摆轻拂而过。

秦亦沉转过身，一个窈窕的身影闯入眸中。

薛霁已经换好婚纱，立在他的几步之外，笑意盈盈地看着他。

纯白如雪的纱裙一泻而下，裙摆拖曳在地，像月光披了满身。

婚纱是露肩的，恰到好处的裁剪，勾勒出薛霁优美的身材曲线，裸露在外的锁骨白皙精致，仿佛欲飞的蝴蝶。裙摆为轻纱堆叠，刺绣与裙子一样是纯白色，简约而不失精致，行动间依稀有光晕浮动，仙气飘飘。

头上的造型也提前设计好了，一头乌发用水晶冠挽起，显得薛霁脖颈修长。水晶冠是以雪花造型的细小饰物编串而成，与当初的求婚戒指出自同一个设计师之手，属于同一系列。

整个一套造型下来，连旁边帮忙的工作人员都看得满脸惊艳。

秦亦沉也愣了下神。

薛霁提着裙摆，走到他面前，一颦一笑光彩照人，仿佛真是画中走出的仙子。

她问他：“漂亮吗？”

含笑的眼睛里，眸光粲然。

秦亦沉微微一笑：“漂亮。”

薛霁骄傲地扬起眉：“我也觉得自己挺漂亮的。”

秦亦沉微微笑着，替她理了理裙摆，问道：“有什么需要改的地方吗？”

薛霁拎着裙摆左右转了转身，打量一番，说：“没什么不合适的地方，应该不用改。”

她放下裙子，挽住他的胳膊，笑着看向他："秦先生，你今天也很帅气。"

说着，她在他脸上亲了一下。

"我们去拍照吧？"

秦亦沉眉眼间一片柔软："好。"

两人相携着走到一旁，外间的光投过来，像是一帧完美的图画。

暑热过去，很快就到了九月。

婚礼举行的地点，最后定在秦亦沉向薛霁求婚的那座小岛上。

提前两天，薛霁的父母和秦亦沉的母亲就到了订好的酒店内，秦亦景也早早地从国外赶回来。

婚礼当日，秋高气爽，艳阳高照。

盛放的鲜花铺了一路，音乐声响彻礼堂内外。

薛霁松开薛母的手，看着她红透的眼圈，忍不住也眼角一湿。

薛母忙擦了擦眼泪，道："你可不能哭，妆哭花了就不好看了，新娘子要漂漂亮亮的，妈也不哭了，都不哭！"

薛霁努力憋回眼泪，扯开嘴一笑。薛母替她将头纱覆下，将她交给薛父。

红毯绵延，另一端是等候着她的秦亦沉，他静静地站在那里，等着她。隔着头纱，薛霁看不清他的模样，却仿佛能感知他眼底的笑意。

在父亲的引领下，她手捧鲜花，拖着长长的裙摆，缓缓地，一步一步走向他。

轻而薄的头纱笼在她身上，如山中雾岚。

恍惚走了许久，她终于走到他的面前，将手放入他的掌心。

宣誓过后，两人交换戒指，秦亦沉慢慢掀起了她的头纱。

明艳动人的容颜显露，她抬眸一笑，眼底月色流转，刹那间仿佛点亮了灯盏，周遭一切都显得黯然失色。

秦亦沉低头，轻轻吻住了她。

"让我们用掌声祝福这对新人！"

司仪高声说着贺词，掌声经久不息，人群中，薛母笑着落下了眼泪。

基本的流程走完后，为了方便，薛霁换上了一套简单的白色礼裙，陪着秦亦沉招待宾客。

两人忙到深夜，已经筋疲力尽。

回到酒店套房内，薛霁倒在床上，简直一动也不想动。

秦亦沉松开领带，弯下腰轻声问：“去洗澡？”

薛霁抬起手搂住他的脖子，有气无力地点了点头，表情中带了几分撒娇的意味。

秦亦沉笑了笑，一手穿过她的膝弯，俯身抱起她，往浴室走去。

等到洗完澡，薛霁窝在他臂弯里，耷拉着眼皮，差不多都快睡着了。秦亦沉将她放到床上，自己也躺上去，薛霁下意识往他怀里靠了靠。

秦亦沉翻过身，垂眸看着她的睡颜，手指轻轻拨开她的碎发，低头开始吻她。

是那种细密轻柔的吻，像春雨落在肌肤上。

薛霁被他这一番动作弄醒了，睁开眼，平日清亮的眸子里含了一丝迷糊。

秦亦沉继续吻着她，手也抚着她的腰往上揉捏，显然是不打算放过她。

可薛霁实在没什么力气，于是尝试着跟他撒了个娇：“老公，我好困。”

上方的呼吸倏地一重，秦亦沉非但没有放开她，反而越发用力了，在她耳边道：“你刚刚叫我什么？”

薛霁疑惑了，不是说男人一般都吃女人撒娇这一套吗？

秦亦沉强势地扣着她，吻了吻她的耳垂：“再叫一遍。”

再叫一遍你就会松开我吗？

于是，她又叫了一遍。

……

后来，薛霁明白了一个道理，撒娇并不是什么时候都管用的，有时还会起到完全相反的作用。

番外二 · 岁月温柔

曦曦乖，妈妈在睡觉，别吵醒妈妈。

在度了足足三个月的蜜月之后，薛霁终于恋恋不舍地结束漫长的假期，回归到正常工作中。

对此，常悦表示：你再不回来，我就要哭了。

随后，常悦便以不容置喙的态度火速给她接了一部新戏。薛霁自知理亏，也不敢多说什么，乖乖应下。

这部新戏一直拍到了第二年春天，最后一集的剧本里，有个需要小孩子完成的角色，导演便将他的小侄女琳琳带了过来。

七岁的小女孩，扎着两个小髻，一双眼睛圆溜溜的，说起话来又甜又可爱，把整个片场的人都哄得心花怒放。

“我喜欢小霁姐姐，因为她长得像仙女一样。”琳琳抱着薛霁，扬起小脸说道。

薛霁听到这话，顿时乐开了花，将她抱到怀里坐着，不停地逗她玩。

旁边的工作人员忍不住打趣道："小霁姐这么喜欢小孩子，有没有考虑自己生一个？"

薛霁笑了笑，没说话。

晚间，薛霁洗完澡躺在床上，给秦亦沉打了个视频电话。

"老公，我的戏后天就杀青了！"

秦亦沉微微一笑："什么时候回家？"

"大概一个星期之后。"薛霁眨眨眼，"怎么，想我了？"

秦亦沉不语，笑得高深莫测。

薛霁伸出食指虚虚地点了点屏幕："秦先生，你脑子里又在想什么不正经的事？"

秦亦沉不答反问："今天拍戏累不累？"

薛霁捏了捏后颈，说："还行，今天拍的文戏，就是坐久了，我的脖子有点儿酸。对了，今天导演把他的小侄女带过来了，好可爱，我都想有个这样可爱的女儿了。"

秦亦沉闻言，唇角浮开浓浓笑意："那你早些回来。"

薛霁听懂他话里的意思，立马瞪他："我只是随口说说，你不要想得那么远。"

虽然只是起了个念头，但过后薛霁还是忍不住查阅了一下关于备孕需要注意的事项。

一周后，秦亦沉过来接她回家。

一到家，行李还没安置好，秦亦沉就将她人按在柜子上亲了起来。

薛霁有些站立不稳，搂着他的脖子，手指戳戳他的胸口："秦先生，你是不是也太心急了点儿？"

话刚落音，锁骨处落下温软，薛霁闷哼一声，下意识抱紧他……

洗完澡，薛霁窝在秦亦沉怀里，忽然抬眼问道："你最近有没有出去应酬喝酒？"

秦亦沉被她这突如其来的一问弄得有点儿莫名其妙，以为她又在哪里听到了什么风言风语，他回答道："这两个月都没有。"

薛霁颇为认真地思忖了一番，忽然又丢出一句："我们要个孩子吧？"

秦亦沉微微一愣。

"怎么，你觉得太早了？"薛霁瞥见他的表情，又道："我就是跟你商量一下，你要是觉得太早，那就再等两年。"

秦亦沉握住她的肩，指腹缓缓摩挲着，低低一笑："不早。"

说完，低头又亲了下来，手指顺着她肩头往睡衣内抚去。

薛霁抬手抵住他："你又干什么？还睡不睡觉了？"

秦亦沉勾了勾唇，噙笑看她："你刚才不是说要个孩子？"

薛霁推开他："我们还没有做备孕计划，你别给我乱来！"

秦亦沉被她推到一旁，也不恼，笑着伸手揽住她，在她耳边亲了亲："明天开始计划？"

薛霁侧了侧身，正对着他："那你这段时间不能沾酒，也不许熬夜，必须早睡早起。现在过十点了？"薛霁爬起来看了下时间，顺道关了灯，"赶紧睡，不许再乱动！"

没过几天，薛霁就有点儿后悔自己提出备孕这个提议了，因为她切身体会到秦亦沉为此做出的"努力"，简直可以用肆无忌惮来形容。

更让人崩溃的是，三个月过去，薛霁依旧没有任何怀孕的征兆，最后，她只能痛心疾首地表示，还是顺其自然吧。

趁着这个空当，常悦又给她接了一部新电影。一部都市轻喜剧，还算轻松，最远的外景地在纽约，也只去了不到一个星期。

大概是一去一回太过匆忙，薛霁有些水土不服，回来的当天就脸色发白，下飞机的时候还险些吐了。

秦亦沉过来接机，看见她这副模样，二话没说，揽着她上了车，直接吩咐司机去医院。

薛霁靠在他身上，拽了拽他的衣服："我回家睡一觉就好了，不用去医院。"

秦亦沉没理会她的话，阴沉着脸道："待会儿跟常悦请个假，这几天在家休息。"

薛霁摇摇头："真没事，还有几天就杀青了，这个时候请假太麻烦。"

秦亦沉将她往怀里揽了揽，轻声道："听话。"

薛霁搂着他，开始撒娇："真的就几天，拍完就可以休息了，不然我请完假还得回去继续拍，又要重新调整状态，到时候拖得更久。"

秦亦沉被她磨得没办法，最终松了口："先到医院检查完再说。"

到医院后，医生看了看薛霁，又看了看冷着脸站在一旁的秦亦沉，问薛霁："这个月来例假了吗？"

薛霁摇了摇头。

医生道："可能是怀孕了，去做个检查确认一下。"

薛霁立马抬头跟秦亦沉对视，两个人都有些愣怔。之前两人认认真真盼了那么久不见动静，现在什么心理准备都没有，反倒突然就来了。

秦亦沉脸上的冷意消散，愣怔几秒后，忙陪着薛霁去做细致的检查。在等结果的过程中，一贯冷静自持的他竟忍不住生出几分忐忑。

很快，检查结果就出来了，确实已经怀孕一个多月了。

薛霁摸了摸自己的肚子，有种奇妙的感觉，她抬起头，冲秦亦沉粲然一笑："秦先生，恭喜你要当爸爸了。"

秦亦沉揽着她，也弯起了唇，眸底笑意沉沉。

由于电影剩下的都是文戏，薛霁还是坚持等到戏杀青，才正式进入养胎生活，只偶尔参加一些比较轻松的节目和活动。

然而，不拍戏之后，薛霁的精神反而不如之前好，孕吐反应也更加严重。

"一定是宝宝嫌弃我不工作，躺在家里，所以提醒我要奋发图强。不然，我还是再接一部新戏？"薛霁躺在沙发上，边摸着日渐凸起的小腹边道。

正在帮她按腿的秦亦沉抬头瞥了她一眼，神色有些凉。

薛霁赶忙笑道："我说着玩儿的。"

秋姨端着一碟洗干净的葡萄过来，搁在茶几上。薛霁剥了一颗葡萄，递到秦亦沉嘴边："老公辛苦了，来吃葡萄。"

秦亦沉唇边泛开一点儿笑意，张嘴含住。

"好吃吗？"

秦亦沉低低地应了一声。

薛霁懒洋洋躺着，本来想睡一会儿，却毫无睡意。

"好无聊！"她长叹一声，突发奇想，"不如我们来玩角色扮演？"

秦亦沉抬眼。

“刚好我前阵子收到了两个新剧本，角色设定还蛮有趣的。”薛霁坐起来，兴奋地拉着他的手，“我还从来没跟你对过戏，我们试一试好不好？”

秦亦沉蹙起眉头，看着她的肚子，很明显不乐意。

薛霁拉了拉他的手：“只是对对台词而已，又不会怎么样，而且适当的运动对胎儿有好处。”

最终，秦亦沉还是答应了，薛霁立马扶着腰，高兴地拿了剧本过来。

“你演男主角，我演女主角。”

秦亦沉一看剧本，大致是个校园青春爱情故事，男女主角都是大学生，男主角暗恋女主角。

见他面无表情地盯着剧本，一副无从下手的样子，薛霁憋着笑道：“不然，我演男主角，你演女主角也行。”

秦亦沉抬眼不冷不热地看着她。

薛霁憋不住，乐了，怕他一生气反悔不演，赶紧安抚他：“好了，你演男主角，我演女主角。先从表白那一场演起，”薛霁拿过笔，在剧本上画了个圈，“就是这几句台词。”

画完圈，她清了清嗓子，飞快调整好情绪：“开始了！学长，你找我有事？”

不过两秒钟，她已经进入状态，双眸清亮地望着他，仿佛真是故事里青涩单纯的少女。

秦亦沉看了一眼台词，沉默半晌，终于憋出一句：“我想问你周六晚上有没有空。”

话刚落音，薛霁就道：“不对，你的表情太冷了，一点儿暗恋的羞涩感觉都没有，得重来。你说这句话的时候，眼神要闪烁一点儿，就是那种忐忑的心情。”

薛霁讲解完，还亲自示范了一下什么叫“羞涩”。

秦亦沉无言以对。

“重新开始！”薛霁调整好情绪，重新道：“学长，你找我有事？”

秦亦沉又沉默了半晌，最后学她的样子，抬眸看了她一眼，又飞快地移开目光。

“我想问你，周六晚上……”

“哈哈哈！”秦亦沉还没说完台词薛霁就彻底绷不住了，趴在他肩头笑个不停，“不行，太好笑了，你这不叫羞涩，叫眼皮抽风。”

秦亦沉脸一黑，手却不忘揽住她的后腰，防止她又磕到哪里。

从这以后，薛霁似乎发现了新的乐趣，时不时拉着秦亦沉陪她对戏，每次都笑得前俯后仰。秦亦沉刚开始还不大愿意，后来看她怀孕实在辛苦，便也由着她的性子了。

虽然孕期薛霁被肚子里的宝宝折腾得很厉害，但生产时却意外的顺利，宝宝也很健康。

这一胎是个女儿，一双眼睛格外的大，乌黑清亮，看得让人心都化了。

孩子的小名早就起好了，叫作曦曦。在医院观察了几天之后，薛霁就和孩子出院回到了家。

晚间，薛霁抱着曦曦，轻哼着歌哄她睡觉，曦曦却始终睁着圆溜溜的大眼睛，精神得很。

秦亦沉过来，从她手里接过孩子，轻声道：“我来吧，你去睡觉。”

结果刚说完，女儿突然扬起肉嘟嘟的小手在他那张冷峻非凡的脸上拍了下。

薛霁笑了，她伸手去接孩子：“还是我来。”

秦亦沉却避开了：“听话，早点儿睡。”

这句话像是跟她说的，又像是跟女儿说的。

薛霁看见他低头哄孩子的专注神色，微微一怔，没再坚持，转身往床边走。

走出几步，她回过头，看着灯下一大一小的两个人，突然弯唇笑了。

心口仿佛有股暖流淌过，一片柔软。

她凝神望了一会儿，上床躺下。本想等秦亦沉回来再一起睡，奈何困意实在太重，不知不觉就进入了梦乡。

半梦半醒间，依稀感觉有人将自己揽入怀中，额上落下轻柔一吻。薛霁下意识搂住他，往他怀里蹭了蹭。

夜阑人静，黎明悄无声息地到来，晨曦漫入屋内。

薛霁睁开眼，秦亦沉已经不在身旁了，客厅里隐约传来说话声。

薛霁从床上起身，穿着拖鞋下地，打开卧室门，只见秦亦沉抱着女儿坐在沙发上，正在哄她喝奶。

平日总板着张脸的男人此刻分外温和。

“曦曦乖，妈妈在睡觉，别吵醒妈妈。”

像是有所感应，曦曦突然扭过头，冲着薛霁这边咯咯笑开。

秦亦沉跟着抬眼，看见她，素来清冷的眸底泛开微光，笑意柔软。

薛霁倚着门，也温柔地笑了。